魂の千一夜

Sovereign Souls
Echan Deravy

真《リアル》のあなたを発見するための、ちょっと不思議な50の物語

エハン・デラヴィ 著
ジュン・エンジェル 訳

ナチュラルスピリット

Sovereign Souls
by Echan Deravy

本書を私の家族に捧げる。
考えてみれば、家族もまた、時間をまたいで
ずっと私と一緒にいる存在なのである。
ちょうど魂《ソウル》と同じように。

魂の千一夜　目次

序章

魂は、ダイヤモンドの原石のような状態で体内に置かれている。
磨かれることなしには、その輝きは現れてこないのだ。
ダニエル・デフォー

一八世紀、デフォーは、紛れもなく世界で最も有名な冒険小説の一つである『ロビンソン・クルーソー』を書いた。当時はキリスト教の教義が広く普及していたから、誰もが魂《ソウル》の意味を知っていたが、その一方で、それに代わる〝意識《コンシャスネス》〟という現代用語を聞いたことがある者は皆無だっただろう。二一世紀の現在、ランダムに一〇〇人を選び、「魂《ソウル》とは何か？」と尋ねたなら、果たしてどんな答えが返ってくるだろうか？　あなたなら、どう答えるだろうか？

魂《ソウル》なんてものは信じていない、という向きも多いかもしれないし、あるいは、なんとなく、そんなものがあるのではないかと思っている人でも、あまりに情報が少なくて何も答えられないかもしれない。また、そこで言葉の問題にも直面する。いったい、魂《ソウル》や意識《コンシャスネス》と精神《スピリット》とは同じ概念なのか？　心《マインド》はどうか？　これも同じ現象のことを言っているのだろうか？　そもそも、こうしたことを知ることは重要なのだろうか？

今、魂《ソウル》について知ることは、どの時代にも増して重要であると私は考えている。私たちが、自分自身を単なる肉体ではなく、魂《ソウル》と見ることができるとしたら、人生はより豊かになり、また、私たちの文化も、ポストモダンの暗闇から、再び光の中へと抜け出ることができるのではないだろうか。特定の学問や宗教に与《くみ》することなく、ひたすら魂《ソウル》の探究にこれまでの全人生を費やしてきた私には、そのように思われるのである。

私がスコットランドの地に生まれたのは、第二次世界大戦が終了して十年も経たない頃だった。由緒正しい、歴史ある学校で教育を受けたにもかかわらず、そこでは、この目に見えない存在である人の魂《ソウル》については、私に何も教えてくれなかった。しかしながら、一三世紀の遺構であるアバディーン・グラマー・スクール〔訳註〕は、有難いことに、私たちにシェイクスピアを教えてくれた。この多作にしてきわめて意識レベルの高かった詩人は、明らかに、人の魂《ソウル》に関して、とても多くのことを理解していた。しかし、一九六〇年代当時の私たちのようなティーンエイジャーにとって、シェイクスピアの作品はあまりにも意味不明で晦渋な代物であり、深遠なる彼の魂《ソウル》の荘厳さをようやく理解することができるようになったのは、私が四十歳を過ぎてからだった。彼の有名な言葉に、「心の中で良き友を想うほど幸せな時はない」

〔訳註〕グラマー・スクール（grammar school）とは、イギリスの七年制の公立、または私立の中等教育機関（十一～十八歳）のことで、名門校のアバディーン・グラマー・スクールは、イギリスで最も古いその一つであり、七五〇年を超える歴史を有する。著名な卒業生としては、イギリスのロマン派の代表的な詩人であるバイロン卿がいる。

という一節があるが、まったくもって同感である。本書も、基本的には、友人や仲間たちとともにした体験に関するものだからだ。

スコットランドの教会は道徳的訓話を重視していたが、私はその手の、人をより良き人間へと造成しようとする少々無骨な試みからは、懸命に逃れようとしていた。

その後、「体の中にある、磨かれるべきダイヤモンドの原石」である魂《ソウル》探求の冒険の旅へと本格的に乗り出した時、私は、それに役立ちそうな情報は、ほとんど何も持ち合わせていなかった。両親にしても、魂《ソウル》については何も語ってくれなかった。そんなわけで、十七歳で世界の旅へと出発したあの時点において、私には、はっきりとしたことは何一つ分かっていなかったのだった。

しかし、五〇年以上が経った今では、あの時、私を世界の旅へと駆り立てたもの、しかるべき場所に行って知識を求めよと促したものは、私の魂《ソウル》であったということがよく分かる。

何かを求めた時には、求められた側からも、こちらに向かってやって来るものだ。このような考え方は、現代の読者には理解しがたいかもしれないが、ともかく、あなたはこの本を見つけて手に取ったのだ。そして本書は、まさに魂《ソウル》のすべてに関するものなのである。〝ケイビエット・エンプター〟(*Caveat Emptor*)〔訳註〕を承知の上で、親愛なる読者諸君よ、いざ、学際的冒険の旅へと出発しようではないか!

科学は、魂《ソウル》について、どう述べているのだろうか? 私がこれまで生きてきたどの時期と比べてみても、この直近の二年間は、脳について飛躍的に多くのことが判明した期間であった。しかし、目に見えない魂《ソウル》と物理的な脳が、いったいどのような関係にあるのかということについては、今なお、まったく理解は深まっていないと言えるだろう。

実のところ、脳が実質的に停止《シャットダウン》している（と、先端技術によって明らかになっているような）時でも、私たちの個人としての意識や感覚、つまり、夢を見たり、恐怖や喜び、あるいは苦痛などを感じたりする主体は健在なのである。

物理的に説明がつかないようなことが、臨死体験時に、また、実際の死の体験時に起きているという事実は、実に厄介なものである。脳が、いかにして意識《コンシャスネス》を〝造る〟のかということを、明確に、かつ論理的に説明できた科学者は、この地球上に誰一人としていないが、この問題について私は、可能な限りの、ありとあらゆる角度から研究してきた。

脳こそが、意識《コンシャスネス》を始め、個人の記憶や体験などを造り出しているのだ、という主張もまた、大方の科学的諸説と同様、単なる一つの理論として、確たる証拠の出現を待っているものでしかないのである。

かつて私が、オックスフォード大学の上級研究員にして神経科学における第一人者であるスーザン・グリーンフィールド男爵夫人（Baroness Susan Greenfield）をインタビューした際、彼女は、脳と自己認識の間には明確なつながりがあるとしながらも、そのつながりが、具体的にどのようにして成り立っているかについては、現在の科学では分かっていない、と付け加えた。

例えば、やがては朽ちていく有機物質である脳が、生体電気信号と化学的経路を用いて身体と感情と思

〔訳註〕ラテン語で、「買い主の危険負担」という意味の法務用語。英語では、Let the buyer beware.（買い主をして注意せしめよ）。取引上の原則で、購入する商品の品質を評価する責任は買い手側にあるというもの。

考とをランダムに動かしながら、いったい、どうやってモーツァルトのレクイエムのような音楽を創り上げるのか、ということである。巨匠によるこの最も崇高な楽曲の一つは、今なお世界中で演奏され続けているが、モーツァルト自身は、「自分では何も創っていない」と言っているのだ。「受け取っただけだ」と！

では、脳はどのようにして、また、いったいどこから、あのような神品《しんぴん》を受信しているのだろうか？

科学は、いつも決まって、ここで沈黙してしまう。あるいは、さらにひどいことには、神経活動と、その瞬間における主観的状態との関係を混同し、あたかも一方が他方を造っているかのように、意識《コンシャスネス》に関する非科学的な主張をやってのけるのである。

人の脳の原子は、コウモリの脳のそれとまったく同じものなのだが、最近、コウモリから何か天才的なアイデアは生まれただろうか？　原子の外殻を超えてその内側に入れば、さらに状況は奇妙なものになる。量子力学の世界に入ると、宇宙とは、単に巨大な物理的空間であるだけではなく、大きな魂《ソウル》のようなものであり、しかもそれは最高度に知的な魂《ソウル》であることが、これからの各章に出てくる科学者たちとのインタビューや、彼らとの長年の付き合いによって分かってきたのである。

一つ断っておきたいのだが、私は科学が大好きである。ここはひとつ、科学が私たちに授けてくれた「標準《スタンダード》」については支持し、一方、「概念《アイデア》」については、私たちを教育してくれるより、むしろ物事を分かりにくくするだけなので、それには惑わされないようにしようではないか。

「脳が意識《コンシャスネス》を造る」という主張は、そのような、いまだ証明されていない概念《アイデア》の一つなのである。もし、読者の皆さんの中で、この大胆な欺瞞が真実であるという証拠を提示できる方がおられたら、ぜひともそうしていただきたい。

私は、科学についての正式な学問的教育《トレーニング》は受けておらず、また、何か特定の研究グループや宗教的イデオロギーに属してもいない。だから、読者の皆さんからすれば、なぜ、このような重要なトピックについて、私のような学者《アカデミック》でない人間の書いたものを読む必要があるのだろうかと、さぞかし疑問に思われるに違いない。それよりも、魂《ソウル》に関する学問である哲学を、ちゃんと勉強した方が良いのではないか？　あるいは、詩とか舞踊や音楽のような芸術を通して、魂《ソウル》を理解した方が良いのではないか？

確かに、偉大なる文学作品の方が、さすらいのスコットランド人などの説教より、ずっと魂《ソウル》について多くのことを教えてくれるに違いない。『マクベス』や『ハムレット』、『ベニスの商人』等は、人間の魂《ソウル》の持つ深遠なる高貴さやその驚異へと、私たちを深く導いてくれるであろう。そして、間違いなく、日本の茶道や華道の方が、魂《ソウル》についてのいかなる論説よりも、遥かに多くのことを語ってくれるであろう。芸術は魂《ソウル》の言語であり、創造は、その最高位の表現である。それなのに、なぜ、私の本を読む必要があるのか？

今述べたようなことは、「専門家ではない人間の本は読むべきではない」という立場を説明する、妥当な理由の数々である。

心理学者や精神医学者の話を聞いた方が良いのではないか、ということについて言えば、確かに私自身も、今では日本語訳も出版されている『魂のコード（*The Soul's Code*）』（鏡リュウジ訳、河出書房新社）

の著者であり、カール・ユングの弟子でもあるジェイムズ・ヒルマン（James Hillman）博士のような人物の業績を研究することで、きわめて多くのことを学んだのだった。

私は、三歳で本を読み始めてからというもの、魂《ソウル》について、もっと多くを知りたいと思わぬ日はなかった。だから、これまでにきわめて多くの本を読んできた。あなたも同じかもしれない。しかし、体験とは、本を読むだけでは届かぬレベルにおいて、私たちに影響を与えてくれるものなのだ。

今ではインターネットがあるので、グーグルで〝soul〟と検索すれば、たちまち英語だけでも一二億八、〇〇〇万件（二〇二一年二月二二日現在）が検出される。したがって、「魂《ソウル》」が、決してとんでもない話題ではないことが分かる。しかし、私はあえて申し上げたい。本書は、それ以上に多くの情報をあなたに与える、と。そして〝畏敬〟という、ともすればきわめて捉えにくい、そしてまた、持続させることの困難な心情を、あなたの中に呼び起こすかもしれない、と。

あなたの魂《ソウル》の扉を開くかもしれない五〇の物語

これからあなたが読もうとしている一連のエッセイは、〝人は魂《ソウル》である〟という本書の中心的概念についての感覚や直観、あるいは確信までをも、あなたの中に呼び覚まそうとするものである。

エッセイの内容は、すべて自伝的なものである。つまり、私自身が体験した内容に基づいている。より実際的な意味で言うなら、これらはすべて、一九五二年からの六八年を超す期間に、時空を旅した魂《ソウル》の物語なのである。

その道中で、私は様々な人たちと出会い、そして様々な場所を旅してきた。それ故、本書は、不思議な冒険に溢れた古代ペルシャの書である『千一夜物語』に倣《なら》って、一つの物語の最後に次の物語が新しく始まる形を取った。そして、それがそのまま日本語版のタイトルとなっている。

『千一夜物語』では、偏屈な王が、夜伽《よとぎ》の女性に物語を語らせ、それがつまらないと殺してしまう、という残虐なことが毎夜続いていた。しかし、そこに側近の大臣の娘、シェヘラザードが登場する。彼女は、生き延びるために毎夜王に話をするのだが、その中には次の話のヒントが含まれており、そのため、王はどうしても次の話が聞きたくなる。こうして、シェヘラザードは王を彼女の物語のとりこにし、千一夜目、ついに、王は彼女を解放するのであった。

本書の各章の物語も、すべてつながりを持っている。時系列的につながっているものもあれば、そうでないものもある。一つのエッセイに登場したアイデアが、また別のエッセイの中に出現することもある。

私としては、それぞれのエッセイに盛り込まれたいくつかの鍵《キー》となるテーマによって、読者の興味が持続し、先へ先へと読みたくなることを願っている。

本書の内容は、初めは突飛なものに感じられるかもしれないが、読み続けるうちには、そこに、すべてを結び付ける不可視の糸が見えてくるであろう。それこそが、まさに私たちの魂《ソウル》なのである。

「真実は、命題《テーゼ》の中にも、反対命題《アンチテーゼ》の中にもない。それは、両者を和解させる創発的な統合命題《ジンテーゼ》の中にあるのである」

ゲオルク・ヴィルヘルム・フリードリヒ・ヘーゲル

本書は、私の人生を懸けた、発見と冒険の旅に関する集大成である。私は、日本語で講演を行う際には、ある意味、いつもこの命題《テーゼ》、反対命題《アンチテーゼ》と統合命題《ジンテーゼ》の概念を用いるようにしてきた。とりわけ、東京で『エハン塾』をユーチューブでライブ配信していた時にはそうであった。

すべての概念、または命題《テーゼ》に対しては、必ずそれと同等の反対命題《アンチテーゼ》が存在するのである。それを私は、「プラスとマイナス」という風に表現した。この二通りの見方で見て、初めて、自分自身で統合命題《ジンテーゼ》にたどり着くことができるのである。これを私は〝ニュートラル〟、または〝注目すべきもの〟と呼んでいる。したがって、私がこれまで述べてきたことを信じる必要はまったくないということになる。

これからお読みいただく五〇のエッセイは、シェヘラザードが毎夜王に話した物語のように構成されている。もちろん、それぞれの物語によって、大いに共鳴できるものもあれば、一方、それほどでないものもあるだろう。ご自身の信念体系や興味の範囲によっては、まったく信じられないものもあるかもしれない。個人の集まりからなっているこの世界においては、そうあってしかるべきなのだ。

あなたがこれまでに受けてきた教育や育ってきた環境では、こうしたことについてまったく触れられなかったとしても、私はこの中の、少なくともいくつかの物語があなたの興味に火を点《つ》け、「魂《ソウル》は本当にあるのではないか」と考えるようになっていただければと、心から願うものである。

それぞれのエッセイ中には、ある、目に見えないつながりについての暗示《ヒント》が含まれている。そのつながりとは、あなた自身の魂《ソウル》と、そう、他の人たちの魂《ソウル》とのつながりである。

各章の長さは、意図的に短くしてある。それは、過去三〇年以上の期間にわたり、私が執筆活動や講演活動を通して、そのすべてを日本語で提供してきた様々なテーマによって、読者の皆さんの心を動かしたいという希望からである。

そのテーマの一部を次に挙げる。

文化

第5章「光の都市」は、深遠なる理解、社会的統合、そして、価値観の共有に基づく先進的な新しい種類の文化に関するエッセイで、文化のあるべき理想形を示すものである。

第21章「世界を変えた農民」では、ゴルバチョフ元ソ連共産党書記長を一例に挙げ、グローバルな文化における大転換は、一人の人間の大きな影響力によって起きることもあるということについて述べている。

彼は、ガンジーとともに、ヒンディー語で「偉大なる魂《ソウル》」という意味を持つ〝マハトマ〟の称号に値する人物であった。この先お読みいただく、ダマヌールに活気ある地元文化を創造して維持したオベルト・アイロウディ（Oberto Airaudi）も、同様の偉大なる魂《ソウル》であった。

偉大なる魂《ソウル》たちとは、最も頭脳明晰で才能もあり、裕福でもあるような個人ですらできないことを成し遂げる人々である。なぜなら彼らの行動は、個人的な才能、精神的な才能を超えたものだからである。そのような人々は、宿命を負っているか、あるいは、彼ら自身が自覚する宿命と一体となっている、と言うことができるだろう。

第24章「文化的抹殺《エスノサイド》と地球規模化《グローバリゼーション》」、及び第25章「アルカイック・リヴァイヴァル」は、民族文化と人類の古代文化に注目したものであり、いずれも、人の魂《ソウル》と深く結びついているという点で、共通の根源《ルーツ》を持っている。

第16章「二つの寺院」は、私が、日本のとても古い「国の魂《ナショナル・ソウル》」と初めてつながりを持って以来、日本文化が、いかに私に強い影響を及ぼしたかを明らかにした話である。国は魂《ソウル》の集合体であるが故に、そこに住む者が皆で共有するもの、政治や経済、そして、現在伝えられているような歴史をも超越した「国の魂《ナショナル・ソウル》」があると、私は固く信じているのだ。

ここで、「文化」というものの意味を改めて確認しておくと、「文化」とは、言語、宗教、食、社会的習慣、音楽やその他の芸術などを包含する、特定の人々の集団の特徴と知識である。したがってそれは、その集団特有の社会的諸様式《パターン》によって培われた、集団の同一性《アイデンティティ》の発達したもの、という風に見ることができる。これらの諸様式《パターン》は、現在、明らかに、徐々に損なわれつつあるのだ。

先住民族《ネイティブ》の叡智

このテーマは、旅人としての私にとって常に重要なものであった。なぜなら、私が地球上でこれまでに出会った先住民族《ネイティブ》の人々には、きわめて優れた叡智が感じられたからだ。また、オーストラリアのアボリジニや、カラハリ砂漠の、いわゆるブッシュマンなどについて考えてみれば、彼らは地球上に最も古くからいる民族なのだ。私たちの遺伝子は直接的に彼らとつながっており、事実、サン族（ブッシュマン）の人々の遺伝子の中には、私たちすべての人種の遺伝子が含まれているのである。なぜなら、彼らの始祖は、ある研究者たちによれば、六万年前にまで遡るというからである。

私たちが、民主的、世界的標準化のために、これら先住民族《ネイティブ》の人々を軽んじ、進歩から取り残してきたという事実は、私の人生の中で、見るに堪えない嘆かわしいことであった。今の時代をマオリ族やハイダ族、あるいはナヴァホ族として生きることは、どれほど大変だろうかと思う。また、もちろん、日本のアイヌの人々の社会的状況を見ても、それは明らかである。

黒人たちとともに、彼らは最もひどい人種差別に苦しんでおり、特にアメリカでは、白人支配によって最悪の扱いを受けているのだ。そのため、彼らの話を第11章「メディスン・サークル」、第13章「ヴィジョン・クエスト」、第18章「ケチュア、魂《ソウル》の山」に収録している。この問題については、ウェイド・デイヴィス（Wade Davis）博士が専門家なので、第24章「文化的抹殺《エスノサイド》と地球規模化《グローバリゼーション》」も、この中に加えることができるだろう。カナダの人類学者であり、ナショナル・ジオグラフィック社の元エクスプローラー・イン・レジデンスである博士は、文化的抹殺《エスノサイド》と米国軍によるバッファローの大量殺戮《さつりく》について、その見解を述べている。

私は、ここ数年の間にユカタン半島を計一〇回も訪れているので、特に、マヤの人々については、本書で紹介した以外にもまだ沢山の物語《ストーリー》がある。先住民族の人々が、まだ過去とのつながりを失わず、この世界に存続している間に、私たちは文化的抹殺《エスノサイド》について本気で考え直す必要があるのだ。
文化的抹殺《エスノサイド》が、私たちの意識から完全に抜け落ちてしまっている、とまでは言わないが、その事実をはっきりと知った今となっては、アメリカのスタンディングロックのスー族のように、人々のために立ち上がるべきではないだろうか。彼らは、自分たちの貴重な水源を脅かすパイプラインを建設しようとした石油メジャーに対して、勇敢にも、平和的な手段による闘いを挑んだのである。そして、驚くべきことに、現段階においては、見事に最高裁判所での勝利を収めているのだ。しかし、注意しなくてはならないのは、巨大企業というものは、裁判所の判決をうまく覆す方法を見出す、ということである。そうなると、また振り出しに戻ってしまう。例えば、地球規模化《グローバリゼーション》の章で述べた二〇〇八年の金融危機でも、結局のところ、それを引き起こした張本人たちは、誰一人、その罪によって刑務所に入ってはいないのだ。アイスランドを除けば…

科学

前述のように、これも私の大好きなテーマである。なぜなら、私たちは科学的パラダイムの時代に生きる人間、あるいは、科学的に世界を見る人間だからである。科学と魂《ソウル》は無関係と思われているかもしれないが、実際には関係があるのだということを示唆するような情報を提供するつもりである。

以前の私は、日本のテレビのトーク番組によく出演していたのだが、私の急進的な考えに対する典型的な反応は、「それは科学的ではありませんね」というものだった。しかし、私は即座に、次のように言い返した。

「あなたのおっしゃる科学とは、どの科学のことでしょう？　ニュートンの科学でしょうか？　アインシュタインの科学でしょうか？　それとも、シュレーディンガーその他の量子物理学なのでしょうか？　というのは、これらの科学は、それぞれまったくの別物だからです」

今日《こんにち》の科学の最先端とは、まぎれもなく、「意識《コンシャスネス》とは何か」と、「脳と意識《コンシャスネス》はどう関係しているのか」という問題についての、真摯《しんし》な探究の試みにほかならない。そして、まさにこのテーマについて、これら五〇のエッセイの中でこれから探究しようとしているのだ。

したがって、これで良くお分かりの通り、私は科学を愛しているが、しかし同時に、科学的ドグマは大嫌いなのである。科学の多くはそうなってしまっていると、私は思うのだが。

エッセイはまず、第1章「狂気の科学者《マッド・サイエンティスト》」から始まる。このタイトルとは裏腹に、私は、これまで出会った科学者の中で、ジョン・C・リリー（John C. Lilly）ほど正気な科学者はいないと思っている。最近になって、私が彼を一九九二年にインタビューした時の完全版動画が見つかった。今は英語版のみであるが、ユーチューブに公開している。

第3章「細胞《セル》の中の署名《シグネチャー》」は、DNAの中には巨大な知性が宿っていることを私たちに思い起こさせる。そしてそれは、すべての生き物の中にあるのである。

第4章「人の中の神殿《テンプル・イン・マン》」では、古代エジプト人が、物理的な科学にとどまらず、より深い「心《マインド》の科学」、つまり、今で言う「心理学《サイコロジー》」を、とても良く理解していたということを示唆している。

第6章「ユング博士と、未来からやって来た黄金虫《スカラベ》」では、人の魂《ソウル》が、いわゆる共時性《シンクロニシティ》や予知《プレコグニション》というレーダーの背後で、どのように働いているかについて述べ、第8章「魂《ソウル》の教授《プロフェッサー》」では、さらに深く超心理学の領域へと進む。

そして、第10章「神々の稲妻《サンダーボルト》」では、時間をかけて研究しさえすれば十分に納得できるような、観測可能な宇宙に基づく、きわめてすっきりとしたシンプルな宇宙論が存在することを示している。

科学に焦点を当てたその他のエッセイとともに、これらの物語は読者の皆さんの理解を助け、私がこのテーマに多角的に取り組んでいることを再確認していただけるのではないかと思う次第である。

冒険

私は特定の目的のために、自分の旅の話もいくつか含めている。冒険《アドベンチャー》という感覚なしには、どうすれば私たちが旅する魂《ソウル》となりうるかということの理解は不可能だと思うからだ。

第2章「イルカ療法《ドルフィン・セラピー》」では、イルカに出会えるという保証はまったくなくても、とにかく思い切って沖に泳ぎ出てみる、という決断なしには、決してあの遭遇はなかっただろうという体験について書いた。

甲板で待っていろ、というのが、現代社会において私たちが従うべきとされている意見である。その時が来るのを待つべきだ、潜水具を身に着ける前に、まず、イルカの存在を確認しろ、というのだ。当然、船上スタッフが案内してくれるのだから、等々。

しかし、それは、魂《ソウル》がみずからを開示する仕方とはまったく異なっている。魂《ソウル》は、偶然の遭遇を愛している。普通とは違った動き、変則的で直観的な行動が大好きなのだ。その理由については、本書のいたるところに示唆してある。

それはなぜか？ 私が思うに、魂《ソウル》とは、実は〝元型的冒険家《アーキタイパル・アドベンチャラー》〟、つまり、人生を、どこまでも個性溢れる創造性豊かな仕方で体験することを強く願う、目に見えない意識《コンシャスネス》だからなのである。

あのイルカたちは、私の記憶に強く刻み込まれ続けるだろう。なぜなら、彼らにも魂《ソウル》があるはずだからだ。彼らもまた、遊び、危険を冒し、狩を行うような冒険が大好きで、そして、私たちのような他の種と意思疎通したがっているに違いないのである。

冒険は、学者連中や〝肘掛け椅子哲学者〟たち、その他、いかなる種類の理論家たちにも閉ざされている扉を開いてくれるのだ。いつもというわけではないが、しばしば、それは開かれるのである。

哲学者イマヌエル・カントは、その全人生を通して単調な日課《ルーティン》を欠かさなかったが、それにもかかわらず、彼の知的冒険は、その背後で継続していたのである。

何も私は、突然、何か突飛な行動に出ることを読者に勧めているわけではないが、私のシンプルな冒険物語によって魂《ソウル》が揺り動かされ、より深く探求してみたいと思ってもらえたなら嬉しく思う。

第12章「魂《ソウル》のトレッキング」は、私に真の変容をもたらすことになった壮大な旅の、ごく一部について触れたものだが、それはまた私に、ジョーゼフ・キャンベルの「英雄の旅《ヒーローズ・ジャーニー》」の概念を確信させもしたのであった。

第16章「二つの寺院」は、一か八かで何かをやってみたら、それが、閉じられた扉を、自分自身のためばかりでなく、関係者全員のために開くことになった、という例である。私に食物を与えてくれた僧侶は、私のことをずっと覚えているだろうし、私の周囲を歩いていた人たちも同じだろう。私たちの魂《ソウル》は、実に奇妙な、かつ不可思議な仕方で、互いに影響し合っているのだ。

第17章「霊的《スピリチュアル》なジャングル」は、そもそも、冒険なしには、そこへ行くことがまったく不可能であった北インドで、修行者《サドゥー》たちを通して、まったく異なった種類の生活習慣と出会うという、もう一つの例である。修行者《サドゥー》たちにも、それは分かっていた。あのような場所に、いきなり立ち寄って私のような体験をしようと思っても、それは無理なのだ。冒険を通して、その権利を獲得しなくてはならないのである。これは、魂《ソウル》を理解する上での重要な概念である。〝名誉の勲章〟は、いくら出しても、金で買えるものではないのだ。

第22章「ラクダと本」では、すべての真の冒険に付き物の恐怖と緊張を、バーチャルに感じ取ってもらえれば嬉しい。「勇気」こそが、私たちが自分の魂《ソウル》に近づくための最も重要なツールなのである。まずは、〝私たちは魂《ソウル》ではない〟という考えを疑う勇気を持つことが必要なのだ…

古代文明

六、〇〇〇年前のものと言われるニューグレンジ遺跡と、それよりは新しいが、より有名な遺跡であるギザのピラミッドを訪れてからもう数十年が経つが、古代文明は、ずっと私の最も好きなテーマであり続けている。私には、考古学者たちによって鑑定された年代を疑うべき理由が十分にある。なぜなら、それよりずっと古い年代の方が現実的であるという、強力な証拠が存在するからだ。

一九九〇年に、トルコのギョベクリテペで発見された古代の宗教施設は、現在では、少なくとも一万一、〇〇〇年以上前のものであることが公式に認められている。これは明らかに、宗教的信仰を持つ洗練された文化によって建設されたものであるが、この発見によって、私を含めた多くの人々が、私たち人類の起源として公式に認められている年代について、より多くの疑念を抱くようになったのだった。

先に挙げた第4章「人の中の神殿《テンプル・イン・マン》」、そして第9章「ケルトの光《レイ》」、第14章「消えた契約の聖櫃《アーク》」、及び第15章「失われたキリストの棺《ひつぎ》」は、いずれも、私たちの宗教の物語が、私たちの想定よりも遥かに技術的に進歩した情報を含んでいることを示唆している。これを知ったら、直線的《リニア》な進化という概念の信憑性は、かなり揺らいでくるのではないだろうか。

私が日本で出会った中で最も古い文化的遺跡は、文句なしに、益田岩船《ますだのいわふね》と呼ばれ、奈良、飛鳥の山上の竹藪の中に、丸見えの状態でひっそりと鎮座している八〇〇トン（諸説あり）もの巨大石造物である。その前方に掲げられた立札には七世紀頃のものと書かれているが、私は、日本人の研究者の皆さんに、ぜひ、ボリビアやペルー、レバノンとロシアを訪れてみるようお勧めしたい。それらの場所では、これとよく似た、想像を絶するような巨石記念物と出会うことができるからだ。著述家にして研究者でもあるグラハム・ハンコック（Graham Hancock）の息子であるルークと一緒に、私が初めて、このきわめて珍しい（そして、見るからにまったく日本らしくない）造り物《オブジェ》を訪れた時には、その上に登り、そこに彫られた四角の穴に沿って正確な幅になるように、とても綺麗に切り取られた長辺を見たのであった。

心《マインド》を澄ませて、このような場所の真の年代を想像してみる、という精神的修練は、これまで一度も疑問視されたことのない知的推測に基づいた年代推定法を当然のように受け入れている現在の私たちにとっては、とても難しいことである。

また、同じく飛鳥にある奇妙な造り物《オブジェ》の酒船石《さかふねいし》は、酒を造るための巨石であると言われているが、ボリビアにある、また別の造り物《オブジェ》と実に良く似ているのだ。しかし、それは両方を見たことがある人でないと気づかないのである。

ボリビアに、きわめて古い文化が存在したのは明らかで、巨大な石造物を用いたその痕跡が、かの国のいたるところに残っている。こうした事実を受け入れることに対する抵抗感、あるいはそうでなくとも、このような偉大な遺跡に対して心を開くことに抗《あらが》うような私たちの感覚は、後期石器時代に大惨事が起きたとする、プラズマ宇宙についての説と関連があるのではないか、と私は思っている。

博識なるイマヌエル・ヴェリコフスキー（Immanuel Velikovsky）がきわめて明確に述べているように、この大惨事については世界中でしっかりと記憶されているにもかかわらず、私たちの心理的トラウマによって、それが完璧に覆い隠されているのだ。この地球上に生じた過去の激しい変動のために、私たちのＤＮＡそのものが損傷を受け、歪められた可能性があるのである。

環境問題の研究

このテーマも、以前からずっと私を魅了し続けているものだ。これを書いている、まさに今日、クリーンな未来を目指す私を勇気づけている人々の中の一人が、「クリーンなエネルギーを使って世界を良くする一、〇〇〇の方法」という論説を発表した。著者のベルトラン・ピカール（Bertrand Piccard）は、祖父と父を含む何代も続く探検家の家系に生まれた。何年か前に、彼は太陽エネルギーのみを利用する飛行機で世界一周の旅を行ったのであるが、私はそのオンライン・サポーターの一人だった。彼は、燃料なし、カーボンフットプリントなし、太陽以外のエネルギー源なしという条件下でも、地球をノンストップで一周することができるということを証明するためにその冒険を行ったのであった。

第20章「ガンジーの足跡をたどって」と、第23章「ディザスター・ビルダーズ」は、いずれも解決策《ソリューション》に関する章である。私たち自身が魂《ソウル》であるという感覚を、この世界の中でもっと磨いていくならば、それにつれて私たちは、自然環境に対しても、それにふさわしい深い尊敬の念で接するようになるだろうと、私は心から思っている。残念ながら、政治家が環境問題を解決しようとすると、一般的に言って、とても時間がかかるのである。

これも、ちょうど今日報じられた話なのだが、二〇二一年四月一四日現在、ここヴァンクーヴァー島では、森林伐採業者による原生林の伐採に抗議する若者たちが集まって、道路封鎖を行っているということだ。

私は、森林の持つ強靭な回復力を称賛したい。現代の研究によって分かってきたことだが、樹木たちは、私たちの想像を遥かに超えるほどの洗練された能力を持っているのだ。例えば、彼らは根のネットワークを通して、化学的伝達物質による通信を行っているという。そして、嵐が迫っていることなどについても、互いに注意喚起し合うらしいのだ…

健康とウェルビーイング

このテーマは、第19章「地球処方箋」で取り上げて論じているが、また、すでに挙げたスエット・ロッジやヴィジョン・クエストに関する章の中でも言及している。

さらには、第8章「魂《ソウル》の教授《プロフェッサー》」を加えても良いだろう。なぜなら、精神的《サイコロジカル》な健康とは、肉体と魂《ソウル》との両方の健康よりも優先すべきものだからだ。このテーマについては、これらのエッセイの中で、肉体と心《マインド》と魂《ソウル》とがどのように相互に関係し合っているかを様々な角度から探究し、健康のためには、これらすべてが等しく重要であるということを明らかにしていくことになる。

その他の様々な世界

第5章「光の都市」と第7章「エメラルド・フォレスト」も、このカテゴリーに含めることができる。なぜなら、これらの物語は、非物理的な魂《ソウル》の存在を考慮に入れなければ、その意味をまったく理解することができないような次元の体験に関するものだからである。

魂《ソウル》とはいったい何であるかということについては、いかなる手段を使っても説明することはできないが、明らかに魂《ソウル》ではないものについては、確信を持ってその概要を述べることができるのだ。

ということで、さあ、読者諸君、では、シートベルトを締めて、準備が出来たら、物質的科学が明確に設定した限界の彼方にある、人類の魂《ソウル》の、より深い領域に向けて出発しようではないか!

私の目的は、願わくは、旅人としての魂《ソウル》の気分を、読者の皆さんに少しでも味わっていただきたいということだ。魂《ソウル》は究極の冒険家なので、どうやら、私たち一人ひとりが自分自身の真の姿を見つけるため、偉大なる旅に出ることを願っているらしいのである。

その道中では、様々な人々との出会いがある。因習打破主義者の思想家、グラハム・ハンコック、平和のためアジアを横断したサティシュ・クマール（Satish Kumar）のような霊的環境運動家《スピリチュアル・エコロジスト》、ロシア守旧派によって政治的に裏切られたミハイル・ゴルバチョフ（Mikhail Gorbachev）、インドの女性聖者マタジ（Mataji）、チェロ奏者のヨーヨー・マ（Yo-Yo Ma）とコラボレーションするため会うことになった著名な歌舞伎俳優、もう二度と会えるかどうか分からない幻視的存在たち、巡礼者たち、シャーマンたち、デイヴィッド・アイク（David Icke）のような陰謀論者、先住民族のエルダーたち、地球とつながることを教えるローラ・コニヴァー（Laura Koniver）のようなグラウンディング・ドクターたち、何十年にもわたって注目すべき思想家たちをインタビューしてきた心理学者のジェフリー・ミシュラヴ（Jeffrey Mishlove）博士、脳を熟知している男爵夫人、変性意識の研究者たち、そして、おそらくは、これこそが最も重要なのかもしれないが、様々な内的、そして非物質的な「守護霊《ガイド》」たち。この「守護霊《ガイド》」たちは、人の魂《ソウル》の創造的な要素《エレメント》であって、私たちに、自分たちが物理的現実《リアリティ》を体験している霊《スピリチュアル》的な存在であるという、本来の、そして今も継続しつつある状態を思い起こさせるために、私たち自身が送り込んでいるのだと、私は考えている。

各エッセイは、それぞれが魂《ソウル》の様々な断片を伝えようとする試みであり、分かり易いものもあれば分かりにくいものもあるが、しかし、魂《ソウル》を説明する既知の手段がない今、私としては読者の皆さんが、これらの物語から推し測り、その暗示するところを汲み取ってくださることに期待するばかりである。

これら五〇のエッセイを読んで、個人としてのあなたにとって、魂《ソウル》がどんな意味を持つのかを考え、イメージしていただいた後、エピローグにご案内する運びとなるが、この章があなたの魂《ソウル》を揺り動かし、そして、文字通り不可知である未来に向けて、あなたを備えてくれることを願っている。

一千年後、この二一世紀を振り返ってみたとしたら、確かにそれは、とても奇妙なものに思えるに違いない。「あの時代、私たちはすべてを持っていたのに、自分たちが何であるのかを忘れてしまっていたのだ」と。

エピローグにおいて私は、「独立個人の魂《ソウル》」という私たちの地位《ステイタス》を、再び取り戻すことのできる世界へとご招待する。その意味は、実のところ、私たちは自分の運命の主人公だということである。私たちには未使用の力があり、その多くが見過ごされている能力があるのだが、それらは大量の嘘《フェイク》のニュースや物質主義者による洗脳《プログラミング》により、発揮されぬまま埋もれてしまっているのである。今のこの時代は、後世、「魂《ソウル》の暗い夜《ダーク・ナイト》」と称されるのかもしれない…

第1章
狂気の科学者《マッド・サイエンティスト》

予期できないことの達人になるのは不可能である。
ジョン・C・リリー

一九九二年　京都

京都市街を一望する丘陵である吉田山からは、東山に彫り込まれた大文字が、くっきりと浮かび上がって見える。その丘の頂上近くに八軒ほど立ち並ぶ伝統的家屋のうちの一軒を、私たちは、生態学、環境意識、コンピューター技術や人間の可能性《ポテンシャル》について国際的に研究するための事務所としていた。所長は、京都のバーチャル市長を務める天才、デイヴィッド・クビアックであった。

慢性的な資金不足ではあったが、それは多くの革新的アイデアを抱懐した「外人《ガイジン》」たちと、この古都にしてはきわめて珍しい種類《タイプ》の少数の日本人たちからなる、まさに「モトリー・クルー（混成旅団）」だった。

ある日、ゼーゼーと息を切らした狂気の科学者《マッド・サイエンティスト》が、助っ人たちに支えられながら事務所に入って来た。

もじゃもじゃの銀髪、体は曲がってこそいるが頑健そうで、丸メガネの下の口からはタバコが垂れ下がり、到着するやいなや、皆に「ハーイ！」と挨拶したものだ。

ここまで上がって来るには、幅広の石段を何十段も登って来なくてはならない。そして頂上に着く頃には麓《ふもと》の喧騒、つまり、近くの大学キャンパスや古い歴史ある銭湯、さらには、込み合う百万遍の交差点等々からはかなりの距離を置くことになる。一五分ほど歩いたところには、多くの観光客で賑わう銀閣寺があるが、そこからつながる哲学の道は、いつの頃にか、「考える人間」というものがこの世に存在したことを私たちに思い出させてくれる。私にしても、ここ最近、哲学者なるものと出会ったことがあっただろうか？

しかしながら、ジョン・C・リリー博士と一週間をともに過ごすうちに、哲学者は、今なおこの世に健在であることが分かった。彼らは、一見、そうとは分からないだけであった。ひょっとしたらその理由は、言葉には限界があること、そしてまた、人間の魂《ソウル》があまりにも壮大であるということを、彼らが悟ったからなのかもしれない。

ジョン・C・リリーは、もともと科学者であったが、その研究は彼を哲学者にした。良く知られている通り、哲学者と科学者は、同じ酒場で意気投合してつるんだりはしない。リリーの〝タンク〟を用いた勇敢にして先駆的なワークは、多くの正統派の科学者たちに、彼はタンクに入ったため、気が狂ったのだ、と思わせた。息を呑むほどに優れたリリーの研究を受け入れるには、科学者たちの心《マインド》が狭過ぎたのだ。そんなわけで、丘の上の私たちが、彼を迎えることになったのであった…

「牛乳だけで結構。ありがとう」そう言ってリリーは椅子でくつろぎ、灰皿を横に置くと、また、くだらない小説を読み始めた。浮浪者《ホーボー》のような身なりの彼は、靴下もはいていなかった。見た目からは、この老人がいったい何者なのか、誰にも分からないだろう。彼にとってそれは好都合だった。

その一週間、偶然の幸運《セレンディピティ》によって、私は彼の付き人となった。事務所には二人までしか寝泊まりができなかったからだ。私たちは毎朝、あの長い石段を下って最寄りの喫茶店まで歩き、トースト、ゆで卵、千切りキャベツとコーヒーからなるモーニングセットを注文した。当時は店内でタバコを吸うことができた。自分から話の口火を切ることはなかったが、彼にはいつでも質問に答える準備が出来ていた。おかげで、私は良い質問をするのがだんだん得意になっていった。私だけではなく、全員がそうだった。そのようにして、科学者としてのリリーの深遠なる自己探究に隠されていた輝かしい秘密が、おのずと明らかにされていったのだった。リリーは真の魂《ソウル》探究者であったが、他の多くの研究者たちと異なり、彼は資金を提供されて研究していた……

「アメリカ国立精神衛生研究所でLSDの研究をしていた。一九六六年に違法になってからは、私はLSDを合法的に使用できる、わずか二一〇名のうちの一人になった。同研究所から研究補助金をもらいながら、LSDを、スイスのサンド研究所から直接入手していたんだ」

「初めてのトリップでは何が起きましたか?」

「ええっと、タンクの中に入った途端、完全にパニックに陥った！　怖くてたまらなくなり、国立精神衛生研究所からのメモを幻覚で見た。それまでの五年間、私はあの連中と一緒に仕事していたんだ。メモにはこう書いてあった。〝ＬＳＤを一人で摂取する者はいない。前に一人で摂取した研究者は、テープレコーダーに食べられたぞ！〟とね」

素っ裸で、感覚遮断《アイソレーション》タンクの中の、体温と同程度に温められた高濃度塩水の中に浮かんでいるリリーを想像してみてほしい。音も視覚入力もなく、重力もない真っ暗闇の中に、彼の心《マインド》だけがある。人の心《マインド》に感覚遮断《アイソレーション》がどのような影響を及ぼすのかを研究するため、彼自身が発明して設計した装置の中に、彼は無重力状態で浮かんだのだった。

やがて彼の研究は映画になった。そこには馬鹿げたＳＦ調のひねりが加えられてはいたが、それでも、『アルタード・ステーツ（変性意識状態）』というタイトルは良い選択だったと思う。この、医学者であり、科学者であり、探検家である彼には、強力な幻覚が始まると、どこにも逃げ場がなかったのだ。

彼は八時間の間、一時間おきに一〇〇マイクログラムのＬＳＤを注入した。通常の知覚の限界を超えて浮遊するこのような旅を何度も行った後、彼は、アメリカ国立精神衛生研究所に対し、五年間にわたる研究補助金による成果をまとめたレポートを書いた。それはやがて、彼の著書の中で最も読みづらいものである『*Programming and Metaprogramming in the Human Biocomputer*』（『バイオコンピュータとＬＳＤ』菅靖彦訳、リブロポート）となった。

「五〇ページに入るまで、ＬＳＤについては一切触れていない。誰も四〇ページ以上は読まないような書き方にしたんだ。とても長ったらしい、哲学的な論文にね」

リリーは見るからに茶目っ気たっぷりで、ユーモア感覚に溢れていた。タンクの中で見せられたようなものを見たら、誰でもそうなるのだろう。ＬＳＤが完全に入手不可能となってから、彼は、医者から偏頭痛薬として投与されたものに、驚くべき幻覚作用があることを発見した。それはケタミンという名の、馬のための静脈注射用麻酔薬で、これが彼の次なる合法的な研究のためのツールとなった。

ある日、彼は、ガンの病に苦しむ妻を治療師《ヒーラー》のもとに連れて行った後、宿泊先のホテルの部屋で、ケタミンを摂取してベッドに横たわった。すると彼は、宇宙的《コズミック》スクーターのようなものに乗ってやって来たある人物が、彼を銀河の遊園地まで連れ去って行くのを幻視した。二人は、とあるゲートから中に入ったのだが、リリーによると、そこで起きた出来事の一パーセント程度しか言葉では表現することができないとのことだ。なぜなら、それはまったく異なった別の次元の現実《リアリティ》だったからである。あのような素晴らしい領域を、私たちが体験することを阻んでいるものは言語である、と、リリーは考えている。

「その何年か後に、カリフォルニア州ビッグ・サーのエサレンで講演したんだが、その時、カナダのブリティッシュ・コロンビア州から来たという男と出会った。この時の話をすると、彼もまったく同じ遊園地に行ったことがあると言う。中に入るために通ったゲートのナンバーまで一緒だったんだ！」

もっとケタミンの話をしてくれるように求めると、彼は、カリフォルニア州マリブのテレビ放送と意識がつながり、テレビスタジオから遠く離れた場所で、目を閉じてじっとしていたにもかかわらず、今どんな放送をやっているのかが分かった、と話した。

「こうした類のことは、実験によって、科学的に証明することができる」

「トリップする前と同じ人間として戻ってこられないかもしれない、ということについては、心配ではなかったんですか？」

「いったいどんなことが起きるのかと、いつも不安だったよ。実のところ、私は違った人間になったんだと思う。誰か別の人物が私の魂《ソウル》の中に入り込んで、それまでの存在と入れ替わったんじゃないか、とね」

コーヒーとタバコを終え、私たちはまた、丘の上に向かって歩き出した。そうした間にも私がずっと心配していたのは、自分が世話している間に彼がトリップして転んでしまい、数日後に大阪で開催される予定の、クジラ目に関する大規模な集会に参加できなくなるのではないか、ということであった。私の役目は、彼の通訳として、三〇〇人を超える聴衆との質疑応答を支援することだったのだ。

彼の設計した、より高度な感覚遮断《フローテーション》タンクは、意図的に、イルカたちが泳いだり遊んだりする海上に建設されていた。そこは米国領ヴァージン諸島の域内で、彼はそこに、アメリカ航空宇宙局（ＮＡＳＡ）、アメリカ国立科学財団、およびアメリカ国防総省から、五年間にわたって年間五〇万ドルの資金提供を受けて、私的な研究所を設立していたのだった。この研究も、やがて『イルカの日（*Day of the Dolphin*）』というタイトルの、奇妙な映画になった。

再び質問しようとした私に、リリーは言った。

「私に質問をしたり、私が書いた五冊のイルカ研究の本を読んだりするよりも、実際に野生のイルカと泳ぎに行って、自分で確かめてみた方がいいよ」

そこで、私は実際に泳ぎに行くことにしたのだった…

第2章 イルカ療法《ドルフィン・セラピー》

人生における最高のものは、自分の力の及ぶ範囲をまったく超えたところにある。

アブドゥール・シャ・フォランディ・ハシム

一九九三年　グランド・バハマ・バンクス

フロリダのフォート・ローダーデールから船で五時間、荒波に揺られながらの旅だった。リリーに強く影響された私は、野生のイルカたちと泳ごうと決意し、一族を引き連れてここまでやって来ていた。妻と三人の子どもたち、日本から来た姪、そしてヴァンクーバーの私の叔母という大所帯だ。最年少が九歳、最高齢は六十歳近くの叔母だった。一同は「ボトム・タイム2（*Bottom Time 2*）」という名の四角い金属製のクルーズ船に乗り込んで、初日の朝食の準備をしていた。

しかし、私はまったく食べる気がしなかった。期待で気が高ぶり過ぎていたのだ。私は船の厨房《ギャレー》をこっそり抜け出し、マスクとシュノーケル、そしてフィンを着けて、ターコイズブルーの海の中へと潜り込んだ。

白い砂の海底が五メートルほど下方に見える中、私は船を離れ、沖へ沖へと流されて行った。太陽と海、白砂と青い空という単純《シンプル》さが、私の期待をますます高まらせた。しかしながら、野生のイルカとは、人のいかなる指示にも従わないものなのであり、また、自尊心を持った船長《キャプテン》なら、客を喜ばせるために餌で彼らをおびき寄せようなどとは決して考えないのだ。決めるのはイルカたちだ。私たちではない。したがって、彼らの到来を画策することも、その日の展開を制御《コントロール》することも、論理的に不可能なのであった。だんだん分かってきたことだが、人生における最も素晴らしい体験とは、青天の霹靂《へきれき》のように、突如としてやって来るものなのである。しかし、だからといって、準備をしないというわけではない。ここに来るまでには多くの投資を行い、私は準備万端《レディ》だった。しかし、何に対して？

このざわざわとした感覚は、果たして予感なのだろうか？　まるで、マジックショーの開始を待ち受ける子どものような気分だった。しかし、私以外の誰も、このような感覚を抱いてはいないらしく、全員が朝食に没頭していた。食べ終わる頃には、当然イルカがやって来るものと信じながら。

しかし、それはとんだ思い違いだ。なぜなら、イルカたちは、私たちよりも大きな脳を持ちながら、かれこれ何百万年間も生き続けているのだ。こちらには、間違いなく、彼らと会うことで得るものが沢山あるのだが、彼らは私たちに、いったい何の用があるというのか？

イルカたちは、遊びやセックスなどの他にも、驚異的な敏捷性・俊敏性・ステルス性等の身体機能を駆使して、複雑な社会生活を営んでいる。その硬い尖《とが》った鼻は、サメなど簡単に突き殺すことができる。彼らは集団《グループ》の中に集団《グループ》を持ち、また、年齢や気性、性別、その他、私たちには思いもよらぬような因子によって、群れ《ポッド》の中に群れ《ポッド》を作るのだ。

ジョンの養女であるバーバラ・リリーによると、彼らは群れで暮らすことを余儀なくされているのだということだ。それは、もしもなんらかの理由で一頭が意識を失った時、その個体は呼吸できなくなるため、他のイルカたちに水面まで連れていってもらわなくてはならないからだ。すべての呼吸が随意的に行われているので、彼らは私たちのように眠ることはない。脳の片方の半球を休ませている間に、もう一方が生理的要求《ニーズ》の面倒を見るのだ。クジラもまた、体を直立させて浮きながら、同様のことを行う。

なぜ、彼らは今、急に私に会いに来るのだろうか？　理由は分からないが、イルカは人間と関わるのが好きだということは聞いていた。リリーによれば、雄のイルカは人間の女性とセックスするのが好きなのだそうだ。それは単なる冗談ではなかった。というのは、彼の島の研究所の女性スタッフの一人が、随意的にいつでも勃起ができる雄のイルカと実際にセックスしていた、という事実を、その後私は確認したからだ。驚いた！　しかも、実験が終了して、女性と離れ離れになってしまった後、そのイルカは悲しみのあまり自殺したのである。

真っ白な海底の砂で反射した太陽の光が、水色《アクアマリン》の海面ではね返ってくる。水面から顔を出して、数百メートル先に浮かぶ船を見た。もう、どうでもよかった。何かを感じた。他の何ものでもない、ぞくぞくする感覚。論理的一貫性を欠いたある期待。第六感。直観。訳の分からない望み。私の方から「遊ぼうよ！」というエネルギー波動を出していたのだろうか？　それとも、これから起こることに対して、イルカたちが私に準備を整えさせていたのか？　私が一緒に遊ぶだけの価値のある相手かどうかを確認していたのか？　あるいは、自分たちと同じ海にいるという単純な喜びが、彼らを誘引したのだろうか？　あるいはまた、何かもっと深いレベルのものが、このような突発的遭遇の起こる諸々の原因は、決して特定できるものではないということを教えてくれていたのだろうか？

これは、UFOからタイムスリップ、未来予知、あるいは感覚遮断《アイソレーション》タンク内での異次元領域の経験等に至るまでの、説明のつかぬすべての遭遇に当てはまることだ。リリーはLSDによる体験から、予期せぬことがいつでも起こりうる、ということを学んでおり、そして、それを制御《コントロール》するのは不可能である、ということを知っていた。彼はまた、コンピューター技術を用いて高周波のメッセージを送ると、イルカたちにはそれらが理解できることも知っていた。しかし、彼らの返信の解読《デコード》は、どうしてもできなかった。それはまるで、五つの心《マインド》が、途轍もない速さで同時に話しているようだった、と彼は言う。

リリーと出会って以来、私は彼の著書をすべて読み、イルカに関しては徹底的に学べるだけ学んだ。つまり、私は準備万端だったので、もしもイルカたちが、私の推測どおり知的であったとすれば、彼らにもそれが分かったはずだった。

シュノーケリングの場合、頭は海底に向けて潜る。より深く潜る秘訣は、垂直方向に潜りながら、頭を体と一直線にすることである。そのようにすれば、頭を突き出して周囲を見回すことで潜降速度が遅くなることもなく、より優雅に泳ぐことができ、また、結果的に、消費する酸素の量も少なくて済む。

水面から下を見ると、白い砂が私の周囲全体に広がっているように見えた。わざわざ潜って見るようなものがなかったので、私はリラックスし、ゆっくりとした動きで、さらに船から遠ざかって行った。まだ朝食を楽しんでいる連中からは、できるだけ離れた方が、出会える確率が高いだろうと考えていたのだ。しかし、思ってもいなかったのは、私が自分たちの集団《グループ》の偵察隊《スカウト》という役割を果たしていた、ということと、そしてまた、三〇頭以上ものイルカの大群の方でも、大人四頭、子ども一頭からなる、自分たちの偵察隊《スカウト》を派遣していた、ということであった。


無意識のうちに顔を右に向けて泳ぎ始めた私は、そこに見えたものに度肝を抜かれた。私のマスクから三〇センチ足らずのところに、高度な知性に満ちた眼があったのだ。そしてそれは、私の知性とのコンタクトに、まさにふさわしいレベルにあり、異種間コミュニケーションが実際に始まっていることを明らかにしていた。彼は私を見ていたのではなく、私の内面を覗き込んでいたのだった。その瞬間、喜びが溢れた。彼らがやって来ていたのだ！

私の魂《ソウル》を覗き込んでいる全長約二メートルのマダライルカの右隣に、もう一頭がやって来た。そして左を見ると、まるで鏡に映っているかのように、さらに二頭が、同様の、好奇心旺盛で少しコミカルな眼付で優雅に浮遊していた。そして、直感的に下を見ると、赤ちゃんイルカが私の真下を泳いでいた。私は、自分の船から約五〇〇メートル、そして、最寄りの陸地からは五〇キロメートル離れた海中で、五頭のイルカたちに囲まれていたのだった。それは法悦の時であった。

私たちは、とても長く、そして貴重に思われた時間を、そのようにして泳ぎ続けた。しかしながら、その頃、船上では、ようやく朝食を済ませた一同が、双眼鏡の視野の中に私を発見していたのだった。甲板から私の名を叫ぶ声が聞こえた。「戻って来て！」これら五頭が偵察隊《スカウト》であることを知らずに、私は船に戻るため方向転換した。すると、彼らも私と同様にした。船上の皆が、興奮気味に私の後方を指差しながら、急いで装具を身に着けているのが見えた。私には見えなかった背後に、三〇頭を超えるイルカの群れが、五頭の偵察隊《スカウト》と私に従って来ていたのだった。これから何時間も一緒に遊ぶつもりで。

浮き輪を着けた末っ子のタオを含む総勢一五名が、それからの約二時間もの間、イルカの群れと一緒に戯れて過ごした。泳ぎが得意な者は海に潜り、イルカがその後について泳いだ。泳ぎが得意でない者は、海面に浮かびながら、眼前で繰り広げられていることに、ただただ驚歎していた。どうやら、イルカたちは、時間を最大限に有効活用する術《すべ》を知っているらしく、完璧な優雅さと速さとをもって、ありとあらゆる角度から自分たちの艶やかな体を見せつけながら、次々と見事な動きを披露した。私たちは魅了された。

私たち全員が遊び疲れ、その限界に来ていることが明らかとなり、そして海面のうねりがだんだんと大きく危険なものになって来ると、ものの一分も経たぬうちに、イルカの群れはすべてその姿を消した。

その日以来、私は「イルカを引きつける男《ドルフィン・マグネット》」と呼ばれるようになり、その後も数多くのイルカとの遭遇を体験した。その頂点となったのは、六十六歳の時の、素晴らしく立派なバンドウイルカとの出会いだった。ビミニ環礁沖の海底から海面までを、抱擁《ハグ》できるぐらいの至近距離で、スパイラルのダンスを踊るように一緒に泳いだのだ。

しかしながら、野生イルカとの異種間コミュニケーションにおける厳格な鉄の掟の一つは、彼らがこちらに触りたければ触らせるが、こちらからは、決して彼らを触ってはならない、というものであった。古代から変わらぬ、きわめて繊細な彼らの魂《ソウル》は、私たちのような、未熟で若い種によってまさぐられてはならないのである。

もしも彼らが、偶然《ランダム》に起きる自然の突然変異によってもたらされた種であるとするならば、私たち人間はどうなのだろうか？

このことについては、これからだいぶ後になって、ケンブリッジ大学の科学者の研究を通して教えられることになる。彼によれば、ランダムな突然変異という学説を、真に裏付けるような決定的証拠は、ほとんどないということだった。彼と、その微生物学界の専門家チームは、「インテリジェント・デザイン(Intelligent Design)」研究のパイオニアであり、その成果は、私たちが、いかにして今の私たちになったのか、ということについてのまったく新しい見方を、私に与えてくれたのだった…

第3章

細胞《セル》の中の署名《シグネチャー》

DNA内の塩基の並びが、どうしてタンパク質分子構築を指示することなどできようか？

スティーヴン・C・マイヤー

二〇一九年　シアトル、ディスカバリー・インスティテュート

ありとあらゆるものがどんどん小さくなっていく中で、ナノテクノロジーは、ますます日本のビジネス革新の中心となっていくだろう。現在のiPhone（アイフォン）一台は、人類が初めて月面着陸した今から約半世紀前のアメリカ航空宇宙局（NASA）の、全コンピューターを合わせた以上の処理能力を持っている。今日、「ハイテク（高度科学技術）」と言えば、それは「極小」を意味している。あなたは、どこまで「小さなもの」を考えられるだろうか？　私が今から述べる、小さなマシンをご存じだろうか？　大きさは四〇ナノメートル。例えば、人の髪の毛一本が、太さ八〇、〇〇〇ナノメートルである。見た目としては、映画『マトリックス』の中に登場する高速センチネルのようなものを想像していただきたい。長い

鞭のような触手を使ってヒーローたちの船上に降下し、船体に穴を開けて破壊することができる、あの兵器だ。

次に、このナノサイズのマシンが、泥沼のように濃くぬかるんだ液体の中を、わずか一本の長い尾で前進する様子をイメージしてみてほしい。その駆動機構は、一般的なロータリーエンジンに見られるような複数のローターからなり、ベアリング、固定子、ドライブシャフト、そして、ユニバーサルジョイント等によって構成されている。これらが鞭のような尾を駆動させることで、途方もない速度で上下左右と、あらゆる方向に向かって進むことができるのである。それは一方向に向かって毎分一〇〇、〇〇〇回転のスピードで曲がることができるばかりか、わずか四分の一回転でその方向を反転させることもできるのだ！こんなことを可能とするためには、どれほどの技術力が必要か、考えてみていただきたい。どの方向にも時速一三〇キロで進むことができ、重力加速度の影響によってバラバラになることもない。これは、驚くべきことだ。搭載されているシグナル伝達系《トランスダクション》〔訳註1〕が、いわば短期記憶の役割を果たし、進もうとしている先の環境が、その存在に対して好意的か敵対的かを伝えるのである。映画『マトリックス』のセンチネルが、ネブカドネザルの乗組員の心臓の鼓動を見つけ出して狙うのと同じくらいたやすく、瞬時に環境中の脅威を感知し、方向転換することができるのだ。この設計図を描き、これほどまでに極小に創り上げた天才とは、いったいどこの誰なのか？

ええっと、科学の定説によれば、進化とは、いわゆる「偶然による突然変異（ランダム・ミューテーション）」によって起こる。つまり、設計者はいないということである。それは、ある日、突然現れたのだ。各ブッシュ、すべてのベアリング、決して壊れない強力な鞭、信じがたいほど便利な伝達系とは、すべて「バクテリア鞭毛《べんもう》」のものである。そう、あのお腹を痛くする病原性大腸菌に付いているあれである。あなたは、このような天才的技巧の宝庫なのだ。そしてその最たるものは、言うまでもなく、DNAそのものなのである。

当然のことながら、今から一六〇年前にダーウィンが『種の起源』を出版した頃には、今の私たちのような技術がなかったから、人の細胞内部の信じられないほどの複雑さについて、彼は知る由もなかった。やがて、電子顕微鏡が発明されたおかげで、私たちは過去二〇年間の間に、微生物学分野において驚くべき数々の発見をすることができた。そして、それらは、私が生まれた一九五二年あたりに、ワトソンとクリックがDNAの二重螺旋《らせん》構造を発見したことから可能となったのだった。〔訳註2〕

しかしながら、これから私が読者と共有する情報が実際に出て来たのは、一九九一年にディスカバリー・インスティテュートがシアトルに創設され、（インテリジェント・デザインと称する知的立場によって有名であると同時に悪名も高い）科学文化センターが開設されてからであった。その情報とは、つまるところ、設計者なしに設計はできないということである。今いる部屋の中を見回してみてほしい。そこに何か、偶然による突然変異によって出来たものはあるだろうか？　偶然によるコンピューター、偶然による腕時計、偶然によるモデム？

〔訳註1〕細胞間の情報伝達機能。
〔訳註2〕正確には、ワトソンとクリックがDNAの二重螺旋構造について解明したのは一九五三年である。

でも、ちょっと待った！　たしか、進化というものはきわめて長期間のうちに起こるので、その間に偶然による突然変異によってこのような驚異的な設計が生まれることには十分に可能性があるということから、ダーウィンの理論は正当化されたのではなかったか？

どうやら、きょう日《び》、ダーウィンの理論に反論すると、学界での評判や立場が悪くなるらしい。しかし、ユーチューブの講義や、マイケル・J・ベーエ（Michel J. Behe）による『ダーウィンのブラックボックス（*Darwin's Black Box*）』（長野敬・野村尚子訳、青土社）や、マイヤーと彼の有能な研究チームによる『細胞の中の署名（*Signature in the Cell*）』等の出版物のおかげで、素人ながらも私は、一般的な進化論である「偶然による突然変異」を真剣に疑うようになった。こうしたことは、ナノテクノロジーの急発展と、インテリジェント・デザイン研究チームのたぐいまれな知的弾力性《インテレクチュアル・レジリエンス》なしには不可能だっただろう。

しかしながら、ここでは、読者の皆さんと、多種多様な生命の形成が〝偶然の産物〟ではないという諸々の反論のすべてを共有するのではなく（そのような反論はきわめて多く、そんな中でいまだにダーウィンの進化論を信じる人がいるというのは、実に驚くべきことなのだが）、これを知ってしまえば、そうした議論に関心を抱かざるを得ないという、一つの反論だけを紹介したいと思う。その内容は、まったく科学的に難しくなく、また、生物学の知識も必要ない。それは単なる数字の遊びである。簡単な質問から始めよう。最小であるにもかかわらず、最も複雑な細菌の原動機《エンジン》である「バクテリア鞭毛」が、〝偶然〟によって出現する可能性はどれくらいだろうか？　それでは、見てみるとしよう…

スティーヴン・マイヤー（Stephen C. Meyer）は、ケンブリッジ大学の科学史・科学哲学科において博士号を取得しているが、彼によると、生物が偶然の産物だという理論の本当の問題点は、実のところ、〝改善〟の可能性は時間とともに低下していく、ということにあった。つまり、進化するより、退化する可能性の方が圧倒的に高いのだ。

これは、どういう意味か？ マイヤーによれば、「偶然による突然変異は、最適者生存《サヴァイヴァル》の説明にはなるが、その到来《アライヴァル》の説明にはならない」ということだ。

つまり、種の間の多様性や、現存する種の小規模な変化についての説明にはなるが、生命の歴史における主要な変革がもたらされた際の説明にはならないのだ。その理由は、突然変異は、必然的にＤＮＡ配列内の情報を劣化させるからである。コンピューターのコードや普通の英語の文章においても、その内容を突然変異させれば、必然的にその情報を劣化させることになるのと同じである。

突然変異体《ミュータント》を思い浮かべてみてほしい…

マイヤーによれば、意味をなすように並べた一二個のアルファベットの文字列に対して、意味をなさない並べ替え方は一〇〇兆通りある、とのことである。同様のことがタンパク質についても言える。一五〇のアミノ酸からなるタンパク質を例に取ってみよう。ご存じの通り、私たちの体は、このようなタンパク質によって出来ている。筋骨格系、心臓血管系など、私たちの身体の器官系には、それぞれ特定の組立要領が存在し、その手順は、タンパク質内のＤＮＡによってのみ提供できるのである。

マイヤーは続ける。「機能性タンパク質を造るすべてのDNA配列に対し、タンパク質を造れない配列の可能性は一〇の七七乗通りもある（一〇の後に〇が七七個も続くということは、きわめて大きな数字を表している）。これの意味するところは、つまり、探索範囲が広大であり、その範囲内の無数の可能性の中から、いかなる突然変異メカニズムをもってしても成功するような、機能的な配列を探し出さなければならない、ということである。

計算してみれば分かることだが、とにかく時間が足りないのだ。たとえ地球の誕生から四〇億年あったと考えたとしても、である。その範囲を効率的に探索するために十分な複製、あるいは複写《コピー》の機会がないのである！　十分な時間さえあれば、進化においてはなんでも可能であるという考えは吹き飛ばされたのだ。たとえ生命が、ビッグバンが起きた一三〇～一四〇億年前に始まったとしても、あなたを造るには時間が足りない。お堅い数学がいつも勝つのだ。かつてケンブリッジ大学で学んだ数学者（私は、てっきりダーウィン進化論の支持者であると確信していたのだが）に、偶然による突然変異についてどう思うかと尋ねてみたことがあるが、彼は返事の代わりに、鼻先でせせら笑っただけであった。

時間についてのこの深刻な問題は、ランダムにダイヤルを回すことで、四桁の自転車の鍵を開けようとするのと同じである。ダイヤルの数が四桁であれば、献身的な泥棒が絶え間なく取り組むことで対処は可能かもしれないが、桁数を増やすとずっと難しくなる。マイヤーは次のように語っている。「自転車の鍵が効果的なのは、鍵を掛けておくための組み合わせの方が、鍵を開けるためのそれよりも圧倒的に多いからである」

ほとんどの自転車の鍵は、一〇の数字と四つのダイヤルから成っている。したがって、泥棒が自転車を盗むためには、一〇、〇〇〇通りの可能性の中から、正しい組み合わせを探し当てなくてはならないということである。簡単な作業ではない。では、ダイヤルが一〇個あったら？　そして、一〇〇個あったならば？

このように確率論的に考えれば、宇宙は明らかに、生命を設計《デザイン》する知性《インテリジェンス》によって造られていることになる。しかし、古代の人々は暗黙のうちにこのことを信じていた。宇宙には魂《ソウル》があると知っていて、自分たちにもそれがあることが分かっていたのだ。さらには、自分たちの個々の魂《ソウル》が、やがては純粋な光に、星になることを知っていた。その結末に備えるために、彼らはその一生を過ごした。なぜなら、それが起きるのは偶然の機会によってでも、単純な希望によってでもないからだ。計画しなければならず、また、知性も必要だ。そして、彼らにはそれがあった。彼らは古代エジプト人だった…

第4章
人の中の神殿《テンプル・イン・マン》

この虚仮威《こけおど》しの科学の時代以前には、人類は愚者と迷信家のみによって構成されていたと、本当に言えるのか?

R・A・シュワラー・ドゥ・ルビッツ

二〇一九年　エジプト、ルクソール

これもまた、長い尾が付いた大きな頭のような物体ではあるが、ナノサイズではない。それでも、古代エジプト人が裸眼で見て確認するには、あまりにも小さ過ぎただろう。にもかかわらず、この「人体」のために造られた神殿の壁には「精子」が描かれているのだ。この特定の部屋は、「生殖」に関するものであった。

今、私は「人間の神殿《テンプル・オブ・マン》」を歩きながら、この神殿が人体と魂《ソウル》のより深い秘密を知るための三次元的な石の学校の役割を果たすものであるゆえんを、日本人の大集団《グループ》に向かって説明している。現代の学校や教室は、その中で学ぶカリキュラムとはなんのつながりがあるようにも造られていないが、古代人は、神殿やピラミッドや神社を建設する際、そこで教えるべき内容と直接関係があるように創ったのだ。聞く耳を持ち、見る目を持つならば、石はその教えを語り、そして開示してくれるのである。

この神殿は、それが最も影響力を持っていた時代には、ここから数キロ離れた、より大きくて古いカルナックという、世界で（アンコールワットに次いで）二番目に大きな石の神殿とつながっていた。そこで、私や私の日本人の友人たちにあることが起きたのだが、それは、これら古代の教育施設の魂《ソウル》が、いまだ確実に生きていることを示唆していた。

古代エジプト文明の全盛期には、二、〇〇〇体のスフィンクスが二つの神殿をつないでいたが、そのうちの数百体は今も残っている。なぜ、数百年もかけてカルナック神殿を建築したのかについては謎だが、このような石像がこれほどまで多く制作されたその理由も、私たち現代人にはきわめて想像しがたい。これらは自然界の万物と同様、フィボナッチ数列的な段階を追って展開するように創られていた。もしも古代エジプト文明があの時滅びてさえいなければ、彼らはカルナック神殿の規模を、今なお拡大し続けていたであろう。

神殿の建物正面に投影された音と光のショーはきわめて興味深く、もちろん、私たち現代人の物の考え方に基づいてではあるが、この神殿がいったいなんのためにあるのかということについて、私たちにヒントを与えてくれた。

すべては神アムン（*Amun*）のためなのであった。これは彼の家だったのだ。しかしながら、彼の名前の意味が「隠れたもの」であるように、物理的な眼によっては彼を見ることができず、また、誰も彼を見たことがなかった。しかし、エジプトの神々は魔法を使うので、私たちは彼らの動きによって、その存在を知ることができるのだ。

私たちを神殿に迎え入れるかのように、また別の種類の音と光のショーが披露された。大列柱室の上方に展開した動く光のスペクタクルに、日本人たちは歓声を上げていた。この強烈なエネルギーが、私たちの心の奥深くの何ものかを刺激したのか、何人かのメンバーが自分たちの手のひらを見ると、驚いたことに、そこには金粉が出現していた。ひょっとして、あのルビッツの言う愚者と迷信家とは私たちのことだったのか？ このようなことが、二人のエジプト人ガイドを含む計三〇名ほどの人間に、一度に起こるはずがないではないか？ しかしながら、これは、以降、私の身の上に展開しようとしていたことの、ほんの小手調べでしかなかったのである。

私はグループからはぐれてしまった。巨大な神殿では、一つ曲がり角を間違えただけで簡単にそのような状況に陥ってしまうのだ。それまでの二〇年の間に世界中の古代建築を訪れていた私は、それらがすべてつながっているのではないかと感じていた。建造物同士がつながっているだけでなく、あなたや私ともつながっている、と感じていたのだ。もちろん、これは純然たる直感ではあるが、しかしながら、世界の中でも特に保存状態の良い、エネルギー溢れる建造物の前では、この感覚は増幅されるようであった。そのような場所に一人でいると、より容易にそうした古代の信号を感知するような気がするのだ。もしかすると、石自体が今も振動して発信しているのかもしれない。次に起きたことについての、容易な説明はない。

「ああ！　アムンはずっとここにいたのだ！」

それほどシンプルなことだった。エジプト人たちは、全人生を費やして、彼らが神（God）と呼ぶところの存在とつながるために魂《ソウル》をチューニングしたのだ。そして、その結果を、皆が見ることができるようにと石に残した。アマチュア無線家たちが、時間的にも空間的にも非常に遠く離れたところからやって来る微弱な信号を拾おうとするように、彼らは忍耐力を鍛え、科学技術を開発して、それらを神話と祭儀とによって増強させたのだ。しかし、彼らの意図は、単に神と親しく交わるだけでなく、固い石の神殿に祭ることで、神が地球に根を下ろしてくれるようにすることにあった。

アムンは今も、この場所の主だったのだ。自分がどこにやって来たのかに気づいた瞬間、私は鳥肌が立った。そして、なぜ古代人が神を畏怖していたのかを理解した。彼らは決して恐れていたのではなかった。ただ、畏敬の念に打たれたのだ。なぜ、私たちはこのことを忘れてしまったのか？　紛れもなく、巨大な存在が、静寂の中でリアルに、それらのオベリスクや石柱、そして石像たちの間に座していた。私は、何ものかの、誰かの、あるいは魂《ソウル》の存在を、まざまざと感じた。それは、ずっとそこにいたのだ。去ってしまったのは、私たちの方だった。自分たちの無知によって…

翌日、私たちは「人間の神殿《テンプル・オブ・マン》（Temple of Man）」、またの名を「人の中の神殿《テンプル・イン・マン》（Temple in Man）」の中を散策した。後の方の名称は、偉大なる秘儀研究者であるR・A・シュワラー・ドゥ・ルビッツ（R. A. Schwaller de Lubicz）によって付けられたもので、彼は約二〇年間をかけて、そこで測れるものはすべて測ったのだった。その結果が、彼の最高傑作である『*The Temple in Man*（人の中の神殿）』である。

簡単に言えば、この神殿内を歩むことは、足から頭へとアセンションすることを表し、途中にあるいくつかの特定の部屋は、相関する私たちの体の部分の、より深い機能について説明しているのである。私は、入口でグループにこれらのことを説明したが、それが神殿の警備員たちに良く思われないであろうことは分かっていた。なぜなら、私たちより原始的であるはずの古代文化が、視床下部の機能について、あるいはそれが、デカルトが『魂《ソウル》の座』と呼んだ松果体と、どうつながっているかについて、知っていたわけがないからである。生殖にまつわる部屋の壁に描かれたシンボルが、きわめて正確に精子を表しているなど、現代科学を小馬鹿にするにも、ほどがあるのだ。彼らには顕微鏡がなかったのだから。

「アラブの春」の革命以前、ほとんどの神殿警備員たちは世襲によって仕事を引き継いでいた。知識の断片が、父から子へと託されたのだ。彼らの知識は表面的なものだったかもしれないが、それでも、今の考古学で教えるような知識よりは、ずっと確固としたものであった。

革命以降は、古代エジプトについての知識をまったく持たぬ、職を失った警官たちが雇われるようになった。仕事はもちろん保安であるが、しかしながら、神殿内におけるいかなる秘教的な行動も、明確に、そして有無を言わさず抑圧するという任務を、彼らは暗黙のうちに実行した。瞑想は禁止。音楽も禁止。余計なことは一切してはならない。ただ写真を撮って、おしゃべりをして、料金を払って、はいお終《しま》い…

こういったことは、世界中どこでも同じなので、私は事前にグループに伝え、その場所の深い意味については、まったく知らないかのように振る舞わせた。しかしながら、元警官たちも馬鹿ではなかった。私たちが何か企んでいることを察知し、私が日本語であれやこれやと説明している時には、常にグループのすぐ後ろにいた。私たちのツアーガイドは、ある一つのレベルのこと、つまり、ガイドブックにあるようなエジプトの説明をして、それを通訳するふりをしながら、私はまた別のレベルの説明を行った。そうすれば安全だった。

神殿内の人間の頭部エリア、つまり、ルビッツの深遠なる理解によれば脳であるエリアに入ると、私はたまらなくなって、おもわず全員で手をつなぎ、静かに目を閉じながら、この場所で起きたであろう不可思議な出来事を想像してみるよう促した。今、私たちの立っている場所で、かつて高度に進化した人々が、その生徒らに、人の体とは、生理学が暗示するよりもずっと素晴らしい存在を祭るための単なる石細工に過ぎず、その存在はアムンのように、透明で力強い魂《ソウル》を持つのだ、と教えたのだ。そして、その存在とは、まさにあなた《ユー》（you）なのである、と… そのような話は、ここの警備員たちには聞くに堪えないことであった。少しすると彼らがやって来て、そんな馬鹿げた説教はやめろと言わんばかりに制止したので、私たちは夕食に出掛けた。

なんと哀れな、迷信深い愚者たちだろうか！ 物質主義的科学によって言葉巧みに欺かれ、左脳的（cerebral）な学者たちに考えを規制されているのだ。ほとんどの古代遺跡が荒廃してしまっているのも無理ないことである。これらの場所に残された信号に対してオープンでさえいたなら、そこにチューニングして、少なくとも、かすかな囁《ささや》き声を聞くことはできるだろう。それは、一つの明確なメッセージを発している。「あなたは魂《ソウル》なのだ！」と。

魂《ソウル》の医者や科学者は、もちろん、地球上から消え去ってはいなかった。その中でも、古代エジプト人は最も偉大な人々であり、また、最も豊富な歴史的遺産を所有していた。彼らは、文明が開始した頃に最も高度な功績を上げ、滅びた頃、最も低度な功績を上げていた。最も高い達成から始まり、最も低い達成で滅びたのだ。それはまるで、偶然による進化論を嘲笑《あざわら》うかのようだ。

彼らからギリシア、そしてローマへと、神々は名前を変えただけであった。ローマ人はイタリア人となった。そして、そのうちのある者たちは、古代エジプト人の生まれ変わりであることを、私は知ったのだった…

第5章
光の都市

魔法とは、不可能を可能にすることである。
オベルト・アイラウディ

一九九五年　北イタリア、ダマヌール

地表すれすれのところに浮かんでいたチカチカと眩《まばゆ》く点滅する光球《オーブ》は、ゆっくりと地下に消えて行った。博識な科学者なら、間違いなく、それを「沼気《メタンガス》」で片づけたことだろう。しかし、この閑静なトリノ郊外に沼はなかった。

私と日本人である妻は、互いに顔を見合わせて、「やっぱりね」というようなことを言い合った。まったく驚かなかったのだ。なぜなら、この丘陵地帯の一角の地下に何があるかを知っていたからである。

この日は、四半世紀の後、きわめて成功した実験的コミュニティの一例として、世界中に知れわたることになるこの場所を紹介するツアーの最終日であり、そのクライマックスであった。

私たちは、日本からは初めてとなる「人類の神殿（Temple of Mankind）」への訪問グループとともに、数日間をそこで過ごしていた。同神殿は、二〇年近くもの間、秘密裏に進められていたプロジェクトだったが、イタリア政府に取り壊すと脅された建設関係者たちは、新たな力であるインターネットを駆使して支援を募った。すると瞬く間に、その建築物は、イタリアのルネサンス期の巨匠たちのそれと比べうるレベルの芸術作品である、と認められるようになった。この件については後に、かの有名な「アカデミー・デ・ボザール」によって正式に発表されている。

それまで、ここの創始者と建築家らに会って話をし、また、前の週のほとんどを、その驚くべき内室を歩いてまわることに費やしていた私たちにとって、点滅する光球《オーブ》との遭遇は、〝ダマヌール〟とは何かを説明する長文の、最後に打たれた終止符のようなものであった。まるで、「どうだ？　これで分かったか？」と言わんばかりに。魂《ソウル》の活動にはしばしば光が関係してくることを、私たちは、エジプトのカルナック神殿を始め、これまでにも様々な場所で体験していたのだ。

「〝ダマヌール〟という名は、古代エジプトの都市名から来ています。その意味は〝光の都市（City of Light）〟です」

私たちのガイドは、トリノにある、世界で二番目に大きなエジプト博物館の、身長二メートルに達するエジプトの女神、セクメト像の前に立っていた。セクメトは、女性の体にライオンの頭を持っている。

「皆さんをここにお連れしたのは、私たちが古代エジプトで、科学者、錬金術師、魔法使いとして、ともに働いていた頃のことを思い出していただくためです。これらの石像にはエネルギーが込められており、魂《ソウル》の中に眠っている記憶を呼び覚ますことができるのです」

セクメトとは、癒しと戦いの女神であった。

「ということは、つまり、ダマヌール連合体のメンバーは、全員が古代エジプトとつながりがあるとおっしゃるのですか？」

「はい、そうです。私たちは全員、この時代に転生して、何千年も前に始めた仕事《ワーク》を再び創造しようと決めて来ているのです」

「それはどんな仕事《ワーク》なのですか？」

「過去を変えることによって未来を変える、というものです」


愛嬌たっぷりで元気溌剌としたガイドが言うには、この博物館は無料である上、沢山の古代エジプト由来の人工遺物《アーティファクト》の原物が展示されているので、もう少しで潜伏記憶が現れそうな段階に来ている人たちを引きつけるのだそうだ。すると、なぜか分からないが、連合体について調べてみようという気持ちになり、やがて、そのうちの何人かは、このきわめて実験的ではあるが成功しているプロジェクトの、いまや七〇〇名を超えるメンバーに加わることになるというのだ。

私は、これら何百人もの人々は皆精神疾患を患っていて、カルトで誘発された幻覚を体験しているか、はたまた、彼ら自身が知る限りにおいての真実を話しているかのいずれかに違いないと推定した。

「ええ、私たちは、イタリアのカルト研究の第一人者であり、洗脳解除に関する専門家でもある人物によって徹底的に調べられ、面接診断を受けました。その結果、彼は、私たちは間違いなく、完全に正気であると結論づけました」

モナリザのような彼女の微笑《ほほえ》みは、穏やかで誠実そのものだった。

「通常、私たちは新しい訪問者を、まず、ここにお連れします。私たちが、本当はどこから来ているのかを体験していただくためです」

地下神殿のエネルギーはあまりにも強烈で、気軽に入れるものではなかったので、事前に三日間の準備期間が設けられた。瞑想、講義、それに、ここの背景に関する知識の助けによって、私たちをこれから体験することに順応できるようにしたのだ。

超カトリック的な(ultra-Catholic)村が広がる丘陵の地下にある、岩を掘り抜いて造られた、鐘のような形をした空間を想像してみてほしい。何十年もの間、夜な夜な手作業で掘り続けられ、何百万個もの岩石が、次々に増え続けるボランティアたちの手にしたバケツによって運び出されたのだ。

まさか、そんなことがあるはずがない、と最初は思っていた、おとぎ話だと。ところが、その近郊に点々と居住するメンバーの家々の壁からは、太い銅線が突き出ているのが見えた。

「神殿には沢山の銅線が巻かれており、それらを通して、地下で私たちの家と神殿が接続しているのです。おかげで、私たちは神殿の活動と常につながっていることができます」

私はこれらの説明を英語から日本語に直して通訳していたのだが、その英語も、もともとはイタリア語から翻訳されたものであった。しかし、それでもなお、この物理的な接続方法が何か特別なものであって、私の知らない、ある種の科学に基づいているということに疑問の余地はないと思われた。

私はレオナルド・ダ・ヴィンチのことを思った。彼は、いつも二つの要素を自分の作品の中で混ぜ合わせていた。科学《シエンツァ》と芸術《アルテ》（*Scienza/Arte*）が、彼の天才《ジーニアス》の鍵《キー》であった。つまり、脳の両半球が同じだけ働いているという状態である。なんと言っても、ここはイタリア、システィーナ礼拝堂とミケランジェロの彫刻の国なのだ。今この場所で、次なるルネサンスが復興したとしても不思議はないのではないか？


ダマヌールは、「スピリチュアル・コミュニティ」だ、と言われることもあれば、「独自の通貨・法律・言語を持つエコ・ヴィレッジ」である、と言われることもある。あるいは、「帰って来たアトランティス（Atlantis come back）」などと称されることもあった。

この神殿の中を歩く体験は、人類史上のすべての神々を確認することに似ていた。その神々は、彫刻やモザイク、絵画、そして、建築そのものによって表されていた。

神殿には何度か訪れているが、初めての時、通訳のため説明を丸暗記しなくてはならなかった私は、その中を続けて五回繰り返して歩いた。その時、これらの芸術には共通する一つの目的があることに気づいた。

その目的とは、あまりにも多くの競合する〝神々〟のために、割れた鏡のように粉々に分断されてしまった、私たち人類の魂《ソウル》を統合することである。

統合することさえできれば、私たちには、この上なく素晴らしい技《わざ》が可能となるのだ。新しい生き方を築き、具現化し、発明する、という素晴らしい技である。

何度か訪れているうちに、私は確信した。意識進化のための巨大な社会的、精神的、芸術的実験を開始してから四〇年目に入る〝ダマヌリアン〟だが、この連合体に属する笑顔溢れる勤勉な人たちは、私たちの過去と未来について、何か教えるものを持っているのだ。なにしろ、彼らにはタイムマシンがあるのだから。

実際にそのマシンを見て、そして、それを使ったという何人かのダマヌールの人たちをインタビューした結果、徐々に詳細が判明してきた。彼らが行った儀式は、古代エジプト人やギリシア人が行ったような、音楽とダンスや瞑想を主要素とするものだったが、それらを行うことで神殿にエネルギー（他の形態に変換できる人的エネルギー）が十分に満たされ、それがタイムトラベル実験のための巨大な超蓄電池《スーパー・バッテリー》になるのであった。地球の電磁波によってチャージされた地上的エネルギーが、人《ヒューマン》／魂《ソウル》のエネルギーと組み合わされるのだ。

参加者は、何年も訓練を受けた後に、天井まで届く何本もの細長い銅柱で囲まれ、ＤＮＡ情報をダウンロードするためのスキャン装置を付けた円形の檻のようなサークルの中に入り、そして、消える。このことが起きた瞬間、彼らの体の質量とちょうど同じだけの量の水が流れ出るのだそうだ。これは、過去と現在を司るエネルギー公式を正確に等価にするためだ、と説明を受けた。これは科学なのか、それともＳＦか？

「私たちは石器時代に現れ出たが、そこは数人の猟師たちの面前だった。彼らが私たちを襲おうと飛びかかって来たので緊急帰還した。私が転倒した時につかんだ草は、生き生きとしていて若緑色だったが、帰還後、それはただちに茶色に変色し、その後、塵となった」

私にこれを話してくれている男性は、周辺の村の村長に選ばれたほどの人物だから、精神的にも肉体的にも健全であることは確かだった。「ファルコ（Falco）」とは、彼、アイラウディ（Airaudi）が自分自身に付けた名前だが（エジプトの神ホルスに由来）、そのファルコが、私にこう打ち明けた。

「ホピ族は人類について、今のままの軌道で続けるならば、人類は必ず崩壊すると予言しているが、大惨事にならない別の時間軸《タイムライン》が存在する。そして、そこに移行《シフト》することができる。しかしながら、そこに行くためには、過去の特定の事象《イベント》を微調整（fine tune）する必要がある。『過去』に対して『未来』である私たちが、なんらかの違いを生じさせる『原因』になることができるのだ」

もちろん、原因は結果に先行する。しかし、本当なのだろうか？

『リアル・ローヴァー（*Real Rover*）』というインタビュー番組《ポッドキャスト》を主宰しているおかげで、私にはかなり幅広い研究者、作家や理論家たちとの人脈があるのだが、そのうちの一人が、私に「逆因果《レトロコーゼーション》」について話してくれた…

第6章

ユング博士と、未来からやって来た黄金虫《スカラベ》

「普通《ノーマル》」であることは、不成功に終わった者にとっての素晴らしき理想である。

C・G・ユング『魂《ソウル》を求める現代人』

二〇一九年　日本、三田市《さんだ》

端正な顔立ちの期待の新人作家、エリック・ワーゴ（Eric Wargo）氏が、アメリカのシアトルから『リアル・ローヴァー（*Real Rover*）』の番組《ポッドキャスト》に参加してくれた。『リアル・ローヴァー』とは、「普通《ノーマル》」であることに興味のない、つまり、世界の定説などにはもはや関心のない革新的な思想家、哲学者、研究者、そして因習打破的な科学者たちとつながるために私が創設したインターネット上の番組である。彼らのことを私は「心《マインド》の異端児《マーヴェリック》」と呼んでいるが、ポッドキャストであれば、世界中のそのような対象者たちに接触して、ズームやスカイプを使ったオンラインでのインタビューを申し込むことができるのだ。

私は、何百ページもあるワーゴの新著『タイム・ループス（*Time Loops*）』を読んで、その

「逆因果《レトロコーゼーション》」に関する長年の研究に関心を持った。もしも、この考えになんらかの真実があるとすれば、そこには革新的な意味が含まれていた。
彼がその著書の中で伝えようとしている内容を端的に表そうとするならば、それは次のようなものになる。

「現在」とは、同時に、「過去」と「未来」との両方の結果である。

彼の著書で特に素晴らしいところは、奇想天外な概念を、それを支持する古典物理学と量子力学との両分野における文献を援用して説明していることだった。

スイスの精神分析医、カール・グスタフ・ユングについて、現代のネット上の動画視聴者の多くは、『危険なメソッド（*A Dangerous Method*）』でマイケル・ファスベンダーが演じたその姿を思い浮かべるかもしれない。ジークムント・フロイトの弟子としてのユングは、夢分析によって魂《ソウル》を科学的に探究する偉大なる開拓者の一人になるはずだった。それで、彼は開業医として、感情的な、あるいは精神的な苦痛に悩む患者とのやりとりを克明に記録していた。偶発的な出来事を、非因果的連関の原理で説明するための「共時性《シンクロニシティ》」という用語を造ったのは彼であった。しかしながら、ワーゴは「共時性《シンクロニシティ》」について、そのような意味における原理とはまったく関係のない、別の考えを持っていた。

一九八〇年代初頭、私は「箱庭療法」について学ぶため、京都大学の河合隼雄教授のユング心理学講座に通っていた。そんな中、私は三人の子どもたちのために、洛北にあった自宅の庭に砂場を造り、そこで子どもたちに、自由に砂で何かを創ったり壊したりさせていた。

河合教授の講座で唯一の外国人であった私は、ある日の講義中、先生がユングの「共時性《シンクロニシティ》」について話していた時、手を挙げて質問した。

「日本語の〝縁〟の概念は、それに近いですか？」

先生は、「たしかに、人と人との出逢いには、いつどこで会うか、また、どのような展開になるのかということについてミステリアスな要素があるので、共通点はあるでしょう」と、同意してくれた。

〝縁〟というものは、しばしば、因果の法則とは無関係であるように見えても、当事者にとっては、不思議となんらかの意味があるようなのだ。それを「運命のお導き」と呼ぶ人もいる。

一つ例を挙げよう。一九九〇年代の中頃、私は講演のために日本中を駆け回っていた。当時、私は巨大な金属製のケースに入れた、とても重いプロジェクターを持って、各地を転々と歩きまわらなくてはならなかった。ある日、私は長崎で、世界各地におけるシリウスにまつわるオカルト史について講演を行う予定になっていた。羽田空港の搭乗口に着いた私は疲れ切っており、心の中で密かに、私の講演を励ましてくれるような、何か特別なお告げ《サイン》が欲しいと願っていた。すると、飛行機に近づいた瞬間、そこに明らかなそれを見たのだった。後にインターネットで調べて知ったのだが、ＪＡＬの新しいボーイング７７７機には、それぞれに星の名前が付いていた。そして、私が乗り込もうとしていた飛行機に付けられた星の名前は、まさに「シリウス」だったのだ！

簡単に言えば、これが「共時性《シンクロニシティ》」で、私にとっては意味があったのである。それによって、何か見えざる手に助けられたかのように、私の精神は大きくリフレッシュされた。統計学的に言って、このようなことが〝偶然〟に起こる確率は、たとえ、そんなものが計算できたとしても、限りなく低いに違いない。だが、果たして本当にそうなのだろうか？

ワーゴに、「逆因果」の例を挙げてくれるよう依頼してみた。彼の著書には、きわめて多くの興味深い例が収録されていたが、その中には、到底信じられないと思われるようなものもあった。彼が言うには、最も多く「逆因果」を体験しているのは作家だった。その理由は、作家というものは、日頃から夢や予感や直感に気をつけているから、ということであった。

フィリップ・K・ディック（Philip K. Dick）のような作家（『マイノリティ・リポート』、『ブレード・ランナー』、『トータル・リコール』などの映画の原作は、すべて彼のものである）は、多くのアイデアを、しばしば無意識的に、夢や予感や想像力をかきたてるような霊感のひらめきを通して未来から得ていたということである。しかし、逆因果をタイムループとして考えるなら、逆に、そういった作家たちの作品が、今度は創造性豊かな人たちにひらめきを与え、新しい発明へとつながった、ということも有り得るのではないだろうか？

彼のSF小説が出版されてから数十年後、ディックが書いたのと同じ機会や状況、あるいは、人物までもが現れる。一九五六年にディックは、後にトム・クルーズ主演の映画の原作となる『マイノリティ・レポート』を書いたが、その中で彼は、顔認識技術を紹介していた。そして、ディックが同作品を執筆してから半世紀以上が経った今、少なからぬ人々が、アイフォンの画面のロック解除のために顔認識を採用しているのだ。

また、ディックの秀逸な小説『ユービック』には、モノがインターネットにつながる状況が描かれているが、現在の家電など、様々な機器を接続することができる私たちの5G移動通信システムの名称は、まさに「モノのインターネット（IoT）」である！　さらには、映画『トータル・リコール』の中には運転手のいない車が登場するが、今では間違いなくこれも存在するし、一九七七年、フランスのメス市（Metz）で開催されたSF会議で、彼は、後に伝説的な映画となる、第1章でも触れた『マトリックス』のテーマそのものについて語っていたのだ。

ユングについて、広範にわたって研究を続けてきたワーゴが挙げてくれた逆因果の例は、ユングが、きわめて合理主義的な考え方の持ち主だが精神疾患を抱えている女性の治療にあたっていた時に経験した、有名な遭遇にまつわるものであった。彼女は、前の晩に見た夢について詳しく話していた。

「夢の中で、誰かが私に、エジプトのスカラベの形をした金の宝飾品を贈りました」

その瞬間、ユングは、スイスにあった彼のオフィスの窓辺を叩く音に気を逸らされた。緑色の黄金虫《コガネムシ》が中に入ろうとしていたのだ。実際、それはエジプトのスカラベの欧州版であった。彼女が夢で見たのと、まさに同じ昆虫だったのだ。ユングは窓を開けて、手のひらを合わせた隙間に虫を入れ、驚いている患者に見せた。当然ながら、これは彼女にとって大きな意味を持ち、おかげで彼女は、その左脳的・分析的な考え方から解放されたのであった。

たしかに、共時性《シンクロニシティ》というものはきわめて逆説的で理解しがたい。いったい全体、宇宙は、どうやってそのような意味のある偶然を創り出すのだろうか？　そうした状況が起きる統計学的確率はゼロに等しいのだ。

しかしながらワーゴは、この有名な遭遇については、また別の考え方を持っていた。しかも、その立場はきわめて物理的なものであった。

「宇宙や魂《ソウル》の働きなんかよりも、もっと理由は単純《シンプル》だったのかもしれませんよ。ひょっとすると彼女は、翌日、ユングがオフィスで彼女に黄金虫を渡すのを予知したのかもしれません。そして、それが夢の中では潤色されていたのです」

ワーゴは、まったく新しい概念を私に提示した。逆因果によって誘発されたタイムループとは、どういう意味なのか？　彼女が前の晩に見た夢を語ったことで、ユングは窓の外を叩いている黄金虫に気づいた。そして、それを彼女に渡すことになったのである。しかし、もし彼がそうしていなければ、彼女は前の晩にその夢を見なかったのか。ユングが彼女に黄金虫を渡したことは、夢の中では、金のスカラベの形をした宝飾品を贈られるという形で現れていたのだ。

これこそは典型的なタイムループではないか！　彼女は未来の夢を見て、それが現在となって具現化された。つまり、彼女の夢が未来に影響を与えたということである。しかしながら、この未来が彼女の過去に影響を及ぼしたため、彼女に夢を見させたのだ。そして、やがてユングとの先述のエピソードとして結晶化した？

タイムループを完全に消化するにはまだまだ時間がかかりそうだったが、この概念自体には価値があると思われた。

「オッカムのカミソリ（Occam's razor）」という哲学的概念がある。最も単純《シンプル》な説明が真実を表すというものである。どちらがより単純《シンプル》なのだろうか？　共時性《シンクロニシティ》か、はたまた逆因果《レトロコーゼーション》か？　予知か、それとも、不可思議なる運命の手によるものか？

ワーゴは私に、まったく新しいものの見方を与えてくれた。しかも彼の説明は、いかなる超能力（psychic）にも頼っていなかったのだ。私は何十年もリモート・ヴューイング（remote viewing 遠隔透視）を教えているので、予知に関しては馴染んでいた。私の生徒たちは、講座を修了してから、テレパシー、明晰夢、そして予知の能力が急激に伸びたことに気づいたと言う。二〇年の間に、私は、日本とイギリス、さらにはカナダを合わせると一、〇〇〇人以上の人々を教えてきたが、その圧倒的多数を占めるのは日本人であった。日本人の精神性、感受性、そして、生まれながらの誠実さと謙虚さは、リモート・ヴューイングにおいてもきわめて効果的に働くのではないかと考えていたが、私の推測は正しかったようだ。ますます多くの普通の人たちが、時間的にも空間的にも遠く離れたターゲットとコンタクトできるようになってきているようなのである。

ある時、東京でリモート・ヴューイング講座を行った際、ターゲットの事象《イベント》を説明してくれるよう頼んだ参加者の女性が、教室の中で大声をあげて叫んだ。その時のターゲットは、ジョン・レノンの暗殺現場だったのである。

リモート・ヴューイングは、私がアマゾンの川沿いの村「インフィエルノ」で、その村長であり、偉大なるダーク・アヤワスカ・シャーマンでもあるドン・イグナシオ（Don Ignacio）の指導のもとできわめて過酷な体験をした際に、自身の安定を保つのに大いに役立った。ちなみに「インフィエルノ」とは、スペイン語で「地獄」のことだ！

第7章

エメラルド・フォレスト

もしも自分のためだけに生きるとするならば、それはもう
死ぬと決めたも同然である。

セザール・カルヴォ『イノ・モクソ――
アッパーアマゾンの魔法使いの教え』

一九九六年　ペルーのインフィエルノからマドレ・デ・ディオス川を川上に向かって三時間徒歩で登ったところにある、タンボパタ・ジャングル・ロッジ

ここに到着する前の一週間も、文明から遠く離れた場所でのきわめて感動的な時間を過ごした。ガイドとして日本人グループを案内しながら、私は、ユカタン半島でマヤの一〇を超える遺跡を探検していた。一行は、照りつけるメキシコの太陽とその豊かな文化のもとで、シンプルでヘルシーな食事と、新鮮なジャングルフルーツを満喫していた。

日本に帰国する妻とメリダ空港で別れた後、私は独り、リマへ飛び、そこからクスコに出て、その後、

アンデス山脈を横断しながらボリビアの国境付近へと向かった。やがて、小さな埃っぽい空港にたどりつくと、そこがジャングルに最も近い「プエルト・マルドナド」の空港であった。

そこから、古びた船外機付きの、いわゆる「ペケペケ船」に乗って、パッパッパッパッと音を立てながらタンボパタ川を上った。目的は、謎めいたシャーマンにしてアヤワスカ使い《アヤワスケロ》（*ayahuasquero*）である人物と会うためだった。彼は、有名なクランデーロ（*curandero*）、つまり治療師《ヒーラー》であると同時に、インフィエルノという名の小さな村の村長でもあった。

ペケペケ船は、幅の広い茶色に濁った川の、ぬかるんだ土手に接岸した。船の上から、ぬかるんでいないあたりを狙って飛び降りると、そのマエストロ（マスター）、ドン・イグナシオなる人物の住んでいそうなところへと案内してもらった。

その当時はまだ、アマゾン川の沿岸に生えている木のつるに、チャクルーナという葉を混ぜて作るヤヘ（*yagé*）、またの名をアヤワスカという物質の持つ不思議な力については、あまり知られていなかった。アヤワスカとは、ペルーで現在も広く使われているケチュア語で、「魂《ソウル》のツル」という意味である。この植物は、頑丈なねじれたツタで、木の周囲に絡みながら上に向かって成長する。

あれから二五年経ってこれを書いているのだが、今ではこの神秘の植物は、ハリウッドのセレブやシリコンバレーの経営者連、そして、映画『アバター』のジェイムズ・キャメロン監督などを含む、自分の内により深い世界を見つけたいと願う何百万人もの人々の御用達となっている。

この植物からの抽出物は、驚異的な創造力を駆り立てる。このポーションを摂取したことのある人なら誰でも、キャメロンの描く惑星パンドラの背景や登場人物を見て、すぐに懐かしさを覚えるだろう。テレパシーにより環境と完全につながりながら、ナヴィ（エジプト神セクメトのような青い猫形のヒューマノイド）たちは、生態学《エコロジー》の真の意味は、自分たちの住む惑星《ホーム》を守ることだと理解していた。彼らの宿敵は、技術力を乱用する未来の人間たちであり、それは、ただ単に、ナヴィ族の森から採れる希少な鉱物が欲しいだけの者たちなのであった。

今日、ジャングルを訪れるなら、次に述べるような、きわめて皮肉な光景が見られるであろう。つまり、ジャングルを破壊するような文化を持つ社会からやって来た裕福な旅行者たちが、その深い森に入って、いかにして環境と調和しながら生きるかを学ぼうとしている、といった光景だ。

先述のオスカー受賞作の制作にあたってキャメロンを鼓舞したのは、『エメラルド・フォレスト』という一九八〇年代の映画であった。白人の男の子が、アマゾンの部族にさらわれる話である。その部族の酋長もアヤワスケロ（アヤワスカ使い）であり、彼には強力な未来のヴィジョンが見えた。彼が見たヴィジョンは、やがて白人たちがやって来て、その土地で採れる最も重要な資源であるゴムの木を搾取するため、彼らの住まいであるジャングルを破壊するというものだった。酋長は、彼らにとって聖なる植物であるアヤワスカを使って、少年に、森について彼の知るすべてを教え、やがて青年になった彼を文明社会に戻した。そこで青年はライフルを入手し、それらをジャングルに持ち帰って地元民と一緒に土地を守り、ゴム侵略者たちを撃退する。その後、彼は、ついにアッパーアマゾンの偉大なる呪術師、イノ・モクソ（*Ino Moxo*）となった。その名の意味は、黒豹《ブラック・パンサー》である。

密生した下草を押し分けながら進み、やがて広場に出た。そこには、しなやかそうな体つきの老人が、火のそばに低くしゃがみ込んで鉄製の大鍋を沸かしていた。背は低く、七十代後半に見えた。私は彼の横にしゃがんで、濃い茶色の液体が混ぜられているのを見ていた。すると彼は、ぶつ切りのツタを何度も沸騰させては足し水をして、その中にチャクルーナの葉を追加した。

「アヤワスカ、ムイ・ビエン？」私は、そのシャーマン兼村長に、持ち合わせのわずかなスペイン語で、アヤワスカが良い出来かどうかを聞いてみた。満面の笑顔で私の方を見た彼は、シンプルに答えた。「ムイ・フォルテ！（超強力だよ！）」

ということで、私は、これから彼のもとで三日間のアヤワスカ儀式を行うのであったが、その際にはこれを飲むことになっていた。それは確かに、実に強力な出来映えだった。

私はこれを、なんとあの日本で、すでに体験済みであった。しかも、ジョン・C・リリー博士の通訳を務めた、あの吉田山の部屋で。思い出すと私は、興奮と同時に恐怖を覚えた。「インフィエルノ《地獄》」の村長が、私のために新しく「死者のツタ」を調製してくれたのだ！

魂《ソウル》はいったいどこにあるのか？　間違いなく超常現象のカテゴリーに入るようなものの所在を、探すことなどできるのか？　内なるヴィジョン、聖なるアート、人間テレパシー、深い直感というような用語を使って投げかけられた質問に、科学は、もちろん答えられるわけがない。きわめて合理的な一七世紀の科学的哲学者であるルネ・デカルトは、魂《ソウル》は人間の脳の最も深くて暗い部分に存在すると述べた。松果体の中にある、と。彼はどうやってそれを想像したのだろうか？　古代テーベ（ルクソール）のエジプト人ならぬ一七世紀の思想家は、人の脳についてはきわめて限られた知識しか持ち合わせていなかったはずである。デカルトは、魂《ソウル》と体は完全に独立した存在であると言いながらも、脳の中の小さな内分泌腺がその座であると宣言したのだ。それから数百年が経ち、神経科学分野の発展によって、彼の言ったことが真実に近いという可能性のあることが分かってきている。

私は、ジャングル・ロッジの、ざらざらとした板張りのポーチの上に座っている。昆虫が羽音を響かせ、猿たちの鳴く中、時折、それらに加えて高い木の上から耳障りなキーキー音が鳴り響いて、ともに素晴らしい夜想曲を奏でている。このキーキー音は、鳥だろうか？

古びた破れズボンを穿《は》いた裸足のドン・イグナシオの姿は、オイルランプに照らされ、白い頬髭が、その深く刻まれた皺を覆い隠していた。皺は、彼が辛い人生を懸命に生きてきたことを物語っていた。後で知ったことだが、彼の妹はジャングルの呪術師に攻撃され、魂《ソウル》をひどく傷めつけられたらしい。当然ながら、その攻撃は物理的なものではなかったということである…

彼は、新しく煎じたアヤワスカをコップに入れ、私に差し出した。私はそのひどい臭いに嘔吐しないよう努めた。この味は覚えていた。そして、三〇分も経たないうちに、私は、ジャングルにいながらも、まったく違う世界の中にいるであろうことも分かっていた。有機的、かつ科学的な扉から、そこに入るのだ。現代の研究は、この〝扉〟が松果体であって、その化学物質が、自然界にきわめて豊富に存在するD

MT、つまり、ジメチルトリプタミンであることをつきとめている。

アヤワスカには、この有機的DMTが豊富に含まれていた。私がこの不味《まず》い飲み物を一気に飲み干した瞬間、まるで狂人が笑いながら儀式の始まりを告げているかのように、そばに控えていたタケネズミが、けたたましい金切り声をあげた。ドン・イグナシオは竹の葉で出来たうちわを持ち、硬い木製の椅子に腰掛けたままイカロスを歌っていた。彼はジャングルの精に、この魅惑的な歌を教えられたのだった。彼自身も同じものを飲み、その晩、私の魂《ソウル》を守るために最善を尽くした。効果が現れてくるのを感じた私は、横になって解き放つ時が来たことを悟った。自分では制御することなどできない。魂《ソウル》が連れて行きたがっているところまで、ついて行くしかないのだ！

一時間後、私は幻視《ヴィジョン》のジャングルにいた。一〇頭の巨大なジャガーが、円形になって私のまわりに寝そべっていた。そのうちの何頭かは、あくびをしたり、物憂げに体を掻いたりしていたが、それでも、私が生きてこの円形から抜け出せないことは確実であった。

リーダーは、ゆっくりと、激しく恐怖をそそるように光る眼差しで私を見た。「我々がどうしてここにいるか、分かっているよな、エハン？」この時点までは、私は彼らの目的が私を試すこと、あるいは、私に何かを教えることであればいいがと思っていたのだが、彼らが行動に取りかかろうと、まさに体を伸ばし始めた今、その恐ろしい真の目的を、私は深く理解した。私は「はい《イエス》」とだけ答えた。

彼らの鋭い爪は私の喉を掻き開き、それから体をバラバラに引き裂いた。ジャガーは、首をすばやく折ることに長けていて、歯が深くくい込むと同時に私は死んでいた。ジャガーたちは私の肉を貪り食い、内臓はジャングル中にぶちまけられた。驚くべきことに、私はこの凄惨な体験を一度だけでなく何十回も同じように繰り返していたのだが、その間ずっと意識があったのである。攻撃内容は、その都度少しずつ変わっていたが、結果はいつも同じであった。それがいったい誰であったにせよ、〝私〟は終わったのであった。すべてが終わってから、私たちは水を飲むために川に行った。涼しい夜気にあたりながら、一同は統合された集団《グループ》として、皆で清涼な水をぴちゃぴちゃと飲んだ。私は、もはや人間の体の中にはいなかった。私は美しいジャガーの体内にいて、彼らの一員だった。リーダーは私に、テレパシーを用いて言った。

「これで我々は一体だ。お前を決して一人にはしない。我々は、お前のすべての人生において、お前の魂《ソウル》を庇護し、守る」

〝すべての〟人生だって？　人生は他にもあるということか??

第8章

魂《ソウル》の教授《プロフェッサー》

これまで、数多くの善良な人々が投獄されてきた。
ジェフリー・ミシュラヴ博士

二〇一八年三月　カナダ、ペンダー島

古来、俗世からの隠遁は、魂を磨くための一方法とされてきた。それ故、世界中に修道院や尼僧院、あるいはアーシュラムなどが造られたのだ。

東京の某大企業のコーポレート・アドバイザーとして、きわめて忙しい日々を過ごしてきた私だったが、今回、ちょっと小休止することにした。実を言えば、完全にその仕事を辞めてしまったのである。これからの一カ月間、私は、毎晩カエルがゲコゲコ鳴く池のある森に面した小さな木造家屋に、独りで住むことになる。その後、ロンドンに渡って、それまでの三カ月間オンラインで受講してきたポッドキャスト講座の卒業式に参列する予定である。

この家で私は、ズームにより収録したインタビューを、様々なプラットフォームへとアップロードする

技術を学び、実習するのだ。

今日、インタビューする予定の相手は、私がこれまでインタビューしたいと考えたことのある人々を、ことごとく、すでにみずからインタビューしてきた人物だった！ 私は彼を、「魂《ソウル》の教授《プロフェッサー》」と呼んでいる。なぜなら、超心理学分野で博士号を取得しているのは、世界広しといえども、このミシュラヴ博士だけだからである。ちなみに精神《サイキ》とは、もともとは魂《ソウル》という意味であり、今日私たちが考えているような心《マインド》のことではないのである。


私が偉大なるジョン・C・リリー博士のことを知ったのも、ほかならぬジェフリー・ミシュラヴ博士と、彼のPBSテレビのシリーズ番組『シンキング・アラウド（*Thinking Allowed*）』のおかげであった。ミシュラヴが彼をインタビューした時のビデオテープを見つけたのだ。一九八六年から二〇〇二年までの間に、ミシュラヴは、およそ常人には不可能なことを成し遂げた。それは彼が魂《ソウル》について、その宗教的意味ではなく、むしろ、学者や研究者、医師、心理学者、治療家《ヒーラー》、リモート・ヴューイングの開拓者、シャーマン、さらには、ありとあらゆる精神的伝統に属する僧侶などの中で、それについてなんらかの意見を持つ、きわめて高度な修練を経た人々に焦点を当てたインタビュー番組を制作し、かつそれを持続させたことであった。

リリーは、後ろにビーバーの尻尾のついたデイヴィー・クロケット帽〔訳註〕をかぶり、黒い革の手袋をはめていた。そして、才気溢れる心理学者が直感的に放つ質問に対しても、やすやすと答えていた。ミシュラヴは、事前に質問を準備することはなかったが、ほとんどの出演者の書いたものには、あらかじめ目を通していた。

東京は南青山の「ブッククラブ回」で借りたビデオを観た、そのわずか六週間後に、私はリリーと直接会うことになった。リリーなら、この共時性《シンクロニシティ》を「地球暗合制御局（ECCO, Earth Coincidence Control Office)」の仕業《しわざ》だと言ったであろう。もしも私たち三人が同時に直接会っていたとしたら、皆で笑い転げていたに違いない。

この静かな環境での、ある晴れた日の午後、私のパソコンの画面《モニター》上には、七十代初頭の禿げ頭の男性が映っていた。私は、ミシュラヴをインタビューする約束を取り付けたのだった！

私は、ミシュラヴがその人生の中で最も憧れを抱いた人物の一人について質問した。するとそれは、ドイツの哲学者であり、ヴァルドルフ学校システムを構築したルドルフ・シュタイナー（Rudolf Steiner）であった。私は彼に、この一九世紀の天才について次のように尋ねた。

「シュタイナーは、私たちが高次元に移行する前に、何かしなければならないことがあると言っていたと思いますが、それは何でしたか？」

〔訳註〕デイヴィッド・クロケット（David Crocket 一七八六―一八三六）は、アメリカ合衆国の軍人、政治家であり、国民的英雄である。テキサス独立を支持し、アラモの戦いで戦死した。動物の毛皮から作られた帽子を好んでかぶっていたので、そのような帽子は「クロケット帽」と呼ばれるようになった。

「たしか、シュタイナーが言ったことは、もしも魂《ソウル》について私たちが学ぼうとするならば、知識や力《パワー》を得ようとする前に、まずは人格を磨かなくてはならない、ということだったと思います」

ミシュラヴは、サイコロジー（psychology）の元々のギリシア語の意味は「魂《ソウル》の研究」であることを良く理解していたので、その現代版である「心理学《サイコロジー》」が奨励するすべての学問的訓練を修了していた。犯罪学を特に真剣に学んだ彼は、殺人のような切羽詰まった行動に人の魂《ソウル》を駆り立てるものは、いったい何なのかを理解しようとした。人が誤って投獄されている刑務所も訪れた。本章冒頭のエピグラフは、その時についてのコメントである。

「精神《サイキ》（*psyche*）という言葉の本来の意味は、私たちが、自分自身のより深い部分とつながることを示唆するものでした」

「そうすることによって、どうなるのでしょうか？」

「目に見えない源からの不思議な助けに気づいたり、様々な新しい能力を発揮できたり、また、奇妙な偶然の一致を体験したりするようになります。そして、ことによると、神（God）が、なぜ善（good）と同じ語源を持つ言葉から来ているのかを理解できるようになるかもしれません。シュタイナーにとっての倫理とは、魂《ソウル》の知識を獲得するための基礎であるべきものだったのです」

たしかに、このような知識は、真の人間になるための教育の一環として、どのようにして一つの魂《ソウル》がいくつもの人生を生きることができ、また、実際に生きるのかということについて、私たちが理解する上で役立つに違いない。ミシュラヴは、世界で唯一の超心理学分野における学位を得るため、彼が学際的な学習プログラムをサンフランシスコのバークレー大学で実施したことについて話してくれた。しかし、科学界の主流派は超常現象の存在そのものを否定していたので、このような研究を進めるのは容易ではなかった。彼によれば、この分野の研究を行うことに対する大きな障害を体験したのは彼だけではなく、ノーベル賞受賞者ですらその例外ではなかったということだ。

「超心理学分野の研究者たちは、私の知る限り、誰もがとてつもない反発を経験していて、しかも、そのほとんどすべてのケースにおいて、それは私よりもずっとひどいものでした。量子力学のデバイスであるジョセフソン接合を発見した超心理学研究者、ブライアン・ジョセフソン（Brian Josephson）博士のようなノーベル賞受賞者でさえもそうでした。超常現象に関心があるというだけで、彼は、プロの物理学者の学会に招待されなかったのです」

そして、この異様なまでの無知についての彼の見解を続けた。

「私たちが一五〇年間をかけて蓄積してきた超心理学分野におけるデータを無視しようとする強大な圧力が存在しています。その多くは無意識によるものかもしれませんが、すべてがそうであるわけではありません。そんなことは悪魔の所業だとする宗教原理主義者と、迷信以外の何ものでもないと切り捨てる筋金入りの物質主義者との、両方がいるのです」

シュタイナーは、一九世紀から二〇世紀へと移る変わり目にこうしたことが起こるだろうと予見していた。また、彼は奇しくも、ウイルスという概念についても言及していたのであった。

「将来的には、（偽の）薬によって魂《ソウル》は完全に除去されるであろう。つまり、人は誕生後すぐに、〝健康のため〟という名目でワクチンを打たれ、その結果、もはや魂《ソウル》や霊《スピリット》の存在について考えることができなくなる。そして、その人間の魂《ソウル》を〝取り除く〟作業は、物質主義的な医師たちに一任されるのである。

今日、人々は、この病気、あの病気のためと称してワクチンを打たれているが、将来的には子どもたちに対して、霊的《スピリチュアル》な生活の〝狂気〟にさらされても、特定の成分によってまさに〝免疫〟が出来るようなワクチンを打たれるようになるだろう。彼、または彼女は、きわめて賢いが、彼らは意識《コンシャンス》を発達させることがない。そして、これこそが、いくつかの物質主義者の団体《サークル》の持つ真の目的なのである。人は完全なる物質主義に陥り、霊的《スピリチュアル》な世界に昇ることができなくなってしまうのだ」

しかしながら、ミシュラヴも私も、何か邪悪な陰謀団《カバール》や霊的《スピリチュアル》な暗黒勢力が、私たち全員を魂《ソウル》なき物質主義者に仕立て上げようとしている、などと信じているわけではない。みずからの〝罪〟を他人のせいにするため、いともたやすく陰謀論にはまってしまう人間の心理について、ミシュラヴは、いやというほど理解しているのだ。

「より深いレベルにおいては、無意識のうちに内的な制御機能の一部が働いているのではないかと考えています。私たちの誰もが、まだ、超感覚的知覚が当然であるような世界に住む準備は出来ていないのです。その理由は、私たちが皆、プライバシーを重んじ過ぎているからです。実際、重視するあまり、私たちは自分自身にさえも様々なことを隠しているのです。私たちが、文明の慣習にそぐわないという理由で、いかに物事を抑圧し、無意識の奥底へと追いやってしまっているかという事実は、『無意識』の存在とともに、ジークムント・フロイト（Sigmund Freud）の偉大なる発見でした」

そして、その「文明」とは、私たちが想像するよりも、ずっとずっと古いのであった…

第9章
ケルトの光《レイ》

ケルト人は、無敵の戦士であった。なぜなら彼らは、魂は滅びず、死後、一つの体からまた別の体へと渡り歩くだけであることを、主要教義の一つとして叩き込まれていたからだ。

ジュリアス・シーザー

一九九六年　ストーン・ヘンジ

巨石が円形状に立ち並ぶ古代遺跡に向かって、私は日本人グループを案内していた。

ここ、イギリス南部は、今宵、雲一つない晴天に恵まれていた。月もなく、光り輝く星空が一面に広がっていた。私たちはゆっくりと、気をつけながら歩いた。

遺跡を所有する英国ナショナル・トラストにいた知り合いのおかげで、私たちは、このストーン・サークルに二時間滞在する許可を得ることができた。私たちの同行者には、世界有数のクロップ・サークル〔訳註〕の権威であるコリン・アンドリューズ（Colin Andrews）がいた。

いつ、誰がストーン・ヘンジを創ったのか、本当のところを知る人はいない。また、クロップ・サークルは、人の手によって紐と板材を使って作られている、と信じている人々もいるが、私たちのこれまでの体験によれば、そうではなさそうだ。

ストーン・サークルにもクロップ・サークルにも、そこには共通するテーマがある。それは、この土地である。ストーン・ヘンジの建設が完了してからずっと後になって、ケルト人たちはこの土地にやって来たのだが、彼らのドルイド教司祭たちは、ここでなんらかの宗教的儀式を行っていたと信じられている。しかし、それは定かではない。それ故に、私たちはここにやって来たのである。

私たちが訪れる前の二〇年間にわたって出現したクロップ・サークルのほとんどは、ストーン・ヘンジから半径一〇〇キロ圏内に現れている。その数、ざっと数百。最近、この古代遺跡のすぐ隣に、ストーン・ヘンジよりずっと広い面積の、巨大なジュリア集合と呼ばれるフラクタルパターンが現れた。それは、麦穂を倒して作られた一五〇の小さなサークルによって、完全な形で構成されていた。地元のパイロットによれば、その日の一七時三〇分にストーン・ヘンジの上空を通過したが何も気づかず、その三〇分後の帰りのフライトの際に、完璧なフラクタルパターンが現れているのを発見した、とのことであった。また、地元の猟場番も、それまで何もなかったところに突如として現れた、と言っている。これまでにも、私たちはコリンとともに数多くのクロップ・サークルを訪れていたが、彼自身はといえば、大掛かりな調査を

〔訳註〕日本では一般に「ミステリー・サークル」という名称で知られている。

行うため、倒された麦や菜の花によって創られた模様《パターン》に囲まれて何年も過ごしていたのであった。

何度も訪れていたにもかかわらず、私がこれらの謎めいた巨石の外側と内側の円弧《サークル》の間に入るのは、今回が初めてであった。ナショナル・トラストのスタッフたちに別れを告げ、二時間後にはここを出ることを約束した。風もなく、月も出ていなかった。灯りは懐中電灯のみであった。ここに住んでいるコリンが、この地域に関する情報を提供し、私がそれを日本語で通訳した。

私たちは、新石器時代の農民たちが、どのようにしてこれを建設したかについての様々な仮説や、さらには、より秘教的《エソテリック》な考え方として、アイルランド、ブルターニュ、ウェールズ、そして私の故郷であるスコットランドなどにも存在する、ケルトと関係のある他の多くの地点においても、地球自体のエネルギーが増幅されているのではないか、という説についても説明を受けた。

ケルト人は伝統を書き物としては残さず、すべて口伝によって世代から世代へと受け継いだので、これらの場所と彼らとの関係性についての情報は、おのずと神話的なものとなっている。しかし、神話とは、それ自体が魂《ソウル》に訴えるばかりでなく、歌や芸術や生活様式の中において、他のどんな形態の文学よりも遥かに大きな力を持っているのである。例えば、古代から伝わる「ケルトの結び目《ノット》（Celtic Knot)」や「ケルトのスパイラル（Celtic Spiral)」においては、いずれも、始まりも終りもない魂《ソウル》の永遠の命が表されている。

最近、ここストーン・ヘンジの駐車場で発見された木製の柱跡の放射性炭素年代測定の結果によれば、それは一万年前のものであるらしい。この情報をどう解釈すれば良いのか。そして、それはストーン・

ヘンジに想定されている四、五〇〇〇年前という年代とどう関係しているのか？　私は、常に最新の研究成果に遅れをとらないようにし、また同時に、偏見のない心を保つようにもしているが、この場所には魔法があると信じている。それが実際にどのように働くのかは、まもなく分かる。論理に反するようなことが、ここで起きるのだ。しかしながら、まずはケルトの点と点を結ぶことから始めよう。

この一〇年間の私の活動は、日本人グループと世界各国で落ち合い、研究を兼ねた冒険の旅をエスコートすることであった。参加者は、各自、世界のどこかの空港までやって来て、私は、そこから彼らをガイドする。私の妻もしばしば同行し、時には二手に分かれて、同じ期間に別々の場所に行くこともあった。日本人は素晴らしい旅行者であり、特に女性は冒険家で、新しい情報や体験に対してもきわめてオープンである。彼らは、笑いあり、好奇心ありの国民性で、間違いなく、つきあうのに素晴らしい人たちである。

私は、すでに彼らをスコットランド最北端のオークニー諸島にあるヨーロッパ最大級のストーン・サークルである「リング・オブ・ブロッガー」へと案内している。その近くにある「ストーン・オブ・ステネス」でも、私たちのグループだけで巨石とともに時を過ごすことができた。また、アイルランドでは、序章でも述べた六、〇〇〇年前のニューグレンジを体験しており、その入り口にケルティック・スパイラルが彫られた石のあるのを確認している。冬至の日には、最も内側にある部屋の中まで光が照らすのである。また、ここストーン・ヘンジ近くのエーベリー巨石《モノリス》も訪れ、その円環《リング》の周りを歩いた。そこからは、近隣のゆるやかな丘に頻繁に登場するクロップ・サークルを、はっきりと見てとることができるのだった。

その後、二〇一〇年には、他のケルト地域と同様にゲール語を話す地方である、ここから遥か南に位置するコーンウォールで、ハーラーズという石の円環《サークル》に背を向けながら、東京で弁護士を務める私の友人の尺八演奏に聴き入っていた時、私自身は少し揺れたのを感じただけだったが、何人かの参加者が「地震！」と叫んだのだった。

もともと、私たちの多くがケルトの跡地との深いつながりを感じてはいたのだが、しかし、ここは、その中でも最も心を揺さぶられた場所となった。というのも、一同が巨石を通して静かに土地とつながっていたちょうどその時、アイスランドで火山が爆発していたからだ。あの揺れは気のせいではなかったのである。翌日のフライトはキャンセルとなり、その後、約一〇日間は、誰も、どこにも飛ぶことができなかった…

そこに鎮座する「運命の石」において古代の王たちの戴冠式が行われたと伝えられる、アイルランドの中でも最も崇敬を集める場所である「タラの丘」では、男根《ファルス》のような石と、膣《ワギナ》のような塚の入り口との両方を見た。だいぶ後の二一世紀に入ってから、私たちは、天使が見え、天使とともに活動《ワーク》するという純真な女性と出会い、彼女から色々と学ぶことになるのだが、言うまでもなく、妖精や天使はケルト神話の中心的存在である。ひょっとすると、「地球の精霊《スピリッツ》たち」や「小人《エルヴス》たち」とは、私たちが自然のより深いレベルをそのように見ているだけなのかもしれない。このレベルの存在は、物理的な目には見えないが、霊的《センシティブ》に敏感な人たちには感じられるのである。こうしたすべての要素が、ケルト人たちが、いかに土地や太陽や月、星などとのつながりを持っていたかを示していると言えるだろう。そうした意味において、彼らの魂《ソウル》は私たちよりも遥かに発達していたと言える。それは、私にとっては疑いようがないことだ。

コリンは今、今回、私たちが岩の表面を懐中電灯で照らしたことで発見されたシンボルについて説明している。これまでの訪問で、彼は一度もこのシンボルに気づいたことがなかったのだ。その理由は、今まで日中に来ていたからということだったが、彼のこの日の興奮は伝染性だった。私たちは皆集まって、これの意味するところは何であるかについての彼の説明を聞いていた。これに気づいたのは、私たちが初めてかもしれないのだ。

今ではもう、あの時、彼がどう説明したのかはまったく記憶に残っていないが、なんとなく、シュメールとの関係性を推測していたのではなかったかと思う。シュメール文明は、およそ六、〇〇〇年前の発祥とされている。

私たちは、石の上に横たわったり、立ったり、あるいは手で触れたりしながら、石とのつながりを感じつつ瞑想した。そして、この場所を完全に自分たちだけで独占できることに、この上ない幸福を感じていた。常に警備員《ガード》たちに付きまとわれていたエジプトと違い、ここでは自由に想像をたくましくすることができた。また、直観力を訓練し、今、こうしてじかに感じているものが何なのかについて探求したりすることもできた。私の意見を言わせてもらえば、この方が、一〇年ごとに考えが変わる考古学者の退屈な講義を聞くよりも、魂《ソウル》にとってずっと価値があるのである。

二〇二一年には、ストーン・ヘンジはウェールズから始まった、という新説が発表された。そして、後になって、私たちが今坐っている場所に移されたのだというのだ。本当だろうか？　考古学はきわめて若い科学である。そして、私たちがその周囲を歩き回っている、これら約五メートルもの高さがある巨石の上に水平梁《リンテル》を渡した知識は、永遠に失われてしまった。それでも、魂《ソウル》たちは覚えているのだろうか？

私たちにとって、この夕刻は魔法のようなものであった。退出の時間になると、静かな変化が起きていたことに気づいた。ビジターセンターまでの道を照らす懐中電灯の光が、こちらに反射して来ていたのだ。あたり一面に立ち込める濃い霧にはまったく気づかず、私たちは、この二時間、石だけに集中していたのであった。しかし、今では明らかだった。この、風もない、月もない、完璧に晴れた夜気の中に、濃い霧が降りて来ていたのだ。イギリスと言えば突然の天候の変化で有名なので、私たちもさほど驚きはしなかった。もう少し、先に進むまでは…

巨石群から一〇〇メートルほど離れたところまで出ると、私たちは、文字通り、ひょっこりと、霧の中から抜け出した。上方には、すっきりと晴れた夜空が見えた。穏やかな夜で、ここに入った時と同じ天候だった。が、後ろを振り返ってみて驚いた。ストーン・ヘンジ遺跡の全体だけが、濃い霧の中に包まれていたのだ。それ以外のところは元のままの天候だった。これまで、世界中を旅して古代遺跡を訪れてきたが、このようなことは一度も経験したことがなかった。いや、よくよく思い出してみると、一度だけあったかもしれない。それは、また別の日本人グループと、九州の阿蘇山を見晴らす丘の頂上にあるストーン・サークルを見学した時だった。私たちがそこを立ち去った瞬間、小さな竜巻が起きるのを全員が目撃したのだ。このどちらのケースにおいても、そこでは人々が古代の先祖たちとその遺跡に敬意を払っていた。また、どちらの場合にも、環境は明らかに、驚くべき変化を起こしたのであった。

この時からずいぶん経って、私は、たまたま手にしたバミューダ・トライアングルに関する研究報告の中に「電子霧（electronic fog）」という言葉が書かれているのを発見した。それは、何か地球と電磁気学に関係のある現象らしかった。どういうわけか、私たちの存在の物理的要素と非物理的要素が相互浸透するにあたっては、電気が大きく関与しているらしいと私には思えた。そして、それから一〇年も経たないうちに、私は「プラズマ宇宙論」の研究のためにオーストラリアに行くことになるのであった。

第10章
神々の稲妻《サンダーボルト》

今日、メディアで見かけるような宇宙物語は、仮想現実《ヴァーチャル・リアリティ》です。

ウォレス・ソーンヒル

二〇〇三年　オーストラリア、メルボルン

この広大な州都の郊外にある、閑静な住宅街の一角にある自宅の居心地の良い居間で、彼は、私と向かい合う形でソファーに座っている。

「北米の先住民は、ずいぶん昔から火星のことを『傷のある顔《スカー・フェイス》』と、変わったニックネームで呼んでいます」

物理学者であるウォレス・ソーンヒル（Wallace Thornhill）は、親切にも空港で私を迎えてくれた後、ここで私の質問に答えてくれている。

「マリネリス渓谷と呼ばれる、五、〇〇〇キロメートル近い長さの巨大なひびの存在について、彼らはど

うやって知り得たのでしょうか？　望遠鏡など持っていたわけもなく、また、裸眼では何も見えません」

ウォルは、まったく彼独自の、きわめて刺激的な理論について語ってくれた。

「氷河期の終り頃、私たちの太陽系の惑星の位置は今とは違っていて、火星は地球にきわめて近い位置にありました。地球の人々には、まるで顔の傷のように見える火星の巨大な峡谷が見えたのです」

このような話は、私のような、新しいことに対してあまり偏見のない者にとってさえも、にわかには受け入れ難い。しかし、このことについては彼だけでなく、何十年も前にイマヌエル・ヴェリコフスキーという、フロイトの門弟であったこともある博識な医師が、世界中の神話を広く研究してまとめた『衝突する宇宙（*World in Collision*）』（鈴木敬信訳、法政大学出版局）という著書に書いているのだ。同書は、「ニューヨーク・タイムズ」のベストセラーになったものの、科学者たちによって燃やされた。文字通り、彼らは、本を読んだ後に燃やしてしまったのだ…


ヴェリコフスキーと会ったことがきっかけとなり、ウォルは、宇宙は電磁気で出来ているのではないか、つまり、プラズマを媒体として、電気によって出来ているのではないかという、驚くべき、明らかに途方もないと思われる概念を、真剣に研究してみることにした。物理的宇宙の九九・九九パーセントはプラズマであるというこの事実は、科学が宇宙理論を作り上げる際には、ほとんど完全に無視されてきた。

プラズマは、電気エネルギーを完璧に導電するのだ！　私は、今回彼と会う前の二年間、彼の研究についてずっと調べてきた。それ故に、私は、彼のこの概念が完全に論理的であると納得しており、かつ、ブラックホールやダークマター、アインシュタインの説く時空の歪みなどよりも、ずっと説得力があると感じている。これらはいずれも、それが起きると言われている場所に、実際に存在すると証明されたことがない。それらは、「数学」によって〝証明〟されているだけなのである。あくまでも理論であって、それ以上でも、それ以下でもないのだ。

一方、もしも古代の人々が、本当に、帯電したプラズマの海に浮かぶ二つの惑星が近づいたことで巨大規模の放電が起こったのを目撃していたとするなら、それを裏付けるような伝承については注目すべきだと思った。なぜなら、そのようなことを、彼らは決して忘れないであろうからだ！

「ここオーストラリアには、地球上で最も古い人類集団《グループ》がいます。アボリジニです。彼らは、この土地に最低でも四万年は暮らしていて、彼らの古代の物語は、彼らの祖先が目撃したといわれる空の巨大な稲妻に関するもので溢れています。また、彼らだけでなく、複数の古代社会が、空中における龍の争いについて言及しており、壁画として残しています」

彼は、著書『電気的宇宙論（*Thunderbolts of the Gods*）』（小沢元彦訳、徳間書店）を開いて、これら壁画の写真を見せてくれた。

「壁画に描かれている、きわめて珍しい形の稲妻の画像《イメージ》を科学的に再現できる場所が、この地球上に一カ所あって、そこではまったく同じものが見られます」

ウォルは六十代のハンサムな男で、今は定年退職している。電気的宇宙研究という新興分野における彼の影響は非常に大きく、ここ一〇年以上にわたって、世界各国から参加者のある年次会議《コンベンション》が定期的に開催されている。この理論に対して関心を持つ人々は、今日の物理学者や宇宙理論研究者が高度な数式を使って表現している宇宙論を理解できる人々の数を遥かに超えたものとなっている。多くの人たちが、私と同様、この理論が確固たる論拠に基づいていることにすぐ気づいたのだ。

スウェーデン人物理学者であるハンネス・アルヴェーン（Hannes Alfvén）は、プラズマ宇宙論の研究でノーベル賞を受賞しており、したがって、これが非現実的な空想ではないことは明らかである。それだけではなく、物理学者アンソニー・ペラット（Anthony Peratt）は、アメリカのロスアラモスにある彼の研究室で、わずか一、〇〇〇分の一秒の間に、世界中の発電所を合算したよりも多くのエネルギーを放電する、きわめて高エネルギーのプラズマ放電を発生させることに成功しているのだ。

「ペラットがこれらの研究によって見せてくれたのは、プラズマが、これらの壁画に見られるのとまったく同じ形を造るということです。プラズマボール、あるいは稲妻から、強烈な光が分岐する様子を想像してみてください。それとまったく同じなのです」

ソーンヒルは、これらの高エネルギー稲妻、つまり、プラズマ放電が、私たちの太陽系の惑星に傷を付けた例を、他にも沢山見せてくれた。彼はそれを「電子傷（electrical scarring）」と呼んでおり、実際、金属を放電加工することで、金星の表面の地質学的特徴とそっくりになることが確認できている。

〝上なる如く、下もまた然り〟と言う。つまり、私たちは宇宙そのものの小型モデルなのである。また、「私たちは星の材料で出来ている」というカール・セーガンの有名な言葉を聞いたことがある人も多いかもしれないが、本当にそうなのである。電子が私たちの身体を満たし、それらが私たちを造る物質となるのだ。

私たちは電子なのである。宇宙は、まったくのところ、空《から》などではない。それは電荷を帯びたプラズマで溢れており、信じられないほど強力な光と電気のネットワークによって、一つの星を他の星とつないでいるのだ。私たちは、近年、ハッブル望遠鏡で撮影された高解像度写真のおかげで、星々をつなぎ、驚異に満ちた美の形象《イメージ》を描き出している何百万もの繊細なフィラメントを見ることができる。上なる如く、下もまた然り、なのだ。

私たちの太陽は電気的な星であり、また、すべての他の星々とのつながりによって入ってくる電気的エネルギーの影響を受けて変動する星でもある。電気的宇宙とは、「超・つながっている」宇宙であり、重力などによって支配されてはいない。それは電磁気（electromagnetism）によって支配されているのである。その証拠に、冷蔵庫に磁石をくっつけたら、重力などどこかへ行ってしまうではないか。

「重力は、電磁気の副産物の一つでしかありません。にもかかわらず、現代科学は、星を支配しているのは重力だけだと信じています。重力は結果であり、原因ではないのです」

ウォルは、その晩、手作りのディナーで私をもてなしてくれた。そして、私たちの対談は、その後三日間続いた。私は彼との間に、ある約束を取りつけた。彼の『電気的宇宙論』をもとにしたＤＶＤの日本語版を、私が制作して発売することについての許可をもらえるなら、私は、この彼とデイヴィッド・タルボット（David Talbot）との共著の日本語版の出版社を見つけるという約束だった。私は首尾良く東京の出版社を見つけ、同書は日本で翻訳出版されることになった。したがって、あなたは英語でも日本語でもこの概念について読むことができ、それが論理的で、観測可能で、注目すべき、あり得ることであることを確かめることができるのである。その理論が正しいかどうかをチェックするための（自身の理論に基づいた）予測なしに、科学はあり得ないのだ。

ソーンヒルによれば、彗星は大きな氷の塊ではなく、電荷を帯びた岩石だということである。彼は、NASA《ナサ》（アメリカ航空宇宙局）による、彗星に探査機を送る「ディープ・インパクト」という計画についても知っていた。この、二〇〇五年の七月四日（アメリカの独立記念日）にその到達が予定されていた注目のイベントに先立って、「電気的宇宙論（Electric Universe）」グループは、探査機「ディープ・インパクト」から発射された約三七〇キログラムの銅製の投射体がテンペル第一彗星に衝突した時に見られるであろう一連の事象について発表した。予測では、二つの衝突閃光（impact flashes）があるはずであった。まず、投射体が彗星の帯電している環境に入った時に小さいのが一つ、その後に、予想以上に高エネルギーの巨大な衝突閃光が続くだろうと考えられていた。

まさにその通りのことが七月四日に起きて、NASAの調査団を驚かせた。宇宙では、帯電によって、惑星を含む天体間で頻繁に牽引や反発が行われているのだということを正しく特定したウォルを、『タイム』誌は表紙にふさわしい人物として採用しようとしていた。しかし、科学界の主流派からの圧力により、直前になってそのアイデアは却下された。確立された科学理論を覆すには時間がかかることは、トーマス・クーン（Thomas Kuhn）の記念碑的著作『科学革命の構造（*The structure of scientific revolution*）』（中山茂訳、みすず書房）を読めばよく分かる。

地球の天気が現在予測不能なのと同様、「宇宙天気」もまた然りである、ということを最近よく聞く。日本では太陽研究者たち（solar scientists）が、日本の宇宙航空研究機関であるＪＡＸＡ《ジャクサ》のデータとリンクした「宇宙天気予報」という公式ウェブサイトを作成している。これにより私たちは、太陽が時間とともにどのように変化し、また、その状態が、地球の生命や天気にどのような影響を及ぼすのかについて、以前よりも遥かに良く理解できるようになった。

長期にわたって続いていた氷河期は、今から一万年、ないし一万二千年前に突如として終りを告げたが、その時、全世界的な大災害が起きた。数カ月、あるいは数年間にわたって、すさまじい音響をともなった光が空一面に溢れ、男も女も子どもたちも、皆、洞窟に隠れた。それこそが「神々の稲妻（Thunderbolts of the Gods）」であり、火星と地球が今よりもずっと近かったために発生したプラズマ放電の閃光だったのだ。幸い、両者が激突する可能性は皆無であった。というのも、両惑星間の距離は今と比べるとずっと近かったものの、地球の磁気圏内の電磁的反発力が火星を遠ざけていたからである。このような状況で空を見上げたのであれば、火星の「傷のある顔《スカーフェイス》（scarface）」は、世界中どこからでも同じようにはっきりと見えたに違いない。グレートプレインズのアメリカ先住民たちは、本当に目撃したことを話していたのだ。

ヴェリコフスキーが、その畢生《ひっせい》の大作『衝突する宇宙』の中で私たちに伝えようとしていたのは、まさにこのことだったのだ。あれほどまでのトラウマであれば、きっと、まだ私たちの集合的無意識の奥深くに残っているに違いないということを、彼は知っていたのだ。そしてそれが、私たちの、そのような現実を概して〝無視する〟科学を、好んで支持してしまう主な理由の一つなのである。トラウマは本物なのだ。しかし、それを克服できるよう、私たちの病める魂《ソウル》を助けてくれる治療薬《メディスン》が、この数千年来存在しているのである。

第11章

メディスン・サークル

メディスン・サークルという背景グリッドを通して、私たちは、宇宙とそれを司る自然法則を観察することができる。

エルダー・マイケル・スラッシャー博士

一九八九年　カナダ、ブリティッシュ・コロンビア州、ノース・サーニッチ

伝統的なスウェット・ロッジを準備するのには時間がかかる。それにはそれなりの理由があるのであって、この儀式は二万年以上昔から行われており、今なお慣行されている治療儀式の中では最も古いのではないかと思われるが、それだけの歴史を持つものは、それにふさわしい仕方できちんと行われなくてはならないのである。そのため〝火守り《ファイアー・キーパー》〟たちは、四九個の火山岩の塊を真っ赤に熱するための巨大な薪の山を、何時間も働きづめで組んでいるのだ。

木の枝を曲げて組み合わせたものに、毛布《ブランケット》や動物の毛皮を被《かぶ》せて造ったドーム型ロッジと炉とを、「聖なる道」がつないでいる。入口の暖簾《フラップ》をくぐって暗い内部に入ると、地面には深い円形の窪みが掘ら

れている。男性は短パン、女性は白いワンピースといういでたちで、大人数がひしめき合いながら対面して坐っている。このうちの大多数は、カナダのファースト・ネーション先住民である。つまり、あまり幸福でない人たちである。薬物中毒、DV（家庭内暴力）、強姦《レイプ》や投獄などは、彼らにとってありふれた身近なものなのだ。何人かの男性は、自分たちの部族を示すための刺青《タトゥー》を身体中に施していた。彼らは厳しく辛い生活を送っているが、自分たちが何ものであるのかについては、完全には忘れていなかった。少なくとも、毎月のこの儀式に参加する人たちは。

腰をかがめて中に入る際に、先住民族の言葉で「私につながるすべてのものたちよ」（*Mitákuye Oyás'iŋ* ミタクエ・オヤシン、All my relations）と言う。これの意味するところは、「この儀式は、地球上に住むすべての生命のために行う」ということである。自分たちだけのためではないのだ。生命の網《ウェブ》においては、私たちは皆、つながっているのである。

最も厄介なのは、その存在にすら私たちが気づいていない、心の奥深くにあるトラウマである。性的暴力の被害者で、過去の出来事を覚えている人の中には、何年も苦しんだ末、うつ病に陥る例も少なくない。そういう人は、医者に処方されたものであれ、街角で入手した違法な代物であれ、薬物依存に陥る可能性が高いのだ。

集合的魂《グループ・ソウル》である私たちは、どうやら、グラハム・ハンコックが、その画期的な著書『人類前史（*America Before*）』（大地舜・榊原美奈子訳、双葉社）の中で巧みに表現しているような、世界的大惨事の記憶を持っているらしいのである。彼は同書の中で、一万二、八〇〇年前に彗星が大気圏に突入したことについて確かな証拠を提示している。複数の破片が北米と北ヨーロッパの土地に激突し、その熱によって氷が溶け、瞬く間に巨大な洪水を引き起こしたというのである。ダマヌールのファルコも、私とのインタビューの中で、年代はこれよりも少し後ろにずれているものの、同じようなことを言っていた。

私たちのDNA情報鎖の中には、その大惨事を見た、あるいは、それによって消えた、はたまた、生き延びたとしても、その後、想像を絶するようなトラウマに苦しんだ親戚がいるのだ。それでもなお、すべての先住民族の人々は、このことを知りながら、その苦しみに対処するための洗練された哲学を創り出していたのであった。彼らが「メディスン」と呼ぶところのものは、薬物《ドラッグ》でも精神科的な治療法でもなく、魂《ソウル》に語りかける儀式を行うことである。そしてそれは、私たちの身体の限界を遥かに超えたところにまで影響を及ぼすのだ。これが彼らの叡智であり、それ故に、これほどまで多くの現代人たちが彼らのやり方に惹かれるのである。彼らは、何万年もこの技法を実践してきているのだ。

「メディスン・サークル」とは、まさに今日、儀式を行う私たちのことであり、そして四つの方角のことである。私たちはこれから、各方角の教えと、それらが象徴するものを尊重しつつ、壮絶な二時間を過ごすのだ。

「この太鼓《ドラム》のバチと、このハーブの葉を持って行きなさい。どちらも役に立つから」

マイケルはメティ、つまり、混血の先住民族であるが、彼は、かつて白人が毛皮やその他の宝を求めてカナダにやって来た時、スコットランド人が先住民たちに協力したことを私たちに思い起こさせてくれる。彼の使命は、自分もその一部である伝統を継続させ、そして、私たちのような白人にも伝えることであった。トラウマに肌の色は関係なく、自分には取り組むべき内なる悪魔などいないと考える人もいるかもしれないが、四九個の真っ赤に熱せられた石を見れば思い出すのだ。チーフ（そう、マイケルがチーフである）から二本の棒のようなものを受け取った時、私には、それらが何のためにあるのか分からなかったが、燃え盛る石だけで照らされる暗闇の中に密集して坐っていると、そのうち暑さがあまりにきびしくなり、外に逃げ出さないで二時間ここでもつだろうか、と疑いはじめた後、そのバチで地面を太鼓《ドラム》のように叩くことで救われたのであった。また、ハーブは、マイケルが石の上に水をかけ、特に男性たちの、裸も同然の肌を突き刺すように熱い蒸気が発生した際に鼻の下にかざした。

ルールに則って北の方角から開始し、一ラウンドずつ四つの方角に対して敬意を払う。その間、三〇分ごとに数分だけ入口を開け、参加者の苦痛を少しだけ和らげる。叫び声やすすり泣きがドーム内に満ちた。マイケルは歌った。私たち全員が奥深くに持っている苦痛は、外に出るしかなくなった。猛烈な熱さのもたらすトラウマが、内面に潜むトラウマを暴き出したのだ。できることなら永遠に忘れていたい何かを、私たち全員が、内側のどこかに持っているのだ。

妻は私の反対側にいたが、彼女が、どうやって鳥がロッジの中に入ったのかと尋ねているのが聞こえた。私にも羽の音が聞こえたし、彼女は、鳥がその大きなかぎ爪で髪の毛をきつく引っ張るのを感じたのだった。

「ブラザー・鷲《イーグル》が、私たちを助けるためにここに来てくれている！」
私の修練《トレーニング》をもってしても、まさか、それが物理的な鳥ではないなどとは考えられもしなかった。私は、正気でいられるように必死で太鼓《ドラム》を叩いた。深い感情は、初めは苦しいものだったが、三ラウンド目に入り、私たち一人ひとりが、自分が何もので、何に感謝しているのかを話す段階に入ると、次第に薄れていった。

ロッジから出る時、胸に水平方向のケロイドが出来ていることに気づいた。私は石の真ん前に坐っていたので、ロッジのメディスンの体験が始まると、どんどん、信じられないほどの熱さになっていったのだ。もちろん、それはスピリチュアルなメディスンなのである。火が「熱過ぎる」ことに気分を損ねていた私を見て、マイケルは笑いながら「一週間もすれば消えてなくなるよ」と言った。実際、数日後にケロイドは消えた。

私たちは、全員が互いに抱き合った。暴走族、売春婦、前科者、白人の全員が同じように。その後、深く浄化された気分になって、皆でポトラッチ・ディナーを食べた。私たちの古代のトラウマも、少しは解消されたように感じられたが、必ずや、ロッジは再び私たちを呼び戻すだろう。私たちは、皆、ひどく傷ついているのだ。

オンタリオ州にあるトレント大学が、最近、マイケルに博士号を授与した。それは、問題を抱える先住民社会を助け、昔ながらの伝統的な生き方に戻ることができるよう手助けし、また、私のような人間にも教えるという、いずれもきわめて困難な課題に取り組んだ彼の功績に対する感謝を表すものであった。また、カナダ政府は、重要なイベントがあると、しばしば彼に出席を依頼する。なぜなら、カナダ政府は、他のいくつかの国々と違って、過去と向き合わなくてはならないということに気づいたからである。つまり、先住民の子どもたちを寄宿学校に入れて矯正しようとしたり、条約を破ったりした過去である。また、可能な限り土地を、今ではファースト・ネーションズと呼ばれている元々の所有者たちに返さなくてはならないということにも。

このような和解に向けた努力は政治を超えたものであり、実際、それは〝赤い人種〟と〝白い人種〟がともに暮らすことについての希望が存在することを示す、きわめて重要な理由となっている。このトレント大学における学位授与式の講演で、マイケルは「メディスン・サークル」に関する彼の考えについて語った。

「これら二つの言葉について簡単に説明すれば、メディスンはラテン語の*Medire*から来ていて、治す、または、測るという意味です。サークル、つまり円は、創造の普遍的な構成要素《ビルディング・ブロック》における最も基本的な幾何学的図形です。そこには自然の法則、生命の網《ウェブ》、さらには、それらと人間との相互作用についての理解が存在しているのです」

彼は、長老《エルダー》たちに古代のやり方を教えてほしいと求めた時、彼らが直接的には答えてくれず、いらだった、という経験について詳しく話した。そのうち、ついに長老の一人が、タバコの巻き紙の上に円《サークル》を描き、さらに、そこに縦横の線を引いて四つの方角を示した。そして、「お前の知る必要のあることは、すべてここにある」と言った。そこからマイケルの、メディスン・サークルの教えに関する長きにわたる修行が始まったのであった。それは何よりもまず、畏敬の念に基づいた生き方である。自分とつながっているすべてのものへの感謝からなる生き方なのである。

マイケルは聴衆の卒業生たちに、国名の由来であるクリー語の「カナタ（*Kanata*）」の意味が、「清浄な場所（Clean Place）」であることを想い起こさせた。私は、自分自身の人生においても、地球上で最も清浄な場所に行かなくてはならないと思った。魂《ソウル》の導きには従わなくてはならない。その場所とは、アイスランドであった…

第12章
魂《ソウル》のトレッキング

私は、この世界の向こう側にある秘密を知るためにここに生まれて来た、一人の過客《かかく》に過ぎないのだ。

ルーミー

二〇一七年七月　スプレィンギサンドゥル黒色火山灰砂漠

これを書いている二〇二一年三月現在、南アイスランドは厳戒態勢に入っている。先月記録された群発地震の回数は二万を超えた。その強度は、最も強いものでマグニチュード六近くあり、大噴火を予測する警戒レベルは「オレンジ」に引き上げられた。北大西洋上に位置するこの離島では常時火山活動が活発だが、それは、この島がユーラシアと北アメリカとの二つのプレート上に存在しているからだ。プレートは互いに遠ざかりつつあり、島は徐々に引き裂かれている。ここは、二つのテクトニック・プレートと大西洋中央海嶺が地上で見られる、世界で唯一の場所なのである。

後になってその奇妙な偶然の一致に気がついたのだが、私が裸足《はだし》で南から北へ、そして再び南へと歩いてきた道筋《ルート》は、これら二つの巨大テクトニック・プレート間の地下にある〝割れ目《クラック》〟に、不気味なほど近接した地域を通っていた。二つの世界、すなわち、ユーラシアと北アメリカの間を歩く時、それは地球のまだまだ若く、成長しつつある部分を歩くということになる。アイスランドは海底火山の噴火によって出現した島であり、地質学者の多くは、その年齢を一、六〇〇万年から一、八〇〇万年と見積もっている。そして、その海底火山は今なお噴火を止めず、時折は新しい島を誕生させていて、一九六三年には、噴煙を上げる火山灰とともに、大西洋の海中からスルツェイ島が出現した。地中で「アイスランドプルーム」と呼ばれるホットスポットの溶融マグマが炎を上げて煮えたぎっているその真上を、火渡りの行よろしく、裸足《はだし》で歩いている光景を想像してみてほしい。

私たちは誰もが、時として、世界と世界の間を歩く必要に迫られる。それは、既知の世界と未知の世界との間であったり、あるいは、冒頭のエピグラフでスーフィーの詩人が端的に言い切っているように、この地球上における人生と、その向こう側の世界との間であったりする。

私たちの魂《ソウル》は、みずからが永遠の旅人であると認められることを切望しており、時空の中では肉体として生きるものの、その人生は一度と限られてはおらず、また、住む場所も、そして性別さえも、一つだけに限定されてはいないのだ。

私は、これまでずっと孤独な旅人であり続けてきた。一人旅のもたらす、自身の魂《ソウル》との深い触れ合いを愛しているのだ。それ故、六十五歳になった年、この上なく向こう見ずにして、最高に深い感動が得られるであろうと思われる旅に出かけることにしたのであった。それは、旅人としての私が、これまでの全人生をかけて準備してきたものだった。その途上では、これまでの一人旅で学んできた教訓のすべてが生かされることになるはずだ。中でも最も重要なのは、「決して明日のことは考えるな」という教えであった。

旅の計画は、アイスランド中央部の多くを占める、ほとんど訪れる者もいない高地《ハイランド》地帯を裸足《はだし》で縦断するというものだった。そこは、羊と氷山と鳥以外には何も見当たらず、変わりやすい天候と吹きすさぶ強風で、一年のうちの九カ月間は車両通行止めという場所だ。ほとんど使われることのないその砂利道を、私のサポーターである広樹《ひろき》が、五週間の旅に必要な食糧やテントをすべて車に積み込んで伴走してくれた。

時折、アイスランドの撮影クルーが旅を記録するためにやって来る以外は、昼も夜も、そのほとんどを私は完全に独りで、歩くか眠るかして過ごした。「夜」と言っても、実際にはもちろん、夜はない。これほどの北緯になると、夏場は完全に陽が沈むことはないのだ。にもかかわらず、ここではほとんど太陽が見られない。灰色の雲と、身を切るような寒風が常態なのである。風は魂《ソウル》を直撃して、その内部を通り抜けた後、北大西洋に戻って行くらしい。時には、その風が、夜、ありったけの衣服を着込んで寝袋に入り、その上にポンチョを被《かぶ》せて眠っている私の体を、テントの外から押さえ付けることもあった。

北東スコットランド生まれの私にとって、風は身近な存在であった。私は、風とともに育ったのだ。風は大好きだ。それは実に素晴らしい、魂《ソウル》の良薬《メディスン》なのだ。

二〇一四年に、伝説的な人物とされる会長が代表を務める、かなり名の知れた日本の有力企業が、私を顧問として雇ってくれたのだが、その企業の寛大なる協力により、今回のこの旅と、その記録映《ドキュメンタリー》画の制作企画が実現したのであった。これまでの三年間、私は同社との関係にまつわる義務を果たすため、神戸から東京に通い詰めて、非常に多忙な日々を過ごしていたのだが、今にして思えば、そんな中で、私の魂《ソウル》が、地球上のどこかにある、可能な限り純粋《ピュア》にして素朴《シンプル》なる場所に行くことを渇望しているのを、はっきりと自覚したのだった。そして、私は魂《ソウル》の導くままに、会社の職務から身を引いたのである。

旅の一日はシンプルなものだった。朝七時頃に起きてテントを片づけ、アイスランド・ヨーグルトにフルーツとナッツという簡素な朝食を取って、広樹がＳＵＶの荷台で温めてくれたコーヒーを飲む。彼は五キロ先まで車で先行して待機しており、追いつくと私は少し休憩し、時には彼の素晴らしい野菜スープが振る舞われた。この過程《プロセス》を一日に四、五回繰り返すのだった。夕方近くになると、私たちは宿営に適した場所を探し求め、そこに自分のテントを張ると、その中で一日のほぼ半分を過ごした。というのも、出歩くような場所などなかったし、気温が平均、摂氏三〜五度前後だったからだ。

歩き、止まり、そして横になる。これを三三日間繰り返せば、おのずと六〇〇〜七〇〇キロの距離が制覇できるのだ。その間、目撃したこの砂利道を通過する車は全部で一〇台くらいだったと思う。彼らもまた、おそらくは私のような過激な旅行者だったのかもしれないが、皆、車を止めて挨拶してくれた。たしかに、それは異様な光景だったに違いない。革ジャンの上に分厚いポンチョを羽織り、頭には白いタオルを巻いた男が裸足《はだし》で歩いているのだ。ゴツゴツした砂利道では怪我しないようにアーシング足袋《たび》を履いたが、苔に覆われたところは素足で歩いた。ゴムや合成樹脂製の靴底で絶縁されなければ、地球のパワーをフルに享受できるのである。

スプレィンギサンドゥルという、悪名高き「黒い灰の砂漠」に到着した時、私の気分は絶好調だった。これまでに遭遇したことのないほどの綺麗な空気を吸い、世界で最も公害の少ない若い国にいて、そこで私の一番好きなことをしていたのだ。それは、独りでいることだった。もちろん、自分の魂《ソウル》と一緒に、である。逆説的な意味からすれば、今も、これまでも、決して独りではないということになる。しかし、魂《ソウル》はシャイなので、出て来るようにと命じられることを好まず、だから、めったには出て来ない。それはまるで野生動物のように、思慮深い人間や明日の計画を立てるような人間、あるいは過去に生きる人間などを本能的に避けるのである。魂《ソウル》の求めているのは、そういったすべての計らいを放棄し、ただ、「今ここ」という瞬間に没入することなのである。その時、魂《ソウル》は、森の奥に住む美しい鹿のように、突然目の前に姿を現す。それも、再び夜の闇の中へと走り去るまでの、ほんのひとときだけだが。

「孤独感」とは、私たちが魂《ソウル》だということを忘れてしまった時にだけ生まれるものだ。私たちが夜の虜《とりこ》になった時、あるいは、心《マインド》によって激しく、そして、しばしば醜く支配されるようになった時、魂《ソウル》は私たちの深層に存在する森の、さらに深いところにまで退避してしまうのだ。「巡礼」というものが、常に、自身の霊的本質とつながるための主要な手段であり続けてきた理由はそこにある。歩行して、ただただ歩行し続けて、その歩みを何度も何度も繰り返す。そうしているうちに、その深遠にして優雅《エレガント》な一歩が私たちを心《マインド》から心《ハート》へと導き、そしてそこから、心《ハート》の主人である魂《ソウル》へと連れて行かれるのである。

ここアイスランドでは、夜になると、実際に地球のハミングが聞こえてくる。それは深いハミング音だ。それは、土地自身が、その精神《スピリット》を決して忘れたことのない場所の音なのである。それは、私たちの狂気によって征服されたことがない。それは、スイッチのオン・オフには反応しない。私たちがコントロールできるものなど、ここには何ひとつないのだ。それは、いつであろうと私たちの目の前で爆発して、二〇一〇年に実際そうなったように、欧州の全航空路線を運航不能にさせることだってできるのだ。

時に、魂《ソウル》はある形を取って、私たちの体がどんなに辛くても、あるいは、そうでなくても、実は、私たちの旅が深く祝福されたものである、ということを確信させてくれることがある。

アイスランドには、何百万羽もの小さな鳥と、若干の大きな鳥が棲息している。時折、鳥たちは目の前に降りてきて着地し、私が歩くのに合わせて前を歩いて行く。この、禿《はげ》山と黒い火山灰地の荒涼たる広がりの中を歩いている私の姿は、彼らの眼にはきわめて珍しく映り、そして間違いなく、狂っていると思われたに違いない。私をからかっているのか、それとも慰めようとでもしているのか？　だが、私には慰めなど必要なかった。この旅は私に、毎日のように、そのすべての瞬間において、深い喜びをもたらしてくれていたからである。それでも、このような旅では、本当に大きな贈り物をもらえる時があるのだ。思いもよらぬ訪問者が現れることがあるのである。旅を始めてから二〇日ほど経ったところで、私の客人が、文字通り、どこからともなく現れた。彼は、空から来たのだった。

その顔がはっきりと見えるくらい低空飛行していた巨大な鷲《イーグル》は、挨拶をするかのように私の周りを旋回した。このような場所で鷲《イーグル》に遭遇するなど、聞いたことがない。

「お前ほどの美しい羽は見たことがないぞ」と、私は話しかけてみた。すると彼は、「もっと聞かせてくれよ！」とでも言っているかのように、さらに低い高度でまた旋回した。そして、歩いている私の上を三度《みたび》旋回すると、突然姿を消し、その後、再び現れることはなかった。

その時、思い出したのだ。私はマイケルから鷲《イーグル》の翼を託され、それを大事に持っていてくれと言われていたのだった。何年も前のことではあったが、鷲《イーグル》の翼という、素晴らしい贈り物をもらっていたのだ。その鷲《イーグル》は、マイケルの足元に落ちて死んだのであった。

第13章

ヴィジョン・クエスト

偉大なるヴィジョンが必要とされており、そして、それを得たものは、鷲《イーグル》が紺碧《こんぺき》の空を求めて飛行するように、それに従っていかなくてはならないのだ。

オガララ・ラコタ・スー族のクレージーホース

一九九一年　カナダ、ブリティッシュ・コロンビア州、テティス島

私は今、巨大な鷲《イーグル》の翼を所持しているが、その羽毛には経年による劣化はまったく見られない。マイケルの説明を通じて、私は、スウェット・ロッジがメディスン・サークルのほんの一部でしかなく、ファースト・ネーションズの人々が人間の魂《ソウル》について深く理解し、それとつながる沢山の方法を編み出していたことを知った。何千年もの間、部族から部族へと伝えられる中でメディスンは発展していったが、ことヴィジョン・クエストに関しては、それについて知る人は多いものの、実際に体験したことのある人はごくわずかだった。

伝統的には、男たちは通過儀礼としてヴィジョン・クエストを行い、その中では、彼らのために選ばれた特定の動物の精神《スピリット》や案内人《ガイド》が、それぞれの人生のヴィジョンを見せてくれるのであった。別の言い方をするなら、それは、孤立した状態の中で、みずから進んで苦痛を味わうことを通して自身の内面の奥深くへと分け入り、自分の人生の方向性をより明確に知るための儀式なのである。

私のヴィジョン・クエストは、海に面した山上の三メートル四方の地面の上で、水も食料もなしで四日三晩を過ごすという形で行われた。当時、私は不動産投資のコンサルタントであり、「ジャパン・コンサルタンツ」という自身の会社を経営していた。都会の中心部にオフィスを構え、日本人の秘書と副社長、弁護士や会計士のチーム、それと、当然ながら、日本人投資家に物件を紹介するための優秀な不動産セールスマンたちも雇っていた。当時私は、パン・パシフィック・バンクーバーホテルの「エリート・キャプテンズ・クラブ」の会員だったので、顧客《クライアント》がバンクーバーを訪れた際にはそこに滞在してもらっていた。その頃、私はある日本人の顧客に、ヴィクトリアで最も高価な物件を販売したのだが、すると、購入後、彼は物件を転売し、百万ドルの利益を得た。こんな風にしてバブル経済は崩壊したのである。

当時、私たちは顧客《クライアント》の購入目的など聞かなかった。なぜなら、それはとても様々だったからだ。ホテルやゴルフ・リゾート、コンドミニアム、そして一戸建などが、毎月のように買われては売られていった。税の控除を希望する顧客《クライアント》のために、カナダに会社を設立したこともあった。要するに、私は大成功を収め、我が世の春を謳歌していたのであった。バブルが崩壊するまでは。もしかすると私は、自分の人生を完全に変えてしまうような何かが到来しようとしているのを直感していたのかもしれなかった。そして、それが、ヴィジョン・クエストを行おうと決心した理由だったのかもしれない。

テティス島に向かう一週間前、私は自分の不動産関係の仕事仲間と昼食を取っていたロイヤル・ヴィクトリア・ヨットクラブの階段で転倒し、病院に担ぎ込まれた。全身が麻痺していて、その際に判明したのは、私がカナダの蜂に対して強いアレルギーを持っていることだった。家の庭いじりをしていた短い間に、何度か刺されていたのだ。もしも首を刺されれば、窒息して死にいたる可能性があるとのことで、アドレナリン・キットを常に持ち歩くようにと言われた。その日は、数時間病院にいただけで、完全に回復した。

カナダ西海岸の先住民であるカウチン、セイリッシュ、ソンギーズの人々は、独特の芸術《アート》作品を持っているが、それは日本の北海道に住むアイヌの人たちのものと、とても良く似ている。彼らもまた、カナダの先住民族と同様、〝征服者〟がやって来た時、大いに苦しんだ。そこで会ったアイヌの酋長は私に、「白人が嫌いなのと同じぐらい日本人も嫌いだ」と言った。そのどちらも、アイヌ文化をほとんど完全に破壊するところだったと、彼は不満を述べた。私が、セイリッシュの芸術《アート》がいかにアイヌのそれと似ているかについて話すと、彼は鼻で笑って言った。「あんたがたは、世界の本当の歴史について、何も分かっちゃいない。我々はもう何千年も海を行き来しているから、もちろん、ハイダやセイリッシュやその他の部族についても知っている。芸術《アート》が我々を結び付けているんだ！」

パットはカナダ人だったが、みずから進んでファースト・ネーションズの信仰を選び、数多くのヴィジョン・クエストやサンダンスの儀式を体験していた。飲み食いなしに四日間踊り続け、儀式の最後には、その先を馬につないだ鉤《かぎ》を胸の皮膚に刺し通された。馬が走り去ると、傷跡が残った…

「まず初めに、山の上に場所を定めなくてはならない。次に、一晩、独りで過ごしながら、この白、黒、黄色と赤の布を使って、四〇〇枚のタバコ袋を作らなくてはならない。このように、長さ六インチ（約一五センチ）、幅四インチ（約一〇センチ）の大きさに切り、その中にタバコの葉を広げる。きつく巻いてから、この長い紐に結び付け、また次のを作る。それぞれの色ごとに一〇〇袋ずつ作るのだ。色は、すべての人種を表している。黒人、白人、黄色人種、そして赤は、もちろん、ファースト・ネーションズの人間だ。選んだ場所に着いたら、枝を四本探してきてタバコ袋の紐をそれらに結び付け、それぞれの色がメディスン・サークルの四方に向かうようにする。その四角形の中で四日間を過ごすのだ。そこを離れることはできない。寝袋と、雨をしのぐためのビニールシートは持って行っても良いが、本は駄目だ。書くことも駄目。ひたすら、ヴィジョンが得られるように祈るのだ。三日目には、私が様子を見に行く。だが、山から降りて来るまでは互いに話すことはできない。それから、またスウェット・ロッジの中に入り、自分の見たヴィジョンについて語るのだ」

出発前に、私がスウェット・ロッジに何を期待しているかを皆の前で話したので、そこにいた全員が、私が達成しようとしている願いが何であるかを知った。私は、他の恒星系にいる、人間ではない案内人《ガイド》たちとつながりたい。そのためになら、苦しむ覚悟がある、と彼らに告げた。私が分かっていなかったのは、ヴィクトリアから北に向かってオートバイを走らせている途中、私の首すじを刺した蜂が、私の体に苦悩の種を植え付けたことだった。オートバイを走らせながら首に蜂の針を感じるとすぐ、アドレナリン・

キットがないことに気づき、また、このあたりが町からは遠く、二〇分以内にたどり着けるような病院も医者もないと知った瞬間、私は自己催眠を掛けた。「今、アナフィラキシー・ショックにはならないぞ！」と、サイドミラーも見ずに、繰り返し繰り返し唱え続けた。フェリー乗り場に到着した時には、よくぞやったと自分を褒め称えた。そこでミラーを覗き込み、ネガティブな結果にフォーカスしないことで最悪の事態が避けられたことを知ったのだった。しかしながら、呪文は必ずしも思うようには効かなかった…

四方をタバコの守護霊《スピリット》に囲まれた、聖なる四角形の場所に身を落ち着けた途端、痒《かゆ》みが始まった。ほとんど人のいない島だったし、山の上でもあったので、私は裸になることにした。まもなく、身体中に巨大なミミズ腫れが出来始めていることに気づいた。蜂の針からの毒が、皮膚全体にアレルギー反応を引き起こしていたのだ。あの呪文は、首が腫れて窒息するという最悪の結果を、このアレルギー反応へと転じてくれたのだった。「今」すぐにショック状態に陥ることは免れたものの、私は次の四日間、独りで、食べる物も飲む物もなく（タバコはあったが！）、風雨をしのぐ場所もない中で過ごさなくてはならず、それはまさに痒みの地獄だった。夜も昼も、激しい痒みを少しでも和らげようと、皮膚を手や爪で掻きむしった。自分の手の上に坐ってみることも試した。大声で叫び、知っている限りの神々の名を呼んで助けを求めた。ヴィジョンは現れなかった。期待していたような助けはまったく来なかった。だが、期待していなかった助けが来た。それは人でもなく、目に見えぬ霊《スピリット》でもなかった。宇宙人でも、天使でもなかった。それらとはまったく違う、あるものだった。

彼らは初日に現れ、その後は毎日のように、太陽が天頂に達した直後に出現した。全部で七羽だった。私は地上一、〇〇〇フィートの山の頂上にいたのだから、彼らはすでにその高度で飛んでいたということになるが、上昇気流に乗って悠然と滑空していた。白頭鷲《ボールド・イーグル》たちは毎日、わざわざ私の真前《まんまえ》まで飛んで来ては、見た目にもはっきりと、首をくるっと回転させて私の方を振り返って見下ろしていた。彼らがそこにいるという、ただそれだけの事実と、その高貴な顔立ちや典雅な美しさを持つ翼が、たちまち私に平穏をもたらしてくれた。明らかに、彼らは私が苦しんでいることを察知し、毎日様子を見に来てくれていたのだった。スウェット・ロッジでの鷲《イーグル》、私の受け取った翼、そして何年かの後にアイスランドで鷲《イーグル》が私の頭上を旋回し、今はこの七羽の空の〝戦士たち〟だった。この数年後、私は遠隔透視《リモート・ヴューイング》のテキストのロゴとして鷲《イーグル》のシンボルを選んだ。というのも、鷲《イーグル》の視力はすべての鳥類の中で最も優れており、地上二、〇〇〇フィート（約六〇〇メートル）の上空からネズミを見つけることさえできるほどだからだ。その二枚の翼は、右脳と左脳を表している。

ヴィクトリアに戻ると、娘が玄関で出迎えてくれた。

「お父さん！　何があったの？」

「ヴィジョンを授かった。それは、こんなものだった。『苦しんでいる時、お前は決して、そしていつも、独りではないのだ』ってね」

第14章 消えた契約の聖櫃《アーク》

私が取り憑《つ》かれている「契約の聖櫃《アーク・オブ・ザ・コヴナント》」が、私が手を伸ばしたすぐその先にあるのかどうか、私は、決して知ることはないのです。

グラハム・ハンコック

一九七三年　エチオピア、タナ湖

船の中で、エチオピア人に囲まれて横たわっている。英語を話す者は誰一人おらず、この国のこのあたりで白人の身体を持つ者は、弱冠二十歳のこの私だけらしかった。昨日、病に倒れたため、私の身体は衰弱していた。乗り合わせた大勢の地元民たちが、もの珍しそうにこちらを見つめている。皆、とても親切だ。船で湖を南に渡る旅の間ずっと、パンや水が私に与えられた。この湖は、少なくとも過去一千年間、エチオピアのキリスト教徒たちにとって神聖なものとして崇められてきたのだ。

エジプトのカイロから南アフリカのケープタウンまで、広大なアフリカ大陸を独りで南下する旅の途中、私は突然体調を崩した。ポケットの中には、ほとんど小銭さえもない有様だったが、とにかく先に進まなくては、という、自分でも理解しがたい衝動が私を駆り立てていた。夜は農家の小屋に泊めてもらい、ヤギの隣で寝たが、ひどい高熱で震えと譫妄《せんもう》を起こしていた。そんな中、はっきりと覚えているのは、私が自分の身体《からだ》を抜け出したことで、それにより私は、身体というものが、自分のほんの一部にしか過ぎないということを悟り、大いなる高揚感を感じたのであった。実際、何か別のものが、私の身体が一晩中震えている様子を、そばで見て楽しんでいたのだ。その後、奇跡的に国連の移動診療所の医者が見つかり、私はチフスと診断されたのであった。

なぜ、私がこの場所に導かれてやって来たのか。そして、なぜ、この船の乗場に最も近い村であるゴルゴラに向かう埃《ほこり》っぽい道路上で、チフスに罹《かか》る必要があったのかが分かるのは、この時から三〇年以上も経ってからのことであった。時として、過去を振り返ることによって、私たちの人生が、常に何ものかによって導かれたものであるということに、はっきりと気づくことがあるのである。それは私たちの理解が深まり、人生の旅の本当の秘密の開示を受ける準備が整った時なのだ。今でも、なぜ私がゴルゴラに行ったのか、その理由を思い起こすことはできないが、長く埋もれていた記憶の中から、私がこの湖の中の一つの島に惹かれていた、というヒントが浮かんできた。そこに何かがあったのだ…

魂《ソウル》とは、往々にして、まったく非論理的、かつ直観的で深遠なものと思われがちだが、そこには核《コア》となる論理《ロジック》があるということが、今の私には理解できている。魂《ソウル》は身体時間に縛られないので、追跡が容易な、因果のパターンに則した直線的《リニア》な順番《シーケンス》に従ってはいないのだ。まず初めにエチオピアに行き、その数十年後、そこへ行ったそもそもの理由を開示してくれる人物と出会う。それはすべて、ユダヤ人の歴史全体の中で最も神聖な遺物とされる「契約の聖櫃《アーク・オブ・ザ・コヴナント》」に関係したことだったのだ。長きにわたってユダヤ人たちに崇められ、エルサレムにあるソロモン寺院の至聖所に置かれていたあの超自然的な物体は、私が行こうと（あの日の午後、気を失うまでは）計画していたタナ・キルコス島に、八〇〇年もの間、隔離保管されていた。それが事実であると信ずるに足る十分な理由が存在することを、私は後になって知った。この情報を開示してくれた人物は、後に私の友人となるグラハム・ハンコックであった。私が船に乗って目指したが、ついに辿り着けなかった島を、彼はそのずっと後になって訪れることになる。

二〇〇八年、私は、イギリスのバースにあるグラハムの自宅を訪問した。今日「別の歴史《オルタナティブ・ヒストリー》」と呼ばれるものの世界的な主唱者の一人である彼の全業績を紹介する、二日間にわたるインタビューのビデオ撮りのためであった。ベストセラー『神々の指紋（*Fingerprints of the Gods*）』（大地舜訳、小学館）は、彼の代表作として、今なおその輝きを失っていない。日本だけでも累計三〇〇万部以上が売れた同書は、最後の氷河期の頃に壊滅的な崩壊を遂げるまでは、ある古代文明が存在していたのではないかという仮説で、世界的なブームを引き起こした。

彼は以前、イギリスの雑誌『エコノミスト』の東アフリカ支局で支局長を務めており、その多くの時間をエチオピアで過ごしていた。そこで彼は、聖書に登場する「契約の聖櫃《アーク・オブ・ザ・コヴナント》」のレプリカが展示されているコプト正教会の祭儀に関心を抱くようになったのであった。その関心が、あるアイデアを芽生えさせ、やがて、長い間忘れ去られていた歴史の扉を開ける鍵が次々と見つかってくると、そのアイデアは彼の探求の中心に位置するようになった。なにしろ、世界的に最も有名な宗教的遺物であり、かのソロモン王が、今日ではとても払えないような金額で専用の神殿を建てたというその遺物が、完全に姿を消したのだ。しかも、この聖遺物は、武器として用いられることで、これまで何度もユダヤ人を守っただけでなく、モーゼが神の導きを受ける際にも使われたのだった。特別な訓練を受けたレビ族の聖職者たちだけがそれを運ぶことができたが、特別な訓練を受けた男たちであっても、なお、運ぶ際には空中浮遊したと言われている。『サムエル記　下』によれば、ウザーという名のレビ族の男が、聖櫃《アーク》を安定させようと素手でそれに触れたところ、神はたちまち彼を殺した、とある。したがって、明らかに、それは何か高度な技術の用いられた装置だったのだ。ユダヤ人の宿敵であるペリシテ人がそれを分捕った際、彼らは聖櫃《アーク》を開けた状態で展示したが（箱の中には、もともと、十戒の彫られた石板が入っていたと言われている）、戦利品の側《そば》を満足げに眺めながら歩いた多くの者たちは、翌日には死んだと言われている。放射線による被曝が思い浮かぶ。だから、聖櫃《アーク》は明らかに、きわめて重要な装置《デヴァイス》であり、神はモーゼに、きわめて厳密に定められたサイズと、きわめて厳密に選ばれた材料とを指示して造らせたに違いない。たしかに、これらはすべて単なる伝説かもしれない。一度もこれについて研究したことがない人々は、間違いなくそう断定するであろう。実際、こういったことはよくある話なのだ。

しかし、ハンコックは、徹底した現地調査を実施しながら精力的に研究を続けた。彼がエルサレムの至聖所から忽然と消えてからの足跡を辿ったところ、エジプトのエレファンティネ島という、まったく思いもよらなかった場所に、ソロモン神殿に基づいて造られたユダヤ教の神殿を見つけた。まずは、そこに運ばれたのだ。その後、「黒いユダヤ人」ファラシャとともに、ナイル川を下ってエチオピアに入った、という道筋を突き止めたのであった。

タナ・キルコス島で、彼はコプト修道院の院長と話した。聖櫃《アーク》は、八〇〇年もの間そこに隠匿《いんとく》された後、無事、アクスムの聖地に移されたということが、口伝によって明確に伝えられていた。そこでは、聖マリアのために建てられた教会の聖なる礼拝堂の中で、今日まで代々続く番人《ガーディアン》たちによって守られているのである。

もちろん、ハンコックの結論に対しては多くの異論もあったが、一方で、その長年の研究は、ベストセラー『神の刻印（*The Sign and the Seal*）』（田中真知訳、凱風社）となって大きな反響を呼んでいる。それは、研究と献身により達成された、真に記念碑的な偉業である。エチオピアが私を呼んだのには、少なくとも、物理的な冒険のためとか病によって衰弱させるためではなく、それ以上の理由があったのだということを、私は確信した。

ハンコックは、シオンの聖マリア教会に付属する聖なる礼拝堂の前まで行って、聖櫃《アーク》の現在の番人《ガーディアン》と話をすることができた。番人《ガーディアン》は恰幅《かっぷく》の良い男で、黒い長衣《ローブ》を身にまとっていた。彼は一生を、聖櫃《アーク》を守るただ一人の番人《ガーディアン》として過ごすことになっているのだが、その強力なパワー故に、聖櫃《アーク》には触れることすらできず、そして、今、ハンコックがその外側に立っている鉄の柵で囲まれた教会とその敷地内から、死ぬまで決して出ないことを誓約していたのだった。

私の経験によれば、グラハムはきわめて真っ正直な人間である。彼は生涯を通して、誹謗中傷する人々との激しい知的闘争を戦ってきた。私は、対談の際に彼が語った、聖櫃《アーク》が本物であって、確かにその教会の境内にある、という説に共鳴した。

「私は、ジャーナリストとしてアクスムに行き、そこで番人《ガーディアン》と話しました。死ぬまで聖櫃《アーク》の側《そば》に居続けるように定められている彼は、ある意味、聖櫃《アーク》の人質でした。私は、この白内障に冒された古色蒼然たる風貌の人物の話に、抑えがたいほどの強い感銘を受けました。彼は、この聖なる礼拝堂の中に安置されている途轍《とてつ》もない物体について、きわめて説得力のある話し方で語ってくれたのですが、見せてもらえるかと聞いてみたところ、もちろん、駄目だと答えました。誰も決して見ることはできません！　とね」

エチオピアで病に臥《ふ》したことで、私の進路はタナ・キルコスから南に外《はず》れ、ケニア、タンザニア、マラウイ、ザンビアからボツワナを経由して、ケープタウンに到着したのは何カ月も後のことだった。その後、聖櫃《アーク》のことはすっかり忘れていた。日本の、最も有名にして重要な神社である伊勢神宮で、エルサレムが私を呼んだその時までは。

第*15*章

失われたキリストの棺《ひつぎ》

実のところ、この棺《ひつぎ》からは、おそらく、地球上の他のどんな考古学的人工遺物よりも多くの証拠が出て来ているのだ。

シンハ・ヤコボビッチ

二〇〇七年　エルサレム

この年代の多くの人々と同じように、私も、ユダヤ人がしばしば不審な目で見られ、頻繁にジョークの対象とされていた時代に育った。学校では、分け合おうとしない子、あるいは、お金に関して細かい子のことを〝かぎ鼻《フックビーク》〟と呼んでいた。ユダヤ人という意味だった。私たちは、この行為が反ユダヤ的だとはまったく考えていなかった。なぜなら、当時、ほとんどすべての人種に対して、こういったジョークが存在していたからだ。しかし今では、確かに、あれは人種差別的な風潮だったのだと思う。そして、私たちが本当に自分に正直であれば、人種差別というものが、対象となる集団は異なるとしても、私たち皆の体のどこかに染み付いていているということも分かるはずだ。

なぜこんな話をするのかというと、世界中を旅する者として、また、キリスト教的な環境下で育った人間である私が、西洋で言うところの「聖なる土地」に行きたがるのは至極当然のこととして理解できるとしても、イスラエルは、まったく私の旅の候補地に入っていなかったからだ。パレスチナ問題について得ていた限られた情報から、私は弱者の側に立ち、ユダヤ人国家の手に握られてしまった彼らの運命を嘆いていたのであった。

だから、毎年恒例になっている妻との伊勢神宮参拝を済ませてそこを立ち去ろうとした時、心の中に突然生じた直感的な閃きを私は強く疑った。あれは、一種の命令だったとも言えるだろう。外宮《げくう》と内宮《ないくう》との両方の祭式に参拝した後、駐車場に向かおうとしていた私は、「エルサレムに行け！」という自分の内なる声を、はっきりと聞いたのだった。

それまで、エルサレムに行きたいなどとは一度も思ったことがなかったにもかかわらず、この体験があまりにも明確なもので、また、自分自身の思考とはあまりにもかけ離れていたため、私はすぐさま妻の方を向いて言った。「エルサレムに行くことになりそうだ！」

私の注意は、いまや突如として、これまでずっと行くことを避けていた国へと向けられていた。そして、これが理由となって私は、考古学者であり、映画監督であり、プロデューサーであり、フリーランスのジャーナリストであり、『ニューヨーク・タイムズ』のベストセラー作家でもあり、イスラエルとカナダとの両国籍を持つ、シンハ・ヤコボビッチ（Simcha Jacobovici）によるドキュメンタリー映画『キリストの棺《ひつぎ》』（原題『*The Lost Tomb of Jesus*』）を観ることになったのだった。この映画は大反響を呼び、注目を浴びると同時に論争をも巻き起こした。というのも、その内容が、イエスの棺《ひつぎ》がエルサレムのダウンタウンで発見され、彼とその妻であるマグダラのマリアの遺骨が、名前も記された完全な状態のまま納骨堂で見つかった、というものだったからである。映画『アバター』で有名なジェイムズ・キャメロン（James Cameron）監督が制作の総指揮を執っていたので、作品には絶大な信頼性があった。それで、私はモントリオールにあるシンハのオフィスに連絡し、エルサレムで彼と会う約束を取りつけた。かくして、私の現地行は確実なものとなったのであった。

ヤコボビッチは敬虔なユダヤ教徒なので、飲食や祈りに関して教義に則った必要なものが得られるように、ダウンタウンのコーシャ・ホテル〔訳註1〕に泊まっていた。私と同じ五〇代中頃で、服装はカジュアルだったが、頭にはユダヤ教徒独特のキッパー〔訳註2〕を被っていた。

私たちはロビーで待ち合わせ、その後、ドキュメンタリー映画『キリストの棺《ひつぎ》』についての録画インタビューができそうな静かな場所を探した。彼が話してくれた内容は、そのほとんど一言一句が、あの映画の中で明言していたことと同じだった。

一九八〇年代に東エルサレム郊外のタルピオットで墓が発見され、その中には一〇個の骨棺《こつかん》があった。そのうちの六つには銘刻があり、また、いくつかには遺骨が入っていたので、後にDNA鑑定を行った。そのうちの二つの骨棺には、「ヨセフの息子イエス」と「メアリー（マリアムネ）・ザ・マスター」という名が刻まれていたが、DNA鑑定の結果、これらが同じ家族のものではなかったので、「マリアムネ」、または「マグダラのマリア」が墓に入れられたのは、「ヨセフの息子イエス」の妻だったからに違いないということになった。

長い間、考古学者たちはこの情報にあまり注意を払わなかった。というのも、聖書の時代においては、これらはごく一般的な名前だったからだったが、一九九〇年代にBBCがこのことを取り上げてから、再び関心が集まるようになった。やがて二〇〇六年になると、ヤコボビッチが世の関心を完全に再燃させ、大論争が巻き起こった。それはもちろん、もしもイエスが亡くなった後、埋葬され、骨を残したのであれば、彼は、天国に昇ったり、復活したりはしなかったことになるからだった。そもそも、ユダヤ人はそんなことは最初から信じていないが。私は依然として懐疑的だった。

それからおよそ一〇年後に、私は東京で「エハン塾」と称する講座を定期的に開催するようになるのだが、そこで私は、いかなる情報も徹底的にチェックすべきであると教えていた。つまり、肯定的な議論と否定的な議論との両方を自分自身で検討した上で、最終的に、その情報が信ずるに値するものかどうかを自分独りで決めなくてはならない、と。このようにして、三角関係における中立《ニュートラル》の立場を取るのだ……

〔訳註1〕コーシャとは「コシェル（適正な）」というヘブライ語（イスラエルの公用語）で、主として旧約聖書に基づいたユダヤ教の食事規則のこと。「カシュルート」とも言われる。（国土交通省『訪日ユダヤ人旅行者に対応した受入環境整備推進のための実証事業報告書』2018より）したがって、コーシャ・ホテルとは、コーシャ規定に適合した食事を提供するホテルのことである。

〔訳註2〕ユダヤ教の民族衣装の一種で、男性が被る小さな円形のつばのない帽子。

そして、これを書いている二〇二一年現在、国家のリーダーたちは、毎度のように虚偽《フェイク》ニュースを使って自分たちの好まぬ情報を公然と非難し、また、ソーシャルメディアでは、高度なＡＩ技術を駆使した「ディープフェイク」動画が、私たちに、有名人たちが本当は言っていないことを言ったと信じ込ませることに、まんまと成功している。

ということは、例えば大統領が、実際には言ってもやってもいないようなことを、誰か別の人間がそうしている映像とすり変えることで、あたかも本人がしていたかのようにだましてしまえるのだ。こうなったらもう、いったい何が本当なのか、誰が知り得ようか？　だからこそ、昔ながらのやりかたで、入念に下調べすることが大切なのである。そこで私は、信頼できる、別の観点を与えてくれそうな人物を探し始めたのであった。

私は、エルサレムにあるホーリーランド大学の総長を務め、イスラエルの碑文研究、また、その古代史と文化の専門家であり、死海文書に関する研究にも関わっているスティーブン・ファーン（Stephen Pfaan）博士に、また別口のインタビューの約束を取りつけた。彼はきわめて丁重に、しかしながらはっきりと、骨棺に刻まれた銘刻は、たしかにドキュメンタリー映画の通りではあるが、それらの名前はまったく特別なものではなく、当時はイエスもマリアも、ごく一般的な、ありふれた名前だったのだ、と言った。彼によれば、人口の約五パーセントはイエスという名前であり、約一〇パーセントはマリアやヨセフという名前だったということで、実際、マリアについて言えば、ひょっとすると一五パーセントほどもいた可能性もあるとのことだった。この主張をさらに裏づける根拠として彼は、ユダヤ人社会の大部分においては、実のところ、二ダースほどの名前しか用いられていなかった、とも言っていた。つまり、同じ名前の人間が多かったということだ。

あのようなドキュメンタリー映画を見る際に、こうした重要な情報を知っているのと知らないのとでは大きな違いが生じる。ファーン博士は、一〇分もしないうちに、あのドキュメンタリー映画の中で私が注目したものには根拠がないということについて、私を完全に納得させた。この分野における真の専門家によって私は正されたのであったが、これは私にとって、「入ってくるいかなる情報に対しても、もっと注意を払わなくてはならない」という、大変良い教訓となった。

エルサレムを飛び立った時、ガザ地区が再び爆撃されていた。私が長年避け続けていた国は、私の魂《ソウル》に対して、何か途轍もないことを行ったようであった。とりわけ、ダビデ王がいた場所、イエスが処刑された場所、また、イスラエルの軍勢と彼らの神ヤハウェに対して大いなる戦いが仕掛けられた場所に実際に立てたことは、私に深い感銘を与えた。

一九四七年に死海文書が発見された時、その情報は、聖書の大部分が神話だと信じていた人たちに大きな影響を与えたが、それは、あの洞窟で見つかった写本の巻物《スクロール》には聖書の物語の多くを裏づける記述があったからで、この発見により、何百万人もの人々が、その固定観念を再考せざるを得ないという結果となったのであった。

クンランにある、その発見現場を訪れた際、私はそこに、真に偉大なる物語の存在を感じ取った。この物語は、何千年にもわたるヨーロッパやアメリカの思想の発展の中で、その基礎となる部分にずっと影響を与え続け、今日もなお、それは民主主義や法律、そして哲学等の核心をなしている。私たちの過去と、それが与えた深甚なる影響を、単に、情報が正しいとか間違っているとか言って否定することはできない。私たちは、どんな歴史上の事実であれ、その真実に可能な限り近づくために、できることはなんでもしなくてはならないのである。

私たちは「偽りの報道《フェイク・ニュース》」時代の人間である。インターネットのおかげで、私たちには、ある分野のことをちょっとだけ調べ、後は信じたいように信じるといった傾向がある。しかし、真実の情報というものには私たちの魂《ソウル》と共振する何かがあり、それはまるで、泉から湧き出る新鮮な水が体内を流れるような感覚だ。それはエネルギーをもたらし、魅惑し、好奇心を深め、そして何より、情報過多によって私たちが陥った暗闇に光をもたらしてくれるのである。たしか、仏陀は次のように言っていたと思う。「なんであれ、汝自身の理性に照らして納得することなく信じてはならない」と。

旧約聖書の時代に、地球の反対側、つまり、インドや中国、そして日本等においては、仏教哲学という、きわめて直接的、かつ簡素《シンプル》にして深遠なる哲学が生まれていたのだ。

第16章
二つの寺院

ほら、今、それはここにある。ところが、それについて考え始めると見失ってしまうのだ。

黄檗希運《おうばくきうん》

一九七四年九月　京都

京都駅のすぐ北側に、東本願寺の広大な境内がある。東京からヒッチハイクで到着したばかりの私のポケットには、たった一〇〇円しか入っていなかった。そんな私にとっては、夏の終りの暖かい空気が有難かった。浄土真宗・真宗大谷派の本山であるこの寺院の入り口のひとつである御影堂《ごえいどう》門には、広々とした石敷の上に、ここ専用の屋根があった。つまり、夜寝るのにぴったりの場所ということであった。

古都における私の初めての夜は穏やかに過ぎ去り、翌朝目が覚めると、大勢の人々がこの門を出たり入ったりしていたが、皆、注意深く私を避《よ》けて歩いていた。いずれにせよ、誰一人として私を起こそうとはしなかったわけだ。日本に入ってわずか一週間で、私はこの国の人情味溢れる文化を理解し始めていた。

この寺院は、浄土仏教を信奉しており、その行法は、俗世間の煩悩から解脱する方法として、ただ「南無阿弥陀仏」（「阿弥陀仏に帰依する」という意味）という念仏を唱える、というものであった。

当然のことながら、まだ二十二歳という若さで、言葉や文化についての知識もなかった私に見えていたのは、とても大きな屋根の優雅な円弧《アーチ》だけで、後は、ここが神秘的な場所だという感覚だけであった。この仏教宗派が、スコットランドで読んだ鈴木大拙の書物に書かれていた「禅」とは異なるものだ、などということは考えもしなかった。そんな私に、「禅」のように、自分の努力によって悟りを得ようとする「自力本願」が、自分の力だけでこの世の誘惑に打ち勝つのは困難であるが故に仏の本願に頼ろうという「他力本願」によって完璧に補完されているということなど、どうして知り得ようか？

今振り返ってみて分かったことだが、私は、実のところ、「自力本願」の寺に向かう途中で、「他力本願」の寺に立ち寄っていたのであった。しかしながら、若い時は、宇宙をも、みずからの意思によって動かせると考えがちなものだ。私は、東本願寺の境内にとどまることなく、石の寝床から起き上がり、まっすぐに目的地である大徳寺という、「大きな徳のある寺」という意味の名を持つ禅寺に向かって歩き出した。そこへ行くことが、ロンドンを出た後、ベイルート、ダマスカス、クエッタからパキスタンを渡り、インドのカルカッタ（現コルカタ）からバンコク経由で羽田空港へと飛んだ私にとっての唯一の目的だった。私は、そこの僧院に入門して、仏になるのであった！

長く続いた旅のおかげで、「無一文」には慣れっこになっていた。旅行資金を貯めるために、何カ月間もつまらない仕事をする忍耐は持ち合わせていなかったのだ。「旅そのものが生き方であり、それが目的なのではない」と、私は考えていた。時にはお金があることもあったが、ないことの方が多かった。もともと、私は多くを必要としない人間で、どこでも寝ることができたし、必要なら絶食もいとわなかったので、こうしたやり方で、日本に到着するまでの間に約八〇カ国の国々を渡り歩くことができた。私のマントラは、「必ず、なんとかなる」であった。

臨済宗大徳寺派の大本山である大徳寺に到着したのは正午近くであった。かなり空腹だったが、十八歳の頃から読み始めた鈴木大拙その他の本に、神聖な場所として書かれていた寺院の境内に、ついに立つことができたという純粋な喜びが、それを紛らわしていた。

大きな木造の建物の裏手にある石畳の歩道の上に、生まれて初めて見る禅僧が立っていた。雲水であることを示す伝統的な青い衣をまとった彼が、ゴミ箱に駆け寄る際に、木の下駄がカラコロと音を立てた。その時、私は彼の手に食べ物があることに気づいた。後で分かったことだが、この建物は寺に隣接する精進料理の料亭であり、僧侶たちがみずからの手で純粋な菜食主義料理を調理して提供している場所だったのだ。自身、菜食主義者《ヴェジタリアン》であったこともあり、玄米と新鮮な野菜が捨てられていくのを目の当たりにして、私の食欲が突然目覚めた。そして、このような状況に陥った時、誰もがやりそうなことをすることにした。手まね物まねで、どうにかして伝えるのだ。やってみる価値はある。たとえそれが、食べ物と引き換えに働くことを意味したとしても。あるいは単に、最終的に食事にありつけるような関係を築くことへの期待表明にしかならなかったとしても。

僧侶は頭を掻きながら、青白い顔をした外国人が、身振り手振りで食べ物が欲しいと言っているのを見ていた。私は捨てられた食べものを指差し、次に自分の口を指差してから手で腹をさすった。彼は、おそらく、このような事態には一度も遭遇したことがなかったのだろうが、すぐさま理解したように見えた。しかし、彼は私から目を逸らすと、一目散に建物の中へ駆け込んで行ってしまった。どうやら、まだ十分食べられそうな食べ物を捨てずに済むようにしてあげようというこの試みは、失敗に終わったらしい。まあ、勝つ時もあれば負ける時もある。所詮、放浪の旅とはこんなものなのだ。

ところが、五分後、彼はいくつかのプラスチック容器を持って再び現れると、それらをそっと私に手渡した。そして、両方の手の平を合わせて眉間まで持ち上げる仏教徒流の合掌を行いながら何か言ったが、私には理解できなかった。どの容器にも、新鮮な果物、美味しい野菜と玄米ご飯が満載で、私一人では食べきれないほどだった。この僧侶は、私が京都で出会って交流を持った最初の人物だった。「仏教を生きる存在(being Buddhism in action)」としての彼の慈悲深さと優しさを、私は決して忘れはしない。彼は禅の教えを生きていたのであり、私自身もそうするつもりだったのだ。

数カ月後、私は、そこからさほど遠からぬ場所にある畳敷きの部屋で、何人かの他の西洋人たちとともに坐っていた。ここでは、鈴木大拙の弟子である小堀老師が、ただ一人の英語が話せる僧侶であった。その日、彼は、毎月恒例の禅の説法を行っていた。並々ならぬ精神力の持ち主で、当時六十歳ぐらいと思われたその細い体の中には、恐ろしいほどのエネルギーが勢い良く流れているように、はっきりと感じられた。塔頭《たっちゅう》〔訳註〕である龍光院《りょうこういん》の壁にもたれてはならない、と一人のアメリカ人参加者を戒めた後、彼は茶碗を持ち上げると、その鋭い両眼で私たちを見回して言った。

「これは何かな？」

これは面白そうだと、引っ掛け問題に違いないのは承知の上で、私は当たり前のことを答えた。

「先生、それは茶碗です」

「違う！　それはただ、これに名前を付けるためにあなたが使っている概念に過ぎない。これは名前などではない！　これは、私が手に持っているものであり、あなたは実際には、これについてまったく何も知ってはいないのです。あなたは、名前を口から吐き出しただけで分かった気になっている。それが問題のすべてなのです。あなたは考える。故に、あなたは知らないのです！」

この後、彼は私たちに「公案」と呼ばれる禅問答を実修させた。例えば、「一とは何か？」のようなものだ。私たちの中には、この答えを出すのに数年もかかった者もいた。当然ながら、まずは自分自身が、たとえ一瞬でも「一」になったことを、独自の、そして説得力ある方法で示さなくてはならなかった。なんとか知的に答えようとすると、たちまち、嘲りと高笑いがこの高僧から浴びせられるのであった。彼は、日本における私の最初の師であったが、結局、私は、師が属する臨済禅のライバル宗派である曹洞禅の方に引き寄せられてしまったので、ともに過ごした時間は、ごくわずかなものとなってしまった。だが、私

〔訳註〕塔院の頭の意。禅宗で、高僧の死後、弟子が遺徳を慕ってその寺のほとりに小房を設けて住んだのをいうが、転じて大寺に所属する小寺をいう。脇寺。

たちの現実に対する固定観念を打破するために与えられたその体験は、私の一生の宝となった。「言葉」は、決して茶碗ではないのだ……

これを書いている今、私が坐禅を実修し始めてから、もうまもなく半世紀になろうとしている。あの頃、私の、特にユダヤ人の友人たちの多くは、小堀老師との公案を通した知的論争をきわめて刺激的だと感じていたが、私の方は、一三世紀に生まれた天才にして曹洞禅の創始者である道元の教えに惹かれ始めていた。不思議なことに、彼の教えは、浄土仏教のそれと概念的にどこか似通っていたのだ。それは、次の通りであった。

「悟りを得るために坐禅を修するのではない。何かを得るためではないのだ」

これはきわめて難しい問題だ。禅が日本にやって来るずっと以前に、中国で黄檗希運が教えていたことと同じで、覚醒しなくてはならない人間はおらず、解決すべきこともなく、そして、「そこ」に連れて行ってくれる方法など、もちろんないのだ。

それでは、なぜ毎日、完璧な結跏趺坐《けっかふざ》の姿勢を取って、じっと動かず坐り続けるのだろうか？

「ただ坐れ！」と、彼は言った。「宇宙創生の時以来、あなたはすでに完璧な仏なのであるから、坐禅を通してそれを表現するだけなのだ」と。

わざと何もしない、というような奇妙なことをするのは仏だけだ。ところが、インドではそうではなかった…

第17章

霊《スピリチュアル》的なジャングル

人の中の魂《ソウル》は、その人の運命よりも偉大なるものである。
シュリ・オーロビンド

一九七一年　インド、カシミール

インド製トラックの上に乗り、吹き抜ける涼風を肌で感じながら、私はジャンムー・カシミール州の州都、シュリーナガルへと向かっていた。渓谷の上流をめざして走る私たちのまわりを、ヒマラヤ山脈の息を呑むような絶景が取り囲んでいた。十八歳の私は、今日がいったいどのような一日になるのか、はたまた、どこで寝て、ここで何をするのか、まったく見当もついていなかった。しかし、これまで何カ月も旅をしてきた経験から、心配など無用だということは分かっていた。私は放浪の修行者《サドゥー》たちに倣《なら》い、裸足《はだし》で、ショールと小さなカバンしか持っていなかった。彼らの、安全に関してまったく無頓着な、穏やかな生き方を愛し、尊敬するようになっていたのだ。

彼らは皆、とても長いドレッド・ヘアーを、大きな団子のように丸めて結んでいたが、それは、破壊神にして宇宙の魂《ソウル》であり、悪魔を退治する存在でもあるシヴァ神への忠誠を表していた。シヴァ神の頭からはガンジス川が流れ出ており、その手には三叉槍《トライデント》があるが、それは彼が、いかにして幻想に過ぎぬ物理的世界と自我《エゴ》による精神世界を打ち砕き、私たちを第三段階《ステージ》である魂《ソウル》の世界へと導くかということを表していた。

彼を信奉する者たちは、彼の存在に少しでも近づけるよう、大麻樹脂の一種であるチャラス〔訳註1〕を吸う。また彼は、しばしばリンガ（*lingam*）で象徴されているが、それは男根の形をしてはいるものの、その意味は性的なものを遥かに超え、すべての宇宙の創造を壮大に包含するものであった。サンスクリット語の文献の中には、それは神の存在を証明しているのだ、とするものもある。もし私たちが、いかにして破壊者が同時に「神と宇宙の魂《ソウル》」であり得るのか、また、彼を讃える尊称が「ヨギ」や「瞑想法の創設者」等を始めとして多数存在するのはなぜか、そしてまた、彼の霊力《スピリチュアル・パワー》に対する信仰が、古典『リグ・ヴェーダ』〔訳註2〕が編纂されたといわれる時代よりもずっと以前、つまり何千年も前から存在しているという事実、等々を理解することができたなら、修行者《サドゥー》的生き方の重要性が少しは見えてくるのかもしれない。一九七一年当時の私にとって、インドは「魂《ソウル》の探求」の最高のシンボルであり、そして明らかに西洋は、物質主義と浅薄な精神性《スピリチュアリティ》の中で道を見失っていた。私だけではなかったのだ。

多くの若者たちに、インドでのより深い人生探求を促した男と、私はついに、奇しくも私の第二の故郷である京都で会うことができた。リチャード・アルパート（Richard Alpert）として生まれた彼は、インドに行く前までは、ハーバード大学で高い評価を得ていた心理学者であった。

インドで彼は、高名な神秘家《ミスティック》であるニーム・カロリ・ババ（Neem Keroli Baba）と出会った。「ババ」とは、修行者《サドゥー》に対する尊称である。毛布で体を包んでいる以外は裸の、この太った老人は、彼を迎えると、そのきらきらと輝く目で、彼が前の晩に母親の夢を見たことを言い当てた。まったくの赤の他人が、自分しか知り得ないことを知っていたことに驚いたアルパートは、サーダナーとしての人生、すなわち、崇拝の対象である聖人とともに一連の霊的《スピリチュアル》な修行を行う人生へと出発する決心を固めたのだった。そして、自分の名をババ・ラム・ダス（Baba Ram Dass）に変えた。

私はイスタンブールで、彼の記念碑的著作である『ビー・ヒア・ナウ（*Be Here Now*）』（吉福伸逸・上野圭一・プラブッダ訳、平河出版社）をもらっていたのだが、そこには、インドの宗教と神話が、地球上の他のほとんどの宗教と比べていかに違うかということについての広範な理解が示されており、その見識には感銘を受けた。それはきわめて中身の濃い、神と女神の絡み合う密林《ジャングル》のような内容を持っているので、手引き《ガイダンス》なしでは、きっとその複雑さの中で道を見失ってしまうに違いない。かくしてラム・ダスは、このきわめて古い宗教的伝統に幾分かの明確な視野をもたらした、最初の、高度な教育を受けた西洋人の

〔訳註1〕ハシシもチャラスも大麻の濃縮物。ハシシは乾燥した大麻植物の樹脂から抽出されたもので、チャラスは生きたままの大麻植物の樹脂から抽出されたもの。

〔訳註2〕インドの最古の聖典である『ヴェーダ聖典』（サンヒター、つまり本体部分）の中でも最も古い聖典。『リグ・ヴェーダ』の他に、『サーマ・ヴェーダ』、『ヤジュール・ヴェーダ』、『アタルヴァ・ヴェーダ』がある。『リグ・ヴェーダ』は、紀元前一五〇〇～一〇〇〇年の間に編纂されたと言われている。

中の一人となったのである。
一九九〇年代の終り頃、京都の東山近くにある寺院で私たちは会った。そこで彼は、みずからの魂《ソウル》探求にかけた人生の旅のいくつかについて話してくれた。私は彼の、「人生という、肉体の生まれ変わりを通した長い旅の目的は、〝他者への奉仕〟である」という教えに感銘を受けた。ちなみに、彼の名前の意味は「ラム神の僕《しもべ》」である。

一般的なインドのトラックには、運転席の上に予備のタイヤや備品を入れておくための大きな箱型のコンパートメントが付いているが、ヒッピーたちにとっては、この上に乗って旅をすることが夢だった。なぜなら、そこで寝ることもできるし、どこに行くにせよ、最高の眺めを、無料《ただ》で思い切り自由に堪能することができたからだ。目を見張るばかりに美しい景色の中、ポプラの並木道を通ってシュリーナガルに到着した私は、運転手に礼を言い、トラックを飛び降りた。さて、これからどうしたものか？

ここではチャイ（*Chai*）が、いつでも簡単に手に入った。紅茶の入ったガラスのコップに沸かした水牛のミルクが注がれたこの飲み物は、わずか数パイサ〔訳註〕で、私でも買える格好の飲みものだった。チャイの露店は至るところにあるのですぐに見つかり、そこに立ち寄った私は、これからどこへ行こうか、また、この賑やかな町で何をしようかと、あれこれ思いを巡らせた。
すると突然、痩せこけて汚らしい身なりをしたインド人の老女の、シヴァ神信奉者特有の団子状ドレッド・ヘアーの小さな頭が、人混みの中を私の方に近づいて来た。

「あんた、今夜、寝るとこないんだろ？　私について来な、いいとこあるから。食べものも、好きなだけ食べていいよ」

彼女の有様《ありよう》には、何か完全な誠実さのようなものがあったので、私はまるで疑うことなしに、群衆の中を押し合いへし合いしながら付いて行った。彼女が通ると、おじぎをする者もいた。どうやら、明らかに、この女性はよく知られた顔で、このあたりの社会ではなんらかの権威《パワー》を持つ人物らしかった。インドは魂《ソウル》を見る国だ。だから、ガンジーの名前の頭には「マハトマ」が付いているのだ。マハトマとは、「偉大なる魂《ソウル》」という意味である。

彼女の後に付いて巨大な寺院に入って行くと、そこには何百人もの修行者《サドゥー》たちがいて、それぞれ思い思いに休んだり、チャラスが一杯に詰め込まれたパイプを吸ったり、傍《かたわ》らの地面に三叉槍《トライデント》を突き刺して瞑想したりしていた。皆、互いに笑いながら冗談を言い合い、それらすべてが相まって、その場には即席の平和な雰囲気が醸し出されていた。

彼女は、沢山の修行者《サドゥー》たちがマットを敷いて、その上に僅かな所持品を目印として置いている場所を指差した。私は、そこにショールを広げ、上に自分の小さなカバンを置いた。そして、まもなく、彼女がこの寺院で、おそらくは唯一の女性であることに気づいた。彼女は、ここでも有名人だった。私は、修行者《サドゥー》

〔訳註〕パイサは、インド、ネパール、パキスタンの通貨で一〇〇分の一ルピーに相当するが、現在では流通していない。

たちとヒンディー語で話しながらキッチンに向かう彼女の後に付いていった。

「ここでいつでも食べなさい」と言うと、彼女は私がゆっくりできるよう、その場を立ち去った。私は、ここにいるただ一人の西洋人だった。

私はキッチンに入り、腰掛けた。すると、隣に座っていた男性が話しかけてきた。

「彼女の名はマタジです。あなたのような人を助けてまわっています。彼女はヒッピーが好きで、見かけたら、できるだけ食事を与えるようにしているのです。彼女は素晴らしい魂《ソウル》の持ち主です。ここにいる全員が、彼女を深く尊敬しています」

白い髭を貯え、腰布をまとった彼は、ほぼ完璧なオックスフォード訛りの英語を話した。年齢は、少なくとも八十歳には達しているように見えた。彼は、海抜四、〇〇〇メートル近い場所にある洞窟の中に自然発生した氷で形成された、聖なるシヴァのリンガが祀られた「アマーナス寺院」への巡礼の準備をしているということだった。実は、ここにいるすべてのババたちが、彼らの神を崇めるための夏場の徒歩旅行への出発前に、ここで休んでいたのであった。彼らはインド全土から集まって来て、ようやくここに辿り着いたのだ。

「私はカルカッタ大学で英語の教師をしていました。私には家族がいるのですが、今では皆、成人したので、六十歳を機に、第四の人生へと出発することにしました。霊的《スピリチュアル》な人生に、です。これまで、ヒマラヤ山脈のほとんどの峰々に登頂し、その後、主要な寺院への巡礼も、そのほとんどを済ませました。アマーナス寺院への巡礼を済ませたら、私は沈黙の誓い（vow of silence）を立てて、死がこの肉体を持ち去るまで一言も発しないつもりです」

インドでは、人生を四住期《しじゅう》という四つのステージに分けて考える。少年時代から青年時代にかけての学生期《がくしょう》は学びの時期、次の家住期《かじゅう》（カルマ・ヨガ）には家族を養い、社会的責任を果たす。そして、次の林住期《りんじゅう》からは内面に向かう魂《ソウル》の旅が始まり、最後に、人生の終焉に向けて準備する遊行《ゆぎょう》期に至るのである。

「*Boom Shankar!　Shiva Shankar!　Bom Bolay!*」

スペイン語にしたら「ヴィヴァ、シヴァ！」とでもなろうか。修行者《サドゥー》たちは両手でチラムと呼ばれる陶器製のパイプ（Chillum Pipe）を持ち、一日中チャラスを吸うことでシヴァ神に祝意を表した。そして、様々なヴァリエーションの彼の名を呼びながら、パイプを天に向けて掲げた。私も同様にするよう求められたので、毎朝六時に起床しては、日の出とともに始まるセレモニーに参加した。がりがりに痩せこけた青白い西洋人の若者が、様々な人生を経て修行者《サドゥー》の道へと至った男たちや、あるいは、簡単《シンプル》な英会話で私と友情を育んだ十九歳のババのような、生まれてこのかた、この道しか知らぬ修行者《サドゥー》たちとともに、高度な変性意識状態の時を過ごしていた。それは強烈な人々との、目くるめく陶酔の日々だった。マタジは、いわば、西洋人にとってのロビンフッドのような存在だった。だが私は、そこに長く留まっていることはできなかった…

第18章

ケチュア、魂《ソウル》の山

世界を止めなくてはならないのだ。
ドン・ファン・マトゥス

二〇〇八年五月　ペルー、アンデス山脈、シナカラ渓谷

彼らは、ここで三日間踊り続けている。

凍《い》てついた高高度の夜明けの空気の中、純白の氷河が輝き始めた。伝統的なインカのスカートを着用した女性たち、そしてポンチョを羽織った男性たちからなる、五万人を超える土着のペルー人たちが、ドラムやフルート、トランペットに巨大なチューバ、さらにはホイッスルまで動員してがなり立てていた狂騒の音楽が、突然、停止した。それらの楽器類は、雪と星の巡礼祭「コイヨリッティ」を祝うため、ここまで苦労して担ぎ上げられて来たのだ。そして今、遥か上方に見える氷河の上に、彼らが命懸けでしっかりと据え付けた、いくつかの巨大な木製の十字架に、最初の陽の光が当たろうとしている。そのクライマックスの瞬間を、今、まさに私たちは目撃しようとしていた。

プレアデスとイエス・キリスト、そして五、〇〇〇メートル下方に住む人々に水を恵んでいる山々と氷河とを祝う、この荘厳なる祭を記録するため、私は撮影クルーとともに、ここまでやって来たのだった。

『地球巡礼者《アース・ピルグリム》』と題するドキュメンタリー映画のために撮影しながら、私は感きわまっていた。コイヨリッティの神を正しく礼拝するには、人々の祈りと犠牲からなるエネルギーがこの場に生じなくてはならないのだが、それがいまや頂点に達し、参集した人々全員が氷河を前に静まりかえり、立ち尽くしていた。十字架は、この最初の光によって聖別される。それらは祝福を受けるため、ペルー各地から運んで来られたもので、その後、この聖なる場所を無事巡礼し終えた証《あかし》として、再び彼らの町や村へと持ち帰られるのであった。

何か、表現し難いものの巨大な波が、私の心を強く揺さぶった。一言で言うなら、それはまさに、美しさの波であった。この高高度の極寒に耐えながら、人と調理器具を満載したトラックに揺られ、何日もの、場合によっては何週間もの長い旅の末にここまでたどり着いた人々の、純真な心によって高められた、美しさの波だったのだ。

今、この山上で、土地の人間でないのは私たちだけだった。この三日間、彼らは皆、騒がしいブラスバンドの音楽に乗って、くるくる跳び廻ったり回転したりしながら、歌い、祈り、踊り、さらにはまた、象徴的な仕草として互いに鞭打つなどして過ごしていた。アンデス山脈の山上でブラスバンドとは！　まさに彼らは、世界を止めた。あるいは、言葉を変えて言うなら、不可視の魂《ソウル》のエネルギーを用いて、偉大なる霊《スピリット》とつながったのだ。このような、俗に言う「魂《ソウル》のセレモニー」は、世界のいたるところに存在する現象なのだが、現代のような脱工業化社会においては、ほとんど忘れ去られてしまっている（と、私には思える）。

私が、民族名と同じ言語を話す、ペルーの先住民であるケチュア族の人たちと初めて出会ったのは一九九五年で、医療人類学者のアルベルト・ヴィロルド（Alberto Villoldo）と旅した時であった。ヴィロルドについては後の章でより詳しく説明するが、背の高い、ハンサムなキューバ系アメリカ人で、ペルーのシャーマニズムについての独創性豊かな著書が何冊かあり、二度目にクスコで会った時、すでに彼はケチュア族の一派との二〇年間近い交流を重ねていた。ケロ族というその人々は、偉大なるインカ帝国の最後の生ける末裔として、他のケチュア族とは一線を画する存在感を保持しており、その独特なポンチョで、クスコの街頭でもすぐに見分けられる。彼らは、自分たちの信仰を維持し、そして、何よりも大切な「魂《ソウル》の回復（soul retrieval）」のための彼ら独自の技法を、現在までなんとか失わずにきたのであった。PTSD（心的外傷後ストレス障害）の深刻さが理解されるようになり、また、私たちの多くが心の底にトラウマを抱える今日にあって、「魂《ソウル》を回復させる」という表現は、より深い意味合いを持つ。簡単に言うなら、私たちの「魂《ソウル》の鏡」が粉々に砕けてしまったかのように感じられ、その破片が飛び散って四散する中、私たちはきずなを失い、恐怖に慄《おのの》いているのである。

ケロ族から彼らの呪術《メディスン》を学んだヴィロルドは、様々な儀式を通して、この粉々になった鏡を修復する術《すべ》を私たちに教えてくれた。彼のおかげで私は、ペルーの先住民族の生命力《バイタリティー》とその伝統の豊かさに惚れ込み、その結果、一九九〇年代中頃の初めての旅以来、この国を都合一〇回訪れることになるのだが、そのうちのひとつが、ここ、シナカラ氷河への旅だったのであった。

この高高度の渓谷で今しがた起きたことは、いかなる科学も永遠に解明することはできず、また、いかなる哲学も、それを決して再現させることはできないであろう。自分たちが魂であることを知っている、かくも多くの人々が、その魂《ソウル》を意識的に働かせたことで、私がはっきりと感じたようなエネルギーの波が励起されたのだ。その結果、人の魂《ソウル》が「聖なる源」と深くつながることができるのと同様に、人と環境とが、深く結び付いたのであった。「天」と「地」と「人」とが、途轍《とてつ》もない力《パワー》の定常波（standing wave）〔訳註〕となるのである。これは認知的な計画、または財政的支援による物理的な力《パワー》ではなく、今なお白人と混血《メスティーゾ》が支配するペルー人社会の中で、下層階級として厳しい生活を強いられつつ生きる謙虚な魂《ソウル》たちの、純粋で素朴《シンプル》な行動がもたらした力《パワー》であった。

現代のペルーにおいて、褐色肌のケチュア族であることは、貧困と苦難の人生を送るということを意味している。キリスト教は常に、主として貧しき者のための宗教であった（このことについては、ここの教会に押し寄せる、襤褸《ぼろ》をまとった人たちの真の情熱を目の当たりにしたことで、私は確信している）ので、ペルーの大多数の民衆を精神的に鼓舞するために大いに役立った。どのようにして？　希望を与えること

〔訳註〕振幅、波長、振動数が同じ二つの波が、それぞれ逆の方向からやって来て互いに重なった時、あたかもその場で止まって振動しているかのように見える波。重なることで振幅が元の二倍になる。

によって、である。それ故に、本来は水と生命のためのシャーマニックな祝祭であったこの催しが、今では人々が三日間集まって熱狂的に祝い、自己犠牲を払うものとなったのだ。シャーマニックな祭儀と宗教的信仰とのそのような融合を「シンクレティズム（syncretism）」〔訳註〕と言うが、ペルーほど、これが顕著に見られる場所はない。それは「カトリック・シャーマニズム」とでも呼ぶことができるだろう。

ここで撮影している間中、私たちは敬意をもってもてなされた。私たちが彼らのダンスの輪に入っても、彼らの音楽を録音しても、誰ひとり苦情を言う者はいなかった。

明け方のセレモニーの後、私たちは、彼らが苦心の末、やっとそこに造り上げた、実に素晴らしい教会に入ることを許された。すべての十字架は、うやうやしくそこに運ばれ、祝福されたことを確認されるのであった。何千本もの蝋燭と大勢の人々によって埋め尽くされたこの簡素《シンプル》な構造の建物の外には、数千人の群衆が、各先住民族の手織り模様の飾り布が掛けられた十字架を一目見ようと押しかけていた。

私たちは、山頂近くの氷河から、何本もの巨大な神聖なる十字架《クロス》が、それぞれ数人の英雄的な男たちによって担がれて戻って来る様子を撮影した。私が、これに最も近いものを経験したのは、日本においてであった。つまり、儀式《セレモニー》や祭儀《リチュアル》、あるいは祝祭《フェスティヴァル》などで、集合的魂《ソウル》が実際に働くという、この種の行事の目撃である。日本では、今でも神道の儀式の中で、人の霊魂の松明《たいまつ》を誇らしげに掲げながら、それと天地との永遠の結び付きを強調するといった行事を行っている。実際、マヤとインカの魂《ソウル》は、いまだにメキシコとペルーの小柄な体つきの先住民族の人々の中にはっきりと見て取れるのであるが、そこには日本人と、感覚的に（そして、人相学的にも）とても良く似たものがあると私は感じている。なぜなら、両者とも、なによりもまず地球を尊重し、自然が崇められてさえいれば、あとは皆、取るに足らぬことだという思想だからだ……

私たちが、この最も重要である地球とのつながりを、いかに失ってしまったかということについては、ここ三世紀以上にわたる機械や技術の発達を見れば明らかである。イエス・キリストは、しばしば自然について触れていたし、人間がピラミッドの頂点にあって、自然が人間に奉仕するなどとは一言も言っていなかったにもかかわらず、西洋人たちはそんなことはきれいに忘れて、この中東の物語を都合良く解釈してしまったのだ。旧約聖書も新約聖書も、私たちと地球との結びつきを尊重していたにもかかわらず、だいぶ後の時代になると、魂《ソウル》とは、何か、はかなくも霊的《スピリチュアル》な、地球とは関係のないものになってしまった。これは人類にとって破滅的な過ちであった。それはまた、確かに、宗教的天才の失策でもあったのだ。

しかしながら、もしも、この目に見えぬ真《リアル》の人間の魂《ソウル》の全体計画《トータルプラン》とその目的が、いずれ滅びるべき肉体に転生し、死や病、破壊と滅亡がいつでも起こり得る、無常なる物理的環境下で生きること、それ自体であるとしたらどうだろうか？　にもかかわらず、その存在をほとんど完全に否定してしまっているがために、私たちは魂《ソウル》との交流を失っているのだとすれば？　実際、そうなってしまっているのだ。だから

〔訳註〕異なる信仰や儀礼、または、文化が接触することにより、その相違点を妥協させながら新たな形態を誕生させること。または、その結果。

こそ、アルベルト・ヴィロルドのような人々が古代の秘儀を教え、私たちの先住民族の叡智を伝承する大使《アンバサダー》のような役割を果たして、私たちが再び魂《ソウル》とつながり、それを維持するのを助けてくれているのである。

ヴィロルドはその教えの効果を、みずからが死の淵から生還することによって証明している。彼は、回復の見込みのない多臓器不全と診断されたのだが、ペルーに行き、アマゾンに住むシャーマンの友人《ブラザー》たちのおかげで回復した。医師たちによれば、彼の心臓と肝臓は崩壊寸前の状態で、脳は様々な寄生虫の巣窟と化しているとのことだった。彼は、シャーマニックな治療と現代医学との賢明な組み合わせによって回復したばかりでなく、脳も、以前より良く機能するようになったと主張している。その理由は、私たちの肉体を取り巻き、そして、それに浸透している魂の「光体《ルミナス・ボディ》」を修復したからだ、ということであった。

私自身、後に日本人の調査団とともにペルーを再び訪れた際、そのようなヒーリングを目撃したことがある。ある医師は、前立腺の腫瘍がまったく消滅し、そして、もう一人の女性は、日本を発つ時にはあった子宮筋腫が完全になくなった。

私たちが無視している、この最も重要な、私たちと母なる地球とのつながりは、明らかに、すべての生命力と健康の源なのであり、もし、これをないがしろにすれば苦しむことになるという教訓を、私は後に学ぶことになるのであった。ペルー人たちは、彼女のことを「パチャママ（Pachamama)」と呼んでいる。「母なる地球」という意味である…

第19章 地球処方箋

私たちの全身が導体なのです。
ローラ・コニヴァー医師

二〇一五年　ノースカロライナ州、シャーロット

昨日、ここの空港に到着すると、私はその足で州境をわたり、サウスカロライナ州に入った。そして今、驚くほど魅力的な裸足《はだし》の女性の隣を裸足《はだし》で歩いている。彼女の名はローラ・コニヴァー医学博士。体をじかに大地に接地〔訳註〕させることによる医学的利点について、これから彼女をインタビューする予定だ。この広大な自然保護区で裸足《はだし》なのは私たちただ二人。もちろん、これが当たり前の状況だと、現代の私たちは考える。が、しかし、果たして本当にそうなのだろうか？　歴史上に名を残す聖者やヨギー、そして治療家たちが、皆、裸足《はだし》だったのはなぜか？　また、きわめて高価なランニングシューズを履いて走る現代のアスリートを、裸足《はだし》の先住民族ランナーが、いとも容易《たやす》く一気に引き離してしまうのはなぜなのか？　私たちは、いったい、何を見落としてしまったのだ？

この二日前、私はカリフォルニア州の、とある登山道の約八キロの道のりを裸足《はだし》で歩いていたのだが、その時、そこですれ違った厚底ブーツのパークレンジャーに、「変なやつがいる」というような、いかにも胡散《うさん》臭い目つきでじろじろ見られた。そんな彼を見て、私はとても悲しくなった。というのも、言うまでもなく、私たちは地球に生まれ、そして、死んだら再び地球に戻るのだから、できることなら一生涯を、この源である地球とつながった状態で生きるのが理想なのに、そのことに、誰一人として気づいていないらしいからである。

そのようにして独りでその山道を歩いていると、突然、何かに刺された。すると、瞬《また》く間に私の左手は醜いほどに腫《は》れ上がった。その時、私は、炎症についてのコニヴァー先生の言葉を思い出した。私の足はすでに接地《アーシング》されていたものの、炎症を起こしている個所を直接接地《アーシング》させることで、地球による治癒効果をさらに高めることができる、と教わっていたのだった。そこで私は地面に小さな穴を掘り、その中に手を埋めてから、その上に氷を被《かぶ》せた。やがて氷が溶けて、私の手と乾いた地面を湿らせてくれると考えたのだ。約一〇分後、私が手を抜き出してみると、腫れはかなり引いていた。一人の医者が与えてくれた貴重な情報によって、私は痛みを大幅に軽減させることができたのだ。その情報とは、他の誰も思いつかなかったような、あることをすることだった。それを一言で「アーシング」と言う。

「私たちの全身が導体なのです。アーシングは、裸足で歩くことだけではありません。指先が葉っぱに触れるだけでも、瞬時に全身をアーシングさせることができます」

ローラは、寸暇を惜しんで、私たちの病を緩和するための自然の処方箋を広めようとしている、先端をゆく医療従事者である。彼女はこれを「地球処方箋」と呼び、医師として、古代の格言である「医者よ、汝自身を治せ」を念頭に、みずからそれを実践していた。それ故に私は、遠路はるばる日本から、彼女に会いにここまでやって来たのだった。私は、体をアーシングさせて地球とつながることで、いったいどのようにして地球が私たちを実際に治癒させるのかについて、もっと良く知りたかったのだ。なぜかと言うと、私は、自分自身が治療家だった頃の苦い経験から、どんなに患者の症状を緩和させることができたとしても、再び同じ症状《パターン》が現れ出る可能性が高いことを知っていたからだった。私たちが施す治療はいつも決して十分ではなく、そのため患者は、遅かれ早かれ、自分自身の生き方そのものを厳しく見直さざるを得なくなる。そして、その時初めて、「汝自身を癒せ」の本当の意味が分かってくるのだ。

私は、大阪にある明治東洋医学院専門学校を卒業した後、自分の治療院を開業してからの約一〇年間は、毎日のように患者を診察していた。そのほとんどが、私たちが「お薬《メディスン》」と呼んでいる、それぞれに薬学

〔訳註〕「接地」とは大地を電路として利用することで、電気機器などから電気を大地に逃すことを言う。人体も導体であるため、素肌で大地に触れることで、①人体に蓄積した静電気を大地に逃す、②体の電位を大地と同じ0ボルトにする、③地表の電子（マイナス電荷）を体内に取り込む、ことが可能となり、それによる様々な健康的利点が注目されている。「接地」は「アース」、または「グラウンド」とも呼ばれ、「接地すること」は、「アーシング」、または「グラウンディング」とも呼ばれている。

的奇跡が満載された沢山の紙包みを定期処方されることに見切りをつけた人たちばかりだった。

私は、東洋と西洋の両方の患者に鍼灸を施していたのだが、今振り返ってみて、ようやく、その具体的な働きについて理解することができた。古代の洗練された「医師たち」は、私たちを壮健な状態に保っているものは「気」と呼ばれる生命エネルギーであり、それが「経絡《けいらく》」と呼ばれる通路を通って、常時、私たちの体の中を循環しているのだ、と理解していたのだが、実のところ、それは、地球に蓄えられた電磁エネルギーだったのだ。地表面には、マイナス電荷を帯びた電子がふんだんにあるので、私たちの体が病などによってプラス電荷過剰となってしまった時には、そこに触れるだけで、瞬時に体の平衡《バランス》が回復するのだ。マイナス電荷を青、プラス電荷を赤で想像してみてほしい。サーモグラフィー画像を見れば明らかだが、体の炎症部分は、間違いなく赤色となって表れる。痛みを赤、癒しを青と考えても良い。なんと、「マイナス」なことが、自身の健康《ウェルビーイング》と安寧を保つためにできる最も「プラス」なことだったのだ。そして、当然ながら、魂《ソウル》についても同様なのである…

川の浅瀬を裸足《はだし》で歩いた後、私たちは公園で休憩し、コニヴァー医師は、そこにあったベンチに腰掛けた。私は、長時間インタビューを続けるためにカメラを回し、今、こうして母なる地球に直接つながっていることで、私たちはどんな利益を得ているのか、と尋ねた。彼女は正直に、アーシングの働きについて完全に理解できているわけではないが、それでも、いくつか分かっていることがある、と答えた。

「地球の表面は自由電子に覆われているので、地表に皮膚が触れることで、それらが体内に入り、炎症と活性酸素《フリーラジカル》による損傷《ダメージ》を中和してくれます。地球は、天然の抗炎症薬としての役割を果たしているのです」

このことは、アーシングが真剣に研究され始めたここ二〇年間に実施された、多くの二重盲検試験《ダブル・ブラインド・テスト》によって証明されている。赤で表示されている炎症部分が、わずか二〇分間のアーシングによって青く変わることを、サーモグラフィー画像が明確に示しているのだ。言うまでもなく、これは、プラセボ効果などではない。

彼女の研究のおかげで、現在、私たちは睡眠パターン〔原註1〕、骨密度〔原註2〕、血流、視覚能力等の改善を始めとした、数多くのアーシングの利点についての具体例に接することができる。そして、おそらく、最も重要なのは、炎症の鎮静・軽減だと思う。炎症については、かつて『タイム』誌が、「炎症―知られざる殺し屋（*Inflammation : The Secret Killer*）」として特集を組んだことがある。残念ながら、同誌の編集者たちは、アーシングについて何も知らなかったのだが…

足裏には「湧泉《ゆうせん》」という経穴《ツボ》があり、ここは経絡の出発点に当たる。通常、経絡は手や足の指先から始まるので、これはきわめて珍しい経穴《ツボ》なのだ。中国や日本では「湧泉」と言うが、西洋では単純に「ＫＩ１」と呼ばれている。これは、足の少陰腎経《しょういんじんけい》（通称、腎経）の始点という意味である。

カナダで生徒に東洋医学を教えていた私は、ホワイトボードに経穴を書く時は、いつも漢字だった。な

〔原註１〕ストレスホルモンであるコルチゾール分泌サイクルが自己修正することによる。
〔原註２〕これについては、私自身の調査結果が存在する。アーシングによって、骨密度が二〇代のそれと同程度まで急速に改善したというデータである。

ぜなら、漢字の名称は、私たちの体を駆け巡るこれらの経絡と経穴について多くを語ってくれるからだ。

私は彼女に、足裏の真ん中の拇指球《ぼしきゅう》のすぐ後ろにある、この経穴《ツボ》について話してくれるように頼んだ。彼女は「湧泉」を指差しながら言った。

「人体は、神様によって直接、地球に触れるように創られているので、地球の治癒エネルギーとつながるには、ここが最適な場所だと思われるのです。また、足裏は、体の中で最も神経終末と汗腺の多い場所です。つまり、足裏の表面全体が導電性のある電気エネルギーを受け入れる体勢にあり、準備が整っている、というわけです。湿り気があると、導電性が増大します。つまり、神経終末が高密度に集中している湿り気のある足裏が、地球に備わっている治癒のための電子の貯水槽と直接触れ合うことになるのです」

ローラは、アーシングに関する複数のドキュメンタリー映画に出演しているが、私たちは、その中の『ダウン・トゥ・アース』というタイトルの短いユーチューブ動画に日本語字幕を付けたので、この約一五分間の動画を観てもらえれば、アーシングについてのきわめて明確な情報が得られるはずだ。ローラは医師として、当初、アーシングについてはまったく何も知らなかった（残念なことに、西洋医学の教育においては、これが典型的なケースなのである）のだが、最初の子どもの誕生をきっかけに、直接的に「自由電子」について学ぶことになった。長女の泣く頻度がきわめて高かったので、彼女は医師としてでき得る限りのことをし、当然ながら、まずは小児科医に診てもらった。ところが、その診断は「赤ん坊は泣くものだ」ということで、これは「最低の助言《アドヴァイス》」、または、「役に立たない助言《アドヴァイス》」として、ゴールデン・ラズベリー賞の受賞は、まず間違いないだろう。

しかし、母親というものは、アーシング知らずの「医師頭《いしあたま》」の説明には、決して満足できないのだ。そして、彼女は奇妙なことに気づいた。赤ん坊を腕に抱え、住んでいたアリゾナ州の自宅から一歩外に出て、裸足《はだし》で地面の上に立つと、すぐに、その泣き声は止むのであった。最初は、新鮮な空気や鳥の鳴き声のもたらす自然の力のせいだと思っていた。なぜなら、私たちが病んだり、気分が塞ぎ込んだりした時には自然環境に強く引かれるものであり、これこそが地球上に最も古くから存在する療法《セラピー》だからだ。しかし、なぜそれが効くのか、その理由は不明だった。だが、今では分かっている。それは、導電性のある地球のエネルギーが、彼女の体を通って赤ん坊に伝わったからなのであった。

裸足《はだし》のローラの足が、絶縁された家の中に戻った瞬間、赤ん坊は再び泣き始めた。まもなく、彼女にはその理由が分かり、それ以来、本を書き始めた。『地球処方箋（*The Earth Prescription*）』（愛知ソニア訳、ナチュラルスピリット）というタイトルのその本の中で、彼女は、私たちが無料《ただ》で、そして自分自身で、体《ボディ》と魂《ソウル》（これらは一つのものである）を、一年を通じてアーシングできることを礼賛している。結局のところ、すべてのディープ・エコロジストたち〔訳註〕が知っているように、ガイアとは地球の女神なのだ…

〔訳註〕人間の生命は、地球生態系の一構成物に過ぎないとみなす環境哲学である「ディープ・エコロジー」の研究者。

第20章

ガンジーの足跡をたどって

私たちは「現代の意識」の勢力下で生きています。
つまりは、進歩に取り憑かれているということなのです。

サティシュ・クマール

二〇〇七年　イギリス、デヴォン

ここサウス・ウェスト・イングランドの道路は、そもそも、車が走ることを前提にして造られていない。道幅が狭いのに加え、両側を高い生垣に囲まれているので、曲がりくねったところでは対向車両がまったく見えず、雨天時、あるいは、さらに視界の悪いデヴォン州名物の濃霧の中での運転は、まさに神経を擦り減らす難行苦行だった。そんな中、やっとのことでハートランドという小さな村に辿り着いた私は、そこに住むエコ・スピリチュアル活動家、サティシュ・クマールの家を訪ねた。村内には、世界的影響力を持つ彼の革新的な雑誌『リサージェンス（*Resurgegence*）』のオフィスもあった。私は一九八〇年代以来の同誌愛読者で、この、細身ながらもエネルギッシュで知的な、自身を「地球巡礼者《アース・ピルグリム》」（Earth Pilgrim）と呼ぶインド人とのインタビューを、これから二日間にわたって行う予定なのであった。

サティシュ・クマールは、わずか九歳でジャイナ教の僧侶になった後、十代後半にガンジーの弟子の一人であるヴィノーバ・バーヴェと出会い、社会的活動を伴わぬ瞑想は十分なものではないことに気づいた。そして、核兵器の開発競争に歯止めをかけるため、あるメッセージを掲げて、デリーからロンドンまでを無資金で巡礼することにしたのだった。そのメッセージの内容は、彼の有名な言葉の中に要約されている。「地球上には、すべての人の必要《ニード》性を満たすのに十分なものはあるけれど、我々の強欲《グリード》を満たすほどに十分なものはないのです」

彼は、希望と平和のメッセージを伝えつつ静かに歩きながら、政治的指導者たち、そしてあらゆる信条や背景を持った人々と出会った。イギリスに移住してからの彼は、人と自然との関係を礼賛し、芸術と霊的覚醒《スピリチュアル・アウェアネス》の重要性を賛美する『リサージェンス』誌の編集長兼主筆となった。また後に、控え目ながら強力な影響力を持つ彼の理念に基づいて、私たちに与えられた自然を意識的に尊重することのできる、より良い「地球への奉仕者」を育成するための大学を設立した。「シューマッハー・カレッジ」と名付けられたその大学に、私はつい二時間前までいて、そこからここまで運転して来たのだった。

かつてイギリスの上流階級の住まいであったその古い建物内で、私は、カレッジのスタッフや講師陣と面会した。世界中から集まって来た学生たちは、いかにして自然とより良く共存するかについて学び、また、人とその住まいである地球との関係性、つまり「ディープ・エコロジー」を具現化する小プロジェクトにおける成果を応用することで、どのようにこの世界を実際に変化させられるかを学んでいた。サティシュは七十代後半の、深い知性と慈悲心に溢れた人物で、私たちの「進歩」という病の克服に生涯を懸けていた。彼と同郷であるJ・クリシュナムルティは、かつて私がサンフランシスコで聴いた講演で、次のように語っていた。

「進歩（progress）という言葉の根源的な意味は、暴力を行うために、完全武装して敵陣に入ることなのです」

サティシュの家は、広い庭と池のある、築四〇〇年の古い農家だった。私たちは、池の傍《そば》に座って話し始めた。その内容は、彼が僧侶だった頃から始まり、次いで巡礼時代のこと、そして、現在の世界が直面している主要な問題の数々へと移った。これらの問題はすべて、せんじ詰めれば一つの言葉に集約することができるのであった。それは、「貪欲」である。

「より多くのモノを所有する」ことへの際限のない熱中の結果、私たちは、いまだ理解すらできていない問題に取り組まざるを得ないという羽目に陥っている。理解することができて、初めて、私たちは状況を変えるための行動を起こすことができるのだから、教育こそが最優先課題なのである。私たちが住んでいる、そして、その空気を吸っているこの環境とは、そもそも何なのか？　木のような基本的なものと、どうやって心を通わせるのか？　私たちが腰掛ける枝を、また、地球から吸い上げた水でいっぱいの枝を、そして、私たちに木陰を与え、酸素を与え、美的喜びを与え、あらゆる種類の鳥や、全世界に生息する、その他多くの種の生物の住まいとなっている枝を、どうしてノコギリで切り落とすことなどできよ

郵便はがき

料金受取人払郵便

神田局承認

1916

差出有効期間
2025年7月
31日まで
切手を貼らずに
お出しください。

101-8796

509

東京都千代田区神田神保町3-2
高橋ビル2階

株式会社 ナチュラルスピリット

愛読者カード係 行

フリガナ		性別	
お名前		男・女	
年齢	歳	ご職業	
ご住所	〒		
電話			
FAX			
E-mail			
ご購入先	□ 書店(書店名:) □ ネット(サイト名:) □ その他( )		

ご記入いただいたお名前、ご住所、メールアドレスなどの個人情報は、企画の参考、アンケート依頼、商品情報の案内に使用し、そのほかの目的では使用いたしません。

ご愛読者カード

ご購読ありがとうございました。このカードは今後の参考にさせていただきたいと思いますので、アンケートにご記入のうえ、お送りくださいますようお願いいたします。

小社では、メールマガジン「ナチュラルスピリット通信」(無料)を発行しています。
ご登録は、小社ホームページよりお願いします。**https://www.naturalspirit.co.jp/**
最新の情報を配信しておりますので、ぜひご利用下さい。

●お買い上げいただいた本のタイトル

●この本をどこでお知りになりましたか。

1. 書店で見て
2. 知人の紹介
3. 新聞・雑誌広告で見て
4. DM
5. その他（　　　　　　　　　　　　　　　　　　　）

●ご購読の動機

●この本をお読みになってのご感想をお聞かせください。

●今後どのような本の出版を希望されますか？

購入申込書

本と郵便振替用紙をお送りしますので到着しだいお振込みください（送料をご負担いただきます）

書　籍　名	冊数
	冊
	冊

●弊社からのDMを送らせていただく場合がありますがよろしいでしょうか？

□はい　　□いいえ

うか？　私たちは、母なる地球、あるいは、サティシュの友人にして科学者であるジェイムズ・ラヴロック（James Lovelock）の、いわゆる「ガイアという生きた存在」との壊れてしまった関係を、どうやって修復すればよいのだろうか？

サティシュは、全生命との相互関係性を賛美する詩人でもある。これを「エコ・スピリチュアルな認識《アウェアネス》」と呼ぶことができるだろう。それは、自然環境との真の関係性は霊的《スピリチュアル》なものでなくてはならない、という意味である。自然もまた、間違いなく魂《ソウル》を持っているのだ。

私は彼に、どのようにしてカレッジが生まれたのかについて聞いてみた。いつも雄弁で、決して言葉に窮することのない、優しくて、まるで聖人のようなこのインド人は、すぐさま答えてくれた。

「シューマッハー・カレッジは、教育の危機がきっかけで生まれました。世の大学というものはすべて、多かれ少なかれ、人間を一つの目標に向けて教育しています。それは、彼らを労働市場に送り込むためです。そして仕事を得る目的は、ほとんどがお金のためです。『創造』のためでもなく、人類に対する奉仕のためでも、自己発見のためでもないのです。私は、もっとホリスティックな教育が欲しかったのです。自分の才能を発見し、自分の真の可能性と、そして、自分が、地球という惑星にどのような奉仕ができるのかを発見するための教育です」

サティシュは、ダーティントン不動産の役員らと会い、彼らが、かつて学校として使われていた大きな建物を持っていることを知った。そこで彼は、一つの強力なアイデアを提案した。

「学校を始めないか、と持ち掛けました。小規模な、実験的で斬新な学校を、です。そこでは就労のために学ぶのではなく、生きるために学び、教育を通して『暮らし』の創造を学ぶのです。そして同時に、自分の心《マインド》・精神《スピリット》・ハートを育《はぐく》むのです。私は、『頭《ヘッド》』と『手《ハンズ》』と『ハート』という言葉を、『学び』と『仕事』と『霊的覚醒《スピリチュアル・アウェアネス》』を強調するために用いています。つまり、それは全身と精神《スピリット》のための、真の教育を意味しているのです」

この教育では、もちろん、私たちが現在直面している環境的・社会的な危機に対して、最も根本的、かつ実用的な方法で取り組まなくてはならない。シューマッハー・カレッジと、サティシュがその近くに設立したスモール・スクール〔訳註〕では、数十年間にわたって、そのような真剣な取り組みを行ってきている。

「どうすれば、持続可能で生態学的にバランスの取れた、自然界と調和した暮らしを心穏やかに営むことができる人類を創造することができるのだろうか？　この理念《ヴィジョン》のもとに、シューマッハー・カレッジを創設しました。これは『スモール・イズ・ビューティフル（*Small is Beautiful*）』（小島慶三、酒井懋訳、講談社）の著者、E・M・シューマッハー（E. M. Schumacher）にちなんで命名したものです。彼はまた『仏教経済学』という、大変優れたエッセーも書いています。これらの二つの言葉を組み合わせたのは、西洋人では彼が初めてでした。私たちは、これは完璧な組み合わせだと思いました。なぜなら、内側には精神性、外側には経済性が必要だからです。その両者が教えられてこそ、初めて、ホリスティックな教育と言えるのです」

このような単純《シンプル》な観察のもたらす力《パワー》を、私たちは過小評価しがちだ。それ故、こうした問題を理解する必要性の認識にまで到達した教育指導者は少ない。また、自分の教えている規範に従って実際に生きている教育者の数は、残念ながら、もっと少ない。

ガンジーは偉大なる社会運動家であった。彼は、いかなる暴力や強要にも訴えることなく、大英帝国をインドから追い出した。彼は土地を耕し、手で毛糸を紡いだ。サティシュの発心のきっかけを作ったガンジーの弟子、ヴィノーバ・バーヴェ（Vinoba Bhave）は、インド中を何千マイルも歩きながら、地主たちに向かって、彼らの土地の五分の一を、それを耕作している貧しい労働者たちに与えてやるように勧めたのだった。彼は、史上最大の土地所有権移行の一つに成功した。彼は有言実行（walk his talk）したのである。そして、彼の弟子であるサティシュも。だから彼には、自分を「地球巡礼者《アース・ピルグリム》」と名乗る資格が、真に存在するのだ。

この時以降、私たちはイギリスや、彼が講演のためしばしば訪れた日本で何度か会うことになった。私は、彼が軽井沢で行った一日講演の通訳をし、また、ともに天河神社まで赴いた。そこでは宮司が最高の

〔訳註〕英国デヴォン州にサティシュ・クマールが設立した十一歳〜十六歳対象の私立中学校。ここでは、オルタナティブ教育が提供され、午前中は普通の授業、午後からは農業、陶芸、建築など、創造的で実践的な授業を行っていたが、英国教育監査局の指示により二〇一六年に閉鎖した。

礼をもって迎え、彼のために、本殿できわめて感動的な儀式を執り行ってくれた。私は彼と同じ畳の部屋で寝たのだが、彼は決して人に自分の荷物を持たせなかった。それでいながら、相手の荷物は持ってやろうとするので、私はいたく敬服し、「真のリーダー、ここにあり」と思ったものであった。

彼と出会う何年も前、世界の首脳たちが京都に集まって、この地球環境危機について話し合っていた。新しい組織である「グリーン・クロス・インターナショナル」創設のためだった。そこで私は、ゴルバチョフと会うことになるのだった。

第21章

世界を変えた農民

昨日成し遂げたことが、まだ大きなことのように見えるなら
今日は、まだ、たいしたことをしていないということだ。
ミハイル・S・ゴルバチョフ

一九九三年　京都

宝ヶ池の国立京都国際会館に隣接する、プリンスホテルの宴会場に入った。どうして私がここにいるのかは大いなる謎であり、ここに至る経緯を何度振り返って考えてみても、そんなことはあり得ないとしか言いようがなかった。が、一つだけ確かなことがあった。それは、純粋、かつ単純明快な意図をもって、何かが起きてほしいと無条件に望むと、時として説明のつかぬような、驚くべき魔法が起こるということだ。先述のオベルト・アイロウディの言葉を思い出してみよう。

「魔法とは、不可能を可能にすることである」

私は、数日前、ごく自然な形でほんの少しの間抱いた、「ただ、彼と同じ部屋にいたい」という想いの

結実を、まさにこれから目の当たりにしようとしていたのだった。

これまでの人生、私は政治にはほとんど関心を抱かずにきた。政治家にも、興味を引かれることなどまったくなかったのだが、例外はあった。例えば、ネルソン・マンデラ（Nelson Mandela）は、私と同時代にあって、絶対に不可能と思われた巨大な変化のうねりを引き起こした人物だった。彼は、肌の色で人間を差別するという南アフリカの「アパルトヘイト」政策を、ほとんど独力で廃止させ、二七年間の獄中生活からの解放後、南アフリカ初の黒人大統領になった。

そして、ミハイル・ゴルバチョフは、共産主義の独裁者であったスターリンが粛清による恐怖政治（wreak havoc）を布《し》いていた時代に、ロシアの農家に生まれた。当時、農民は、政治的な影響力などまったく持っていなかった。そんなものは皆無だったのだ。

ミハイルの父は、小麦の不作による飢饉が続いた時代に育った複式収穫機《コンバイン》の運転手だった。ようやく気候が変わって豊作となってからは、若きミハイルとその父は一日二〇時間働き、その結果、二人はソヴィエト連邦から勲章を授与された。私が二〇世紀最高の政治的天才と信じるこの人物の権力への道は、このようにして始まったのであった。ロシア人の多くは、ソヴィエト連邦の崩壊をもたらしたとして、いまだに彼を非難しているのだが。

京都に「グリーンクロスインターナショナル」という新しい組織が創設されることになり、その会長にゴルバチョフが就任すると聞きつけた私は、この幸先の良さそうなイベントの通訳ボランティアに応募した。イベントにはダライ・ラマも出席するはずだったが、中国政府により阻止された。この新組織創設の背景には、ますます悪化を続ける地球環境（グリーン）の危機に取り組み、赤十字が医療で人を助けるように、その改善策を見つけようという意図があったのであった。

ミハイル・セルゲーエヴィチ・ゴルバチョフが、私が一人で座っている部屋に入って来た。年齢は六十代、骨太で、前額部の白い肌には紫色のあざがはっきりと見てとれる。彼は、まっすぐ私のところまで歩いて来ると、握手しながら、強いロシア語なまりの英語で「グッド・モーニング」と言った。二分後、あわてふためいた様子のボディガードが、スーツの下の銃の大きな膨らみを隠すように、胸に手を当てながら駆け込んできた。彼の汗には理由があった。彼は、八代目にして最後のソヴィエト連邦共産党の最高指導者を、完全な無防備状態に置くという大失態を犯したのであった。もしかすると、このような、まったく考えられない出来事が起きたのは、ゴルバチョフの在任中、たったこの一度だけだったのかもしれない。

私がこの部屋に入ることができたのは、単に関係者たちが私の顔を知っていたという理由からだった。それまでの三日間、私はボランティアの通訳として働いていて、ゴルバチョフの記者会見中にはずっと彼の近くにいた。私の主な仕事は、（英語を話せる者の少ない）日本人記者たちと、アメリカ人であるゴルバチョフの国際報道担当者との間のコミュニケーションを図ることだった。そのアメリカ人担当者が、私が到着して「通訳者」という身分証明バッジを着けるやいなや、私の助けを求めてきたのだ。

彼は、日本人記者たちが当然、英語が話せるものと誤算していて、私を見つけた時にはパニック状態に陥っていたのであった。そして以降、ゴルバチョフの後には、どこであれ付いていく彼に、私も従うことになった。おかげで私は、一切のセキュリティ・チェックなしに〝ゴルビー〟の取り巻きたちに近づくことが許され、日本人財界人、そして全世界からやって来た科学者や活動家らと彼との、内輪のやり取りについて知ることとなったのである。

彼は、スターリン時代、アムダリア川の全流域の流れを逆行させるという狂気の計画が検討されていたということについて、入念に選ばれた特定の小グループに向かって語っていた。もし、そんなことが実行されていれば、ロシアの膨大な地域の環境バランスが破壊されてしまうところだった。また、いかに多くの核燃料が、ソ連中の川や湖に投棄されてきたかについても話していた。彼は、政府というものが、電力供給を目的とした無謀な計画によって、どれほどひどい環境破壊を起こし得るかということを、そうした経験から良く知っていたのだ。

ソ連政界の出世階段を駆け上った彼は、冷戦のピークにあって、米国がソ連を地球上最悪の、あらゆる点で邪悪な政治体制とみなしていた時代に、想像を超える功績を残した。ゴルバチョフと、その二つの政策であるペレストロイカ（再構築）とグラスノスチ（情報公開）によって、その後一〇年たらずのうちにベルリンの壁は崩壊し、東西ドイツは一つの国として再び統合されることとなった。また、リトアニアを始めとするバルト三国がソヴィエトの支配から脱し、そして遂には、ソヴィエト連邦そのものが完全に崩壊したのであった。

ソ連に対する嫌悪がその頂点に達していた時、逆説的にもゴルバチョフは、欧米の何百万人もの人々から愛されるばかりか、崇められさえしたのだった。彼は、民衆の中に入って行った。また、モスクワ市内の店からパンが消え、国家全体があらゆるレベルにおいて大規模な欠乏に苦しんでいた時に、当時、農業が好調だったハンガリーを訪れ、その食糧生産技術と流通法を学び、それらに関する知識を自国に持ち帰って応用したのであった。彼は聡明で好感を持たれる人柄であり、そして、実に鋭敏だった。冷戦は、突如として終わったかのようだった。そして彼は、ほとんど独りでそれをやってのけたのだが、傍にはいつもその妻がいたのであった。

BBCニュースと『タイム』誌、それに「ザ・タイムズ・オブ・インディア」紙から派遣された計三名の記者によるゴルバチョフのインタビューが、まもなく隣の部屋で始まろうとしていた。私の仕事は、単に、まずインド人の女性記者をそこまで案内することだったのだが、それは、これまでの三日間、全員が私の顔を見て知っていて信用されていたからだった。彼女は、ゴルビーと会うというのでひどく緊張していたため、私は、リラックスできそうな方法をいくつか提案するなどして落ち着かせた。それで役目は終わったのだが、私は部屋を出る代わりに、先ほど、ゴルバチョフの警護という重要な任務に大失敗したKGBの男と一緒に、ドアの前に立っていることにした。そして、あたかも、ゴルバチョフに関する重要な任務があって「そこにいなくてはならない」かのような雰囲気を醸し出したのだ。

記者たちがやって来ては去って行くその間に、隣の部屋で繰り広げられた質疑のすべてを私は聞くことができた。最後に『タイム』誌の記者が部屋を出るまでは、誰一人として私の存在を疑問視しなかった。

彼だけが、私のところに歩み寄り、いったい私が何者で、そして、なぜあの部屋にいたのかを問いただす根性を持っていたのだった。

魔法は二時間以上も効き続けた。この体験は、この世の仕組みについてのきわめて貴重な洞察を私にもたらした。私たちのすることのすべては、私たちの認識によって色づけられ、その信念によって形作られているのである。

なぜ、私のような、どこの馬の骨とも知れぬ、なんの資格もないスコットランド人の男が、世界的な指導者とともに時を過ごすことができたのか（何百人もの裕福な日本人が、彼とのほんのわずかな時間を得るために、できる限りの策を講じていた中で）ということについては、今日に至るまで、まったく説明がついていない。結局、私は彼と部屋で二人きりになることができ、そして、きわめて価値の高いインタビューの内容をひそかに知ることとなった。それらの情報は、やがて関連メディアに何百万ドルもの収益をもたらすことになるのだった。スクープがスパイされていたのだ！　これらすべてが展開したのは、あの時のシンプルで純粋な願いからであった。たとえ、それがわずかな間だったとしても、真に世界を変えた一人の男との、この奇妙にして素晴らしい出会いを、因果とか思いがけない奇遇とかいった言葉で片づけることはできない。もしも、その意図が純粋でありさえすれば、どこでも、いつでも、人は会いたいと思う相手に会うことができるのだということを、彼は私に教えてくれたのだ。

彼は、墓石に詩を刻んでほしいと言っている。それは、もう一人の偉大なロシア人であるミハイル・

レールモントフ（Mikhail Lermontov）の詩で、次のように始まる。

ひとり旅に出れば
石畳の道が靄《もや》に輝き
夜は静寂に包まれている
荒野は神の声に耳を傾け
星々は互いに語り合う
穹窿《きゅうりゅう》は森厳なる驚異に満ち
地球は銀白色のオーラに包まれて眠る
なぜ私はこれほどまでに苦しく、不安なのか？
私が抱いているのは、希望か？　それとも、後悔か？

ドキュメンタリー映画の中で、彼の人生のあらゆる場面において、その変わらぬ伴侶であった（そして私もご本人に会った）美しい妻のライザが、白血病で亡くなった時にどう感じたかを聞かれた彼は、しばらく沈黙した後、次のように答えた。
「私の全人生が奪われた」

第22章

ラクダと本

人生において無限なる二つのものとは、
人間の愚かさと、神のご慈悲である。
G・I・グルジェフ

一九七三年　北ケニア

私の体が突然こわばった。この泥道を挟んだ向かい側にある木の、上の方の葉が荒々しく揺れるのが見えたのだ。すぐさま、何か大型の動物、恐らくは象か何かが昼食中なのだと気づいた。これまでずっと、夜間は独りで低木の茂みの中で過ごし、昼間はヒッチハイクをしながら地元民や旅行者とおしゃべりして過ごしてきたので、〝動物〟にはかなり敏感だったのだ。

この数日後、私はランドローバーを運転してツァボ国立公園を通り抜けることになるのだが、それはその運転手が、彼の車を盗もうとした男に鉄パイプで殴られて、頭を負傷したからだった。彼は、その体で未舗装の道を独りで運転し続ける苦痛に耐えかねて、あたりに何もないようなところで私を拾ってくれたのだった。その彼が、今から一週間後に私にかける次の言葉と、今、私が魂《ソウル》の奥底で感じている恐怖心とは、もちろん、関係があるわけがない。
「食事中の象たちのじゃまをすると、襲い掛かってくることがあるよ」

未来の出来事が過去の出来事に対して確実に影響を及ぼしている、という概念は、決してサイエンス・フィクションなどではなく、先述のエリック・ワーゴはその著書に、逆因果について詳細に記述しているだけでなく、その理論を裏づけるため、物理学における、いわゆる「ブロック宇宙」概念を引用している。この学説においては、「未来」から来た電子が、今ここにある電子や、一〇〇万年も前の電子に影響を及ぼすことが完全に可能なのだ。なぜなら、時空連続体においては、すべてがすでに存在しているからである。

私を拾ってくれた鉄パイプで負傷した運転手は、かつて夜間の運転中に象にぶつかり、車を大破したことがあるので、あるいは、そのトラウマで神経過敏になっていただけなのかもしれない。
しかし、ちょっと待った。もしかして、私が最近読んでいる本が、この恐怖心を引き起こしたのではないか？　私の小さなリュックの中には、本が一冊だけ入っていたが、とても分厚くて、リュックのスペースの半分がそれで占拠されていた。『注目すべき人々との出会い（*Meetings with remarkable men*）』（星川淳訳、めるくまーる。郷尚文訳、Independently published）というその本は、私が常時携帯する旅の道連れであった。著者のゲオルギー・イヴァノヴィッチ・グルジェフ（George Ivanovitch Gurdjieff）は、偉大なる冒険家であり、神秘家であり、真の哲学者であったが、「第四の道（Fourth Way）」という独自の秘教学派を開いたことで知られている。私はアテネを出発してからずっと、この彼の本を勉強していたのだった。そう、恐怖には、その源が過去にあることもあるが、未来にあることもあるのだと、今では私も信じている。かれこれ二カ月ほどの間、ずっと独り旅をしてきて、ハイエナの遠吠えを聞きながら、あるいはまた、最後に車から降ろしてくれた男の話によれば、付近をライオンがうろついている中で夜を過ごしてきたのだから、そう簡単に怖がったりはしない。それなのに、なぜ、二メートル上方で葉っぱが少し揺れたのを見ただけで、今、体が硬直してしまっているのか？　ひょっとして、ゴビ砂漠におけるグルジェフの尋常ならざる探検旅行と何か関係があるのだろうか？

グルジェフは、私にぴったりの教師だった。真の霊《スピリチュアル》的な旅人であった彼は、超古代文明が、人類の魂《ソウル》についてのきわめて高度な理解にまで到達していたという可能性について、何十年にもわたって調査していた。彼は、高度な霊的、心理的、そして、肉体的訓練を実修していた古代バビロニアの伝説的な秘教学派、サルムング教団（Sarmung Brotherhood）に関する伝承について探るため、中央アジアで数々の冒険旅行を行い、そのため、「トルキスタンの虎」というあだ名をつけられたほどだった。サルムング教団がいまだに実在しているという場所をつきとめるため、自費による遠征を行う中で、ダーヴィッシュ、スーフィー教の聖者、心霊治療師や科学者、キリスト教神秘主義者らと出会い、また、何度か銃弾で撃たれるという目にも遭っている。有言実行の人だった彼は、弱冠二十歳の私に多大な影響を与えた。彼は、人の魂《ソウル》の内なる働きを発見するためにすべてを懸けた。ならば、私も当然そうすべきだと思ったのであった。

決してその場所を特定できないように目隠しをされたままの二週間に及ぶ旅の末、ついに彼は、山の奥深く隠された僧院に到着した。そこで学んだことが、後に彼がパリに開設した「人間の調和的発展のための研究所（The Institute for the harmonious development of man）」の基礎をなすものとなった。僧侶の道ではハートを鍛え、ヨギーの道では心《マインド》を鍛え、苦行僧《ファキール》（fakir）の道では身体を鍛えたが、どの道にもそれぞれの限界があったので、彼は自分の持つ全知識を統合し、それらの道に関する彼独自の理解と経験を活用して「第四の道」を創り上げた。彼は真に偉大な人物であり、何千人もの弟子を残したが、そのほとんどは、彼の業績を真に理解することはないだろう。というのも、教師やその教えとは、ただ、その通り真似すればいいというものではなく、自分なりにそれを実践（walk the talk）すべきものだからだ。だから、私は歩く（walk）ことにしたのだ。

今、何が木を揺らしているのかが分かった。そして、グルジェフのゴビ砂漠でのエピソードを思い出した。私の体が恐怖で固まったのは、あれのせいだったのだ。私は、強烈な印象を残した、あの衝撃のエピソードを思い出していた。

ソロヴィエフは、グルジェフが催眠術によって治療した飲んだくれだったが、グルジェフとともに目隠しの旅でサルムーン（Sarmoun）修道院に向かい、そこでルボヴェドスキー公爵と会っている。彼はゴビ砂漠での探検旅行中、用を足すため砂丘の陰に行ったところを野生のラクダに殺されたのだった。グルジェフが彼を発見した時には、喉が引き裂かれ、首は折られていた。野生のラクダは、このようにして敵を殺害するのだ。彼らは強力な顎で首をくわえ、体を持ち上げてその首をへし折る。そのようにして、完全に敵の頭を切断するのだと言われている。砂漠に立って、何ものにも煩わされずに用を足している男が、突然、野生のラクダに襲われるというイメージは、私に強烈な印象を残した。ラクダがそんなことをするなんて、誰が想像できるだろう？　そう、彼らも怒ると怖いのだ。

ヒトコブラクダは、私をまっすぐ見つめていた。ラクダには砂の侵入を防ぐためにまぶたが三層あり、まつげも二層ある。だが、それらによって、その目が誤魔化されることはなかった。見られていると知った瞬間、それはまっすぐに私を見た。逃げ込む場所はどこにもなかった。ラクダが人よりもずっと速く走れることは、私のもう一人の英雄であるアラビアのロレンスが教えてくれていた。私にできることと言えば、ただ、彼の目を見返し続け（目をそらすよりも、見つめ続けた方が良さそうだと直感的に悟ったのだ）、襲って来ないように祈るだけだった。もし襲われていたら、間違いなく、私の旅はそこで終わっていただろう。一分が経過した。彼がまた食べ始めたので、私はその巨体が見えなくなるまで、ずっと目を据え続けながら、ゆっくりと道を進んだ。その日の残りを私は、どこで夜を過ごそうか、そして、食糧や水をどうやって調達しようかと考えながら過ごした。そのどちらも、今日は口にすることができなかったのだ。私はラクダと同様、食べずに何日も過ごすことができたが、ラクダと違って、水なしでは無理だった。

明らかに、私のような旅行者たちのものと思われる、沢山のジープやその他の車が駐車している、柵で仕切られた一画が見えた。ポケットには米ドル紙幣が二枚入っていた。一枚あれば、この保護された構内で一晩過ごせるらしかった。全財産の半分を渡そうとしたちょうどその時、背後から声がした。

「私と息子も入れてもらえませんか？　お金は一銭もないのですが、一日中ずっと歩いて来たので、なんとかお願いします」

振り返ってみると、とても魅力的な黒人女性と、天使のような容貌の五歳ぐらいの男の子が立っていた。こんなところで小さい子どもを連れて、いったいどうしたのだろうか？　支払わざるものは入るべからず、という門番の姿勢は断固としたもので、私は、そこまで冷酷になれる人間がいることに驚かざるを得なかった。無一文だからといって、女性とその子どもに安全な寝場所を与えないとは。というわけで、残りの一ドルを手渡し、ドロシーとオムンディとの、短くも素晴らしいつきあいが始まった。

翌朝、私たちはトラックをヒッチハイクしたものの、人里離れた叢林地帯《ブッシュ》のど真ん中で降ろされてしまい、夜にはハイエナたちがやって来たのだった。その晩、私は空き缶に牛乳を入れて、オムンディのために温めてやった。

「夫に毎日暴力を振るわれたので、逃げ出したの」

ドロシーはジャマイカ人の夫と結婚しており、彼はエチオピア政府の、特別プログラムに該当するジャマイカ人に土地を提供するという計画を利用していた。それで、ケニア生まれのドロシーは、オムンディが生まれて以来エチオピアに住んでいたのだが、夫の飲酒と暴力がひどくなったため、無一文のまま五歳の息子と家出したのだった。彼女は私より数歳年上の、二十代中頃だったと思う。

「ナイロビに住んでいる両親のところに帰って、一からやり直すわ」

彼女の逞しさと陽気さは伝染性だった。彼女はよく笑い、歯磨き粉など使ったことのない、このあたりの人々によく見られるその美しい白い歯は、焚き火の光にきらきらと輝いていた。彼女は魂《ソウル》に真の美しさを持っていた。そのしなやかな身体を燃える火の光の中に眺めながら、私は、彼女がとてもよく笑うことに気づかされたのだった。

第23章 ディザスター・ビルダーズ

私たちは、今すぐにでもカーボンフリーの家に住めるのです。

マイケル・レイノルズ

二〇一四年　フィリピン、レイテ島、タクロバン空港

二〇一三年一一月一四日、ＢＢＣニュースの特派員は、タクロバン市を「交戦地帯」と報じたが、まもなく政府による法的取り締まりが強化され、治安は回復してきた。公式に発表された六、〇〇〇人を超える死者以外に行方不明者も多く、そのほとんどは太平洋沖に流されたものと思われた。

今、私たちは、世界中から集まった若い人たちとともに、乗合タクシーであるジープニーの後部座席に乗って、巨大台風「ヨランダ」が、まるで津波のように押し寄せた後のドゥラグの村落へと向かっていた。目的は、使い古しのタイヤと古い空き瓶や空き缶などを用いた革新的な建築法で、村の復旧を支援することだった。

「アースシップ」と呼ばれるこれらの建物は、エネルギーをほぼ完全に自給自足できるだけでなく、水もすべて自前で賄《まかな》うことができた。雨水を集めて貯え、必要な分を濾過《ろか》して飲料水やキッチン、シャワーなどの生活用水として使用した後、屋内ガーデンで浄化してからトイレに使用する。そして最終的には、植物や微生物の力を借りて、汚水処理まで行えるようになっていた。

そのアイデアの中心人物、マイケル・レイノルズ（Michael Reynolds）は、ニューメキシコ州タオス出身の異端建築家で、数十年前に、生態学的に健全な持続可能型住宅として、最初の「アースシップ」を創ったのだが、公共の電気、ガス、下水処理のいずれも使用せず、収益を生み出さないこの住宅は、合衆国当局の意向に沿わないものだった。当局の期待を裏切ったこの建築家は、活動の場を失ったが、他に新たなチャンスを見出した。被災地こそが、他のどの場所よりもアースシップを必要としているのではないか、ということで、彼は、地震の後のハイチ、そして、津波の後のスリランカへと赴いたのであった。

私たちは、たった今、ヒッピーのような出で立ちの、もじゃもじゃの白髪に白い髭《ひげ》をたくわえた魔法使いのような、七十代近い男と出会ったばかりだった。彼は、持続可能型社会を目指す運動における伝説的な存在だった。彼は、これまで彼とともに世界中にアースシップを建築してきた熟練の作業チームを引き連れていた。一、〇〇〇ドルを出して（被災者と一緒に）アースシップを建築しよう、というボランティアの募集が、インターネット上に発信されるや、世界の二〇カ国以上から五〇名を超える応募者が集まったのだ。マイケルを除けば、六十歳以上の参加者は私だけだった。私は息子を連れて行ったのだが、それは、二〇一一年に私が日本で震災のボランティアとして見たものを、彼にも見てほしかったからだった。私が経験したように、彼にも、災害というものを、ごく身近な出来事として知ることで、決して忘れえぬ体験にしてもらいたかったのだ。

私たちは、かつては豊かなココナッツ農園であった場所にテントを張ったのだが、あの運命の日に、風速七〇メートル（二五〇km/h）を超える暴風雨が通過した結果、あたりは一面、マッチ棒のような残骸が、折れた骨のように地面から突き出ているだけの光景となってしまっていた。あれから一月以上経っているにもかかわらず、嵐の爪痕がそのままの状態で残っていたのだった。

大きなユネスコのテントが見えたので、しばらくして覗きに行ってみたが、中には誰もいなかった。村人に聞いてみると、これまで誰一人として来たことはなく、単なる報道発表のためのシンボルマークと化してしまっている、とのことだった。世界中から集められた寄付金も、村には一銭も届いていない、と笑いながら彼は言った。彼らは助けなど期待していなかった…　そこに、私たちが現れたのだった。

私たちが到着すると、村人たちは、まるでこれから彼らのためのパーティーが始まるかのような興奮ぶりだった。私たちは彼らと一緒に、これから一〇日間をかけて、世界で初めての「ウィンドシップ（windship）」を建築するのだ。まずは、ボランティアによる資金を使って鉄筋とコンクリートを購入し、配送用のトラックと、最も重要な機材であるコンクリートミキサーをレンタルしてきた。村人たちは、何百個ものタイヤと、コーラやソーダの空き瓶を拾い集めた。ありがたいことに、最も重要な材料である土は、まわりにいくらでもあった。ウィンドシップとは、その楕円形の本体の大部分が地中に埋まる形となるため、どんなハリケーンにも持ち堪《こた》えられるように設計された、高度なアースシップのことだ。地表の熱は土で満たしたタイヤの内部に取り込まれるので、家の中は涼しい状態を保つことができるのである。

初日の朝、うだるような暑さの中で目を覚ました私は、これから丸一日、外で働くのは至難の技だと思ったが、その予感は的中した。しかし、ボスのマイケルはすでに仕事を始めていて、大きなハンマーを使ってタイヤの中に土を詰め込んでいた。土を詰め終わったタイヤ一本の重量は、八〇キロを超える計算だった。タイヤを一列並べた後、もう一列重ねてその上に並べることで、きわめて頑丈な、どんな地震にも耐えうる強度を持った壁になるのだ。

二〇分間、休みなしにタイヤを叩き続けた後、私はこの試練をどう堪え忍んだものかと思いあぐねた。隣で作業している村人たちに目をやると、彼らは黒い衣服を着用し、顔を含めた全身を完全に太陽から覆い隠していた。私たちの方はと言えば、全員がTシャツと短パンだった…これが、私たちが犯した最初の間違いであり、その晩は、日焼けで大いに苦しむことになるのであった。

私たちはグループに分かれた。子どもたちは一日中笑っていた。彼らは外国人を見たことなどなかったのだ。皆、とても綺麗な白い歯で真っ黒な髪だったが、その多くは家を失い、身内や親さえも失っていた。コンクリート造りの学校だけは残ったが、多くが掘っ建て小屋である住民たちの家々は完全に破壊され、残骸が外洋を浮遊していた。それは風による直接的な破壊ばかりでなく、沿岸部の海水が、強風のため津波のようになって押し寄せたことによるものだった。波は高さ一〇メートルにも達し、まるで巨大な怪物が海をまるごと呑み込んだ後、陸地に向けて一気に吐き出したかのようであった。ほとんどの死者は溺死だった。

地中に埋められた基礎部分から、巨大なコンクリートのドームのような構造が、日ごとにその姿を現してきた。完成すれば、それは病院となり、学校となり、避け難い次の台風がやって来た時には防災シェルターになるはずだ、とマイケルは言った。そして実際、数年後に次の大型台風がやって来た時、そうなったのだった。しかし、その時点の私にできることは、毎日、焼けつくような暑さの中で、古いコンクリートミキサーの前に立ち、その中に砂と砂利とセメントを詰め込むことだけだった。私の息子を含む数人が、ここからリレー方式でこの混合物を手押し車に載せ、それを出来上がった鉄筋の骨組みの上に塗り固めている他のボランティアたちのところへと運ぶのだ。風は、間違いなく、この上をただ通り過ぎるだけであろう…

夜には皆くつろいで、地元の女性たちが仮設の野外キッチンで調理してくれた素晴らしい夕食に舌鼓を打った。彼女たちも、いつも笑っていた。日曜日には、その彼女らのほとんどが、ここから五キロ離れたところにある教会で見かけられた。教会の壁は吹き飛ばされていたが、屋根はほとんど無傷のまま残っていて、内装もミサに使うには十分だった。私たちは跪《ひざまず》いて祈った。シャイな女の子たちは、後ろを振り向いて、教会の中にいる唯一人の外国人を見つめた。神父は少しだけ英語を交えて話していたので、彼の言っていることが少しだけ理解できた。「決して希望を捨ててはならない！　絶対に！」

日本では、政府がすべてやってくれるから国民はただ待つだけで良いが、ここでは、そのようなことは一切期待できないと分かっているので、彼らはその驚くべき起業家精神を即座に発揮した。私たちが到着した二日後には、皆の歩く泥道の傍に食べ物の屋台が出た。その自家製サンドイッチは、実に美味しかった。次いで彼らは、タクロバン市からビールを運んで来て、簡略な木造のバーを建てた。喉の渇いた外国人たちが、夜通しここで飲むであろうことをお見通しだったのだ。私は世界中を歩いて、沢山の一風変わったバーで飲んできたが、ここが最高だった。私は、この時すでにアルコールは止《や》めていたのだが、ここで出されたコーラも驚くほど美味しかった。一週間も経たぬうちに、彼らはもうひと稼ぎしていた。毎晩のように、バーは皆の溜まり場になった。魅力的な若いロシア人女性が、私の肩に頭をもたせかけてきた。年配の男は、安全でいて、それでも男だということを、彼女は分かっていたのだ。良い男性を見つけて家庭を築きたいという内なる思いを話してくれた彼女は、この後、高給取りの工場長として働いていた中国に戻るのだが、まだその理想の相手とは巡り合っていない…

最終日になった。各自が、石にそれぞれの母国の国旗を描き、学校で行われたセレモニーで展示した。その後、私たち外国人と地元民は、ともに、夜通し祝い合うパーティー会場へと向かった。しかし、彼らは最初に、私たちへの感謝の意を込めて「劇」を披露したいと言う。私たちが座って眺めていると、彼らは、あの日の夜を再現したのだった。長い金属シートを鳴らしてあの夜の風の音を表し、頭を抱えてあちらこちらと走り回った。演技が下手で恥ずかしいと、笑ってしまう者もいた。私たちは心打たれ、涙した。今回のような災害の体験は、ほとんどの人にとって一生のトラウマとして残るだろうに、こんな風に笑う勇気はどこから来るのか？　どうやって彼らは、このように強靭な魂《ソウル》を持てるようになったのだろう？

より良い未来を信じて、何もない状態からやり直せるこの人たちは、いったい何者なのだろうか？私と息子はマニラ空港で別れ、彼はカナダに、私は日本へと戻った。彼は、災害が魂《ソウル》について教えてくれたことを一生忘れないだろう。遺伝子的には、私たちすべてが、複数の大災害の魂《ソウル》としての生存者《サヴァイヴァー》なのだ。災害に遭遇することで、私たちはそれを思い出すのである…

第24章
文化的抹殺《エスノサイド》と地球規模化《グローバリゼーション》

一つの民族を物理的に廃絶させる「大量虐殺《ジェノサイド》」は全世界的に非難されているのに、一つの民族の生き方を破壊してしまう「文化的抹殺《エスノサイド》」は、非難されないどころか、発展戦略の一部として世界的に称揚されてすらいるのです。

ウェイド・デイヴィス

二〇〇八年　ワシントンDC

暴風《サイクロン》の中心は、やけに静かで平穏だった。リーマン・ショックが世界中に波及し、もはや世界経済は破綻寸前かと思われたが、この事態を引き起こしたそもそもの張本人である国の綿密に設計《デザイン》された首都は、まるで無傷のように見えた。差し押さえによる抵当流れ物件が急激に増え、何百万人もの人たちが、本当は買えるはずなどなかった家を失って、この空前規模の経済ショックは、日ごとに私たちの現実となっていった。

ほとんど一夜のうちに、ヨーロッパで最も繁栄する幸福な国であったアイスランドは破産して、家の価値は半減、住宅ローンの支払額は二倍になり、その結果、通貨であるクローナの価値も、ドルとユーロに対して大幅に下落した。世界中の勤勉な労働者たちの生涯にわたる努力の賜物が、銀行の破綻とともに消滅した。これらはすべて予測することができ、止めることもできたはずだったが、私たちの誰も、ウォール街の金《マネー》の亡者たちの貪欲を止めることはできなかったのだ。

アイスランド人たちが、債務の付帯した、実質的価値の低いものを売るペテンについて学んだことから私たちも学ぶべく、私は、この件に関して後に本を書くことになる。レバレッジ〔訳註1〕は、破滅の元凶なのである。どうも私たちは、経済のハンドルをにぎりながら、居眠り運転をしてしまったようだ…

しかし、私がここに来たのは経済に関する調査ではなく、きわめて興味深い人物のインタビューのためなのであった。その人、ウェイド・デイヴィスは、ワシントンDCに本部のあるナショナルジオグラフィック協会で、現職の「エクスプローラー・イン・レジデンス」〔訳註2〕を務めていた。生まれも育ちもカナダ

〔訳註1〕レバレッジとは、金融用語で、（融資を活用することにより）少ない自己資金で大きな資産を運用することを意味する。少ない自己資金にレバレッジを掛けて、高額の資産運用を行う、といった使われ方をする。投資する自己資金に対して、より大きな利益が得られるというメリットのある反面、借り入れリスクや金利上昇リスクをも伴う。

〔訳註2〕ナショナルジオグラフィック協会の支援する上級研究員。

の彼だったが、与えられたその役職のため、現在は住居とオフィスをここに持っているのであった。人類学者として、世界中の文化や先住民族社会について探究している彼は、また、優れた書き手でもあり、実は、それがきっかけで、私たちは二〇年ほど前、今私が住んでいるカナダのブリティッシュコロンビア州ヴィクトリア市で初めて会ったのだった。彼の著書を読んで、人類の最も貴重な資産である民族文化とその多様性が、いまや消滅の危機に瀕していることを、少なくとも私の魂《ソウル》は確信したのである。

文化的独自性《アイデンティティ》を殺すことを「文化的抹殺《エスノサイド》」と言う。彼の著書のタイトルは『*One River*（一つの川）』で、南アメリカのアマゾン川の沿岸地域における、何年にもわたる彼の研究記録であった。そう、映画『エメラルド・フォレスト』に出て来るあの川だ。『*One River*』は大部の書物で、アマゾン川流域に住む様々な部族とその社会に関する豊富な情報が詳細に描かれていた。そこには彼らの信仰について、また、私たちを癒し、異世界へと運んでゆく植物について、そして、大企業がやって来て、彼らのものではなく、本来、誰の所有物でもない土地を収奪した時の人々の苦難について書かれていた。巨大な機械が森をなぎ倒し、切り株だけを残してゆく過程で、何万年もの間、人々が語り伝えて来た物語や言語、そして、神話や伝説やヴィジョンまでもが、間違いなく消し去られてしまうのだ。

これらはすべて「進歩」という名のもとに行われるのだが、この「進歩」というものこそは、約束ばかりが大きく、成果のきわめて少ない恥ずべき所業なのである。人類進化史上、最も「進歩」を見た百年間、と誰もが同意するであろう二〇世紀において、二つの壊滅的な戦争がその「進歩」と同時に起こっていることを、私たちは決して忘れてはならない。この相関関係に気づかないのはまったくの盲目と同様なのだが、どうも私たちはそうらしいのだ……

カメラマンと音響技術者を従えて、私はドアをノックした。郊外にある大きな木造住宅であった。彼とその妻が私たちを中に迎え入れた途端、私はあの川を再び思い出した。彼のオフィスは、文化的な人工遺物《アーチファクト》、植物、シンボルを描いた絵画や彫刻からなる、まるで博物館のようで、螺旋階段を上った先には円形の図書室があった。この時、彼は、一九二三年に、世界で初めてエベレストを登頂したとされるイギリス人登山家ジョージ・マロリーについての新著を執筆中だったのだが、数年後に出版されたそれは賞を受賞し、私も読ませてもらった。ウェイドの表現を借りれば、この本は、「第一次世界大戦の恐怖」についで描かれたものであり、生き延びた者は、本書のタイトルである『*Into the Silence*（静寂に入ること）』以外の何も望まなくなる、というのであった。

私がこれまでに出会ったすべての成功者たちと同様、彼もまた、マルチタスク（複数作業の同時処理）ができる人間で、私たちがインタビューのためにカメラをセットしている間にも、メールを送ったり電話を取ったりなどしていた。彼もまた、コイヨリッティの祭典に参加し、ジャングルでのアヤワスカ体験もしたというので、お互いに共通の話題で盛り上がることになった。

彼は、ハイチに何年も住んでヴードゥー教を研究した後、ゾンビの背後に潜む真実に関する『蛇と虹（*Serpent and the Rainbow*）』（田中昌太郎訳、草思社）という本を書き、やがてそれは同名の映画にもなった（日本公開時のタイトルは『ゾンビ伝説』）。また彼は、イヌイットと一緒に暮らし、狩をした。彼は、ハーバード大学の偉大なる恩師《メンター》、リチャード・エヴァンズ・シュルテス（Richard Evans Shultes）に倣《なら》い、その足跡を辿ったのであった。シュルテスは民族植物学における代表的な人物であり、若きデイヴィスを激励して、人の魂《ソウル》の内なる働きの秘密を明かしてくれるアマゾンの驚くべき植物たちを研究し、分類するよう促したのだった。

私たちが席に着くと、彼はくつろいだ語り口で、世界の先住民文化の多様性や豊かさについての彼の深遠な知識を披露し始めた。物質主義《マテリアリズム》が、世界的に主要な「ものの見方と考え方《パラダイム》」となる以前から存在していた言語や物語や伝統が、西欧世界の「消費して破壊する」モデルの台頭により、絶滅寸前となっているのだ。

今、話しているこの場所がアメリカの首都であることから、私たちは、まず、アメリカの先住民族の話から始めた。

「一八七一年当時、バッファローの総数は、北アメリカの人口を上回っていました。ダコタ準州の絶壁に立つと、ロードアイランド州と同じ大きさ〔訳註〕のバッファローの大群を見ることができました。群れが一つの場所を通り過ぎるのに何日もかかりましたが、バッファローの数が最大だった時から希少動物となるまでには一世紀もかかっていないのです。これは、アメリカの開拓時代における、どうしようもない成り行きの結果、起きたことではありません。南北戦争後の、合衆国騎兵隊による『バッファローを根絶させることでインディアンを根絶させよ』という明確な方針のもと、わずか七年の間に起きたことなのです。この運動を指揮した、南北戦争当時、北軍の将軍だったフィリップ・シェリダン（Philip Sheridan）は、バッファローが希少なものとなるまで減らされたことを確認した後、米国議会に対して、記念メダルを鋳造してはどうか、と勧めさえしたのですよ。片面に死んだバッファローを彫り、もう片面には死んだインディアンを彫ったらどうか、とね！　私の曾祖父の生きた時代、バッファローがいた当時のアイオワ州の住民たちの風潮とは、開拓時代はもちろんのこと、このようなものだったのです！　しかし、今、アイオワ州に住む人たちにとって、これらはまるで、ローマ帝国の滅亡やトロイア戦争と同じくらいに遠い出来事であり、無関係なことなのです。それでいて、実は、人によっては祖父や祖母の時代に起きたことでもあるのです。私たちの記憶の移ろい易さ、この『忘れる』という能力は、恐ろしいほどです。その結果、善良で温和なことで知られるアイオワ州の人たちは、今、単作でトウモロコシだけが栽培されている、あまりに単調過ぎて、広いのに閉所恐怖症になりそうな、畑だけが、ところどころサイロに遮られながら、ずっと地平線まで続いている土地に暮らしているのです。本当に、ほかには何もないのです！」

文化的抹殺《エスノサイド》は現実に行われているのだが、私たちは、ある朝、目を覚まし、金銭で売買できるどんなものよりも文化の魂《ソウル》の方に価値があった、ということに気づく時まで、それを認識できないのかもしれない。その時になって、あの語部《かたりべ》たちは、いったいどこに行ってしまったのかと戸惑うが、もしも私たちが十分に正直であれば、世界市場で買い物ができるようにするため、私たちが彼らを殺してしまったのだと

〔訳註〕三、一四四平方キロメートル。鳥取県を少し小さくしたぐらいの大きさ。

白状するであろう。このようにして魂《ソウル》は死んでゆくのだ。
ウェイド・デイヴィスは卓越した語部である。なぜなら、彼は世界中の、往古より歴史を語り継いでいる語部たちと、ともに暮らしてきたからだ。彼は、自然における多様性とは、私たち人類にも拡大して適用されるべきものであることを理解している。しかし、前世紀において、私たちは産業革命から情報革命へと移行し、そしていまや、また別のアマゾンが開拓されている。そう、世界的なオンライン・ショッピング革命を起こしたアマゾンだ。ドローンが、私たちの欲しいものを、いつでもどこへでも運んで来てくれるというのに、魂《ソウル》が人生の暗闇をいかにして征服するかについての物語など、なぜ必要なのか?

一〇年以上前の会見以来、彼とは一度も会っていなかったのだが、この素晴らしい人物のその後の経歴を追ってみると、彼は、カナダ政府から勲章(Order of Canada)を授与され、また、その著書や講演、そして映画を通しての、文化に対する多大なる貢献により、コロンビア共和国大統領から名誉市民の称号を贈られていた。麻薬カルテルとの戦いによって荒廃し、主要な大河であるリオ・マグダレナ川が何千人もの殺害されたコロンビア人の墓場と化したその国の、本来持っている情熱的な美しさ、多様性に満ちた豊かな環境と多文化的な住民たち、そして、迫害を受けてもなお不屈な魂から生まれた、その固有の文化背景を思い起こさせてくれたのは、スペイン語を話すカナダ人である彼だった。彼はコロンビアの若い世代に、彼らの国が、決して、パブロ・エスコバル(Pablo Escobar)と、金《マネー》に狂った殺し屋たちのコカイン売買によってのみ語られるべきものではないことを思い起こさせた。米国が主導した「麻薬戦争」は、逆説的に、それを買い入れている国々の国内で、この高くつく嗜癖をますます煽ることになったのであった。

様々な形を取って繰り広げられている文化的抹殺《エスノサイド》は、後世、私たちの子孫から、「ホモサピエンスの全進化過程において、人類がみずからに対して犯した最大の犯罪」として理解されるだろう。にもかかわらず、読者の皆さんは、ご自身の責任ではないものの、これについて聞いたことすらないかもしれない。これは、人類の魂《ソウル》が今直面している、真の悲劇なのである…

第25章 アルカイック・リヴァイヴァル

私たちは、無節操な合理主義、男性支配、目に見える表面的なことだけに注意を向けること、実用主義、収益主義の道を歩み続けた結果、病気になってしまったのです。

テレンス・マッケナ

一九九七年　カウアイ島

どしゃぶりの雨になり、かなり寒かったので、本日開催の日本人グループ対象のセミナーは、島内にいくつかある洞窟の中で行うことになった。これらの洞窟は、古代、この島の女性たちが出産のために使用したもので、そこは、痛みと苦しみとが、恍惚的な解放と喜びへと結びついた場所だったのである。自然は出産を、そのようなものとして創ったのだ。

この少人数の日本人グループは、太古から人々をその魂《ソウル》へと導いてきた「シャーマニズム」という世界最古の文化遺産について学ぶため、ここに来ていたのであったが、そもそも、シャーマニズムとは何か、などと私が説明しなければならないということ自体が、冒頭のエピグラフの内容を裏付けているのである。私の左側には、著述家にして幻覚剤探究者であるテレンス・マッケナ（Terence McKenna）が、右手には、クスコ在住の考古学者にしてシャーマンであり、私の友人でもあるルーベン・オレラナ（Ruben Orellana）がいる。ルーベンは、長年、マチュピチュの遺跡発掘現場の総責任者であったが、一時期、ペルーの大統領の相談役を、考古学者としてではなく、シャーマンとして務めていたこともあった。その時行った数多くの「シャーマニック飛行」〔訳註1〕の一つにおいて、彼はコンドルに変身してマチュピチュとワイナ・ピチュとの二つの山頂《ツイン・ピークス》の上空を飛び回り、古代インカの首都につながる隠れた道、新しいインカ・トレイルを発見した。後に彼は、その場所の存在を実際に確認し、それによって偉大なる考古学者として認められるようになったのであったが、その発見に至った経緯については、ほとんど知られていない…

参加者のほとんどは、日本の各地から集まってきた女性たちだった。まず、テレンスが話し始め、それを私が日本語に通訳した。彼は、私たちと魂《ソウル》との断絶について、一九九〇年代の記念碑的著作である『アルカイック・リヴァイヴァル（古代の復興）』〔訳註2〕の中でとても巧みに説明しているので、そこから引用することにしたい。

「そして『政体（国家）』も、あらゆる『体』と同様に、自分が病気であると感じたなら、抗体、あるいは『快適でない状態（dis-ease）』を克服するための戦略を、みずから打ち出すものなのです。二〇世紀は、まさにその自己治療のために大変な努力をした世紀でした。それは様々な現象となって現れました。シュルレアリスム、ボディピアス、幻覚剤の使用、性的寛容、ジャズ、実験的舞踊、レイヴ・カルチャー、タトゥー等々、挙げればきりがありません。では、これらの現象に共通しているものは何でしょうか？ それは、直線的《リニア》な価値観に対する拒絶です。社会は『古代の復興《アルカイック・リヴァイヴァル》』によって、つまり、古代の価値観に戻ることで、みずからを癒そうとしていたのです。ですから私は、人々が性別の曖昧性を体現したり、タトゥーやピアスで体を装飾したり、肌を過剰に露出したり、シンコペーションを多用した曲に合わせて踊ったり、泥酔したり、麻薬で酩酊状態に陥ったり、通常の規範に反するような性的行動を行ったりしているのを見ると、思わず拍手したくなるのです。というのも、それらは、体が感じている本来の真正《オーセンティック》なるもの、古代《アルカイック》なるものを復興させたいという衝動であるからです。そして、これら古代への衝動を解き明かしていけば、そのすべての中心に、感情が魔法のような力を持っていた世界に戻りたいという渇望があるのです」

このグローバリズム時代に生きる私たち〝魂の生存者《ソウル・サヴァイヴァー》〟は、間違いなく、このような気持ちを有り余るほど多く持っているのだ。

「そして、その衝動の中心にはシャーマンがいます。陶酔状態で、植物の力でハイになり、援助霊《スピリット・ヘルパー》たちと話し、月明かりの下で踊り、生ける神秘である、意識に満たされた世界を活気づけ、呼び覚まします。これこそが世界の、あるがままの姿なのです。世界とは、科学者や社会学者たちにとっての未解決の問題などではないのです。世界とは、生きた神秘です。私たちの誕生、死、今この瞬間の存在そのものが神秘なのです。これらは自己探求の先に広がる驚くべき展望への入り口であり、人類としての大事業達成の希望につながっているのです。ところが、私たちの文化はそれを殺し、それを奪って、私たちをまがい物の商品や偽《にせ》の理想の消費者《コンシューマー》にしてしまいました。私たちは、そこから抜け出さなくてはなりません。そして、その方法は、体の真の体験に戻ることなのです。つまり、性にまつわる問題に関してみずから判断すること、ハイになること、そして、個人や社会の変容のための道具としての心《マインド》を探求することなのです」

テレンスは、まさにアイルランド人特有の「弁舌の才（the gift of the gab）」の持ち主だった。

「もう時間がありません。時は刻々と過ぎてゆきます。しくじれば、厳しく糾弾されるでしょう。私たちは、何百万年もの間、自然界の変わりゆく環境に適応しつつ生き抜いてきた人類の生命を受け継いでいるのです。今度は、今生きている私たちが、その課題《チャレンジ》に取り組まなくてはなりません。これから生まれて来る人たちが、足を置く場所があるように。そして、その下を歩む空が、ちゃんとある

〔訳註1〕「シャーマニック飛行」とは、心《マインド》の中で異世界を旅することで、自己変革をもたらすような体験をしたり、理解が深まったり、物事が明らかになったりすること。

〔訳註2〕以下、テレンス・マッケナの言葉より。「アルカイック・リヴァイヴァルは、私たちが生き延びるための方法を包括するメタファーです。文化が危機に瀕した時、それは本能的に過去に遡って比較的健常だった時期を探し、それを再び現代に引っ張ってくるのです」

ように。幻覚剤体験とは、まさにそういった、過去を尊重し、地球を尊重し、そして人間の想像力を尊重するような未来を育み、鼓舞し、そして築き上げるためにあるのです。生命自体や地球を変容させられるものとして、人間の想像力ほど、強力、かつ有能なものはありません。それを簡単に売り飛ばすようなことをしてはならないのです。馬鹿げたイデオロギーに、みずからを明け渡してはいけません。私たちの中でも最低の者たちに、私たちを管理する権限を委譲してはならないのです。それよりはむしろ、日の当たる場所に出て、光の中へと進むことです。必要な装備《ツール》は揃い、道も分かっています。やるべきことは、ただ、不毛で生命を失った文化に背を向け、生きた世界の規則に従って、想像力の奪還をめざして努力するだけなのです」

ブラーヴォ！　テレンスは、二〇〇〇年にこの世を去った。ともにあの素晴らしい時を過ごした、わずか数年後のことだった。今では、インターネットとユーチューブのおかげで、彼の人を惹きつける話し方は、かつて二〇世紀において、私たちの小さなグループが経験したよりも遥かに大きな、地球規模の反響を呼んでいる。

彼と初めて会ったのは、私が世界で最も好きな町であるメキシコのパレンケで開催された民族植物学会だった。パレンケは、マヤ人が荘厳な「碑文の神殿（Pyramid of the inscriptions）」を建て、パカル・ヴォタン（Pacal Votan）王を埋葬した場所である。

マヤの人々は明らかにシャーマニズム文化の中にあり、人の魂《ソウル》の隠された深遠なる部分、とりわけ、私たちが地球上での短い人生を終えた後に行く世界については深く理解していた。

ジャングル・ロッジでは、「古代復興者《アルカイック・リヴァイヴァリスト》」のための素晴らしい会合が行われた。そこには世界中から科学者たち、化学者、心理学者、著述家、人類学者などが集まって来ていた。私たちは、ここ、チアパス・ジャングルで、この「古代の復興《アルカイック・リヴァイヴァル》」が、どのような形になっていくのかについて学んだり体験したりしながら、きわめて有意義な時間をともに過ごした。あれから二〇年経った今、果たして、それはどんなものになっているのだろうか？

ヒッピーだった七〇年代、私を突き動かしていた強い願望は、まさにこの「復興《リヴァイヴァル》」だった。つまり、眠れる人の魂《ソウル》の復興、人類の精神《スピリット》の「再生復興《ルネサンス》」だったのだ。

ビートルズやローリングストーンズ世代の若者たちと同様、私もまた、物質主義と消費主義が、私たちの健康に関しては言うまでもなく、私たちの精神生活にとっても、文明発祥以来の最大の脅威となるであろうことを明確に理解していた。

だから、私たちは旅をしたのだ。私たちは、踊り、歌うことで、自分たちの奥深くに隠されていた現実《リアリティ》に入って行ったのだ。鍵を握っていたのはシャーマンであった。詩人や聖人、修行者《サドゥー》や探究者たちが鍵を握っていたのであり、政治家や科学者や、技術革新のリーダーたちではなかったのである。それでも、後のアップル創始者、スティーブ・ジョブズ（Steve Jobs）のような人たちは、私たちに、彼らもそうであると思わせることに成功しかけたが、しかし彼は、私たちを再び奴隷化する機器を残していったのだった。

この宇宙における私たちの人生の、最も重要な「事実」に対して敏感な人たちの魂《ソウル》の中において、この「古代の復興《アルカイック・リヴァイヴァル》」は、決してなくなることはない。その「事実」は、あまりにも無視され続けてきたので、それに言及するだけで人々は戸惑ってしまう。その「事実」とは、「私たちの生死は、純然たる神秘である」ということである。それが真実なのである。アルカイック・リヴァイヴァルは、まさにテレンスが本章の冒頭で言っていることを意味しており、この本はこのような復興を促す試みとして書かれていることに、親愛なる読者の皆さんはもうお気づきだろう。意味の欠乏したこの二一世紀は、私たちの子孫から、「人類史上最も危険な時代」であったと見なされるに違いない。この惑星全体が、「物質が私たちを幸せにする」という、きわめて破壊的で狂った概念によってそそのかされていた時代として…

私たちの訪れていた美しい島を車で案内しながら、テレンスは私と話し続けた。彼の書く言葉は真の詩人のそれであるが、話し相手としては、容易な人物ではなかった。彼の中に深淵のような暗闇を感じたのは、間違いなく、脳腫瘍によって差し迫っていたその死と関連していたに違いない。

私は、心に一番引っ掛かっていた問題について聞いてみた。それは、古代エジプト以来、ほとんどすべての錬金術師、呪術師、秘密結社や幻覚剤のパイオニアたちが、シリウスという星を崇拝していたのはなぜか、ということであった。その頃、私は、シリウスの知恵が私の現実《リアリティ》に浸透し、自分はその星から来たシャーマニック・マスターたちと話しているのだと深く信じ込んでいたのだった。

「どうして、そのメッセージがシリウスからのものだと分かるのですか？　シリウスの使者の振りをして、あなたの心《マインド》を乗っ取って、もてあそんでいるだけかもしれませんよ。答えが分かったと思った時には、分かっていないものなのです。メッセージだけを受け取り、メッセンジャーは忘れるべきです！」

私たちの時代に必要なメッセージは受け取れるのだろうか？「進化する魂《ソウル》」という、私たちの基本的な状態に、再び目覚めることができるのだろうか？

それでは、ここで少し方向転換して、「神と一体である自分たち」に会うため、心の準備を整えるとしよう。

第26章
魂《ソウル》の奇跡

偉大なる鷲の力が与えられているというのに
燕《つばめ》の小さな翼で飛ぼうとする人などいるのだろうか？
ケネス・ワプニック博士

二〇一三年　三田市《さんだ》

私は、心理学者にして、『奇跡のコース（*A Course in Miracles*）』のメイン講師を何十年も務めているケン・ワプニック（Kenneth Wapnick）博士宛にメールを書いていた。

もともとは独学のための講座《コース》であるこの一連の大冊《たいさつ》については、一九七〇年代にニューエイジ運動《ムーヴメント》が始まった頃からその評判を耳にしていた。また、九〇年代の初頭、ウエイン・ダイアー（Wayne Dyer）博士やジェラルド・G・ジャンポルスキー（Gerald G. Jampolsky）らの、当時、精神世界《スピリチュアリティ》分野で一世を風靡した大物たちの講演会では、必ずと言って良いほど同書が推奨されていたものであった。しかしながら、その当時の私はといえば、それを読むことを極力避けていた。というのも、タイトルがあまりにも陳腐に感じられたからだった。ただ本を読むだけで、奇跡について学ぶことができる、って？

しかし、二一世紀に入ってから、あらためて真剣に読んでみた私は、その内容に深く感動した。そして今、この二〇一三年には、すでに二巡目に入っており、読みながら私は、優に一千ページを超えながらも、論理的に首尾一貫したその意味を再考していたのであった。

いかなる著作であれ、その中で一切の矛盾なしに意義深い概念を維持し続けることは至難の業である。にもかかわらず、現在は『ACIM』として知られているこの大巻《だいかん》の完璧な理論の記述の中には、矛盾や抜けやミスが、ただの一つも存在しない。いまや熱心な読者の一人となった私が、まず驚いたのはこの点であった。さらに同書は、この世界や自分自身について、私たちがこれまで信じてきたことの放棄を要求しているので、読み進めるのがきわめて難しい。そんな、とにかく衝撃的な書物なのであるが、まさにその衝撃によって、私たちは自分自身をこれまでとは違った見方、すなわち、霊的《スピリチュアル》な存在として見ることができるようになるのである。

親切にも、ワプニック博士は私のメールに何度も返事をくれたが、なによりもまず彼は、私がコースをどう理解しているのか、ということを聞いてきた。

かつて、私の友人が同シリーズの日本語完訳版を出版したので、当時から私は、その入門書を日本語で執筆したいと考えていた。友人は、このきわめて困難な長編企画を完成させた後、この世を去った。彼は、これが完成すれば、この世の自分の目的を達成したことになると直感的に分かっていたのであるが、それは正しかった。一九七〇年代に出版された同書は、彼のおかげでようやく日本語で読めるようになり、その後、より良い邦訳も出版され、さらには、その教えについての他の書籍や、オンライン・リソースなども登場してきているが、それでも、ほとんどの読者が最初の数章でつまずいてしまっているらしいことは、著述家としての私が、いくつかの出版社から「もっと分かり易く解説してほしい」との依頼を受けていることからも想像できる。

「ヘレン・シャックマン（Helen Schucman）が、人生の終盤において、本書を完全にこきおろしていたということを、インターネット上の複数の情報源で読みました。それらによると、彼女は怒り狂いながら、自分の心《マインド》を通して同書の内容のダウンロードが始まったその日を呪っていたとのことでした。情報は信頼できるように思えました。というのも、それらは、病院にいる彼女を見舞いに行った人たちによるものだったからです。もし、それらの情報が事実であるとするならば、本書の内容が、ある種の壮大な形態をまとった欺瞞ではないと、どうやって信じれば良いでしょうか？」

私のメールのこの部分を読んですぐに、ワプニック博士から返事があった。彼は、そのようなことがあったという情報を完全に否定した。本の（作者ではなく）「筆記者」であるヘレン・シャックマンに最も近しかった人物の一人として、彼は何十年もの間、彼女の側《そば》で内容を学習し、やがてはその意味を米国の受講者たちに教えられるまでになっていた。

シャックマンは名門大学の准教授で、自身も臨床心理学者であった。きわめて優秀であり、ニューヨーク大学卒業時には、その博士課程における研究に基づき、連邦政府から助成金を授与してもらえたほどであった。が、非常に専門的な分野である臨床心理学者としての経験と実習を重ねるため、当時、コロンビア大学・長老派《プレスビタリアン》教会医療センターの心理学科を率いていたウィリアム・セットフォード（William Thetford）准教授の下で働くこととなった。やがてセットフォードはコロンビア大学の教授になり、シャックマンは准教授になるのであるが、心理学科に採用された当初、その職場には心理学者間の派閥争いやもめごとが絶えず、猜疑心と競争意識の溢れた雰囲気であり、また一方では助成金集めもままならず、病院内に場所すら提供してもらえないような状態だった。また、性格の違うセットフォードとシャックマンの関係も、決して良好とは言えなかった。

しかし、職場の緊張が頂点に達した時、セットフォードが彼女に思わず掛けた言葉によって変化が始まったのである。それは「何かもっと良い方法があるはずだ！」という言葉で、つまりは、このようにピリピリと緊張した優秀な人材ばかりの知的な環境の中でも、もっと互いに協調して働ける方法があるはずだ、という意味であった。すると、驚くべきことに、彼女は彼の手を握り、彼を支えることを約束したのだった。

その後、きわめて短時間のうちに、その「もっと良い方法」についての啓示があった。彼女自身の考えではない思考が彼女に降りて来て、彼女はそれを記述する「筆記者《スクライブ》（scribe）」となり、セットフォードがそれを支えることになったのだ。その思考と教えは、人類史上最も有名な人物であるイエス・キリストのものであった。そして、その作業は、その後七年間続いたのである。

ワプニックが私に、コースの内容に関する短いエッセーを書くように、と言ったのは正しい判断であった。彼はきっと、単に本書を日本の人たちに紹介したい、という私の気持ちだけでは、彼が協力する理由にならないと考えていたに違いない。しかし、まさにそれこそが、私の彼へのメールの目的だったのだ。つまり、私が思い描いているような本を創るために、彼に手伝ってほしかったのである。ところが、彼は良く知っていた。つまり、コースを徹底的かつ完璧に理解していなければ、その意味を十分に伝えることができず、したがって、そのような本は決して書けないということを。なにしろ彼自身、成人してからの全人生をかけて学び、実修した結果、ようやく理解できるようになったという代物なのだから。

私は、ＡＣＩＭについてのみずからの見解を説明しようとしたが、すぐに、自分でも十分に理解できていないことに気づいた。ところが、いよいよこれから実りあるアイデア交換を継続しようとしていた矢先、彼はこの世を去ってしまった。長きにわたるコースの学習者であった彼なら、きっと〝幸せな《ハッピー》〟夢が終わり、もともとずっといた場所に戻っただけだと表現したであろう。

二〇一三年一二月に彼が亡くなってから、私は、出版された彼の著作を何カ月もの間研究した。彼は、ヘレン亡き後、最も活動的なコースの教師であったばかりでなく、哲学と宗教についての深遠な理解を有する素晴らしい学者でもあった。驚くべき意味合いをはらんだ独学のコースの内容は、通常の意識状態において「内なる声」として届けられたのであるが、文章を口述する「声」が戻って来ると、いつも前回に書き終えた個所の、ちょうどその次から始まったのであった。無宗教者であったヘレンは、自身の正気を疑ったことだろう。しかし、思うに、彼女が疑いながら書いたことが、逆にその信憑性を増したのではないだろうか。

こうして、セットフォードからのポジティブなフィードバックに支えられながら、綿密な編集作業を経た末に、その内容は一九七六年、遂に三部作として出版された。多くのキリスト教徒たちが、本書は悪魔によって交信《チャネリング》されたものであり、キリストの言葉であると偽って主張しているところが恐ろしいと批判した。彼らによれば、それはグノーシス主義的迷妄で、本物の物理的世界を完全に否定してしまっている、というのだが、まさにその通りで、否定しているのである。

心《マインド》に対する理解が大乗仏教の教えと似ているからと言って、その内容を仏教と比較する向きも多いが、本書は次のような驚くべき命題から始まっているのである。

「実在するものは存在を脅かされることはありません。非実在なるものは存在しません。ここに『神』の安らぎがあります」（『奇跡のコース』大内博訳、ナチュラルスピリット。第一巻「まえがき」より）

続いて説くところを要約すれば、

「この世界は、神から逃れるために自我《エゴ》が創り上げたフィクションであり、世界は最初から存在しなかった。つまり、すべては夢であり、私たちは一度も天国から出てはおらず、また、私たちは、今でも神の御前に永遠に存在している。私たちは、常にこれを記憶しつつ生き、そして、やがては、私たちが一度も出ていない場所に戻らなくてはならない。それが奇跡なのだ」ということになる。

奇跡とは理解であり、このコースを真剣に学べば、到達できる理解なのである。私は、キリスト教と仏教を人生の大部分をかけて学んだので、このコースの大いなる価値を容易に見て取ることができる。これはあたかも、西洋の神学と東洋の智慧、とりわけ仏教との架け橋のようなものなのである。また、古代インドのアドヴァイタ学派の不二一元論とも比較される。不二《ノットツー》。一元《ワン》なのだ。現実《リアリティ》は一つしかなく、そこに自我《エゴ》は含まれていないのである。

ＡＣＩＭのごく初期のヴァージョンの中では「魂《ソウル》」という言葉が多用されていたが、徐々に本文から消されて「精神《スピリット》」という言葉に置き換えられた。おそらく、編集者は、一般的な「魂《ソウル》」の概念と混同されることを恐れたのだろう。私が、過去一〇年の間に読んだ禅についての書物の中で、「魂《ソウル》」という単語が使われているのを見たことは一度もない。むしろ、それらの中では「心《マインド》」という語が最重要視されていた。特に『*The Zen Teachings of Huang Po*（黄檗希運による禅の教え）』では、「唯一存在するものは、永遠で自立した、完璧な『一つの心《マインド》』である」と強調されていた。しかし、これはただ単に、「神」を古代中国禅風に表現しているだけではないのだろうか？

『般若心経』も、この世界について同様のことを、きわめて簡潔で、論理的に首尾一貫した表現で述べている。私たちにとって「現実《リアル》」と見えているものには、実のところ、独立した具象的属性が欠乏しているのである。そして、それが、まさにコースの教えようとしていることなのである。それを真に理解し、実修することができるならば、人生を通して私たちを助けてくれる「魂《ソウル》」の概念は不要であると私も思う。

私は二〇一四年以来、ほとんど毎日、『般若心経』を写経し、唱えているが、その内容をきちんと理解できているかと聞かれれば否《ノー》と答える。また、私は五〇年近くの間、毎日坐禅を行じているが、その本質的な現実《リアリティ》を私が体現しているかと聞かれれば、していないと答える。あるいはまた、私は過去一五年間、実践的なカトリック教徒であるが、私がその核となる教えの化身となっているか、と聞かれれば、なっていないと答える。しかし、私たちが実際には霊的《スピリチュアル》な存在であって、様々な体に入りながら時空を旅しているのだという概念が役に立っているかと聞かれれば、もちろん、役に立っていると答えるのである。そして、二〇二一年の今、科学信仰の故《ゆえ》に、精神世界《スピリチュアリティ》を信じることを完全に放棄してしまった大多数の若者たちのための、新しい魂《ソウル》の物語が必要となっているのである…

第27章

アイルランドの〝魂《ソウル》のための学校〟

「対話」は、二〇世紀の大発見である。
ウィリアム・ジョンストンと遠藤周作との対談より

二〇一八年八月　イギリス、北アイルランド、グレナヴィの聖ヨハネ・カトリック教会にて

アイルランド共和国のキルケニーを出発した私たちは、素晴らしい眺めの中をドライブしながら、現在はイギリスの一部となっている北アイルランドの首都ベルファストに到着した。一つの島が二国に分かれているのに、「これより先は…」というような国境を示す標識や検問所はどこにもないが、いたるところに掲げられている英国旗が、共和国を出たことを思い起こさせている。

「エール（Eire）」とは、ゲール語でアイルランドのことだが、そこではユーロ紙幣が使用されていた。一方、こちら側の店で買い物をする際にはスターリング・ポンド（イギリスの通貨）で支払わなければならない。幸運にも、私は両国のパスポートを持っているのであるが、ブレグジット（Brexit）（イギリスの

欧州連合離脱）以降、これはとても貴重なことになっている。なぜなら、私の場合は、欧州のどの国にも自由に出入りでき、また、どこであれ自由に働くことができるが、イギリス国民としては、もはやそうはいかないからだ。イギリス人の多くが、今の私のように二つの国籍があれば良いのにと思っているが、しかし、アイルランドのパスポートを得るための条件は厳しく、少なくとも祖父母のどちらか一人が、今ではEU加盟国であるアイルランド共和国生まれでなくてはならないのだ。

今回、妻ソニアとここにやって来たのは、私の家族の歴史と、私がどのようにしてアイルランド人になれたのかを調べるためであった。私の母の母親であり、アイルランドのパスポートを取得することを可能としてくれた祖母についての、可能な限りの情報が欲しかったのだ。彼女との血縁関係を証明するため、政府筋のルートを使い、何カ月もかけて彼女に関する記録を入手すべく努力した結果、彼女の出生証明書と結婚証明書に共通する一つの手がかりが見つかった。それは聖ヨハネ・カトリック教会で、祖母はそこで洗礼を受け、また、スコットランド移住前に同じ場所で結婚し、その後、転居先で私の母アイリーン（Eileen）を出産したのだった。祖母は、私の母と同様、きわめて直観力に富んだ魂を持ち、昔から、ほとんどのアイルランド人がそうであったように、熱心に教会に通いながらキリスト教を実践した、敬虔なキリスト教徒であったのだ。

すべては五世紀に、かつて奴隷だった一人の男、後の聖パトリックが、アイルランドにキリスト教を伝えたことから始まった。その結果、多くの聖人や学者がこの地に輩出したのであったが、九世紀に入る頃になると、修道士としての彼らの主な活動の一つが、『ケルズの書』〔訳註〕を書き、それに装飾文字や挿絵を描き入れて仕上げる、という仕事になっていた。私は、ダブリン大学のトリニティ・カレッジ図書館で、その実物を見る機会を得た。修道士たちは、また、大量の西洋文学を筆写して残したが、彼らが欧州各地に渡った際に、それら貴重な数々の文献を携えて行ったおかげで、(多くの偉大なる書物がフン族などの蛮族によって破棄された)あの暗黒時代においても、ヨーロッパ大陸の人々は、自分たちの偉大なる精神的伝統を記憶に留めておくことができたのであった。

アイルランドの修道士たちが触発されたのは、三世紀エジプトの「砂漠の教父たち」が用いた修行法であり、すなわち、祈りと瞑想的内省、および社会からの隠遁を通じた「魂《ソウル》の教育」に全力を集中させるというものであった。その結果、この国全体が欧州における偉大なる学びの場の一つとなり、今日までに四人のノーベル文学賞受賞者を生み出している。ウィリアム・バトラー・イェイツ(William Butler Yeats)、ジョージ・バーナード・ショー(George Bernard Shaw)、サミュエル・ベケット(Samuel Beckett)とシェイマス・ヒーニー(Seamus Heaney)である。

無神論者(つまり、魂《ソウル》をまったく信じない人々)が増える一方であるこの懐疑的なポストモダン世界にあっては、科学的に進歩した私たちにとって、宗教などまったく不要であると、きわめて単純に思い込みがちである。私たちは、一六世紀に科学を(錬金術という形で)誕生させた西洋の学問的伝統が、何百年間にもわたる神学者たちの天才的な業績に基づくものであったことを忘れてしまっているのだ。彼らこそが、人間の魂《ソウル》の理解に関して「専門家」と呼べる者たちなのである。哲学、歴史、言語学や論理についての彼らの高度な学びがなければ、科学は、そもそも誕生しなかったのだ。なぜなら、物質世界を客観的に理解するために不可欠なこれらの学びこそが、私たちが今、「科学」と呼んでいるものであるからだ。今日、多くの若者たちがまったくの無神論者となる主な理由は、科学によって、神は不要だと証明されたからだという。しかし、実のところ、科学は存在についての次の三つの最重要問題に答えていないし、答えられない。

宇宙は、どのようにして生まれたのか?
その宇宙において、生命はどのようにして誕生したのか?
複雑なＤＮＡ塩基配列を持った人類という唯一無二の生命形態は、どのようにして地球上に出現したのか?

科学によれば、生物の進化は、ビッグバンによって、無生物の化合物からなるスープから突然始まったのだという。しかし、本書で先述したスティーヴン・マイヤーのような科学者は、具体的なＤＮＡの遺伝

〔訳註〕『ケルズの書』とは、八～九世紀にスコットランドのアイオナ修道院で着手され、アイルランドのケルズ修道院で完成されたインシュラー様式（ヒベルノ・サクソン様式）で装飾された福音書の写本。福音書は、マタイ福音書、マルコ福音書、ルカ福音書、ヨハネ福音書の四冊。「組紐文様」、「渦巻文様」、「動物文様」など、豪華なケルト文様が施され、「世界で最も美しい本」と称されている。

子研究を用いて、見事に、宇宙、生命、そして私たちの創造についての確固たる真相に至ったのである。それは、昔ながらの方法で、つまり、知的な情報の源が創造したということである。

意識がどのように始まったのか、また、ビッグバンを引き起こしたものは実際何なのかを探る健気《けなげ》な探究の中で、科学者たちが、もしも、ついに山を登り詰め、完全なる理解に達したならば、その山頂に驚くべきものを発見するであろう。それは、科学が誕生して以来、ずっとそこに座を占めていた、笑顔の神学者たちの一群である…

私たちは、ミサの前に神父と面会し、メアリー・エレン・ホール（Mary Ellen Hall）について何か情報を持っていないかと聞いてみた。ホールは、私の祖母の旧姓である。亡くなってからずいぶん経った一女性のことなど、覚えている可能性はきわめて低いとは思ったが、教会には何百年も前からの正確な記録が残っているのだ。

年配の神父は、とても美しいアイリッシュ・アクセントで、正午のミサまでに、できる限りのことをしましょう、と言ってくれた。私の妻も五十代後半に洗礼を受けていたので、私たちは、しばしば一緒にミサに参加した。典礼の最中、彼は会衆に、メアリー・エレン・ホールを知っている人はいないかと問いかけ、知っている人がいたら、後で知らせてくれるようにと告げた。終了後、いつものように、神父と握手をしてから退出しようと前に行くと、彼は言った。

「あなたのご家族のことについて、何か知っているという男性が一人おられました。外でお待ちになっていますよ」

そこには五十代初めくらいの男性がいて、私に見せたいものがあるからと、私たちを教会から数メートル離れた、墓地に続く階段のところまで案内した。

「去年設置したばかりの新しい墓石です。どうぞご覧ください」

妻のソニアと一緒に、私は、ごく最近彫られたと思われる名前を覗き込んだ。理解と感動の波が、私の身体に押し寄せて通り抜けた。問題に対する答えが、今、得られたのだ。私の曾祖母の遺骨が、すぐ足下にあった。そして、彼女の娘であるメアリー・エレン・ホールの名前も、そこに刻まれていた。もちろん、祖母自身の墓は、彼女が国籍を取得した国であるスコットランドにあり、そして、私はそこで誕生したのであるが。


「彼女は、私の曾祖母でもあったのですよ」と彼が言い、私たちは互いに見つめ合って微笑んだ。

「じゃ、私たちは親戚同士なんですね」家系図を確認した結果、私たちは、またいとこ同士であることが分かった。そして偶然にも、彼の娘が、家系図を管理するウェブサイトを運営しているというので彼女と会い、その後、その自宅に連れて行ってもらった。その家が、これまた偶然にも、まさに我が祖母、メアリー・エレン・ホールがそこで生まれた、築二六〇年になるコテージだったのだ。私はついに、これまでその存在すら知らなかった家系図の一つの枝の全体を発見したのである。そして、ちょうどその日から、私の、またいとことその夫は、フランスに出掛ける予定になっていたので、その間、私たちがコテージに滞在しても良い、ということになったのだった…

このアイルランドでの目覚めの何年か前に、私は、子どもの頃以来、初めてミサに参加することにしたのだった。ご多分にもれず、私も十代の頃までには教会を完全に軽視するようになっていた。役に立たない代物だと考えたのである。

しかし、意識や脳に対する興味から神秘主義や哲学を学ぶようになり、そして、『*Mystical Theology: The Science of Love*』（『愛と英知の道——すべての人のための霊性神学』九里彰、他訳、サンパウロ）と出会ったのである。同書は、日本仏教の影響を受けたカトリック信仰に関するもので、それまでの人生のほとんどを東京で過ごしたアイルランド人神父によって書かれた本である。あまりにもその内容に感心したので、著者が教授を務めていた上智大学に問い合わせ、彼がまだ健在か否かについて確認した。その伝言は届けられ、彼は私に電話をくれた。私たちは会い、彼は私を日本語のミサに招待してくれた。そして、このかなり年配の神父は、すべて日本人からなる、参加者がわずか数人しかいない、たった一度の簡素な典礼において、しかも、彼の母国語ではない言葉によって、私の魂《ソウル》のうちに渇望を再燃させたのだった。この渇望は、魂《ソウル》とは何であるかについて真剣に知りたければ、私たちの誰もが持たざるをえないものなのである。

そのウィリアム・ジョンストン神父は、遠藤周作の友人であると同時に、彼の著作の翻訳者でもあった。日本における初期のキリスト教徒に関する彼の有名な小説『沈黙』は、後にハリウッドで映画化された。この時以来、私は十年以上もの間、ほぼ毎日のようにミサに通い、魂《ソウル》についての理解を深めようとしたのであった…

第28章

コラボレーションする魂《ソウル》

見知らぬ人と出会った時に、良いことが起きる。

ヨーヨー・マ

一九九六年　大阪

エネルギッシュな四十代の男性が、笑顔で新幹線の改札口から出て来た。大きな楽器ケースを抱えている。中国人のようだ。彼については、高名な歌舞伎役者、坂東玉三郎とコラボレーションする予定であること以外、何も聞かされていない。駅まで迎えに行き、女形の歌舞伎役者のところまで連れていった後、通訳をするようにとの依頼だった。もし、私の直観が正しく、音楽というものが本質的に女性的であるとするならば、この二人はとても気が合うに違いない。

タクシーの中で、ヨーヨー・マがチェロ奏者であることを知った。彼は、音楽以外の様々なジャンルの芸術家たちと世界各地でコラボレーションしているのだという。当時、彼はブラッド・ピット主演の『セブン・イヤーズ・イン・チベット』のための音楽を作曲中であった。あれから数十年が経った今、彼は、きわめて幅広い演奏スタイルを持ったチェリストとして、世界的に有名な存在になっている。同様に、坂東玉三郎も人間国宝となり、その名声は日本にとどまらず、フランスにおいても芸術文化勲章を受賞している。

スコットランド人の通訳などいないかのように、二人はすぐさま意気投合した。私は、こうしたつながり《コネクション》を魂《ソウル》のつながりと理解している。性格や国籍、社会的立場などを超えた、そんなものより遥かに奥深いところでのつながりだ。この二人がほとんど奇跡的とも思える形でコラボレーションし始めたその様《さま》には、とても興味深いものがあった。冒頭エピグラフのヨーヨー・マの言葉を「自然の流れに身をまかせた時《スポンタニアティ》」と理解すれば、その意味合いはさらに深まるであろう。

人の魂《ソウル》を定義することはできないが、それが〝どんな風に見えるか〟について示唆することはできる。そうすることで、今回のような見事なコラボレーションが、いったいどのように働くのかを、より深く知ることができるのだ。広告代理店や企業の担当者たちが、著名な演奏家や俳優等を、なんとかコラボさせようとしてもうまくいかないことが多いのは、人と人の関係というものは、ウマが合う（click）か、合わない（do not click）か、であるからだ。とくに男女の俳優の間で、演技がうまくいくことを「ケミストリー（chemistry）が良い」などと言ったりするが、これも同じことだ。

私が京都で河合隼雄先生のもとで学んでいた時、「共時性《シンクロニシティ》」を「縁」と訳したという、あの話（第6章）をご記憶だろうか？　もし、時間を超えた、超自然的な存在があって、異なる時間、あるいは異なった空間において、同時に自身を具現化できるとしたらどうだろうか？　もしも、ひとつの魂《ソウル》が、地球上におけるいくつもの連続した転生にわたって自身を展開させることができ、そしてまた、それ自体が同時に、多数の他の個体にも広がってつながっているとしたら？　これは魂《ソウル》の集団《グループ》と呼ばれるものだ。そうしたことは、その存在が、かねてより知っている、眼に見えない世界と見える世界とを結ぶ一つのシンプルなメカニズムを用いることにより行われているのだとしたら？　それはどのように呼んだら、最もふさわしいのか？　魂《ソウル》の持つ巨大な力、上述のようなことを行うことのできる強大な力を、私たちに感じさせているのは何なのだろうか。

その答えの一部を、私は、吉田山の「シンチハヤ（新千早）」と呼ばれていた木造家屋の二階で見たヴィジョンの中に見つけたのであった。

松果体は、しっかりと閉じられた金庫のような役割を果たし、それを開けるためには、ある化学反応が必要である。かの偉大なるルネ・デカルトが「魂《ソウル》の座」の理論を立てた時、脳の中心に存在する、この小さな内分泌腺が、まさにその場所であることに気づいた、という話（第7章）を覚えているだろうか？　この松果体のことを、科学的に理解できるようになるのは、当時からはまだずいぶん先のことであったというのに、それをデカルトが解明したという事実は、いまだに私を驚かせている。そして、その「科学」自体にしても、デカルトが心《マインド》と物質を分けたことで、その成立が助けられたのである。

私がカナダのヴィクトリアに住んでいた頃、私の友人に、リック・ストラスマン（Rick Strassman）博士を紹介してもらったのだが、彼は精神科医として国から研究助成金を受け取りながら、DMTをボランティアに投与することで、その効果を研究していたのだ。彼とは、その著書『*The Spirit Molecule*』(『DMT──精神《スピリット》の分子』東川恭子訳、ナチュラルスピリット)について短時間話をした。同書は、助成金を使って、医師と看護師のいる医学的に承認されたセッティングの中で、一〇年以上をかけて行われた綿密な研究と実験の結果の記録である。ここで、松果体の〝金庫〟を開けたのは、自然(Nature)の中にある最も一般的な化学物質であり、植物、木、さらには哺乳類などの、有機物全体に含まれているDMTという物質であった。そして、DMTによって開かれた扉の向こうから、まるで大阪駅の改札口から出て来たヨーヨー・マのように、私たちに会うために飛び出して来たのは、まったく新しい知性の領域なのであった。この知性の領域は、自分の脳の化学的性質の深層に踏み入る勇気のある者であれば、誰とでもコラボレーションする準備が出来ていた。そしてそれは、私に対しては巨大な蛇の姿となって、ドアの向こうから現れたのであった。

一二~一五人ぐらいがフローリングの床の上に横たわっていた。ギターの音色に合わせて、ポルトガル語の歌声が近くで聞こえていた。ブラジル人合奏団《アンサンブル》が、宗教的であると同時に超次元的でもある、つまり、五感で感じられる次元を超越した儀式を行うために来日したのであった。それは「サント・ダイミ」の儀式で、アヤワスカという植物を用いて、その中に自然に存在するDMT成分を血流中に放出するのである。私はいったい何を期待すれば良いのか分からなかったが、その時、ジョン・C・リリー博士の言葉を思い出したのだった。

「予期せぬことが起きることを期待せよ！」

とてつもなく巨大な蛇が、私に覆いかぶさった。建物全体と同じぐらいの長さで、見上げると、その三分の一ほどが見えた。それは私を見下ろしながら、くねくねとした美しい体を空中でたなびかせていた。その目は燃えるように輝き、そして膨大な知性とパワーに満ちていた。それは言った。

「お前は、私が創造した何億もの作品の中の一つにしか過ぎない。お前は実験《エクスペリメント》だ。私がお前を創ったのだ！」

私は自分が、収集家によって紙箱にピン留めされた希少な蝶になったように思えた。これは、私が自分で創り上げたものでないことは疑いようがなかった。また、これを幻覚だ、などと言うとしたら、それこそはまさに愚の骨頂でしかなかった。

この存在は、私のすべてを知っていた。私の前世も未来も知っていた。そして、それは、全員について、つまり、この世の生きとし生けるものについてのすべてを知っていたのだ。ジャングルに住むシャーマンたちは、この蛇のことをずっと秘密にしていたのだが、ある時、人類学者であり、『*The Cosmic Serpent*（宇宙の蛇）』の著者であるジェレミー・ナーヴィー（Jeremy Narby）が、アマゾン川流域のシャーマンによる芸術や伝承における蛇の重要な位置付けに着目したのであった。

蛇は象徴ではなかった。れっきとした、意識のある存在だったのだ。私が生まれて間もなく、二人のイギリス人科学者が、この存在を〝物体〟として特定し、それに名前を付けた。そこから私たちの、DNA

に関する理解が急速に進歩したのだった。
ワトソンやクリックや、他の何百人もの科学者たちは、これまで何十年もの間、地球上におけるすべての生命の創造は、DNAの化学的活動に起因していると述べてきているが、その複雑な創造物をコード化する、その情報の「源」が、どこにあるのかを説明することがまったくできていない。言い換えれば、つまり、体を造り上げるタンパク質を創るための情報は、いったいどこから来るのか？　スティーヴン・マイヤー博士の研究の章で、物質的説明が不十分であることについて示唆したが、それをここで再び持ち出す理由は、今日に至るまで、いまだ、この問いに対する答えが出されていないからである。

今、私の上に浮遊しているのは、まさにその情報そのものであった…　DNAが、自身を蛇として表現していたのである。それは、まさに二重螺旋構造であった。したがって、実際には二匹の蛇である。DNAは賢明で、その情報のすべての項目について、二重螺旋の二本目の中にコピーを保持しているのだ。なんたる天才！　その天才が、さらに、人の目に見えない部分である魂《ソウル》と、肉体とをつないでいるのだとしたらどうだろうか？　DNAの中に明らかに存在する「知性」は、DNAとして具現化する前に、時空を超えたところから来たのだ。私たちの魂《ソウル》も、私たちの肉体よりも以前からあったのだ。なぜなら魂《ソウル》は、時空を超えたところで、自分のグループの他の魂《ソウル》との遭遇を決めて来ているらしいからである。私たちは、化学的偶然によって創られているのではない。この理論は、他の用済みになった理論、つまり、物質からいかにして生命が誕生するか、または、ゆっくりと時間をかけて魔法のようなひらめきを重ねることで、やがては石から、美しい赤ん坊が誕生するのだ、という理論と同様に、瀕死の状態にあるのだ。

私たちが、種として成功したいなら、見知らぬ人や外国人、または、他人に対する態度を変えなくてはならない。「外来者恐怖症（xenophobia）」は、物理的な身体だけを診る医者では治せない現代病である。国境やパスポートが出来る以前の頃、私たちは今よりもっと協力的《コラボラティブ》であったはずだ。人々は自由に世界を移動していたので、ソウルメイトやソウルフレンドと、しばしば出会っていたのではないかと思う。つい先ほど挨拶をし損ねた男性や女性は、ひょっとしたら、あなたの魂《ソウル》の船団（fleet being）、つまり、あなたのグループ魂《ソウル》の一員なのかもしれない。そう、私たちは、時空においては船団であるが、どの船団も、さらには母船に属しているのだ。太霊《オーバーソウル》である母船は、常時私たちの上を浮遊していて、熱望《パッション》によって記憶と目覚めが起きるのを待っているのである。それ故に、創造性豊かな人たち、すべての芸術家、そして、夢を追い求める人たちが、自分が魂《ソウル》であることを最も覚えていやすいのは、まさに、この熱望《パッション》があるからである。個々の魂《ソウル》は集団《グループ》の魂《ソウル》とつながり、さらにそれは太霊《オーバーソウル》とつながっているのである。

大阪でのこの音楽の巨匠との出会いは、私の中でクラシック音楽、とりわけ、モーツァルトに対する愛情に火をつけ、そして、その愛は、その後どんどん大きくなっていった。また、この出会いは、私が日本人の魂《ソウル》をより深く理解するきっかけを与えてくれた。

この何年か後、私は、相模湾を見下ろす小高い丘に設けられた席で、野外の能舞台を鑑賞していた。私は、歌舞伎などとともに、狂言の持つ喜劇的特質が、日本人の魂《ソウル》をきわめて深遠に表現できることに深く感銘を受けた。その時の演目中の日本の古典的なジョークに、私は大笑いしたのであった。この日から私は、今や数少ない狂言師によってのみ演じられている、長時間に及ぶ能の演目の合間に行われる狂言を、興味深く鑑賞するようになったのである。

第29章　楽園のブラックホールたち

私たちが「真空空間《ヴァキューム》」と呼ぶ、この目に見えない空間を通じて、すべてがつながっているのです。
ナシーム・ハラメイン

二〇〇八年五月　カウアイ島

古代シュメール人を彷彿させる中東風の彼の風貌は、長髪と髭を加えれば、伝説の古代アヌンナキ王の一人としても通るかもしれない。

私たちは、現在制作中のドキュメンタリー映画『地球巡礼者《アース・ピルグリム》』の打ち合わせのため、カウアイ島のカパアにあるレストランに来ており、今、そのテーマについて話し合っているところだ。実は、同映画のナレーターを、彼、ナシーム・ハラメイン（Nassim Haramein）に依頼する予定なのだ。科学者にして哲学者である彼は、宇宙に関して深く理解しており、宇宙がいかにして私たちを通して進化しているかも承知しているのである。

宇宙に存在するすべてが、実際どのようにしてつながっているのかについて、ナシームは実に巧妙に説明する。この島にある彼の研究施設は、近い将来、無限のエネルギーにアクセスしたいと考えているある人物から、十分な資金援助を受けて運営されているらしい。ナシームは、宇宙におけるブラックホールの働きについて深遠な知識を持ち、それらから無限のエネルギーを引き出す方法を知っている、というので、裕福な共同事業体《コンソーシアム》から〝ミニ・ブラックホール〟を実際に創り出す仕事の依頼を受けていたのだった。

彼の研究所に案内してもらったが、どうやら、それが実現できそうなところまで近づいているらしい。〝普遍的接続性《ユニヴァーサル・コネクティヴィティ》(universal connectivity)〟に関する彼の理解は、フラクタル、神聖幾何学、そしてホログラフィック理論に基づくもので、これらの意味するところは、つまり、次のようなことになる。

ミクロからマクロに至るまでの、どの段階における原子を取り出したとしても、それらはすべて、同じエネルギーパターンと情報を保持している。例えば、私たちの太陽系の構造は、原子核を周回する電子のそれとフラクタル的に同一である。また、宇宙の銀河同士のつながりは、人の脳内神経のつながりと、きわめて良く似ている。古《いにしえ》の錬金術師が、〝上なる如く、下もまた然り(As above so below)〟と言った通りなのだ、と。

彼の研究について、私が日本語で紹介した動画をユーチューブで配信したところ、大変な高視聴率を得た。しかし、ここでの目的は魂《ソウル》(私たちがそれをどのようなものと認識していようと)について述べることなので、その詳しい説明は避け、簡略な紹介に留めておきたい。

では、ナシームは、魂《ソウル》の現実《リアリティ》と私たちが、どのようにつながっていると言うのだろうか? また、そのことによって、私たちは、実際のところ、どのようにしてお互いにつながり合っているというのだろうか？

彼と私がつながったのは、実に驚くべき経緯《いきさつ》によるものだった。彼は、ここ、ハワイ諸島の一つの島に埋もれていた天才的科学者で、先述の通り、人工的ブラックホールの創造に成功した暁には、それを商品化したいと考えているらしい連中から巨額の資金援助を受けていた。カウアイ島に移り住む以前には、彼は世界中を講演して回っていた。二〇〇八年当時、彼の研究について知る主な手段はＤＶＤだったが、私は、彼の何時間にも及ぶ講義が収録された四枚のＤＶＤをもらっていたので、それらをカナダのブリティッシュ・コロンビア州東部のネルソン市の山奥にある私のセカンドハウスで観たのであった。「一匹狼《マーヴェリック》」的な科学者である彼の発見は、教えられたことによるものではなく彼自身の直観によるもので、それはまさに、アインシュタインの統一場理論の問題を解決するものなのではないかと、私は直感的に感じた。その問題とは、簡単に言えば次のようなものだ。

古典的な物理学でお馴染みのマクロの世界を支配する基本法則とは、「重力」、「電磁気力」、そして「強い核力《ストロング・フォース》」と「弱い核力《ウィーク・フォース》」であるが、対象を次第に小さくしてゆき、物質レベル、原子レベルを超えてミクロの世界に入ると、マクロの世界では機能していた先ほどの法則はすべてカオス状態に陥り、あたかも偶発的なマジックによって動いているかのようになってしまうのである。「量子力学」は「極小《ミクロ》」を対象としているが、いわゆる「標準理論」、もしくは「古典物理学」は、「巨大なもの《マクロ》」を対象としており、両者の出会うところはないのである。むしろ、それらはあまりにも違い過ぎていて、まるで統合失調症の分裂した心《マインド》、あるいはまた、私たちの顕在意識と無意識ほどの違いがあると言えるかもしれない。

これら二つの逆説的な双生児の統合は、これまで、アインシュタインを始め、多くの科学者の目標であった。しかし、ハラメインが登場するまで、それに成功した科学者は誰一人いなかった。それも無理もないことである。なぜなら、科学者というものは、分野を越えることなく、自分の範囲内にとどまっていなくてはならないからだ。私は科学者ではなかったが、この「非統一場理論（un-unified field theory）」問題に関しては最低限の基礎知識を持ち合わせていたので、すぐさま事態を把握することができたのであった。

それはつまり、ナシーム・ハラメインが、少なくとも、完全にオリジナルな思考を持つ者であり、また彼は、私が「コネクティヴィティ」と呼んでいる新興の科学分野における、最も偉大なる先駆者である、ということだった。それ故、私は、絶対に彼と会わなくてはならないと思ったのだ。なぜなら、先述のゴルバチョフとの体験に鑑みても、〝意志のあるところ、道は開ける〟ことが分かっていたからである。

私の仲間には、才能溢れるヴィデオ・プロデューサーにしてインターネットの天才《ウィズ・キッド》（wiz kid）がいたので、彼の才能をもってすれば、ナシームのような人物との直接連絡を阻む障壁は突破できることが分かっていた。ナシームのウェブサイトのインターネット・サーバーと、その登録情報をチェックすることで、彼はナシームの携帯電話番号を調べ上げ、私に知らせてくれた。私は時差のことなどまったく考えず、カナダから、ハワイに住むナシームに電話をした。それは確か、次のような会話だったと思う。

「もしもし。今しがた、あなたの制作されたＤＶＤシリーズを拝見し、あなたはアインシュタインの統一場理論の問題を解決されたのではないかと感じました。ぜひともお会いして、当方が制作中のドキュメンタリー映画にゲスト・スピーカーとしてご出演願いたいのですが」

電話には、ナシーム本人が出た。

「実に奇妙だなあ。私は、知らない番号からの電話は決して取らないのですよ。これまで一度も取ったことがない。しかも、あなたからの電話が掛かってきた時、私はベッドでぐっすり眠っていたのですよ。これは絶対に会うべきですね。すぐに私のエージェントに電話して、アポイントを取ってください」

何週間かして、私たちは前述のレストランで会い、二日間にわたってノンストップで、実に素晴らしいインタビューを行った。私のドキュメンタリー映画に使われたのは、そのうちのほんの一部である。

以前、ＢＢＣでドキュメンタリー番組の制作に携わっていた照明の専門家が、イギリスから参加してくれていたのだが、彼の両親は二人とも科学者であった。彼は、私たちの会話を全部聞いた後、彼がこれまでに傍聴した中で、最も素晴らしく、高レベルの話であった、と感想を述べてくれた。その言葉は、私の自我《エゴ》にとって良薬となった。

ブラックホールの表面は、そこに入り込む光にとっては、もはや後戻りできないポイント（帰還不能点）である。科学的には、それを「事象の地平面《イベント・ホライズン》」と称している。ブラックホールの中に潜む重力によって、光が永久に閉じ込められてしまうのである。ブラックホールは光を呑み込むのだ。

しかし、ナシームはそれを「ブラック全体《ホール》（Whole）」と呼んでいる。なぜなら、過去・現在・未来において存在する情報の場のすべてが、それぞれのブラックホールの表面に存在しているからである。時間を旅する「全知のスーパーコンピューター」があると想像してみてほしい。そのターミナルが、すべてのブラックホールというサイトに存在するのだ。すべての情報が、すべてのターミナルにおいて複製される。キーワードは「情報」である。宇宙に存在するすべての陽子《プロトン》の内部に、そのようなコンピューター端末が存在するらしいのである。つまり、すべての陽子《プロトン》はミニチュア・ブラックホールであり、この世に存在する他のすべての陽子《プロトン》と、常時、情報を瞬時に共有しているのだが、その情報も絶え間なく変化しているのだ。なぜなら、宇宙は進化しているからである！

「宇宙は膨張している！」という理論よりも、ずっと分かりやすいと私は思う。すべての思考、すべての感情、私たち一人ひとりの体験や発見は、新しい情報に基づいているのだ。私たちが、より多く知れば知るほど、私たちは、さらにもっと多くを知ることができるのである。

このすべての背後にある知性は、明らかに、止むことのない創造に関心を持っているのだが、「コネクティヴィティ《つながり》（Connectivity）」なしには、創造は「フランケンシュタイン《つぎはぎ》」になってしまう。つまり、自身の各部分《パーツ》を統合させることができず、また、他者の部分《パーツ》とのコミュニケーションも取れないのである。私たちの知る限り、人類は進化の最先端にいる。そう、あなたと私のことである。

私たちは、つながるように造られているようだ。ブラックホールが暗示しているように、目に見えない力が目に見える宇宙の陰に潜み、常時すべての情報をアップデートしながら、時空を通して自身を進化させており、私たちの魂《ソウル》も、私たちの人生の目に見えぬホストコンピューターとして、時空の中の私たちをつないでいるのである。それは人生の大切な出来事とつないでくれているだけでなく、私たちが人生の中で出会うべき人たちとの一連の出来事ともつないでくれているのである。

今日が、この熱帯の楽園でともに時を過ごす最終日だったが、撮影終了後、彼は私を自宅に招待してくれた。良い趣味でデザインされた居間に座りながら、彼は、いかにして「真空空間《ヴァキューム》」と彼が呼ぶところのこの素晴らしい知見に至ったかについて私に打ち明けてくれたのだが、残念ながら、それをここで述べることはできない。しかし、一つだけ言えることは、私たち人類は、宇宙においてきわめてユニークな存在であるということだ。「ホロフラクタリティ（Holofractality）」の知識、つまり、いかにして最も小さなものが最も大きなものと、ほとんど無限に広がる組織的な即時的フィードバックによってつながっているのか、ということに関する知識は、例えば、身体の中の一つの細胞が、すべての瞬間において、身体の他のすべての細胞が感じたり行ったりしていることを知っていることと同じようなものであるが、私たちの祖先は、明らかに、このような知識をすでに持っていたのである。このことは、石に「フラワー・オブ・ライフ（生命の花）」が刻まれているエジプトのオシリオン神殿を見れば明白である。見る目さえあれば、それは至るところに見つけられるのだ。

「コネクティヴィティ《つながり》」に関する古代の知識について、私を含め、多くの人々の目を開かせてくれたグラハム・ハンコックは、オシリオンの建築家とその仲間たちのことを「ホルスに従う者たち（Followers of Horus)」と呼んでいる。彼らは、ほぼ間違いなく、きわめて上級の魂《ソウル》たちだったに違いない…

第30章

陰謀論が新常識である

「バビロニアン・ブラザーフッド」と呼ばれる
爬虫類人（レプティリアン・ヒューマノイド）
が人類を操作《コントロール》しているのだ。

デイヴィッド・アイク

一九九五年　イギリス、マールボロ

教室に着席してこちらに注目している、今回、ここへ案内した日本人グループの一行に向かって、私は本日のゲスト・スピーカーを紹介した。新著『*The Robot Rebellion*（ロボットの反乱）』を出版したばかりの彼、デイヴィッド・アイクは、私にとって気になる存在であった。この時、私は、彼の二時間にわたるプレゼンテーションを通訳したのだが、あれから数十年経った今、その内容を要約するとすれば、次のようになる。

実のところ、人類は奴隷化された種族なのであり、知らずして、きわめて強力なものたちによって操られているのであるが、実は、その彼らは変装したエイリアンなのである。

これを書いている今年、二〇二一年まで時を進めると、デイヴィッドは、いまや間違いなく、世界的に最も有名な筋金入りの陰謀論者であり、多くの著書とともに、その講演も数えきれないほどユーチューブに上がっている。世界の主要都市において開催されるイベントは、いずれも彼の支持者たちで毎回満員御礼の状態で、その聴衆の数は増える一方である。

私たちは、今まさに陰謀論の時代に生きている。かく言う私も、日本人向けの講演や書き物を通して、その下地作りを手伝った一人だったのであるが、しかし、今では完全にそれに反対の立場にある。それは、私たちを操作《コントロール》しているものが、昔ながらの「無知」以外に何か存在するという証拠が、一つも見つからなかったからだ。仏陀が賢明にも言ったように、すべての苦の真の原因は「無明（根本的な無知）」にあるのだ。自分の「無知」の底深さを認めることこそが、知識と理解の始まりにほかならないのである。世界中のすべての偉大なる魂《ソウル》は、遅かれ早かれ、そのような謙虚さに到達している。健全な魂《ソウル》とは、常にその人間的な過ちを認め、いつでも新たに始める勇気を持っているものなのである。

しかし、当時の私にとって、デイヴィッドは、ピカピカに光る鎧を身に着けた騎士に見えた。彼は、政府機関、法制度、税制、教育制度等を造り上げている裕福な権力者たちが、実のところ、彼ら以外の人々が夢を達成することを妨げる陰謀団なのであるということを、白日の下に晒したいと考えていた。つまり、私たちは彼らの奴隷であり、彼らの資本や富を増やすために使われていて、私たちに残されるのは、彼らが食べた後の卓上に残されたかすだけなのだ、というのである。彼ら、すなわち、「イルミナティ／宇宙人《エイリアン》」は、彼らの持つ生物工学技術を駆使した遺伝子操作によって私たちを造り、そもそもの歴史の初めから私たちを操作《コントロール》しているのだ。私たちには彼らが見えないが、彼らには私たちが見えるのである。なぜなら、彼らは古代バビロニアの人々が神々として崇めた存在であり、その姿を自在に変えられる、高度に進化した爬虫類人であるからだ、と。

それは見事なストーリーであり、私はたちまち心酔し、あたかもそれが福音であるかのように宣《の》べ伝えたのだった。しかし、実のところ、このような話は『聖書』の冒頭にあったのだ。正確に言えば、「創世記」の第六章にこうあるのである。

「その当時、そして、その後も、地上にはネフィリムがいた。これは神の子らが人の娘たちに入って産ませた子である。大昔の名高い英雄たちである」

二〇二一年の現在、私が「金持ちはより金持ちになり、貧乏人はより貧乏になる」と書いたところで、これを疑う者は誰もいないだろう。アマゾンやアップル、マイクロソフトやグーグルといった企業は、あたかも自分たち自身の世界を創造しているかのようだ。しかし、それは遥か遠い昔からそうだったのだ。もともとは超富裕層に属していた仏陀もまた、そのことを良く知っていた。そして、億万長者たちは、また一方で、何百万人もの人々が貧困から脱するのを助けていることを、私たちは都合良く忘れてはならないのだ。

私は、陰謀論に関するテーマでの人気スピーカーになっていた。例えば、「私たちの態度のほとんどを生成しているアストラル界と地球外知性」というようなテーマであるが、このような陰謀論は、私たちに物事の異なった見方をさせてくれる手段である、ということに私は気づいた。それ故、私は、世界的陰謀論の研究における第一人者であるロバート・アントン・ウィルソン（Robert Anton Wilson）の言葉を、しばしば引用するようになった。ウィルソンはアイクと違って、自分が語る陰謀論説を文字通りの真実とは考えていなかった。むしろ、それらを社会風刺の一形態として使用していたのだ。デイヴィッド・アイクは、私の知る限り、常に誠実でまともな人物であり、私たちを、支配されている状態から目覚めさせることに全力を注いでいた。彼やその他の陰謀論者と、今の私の考えのどこが違っているかと言えば、簡単に言うと、次の点においてである。

確かに私たちは支配されている。が、しかし、他の何ものかによってではない。私たちは、自分自身の無知によって支配されているのである。

ドナルド・トランプが大統領になった時、〝Qアノン〟の知名度が爆発的に上がった。「超富裕層（オリガルヒ）」に対抗すべく一般の人々を団結させたのは、まさに、次に述べるような陰謀論だった。すなわち、彼らは私たちを支配しているばかりでなく、子どもたちに性的虐待を行い、アイクによれば、バッキンガム宮殿では朝食に赤ん坊を食べる、というものであった。陰謀論は、ドラッグと同様の仕組みでその効き目が働く。まずは少量、つまり、あり得そうな内容から始めるが、ひとたび〝真の真実を知る内部の人間〟にまで上り詰めると、さらに良く効く分量の、よりディープな陰謀が投与されるのだ。そうやってどんどん深みにはまっていくのである。

　これはなにも今に始まった話ではなく、古い昔からあることであり、ただ、それが現代風の装いをまとっているだけなのだ。『旧約聖書』にも、神に背いた不従順な天使が出て来て、地上に舞い降りては女性と性的関係を結び、男性には、戦争のための殺人術を始めとした彼らの知る多くの技術を教えている。この「堕天使」の物語は、現代SF風のひねりを利かせた古代〝神話〟なのである。

　もともと徐々に薄れつつあった私の陰謀論に対する関心が、ついに完全に消え失せたのは、二〇二〇年に世界に大打撃を与えたコロナ危機がきっかけであった。私は、ここブリティッシュ・コロンビア州の地方政府が、この島での感染拡大を防止するため、日夜働いていたことを知っている。カナダの保健大臣は女性だったが、国民に対し、（仏陀がそうしたように）心を平静《マインドフル》に保ち、お互いの健康を気遣うようにと励ました。一方、陰謀論者たちは、相変わらず、パンデミックそのものを、ビル・ゲイツや新世界秩序（New World Order）のような、お馴染みの容疑者たちの企てであるとしていた。しかし、このパンデミックの最中、私の人生を支配しようとする者など、誰一人として現れなかったのだ。私は、警察に身分証明書を見せるよう求められることもなかったし、自分の行動について逐一問いただされることもなかった。その反対に、世界中の政府が、この危機を終息させるために協力し合っていたのである。それでも、陰謀論者にとっては、これは当然ながら「世界的な企み」を意味するものであって、私たちを完全に支配するために、全員にマイクロチップを埋め込もうとする企てなのであった。だから、ワクチンにはすべてマイクロチップが含まれているのであり、デイヴィッドは正しかったのだ、と、彼らは口を揃える。しかし私は、その証拠をいまだに見たことがない。

陰謀論は、とても愉快で楽しいのだ。なぜなら、世界の現状を、ほかの誰かのせいにすることができるからだ。だからそれは、他のどんな理論よりも成功を収めるのである。

このデイヴィッドの講義とほぼ同時期に、私は「ザ・イルミナティ・ファイルズ（*The Illuminati files*）」という論稿を書いた。その中で私は、「三極委員会（Trilateral Commission）」という、日米欧によって構成される非政府系シンクタンクこそが真の陰の組織であり、背後から世界を支配しているのだと述べた。一九九〇年代はインターネットの普及前だったので、情報の確認は今よりずっと困難だった。

しかし奇妙なことに、私は二〇〇二年になって、東京の三極委員会の北米議長であるトーマス・フォーリー（Thomas Foley）に、実際に会うことになるのであった（彼は駐日米国大使でもあった）。当時、彼はすでに七十歳代だったが、とても精力的で、また、きわめて教養も深く、スポーツジムで会った時には、逆さにぶら下がりながら、シェイクスピアを引用していたものだった。

風呂でお互い裸になった時、私は彼に、あの質問を突き付けてみた。陰で世界を支配していると私が主張していた組織の現在のトップが、裸で私の隣に座っていたのだ！　ボディガードも付けておらず、また、爬虫類という感じもまったくなく、ただ仕事熱心で信頼のおける元政治家というだけであった。彼には米国下院議長を務めた経験があり、すでに何人もの大統領と付き合ってきていた。今では、米国、欧州、日本間を、エコノミークラスで何度も行き来しているという彼に、私は言った。

「トムさん、三極委員会が、実際には陰の政府ではないかと疑っている人が多いのをご存じだと思いますが、そのことについては、どう思われますか?」

「本当にそうだったら良かったのにと思いますよ、エハンさん。だって、もしそうなら、辛い長時間のフライトを、ファーストクラスに格上げしてもらえるでしょ!」

この冗談には、二人とも心から笑い合った。アルコール依存症から更生した人のように、私は晴れ晴れと宣言したい。私は、陰謀論によって気分が良くなったり、他の人たちよりも多くの情報を持った一握りの〝知っている〟エリート組に属したと優越感に浸ったりすることから、完全に更生したのだ! 彼と会って以来、私にも次第に見えてきたのだ。それはつまり、私が細々と提供しているようなエデュテインメントは、諸々の陰謀論によって大いに助けられているということである。しかし、すべての神話や伝説と同様、だからといって、それらが文字通り、真実であるとは限らないのである。それらは世界について、独立した考えを持つことを助けてくれるだけなのだ。世界は明らかに、個々に独立した陰謀で溢れている。

9 1 1は明らかな陰謀だった。これについては、私は完璧に調査した。あの事件の目的は、ただ戦争をすることであり、そして、それは実際に起こったのだ。

日本のどの企業も、競合する他社を出し抜くための陰謀論を持っている。また、どの家庭も、子どもを

〝違った〟風に教育し育てることで、〝より良い〟人間を育成しようとしている、生きた陰謀論なのである。また、各国の政府も、ライバル国家より優位に立って自国民に奉仕しようとしている公式の陰謀論なのである。すべては陰謀なのだ〔訳註〕！

〔訳註〕「陰謀」の英語である「conspiracy」の元となる「conspire」という動詞は、ラテン語の「conspirare」から来ていて、「ともに呼吸する」という意味である。したがって、「陰謀」とは、「一緒に呼吸し、一緒に考えながら、自分たちだけの秘密を持つ」ということであり、企業も、国家も、私たちの家庭でさえも、自分たちだけの秘密を持っているということで、すべては陰謀であるとも言えるのだ。

第31章
魂《ソウル》の回復

英雄になるということは、自分自身の神話の作者になることなのです。

アルベルト・ヴィロルド

一九九五年　アンデス山脈、ルンクラカイ遺跡

インカ・トレイルをマチュピチュへと向かう旅の二日目、同じグループのアメリカ人ハイカーたちが先を行く中、私たちは、この小さな遺跡のすぐ下の崖っぷちに腰かけた。

先の章にも登場した彼、アルベルト・ヴィロルドは、心理学者であるとともに医療人類学者でもあったので、ペルーとは、そして同国のシャーマニック・ヒーラーたちとも長年の付き合いがあった。彼は、これまで何時間もかけて私たちが上って来た山道を指差していた。私も、そこにある黒い人影を見ていた。それは少し歩いては止まり、また少し歩いては止まる、という動きを繰り返していた。彼女はアメリカ人ハイカーたちの中で最も体重が重く、実際のところ、このような旅には不向きなタイプだった。このペー

スだと、彼女は、まだ何マイルも先にある次の目標地点、プユパタマルカ（*Phuyupatamarca* 雲の上の神殿）遺跡には到底辿り着けそうもない。

「じゃあ、エハン、ジャンケンをして、負けた方が彼女を助けて、次の地点に無事辿り着けるようにすることにしよう。で、それ以外の者は、先に行っていることにしようや」

私が負けた。この時、ちょうど正午くらいだったのだが、私と疲労困憊した彼女がようやく目的地に到着したのは夜の九時頃だった。その間、私は、この若いアフリカ系アメリカ人を助けて、文字通り手を取って、止まったり歩いたり、アドバイスしたり、おだてたりしながら、その晩に食事や寝泊まりのできる唯一の場所であるキャンプ場まで、なんとか辿り着けるよう励まし続けたのであった。

その夜、与えられた大テントがあまりにも寒かったので、私たちは、それぞれの寝袋をほとんど密着させて眠った。お互いの体温が、二つの凍える体を引き寄せたのだった。このことについては、両人とも少々気恥ずかしい思いをした。しかし、困難をものともせずやり遂げたこの日の経験は、彼女にとって突破口《ブレークスルー》となった。マチュピチュへの、この辛く、息苦しかった道のりのことを、彼女は決して忘れないであろう。

ペルーについては、そこへ行く前から私は愛着を感じていた。ヴィロルドが出版していたアンデス山脈のシャーマニズムに関するいくつかの本の中から、その初期の傑作『*Dance of the Four Winds*（四つの風のダンス）』を読んで、ペルーについてもっと知りたいと思うようになっていたのだった。とりわけ私は、シャーマニズムの基本概念である「魂《ソウル》の回復（soul retrieval）」に関心を抱いていた。それはアルベルトが、ケロ（Q'ero）族のシャーマンやヒーラーたちとともに過ごした時に学んだ概念だった。ケロ族は、インカ帝国最後の生きた末裔として高地に住み、少なくとも二〇世紀に入る前までは、物質主義的な西洋文化や、病気や健康に関する科学的概念によって侵されることのなかった民族である。私たちは「生物《バイオ》マシン（bio-machines）」などではなく、「身体を持った魂《ソウル》」なのであるが、ケロ族の人々はこのことを良く知っていて、彼らは、私たちの肉体を取り巻く、光で出来た、より微細《サトル》な体《からだ》の存在について語った。アルベルトもまた然りで、彼はきわめて実践的な形でその知識を用いていた。私も、この「光の体《からだ》」を体験したことがあるが、それは本当に存在するのである。

彼と初めて会ったのはフロリダ州マイアミで、私はキューバから日本に帰る途中であった。私は、その時の彼との会話を、私たちの出している日本語雑誌である『トランスダイメンション・ヴィスタ（*Transdimension Vista*）』に、記事として掲載したいと申し出た。また私は彼に、シャーマニック・ヒーリングを受けさせるため、日本人の団体をアマゾンに連れて行きたいとも伝えたのだが、まずは自分自身が行ってみる必要があるということで、早速予定を立てたのであった。そして、その数カ月後、私はもうペルーにいて、雲の上の神殿から山を下り、マチュピチュに入ろうとしていたのだった。このインカ・トレイルは、空気の薄い中、四日間をかけて山道を歩き、マチュピチュに向かうというものであったが、苦しいハイキングの末、四日目になってようやくサンゲートに到着した。マチュピチュまでは一時間の距離であった。雲の中からこの古代の要塞が顔を覗かせると、私たちの中には、その光景に涙する者もいた。

ケチュア語で「世界の臍《へそ》」を意味するクスコは、以来、私にとって第二の故郷となった。私はこれまでペルーを一〇回訪れているが、最初にアルベルトと一緒に行った時を除けば、後はすべて、私自身が主催した冒険旅行によるものだった。この旅行には、たいていの場合、インカ・トレイルをマチュピチュへと向かう四日間の高高度トレッキングと、ジャングルでのアヤワスカ体験が含まれていた。旅の後、参加者たちの多くは、健康とは、単に病気にならないことである、という一般的な概念に対して、真剣に疑問を呈するようになった。私にとってごく近しい存在である私の娘は、「魂《ソウル》の回復」の儀式を体験した結果、実際にプロの歌手になった。また彼女は、その後の人生においても、トラウマが病を引き起こすのをより深く理解できたことでガンを克服した。

もしも魂《ソウル》が運命を持っていて、私たちの人生を使ってそれを切り開こうとしているのであれば、私たちにできる最も重要な行為は「魂《ソウル》の回復」であるに違いない。しかし、それはいったい、どんな意味を持っているのだろうか？

昔のシャーマンは、この「魂《ソウル》の回復」という概念のことを「ジャーニーイング（journeying）」と呼んでいた。[訳註]心臓が四つの心室からなるのは、魂《ソウル》が四つの部屋からなっているからだとも言われる。最初の部屋には、運命を脱線させた体験が保管されている。私たちが「トラウマ」と呼ぶ体験だ。その影響力がどれほどのものかについては、とりわけ、ＰＴＳＤに苦しむ負傷兵たちの場合を見れば明らかである。カウンセリングなどといったセラピーでは、部分的にしか助けることができないのだ。というのも、医学的パラダイムは、魂《ソウル》についてまったく何も理解していないからである。

心臓疾患の原因を、しばしば心房と心室の間に働く弁の不具合に帰することができるのと同様に、魂《ソウル》の一番目の部屋と二番目の部屋の間との問題が、いずれ深刻な身体的疾患へとつながる場合があるのだ。すなわち、トラウマを生じさせるような出来事が起きた時、その記憶が一番目の部屋に保管されると同時に、二番目の部屋にも、その時生まれてしまった、行動を制限させるような思い込みが保管されてしまう場合があるのである。しかし、三番目の部屋に入ることで、私たちの魂《ソウル》の優美さと信頼を回復し、私たちは再び完全な存在になることができ、さらに四番目の部屋に入ることで、今生において達成しようと選んだ天命や使命を思い出すことができるのである。その結果、私たちの魂《ソウル》に位置的に最も近く、魂《ソウル》への物理的な扉でもある心《ハート》が癒されるのである。傷ついた心《ハート》、悲しんでいる心《ハート》、折れてしまった心《ハート》は、適切なタイミングで「魂《ソウル》の回復」を行えば、癒すことができるのである。

「誰もが未来を持っています。しかし、運命を持っている人は、ごく一部にしか過ぎません」と、ヴィロルドは言う。

〔訳註〕「ジャーニーイング（journeying）」とは、誘導瞑想や呼吸を用いて入る特別な意識の状態のことであり、それを行うことで過去を再訪し、遠い昔に起こった出来事を癒すことができる。そうすることによって、自分自身や愛する人たちにとっての、より望ましい運命を見いだすことができるのである。（アルベルト・ヴィロルド『*The Four Winds Society*』より）

モレイと呼ばれる円型のインカ遺跡で、ついに私たちはケロ族のエルダーたちと会うことができた。彼らは、ラマのウールで紡いだ「メサ」と呼ばれるメディスン・バンドルを持っていて、何時間もかけて私たち一人ひとりを、アンデスのタバコの煙とケチュアの祈りで祝福してくれた。そして、心《ハート》の統合と癒しのため、各自の胸にメサを押し当ててくれた。

彼らの暮らしは貧しく、その体からは山々や飼っている家畜の臭いがした。彼らはスペイン語を話すが、キューバ育ちのアルベルトもスペイン語ができるので、古代のヒーラーたちのメッセージを彼に通訳してもらうことができた。彼らは、壊れたままの、あるいは傷ついたままの魂《ソウル》では、何事も完全には成し遂げることはできないことを知っている。彼らの癒しの技は、奇蹟による治癒を目指すものではなく、それはただ、私たちが魂《ソウル》とつながることができるようにしてくれているのである。しかし、人によっては、タイミングと場所さえうまく合えば、たった一度の儀式であっても、魂《ソウル》を元の軌道に戻すのに十分な場合がある。たとえその魂《ソウル》が、それまで何年もの間、人生の裏街道をさまよっていたとしても、である。

アルベルトは、ケロ族の中で何十年もの間「魂《ソウル》の回復」を研究し、体験してきたので、いまやケロ族の一員として認めてもらえるまでになっていた。しかし、そんな彼も、息切れのため一〇〇フィートも歩けなくなってしまった。マイアミの専門医たちによる一連の検査を受けたところ、結果は思わしくなく、インドネシア、アフリカと南アメリカ等で何年も研究で過ごしてきたことから、様々な微生物類に取り付かれていたことが判明した。彼の体は、五種類の肝炎ウイルス、三〜四種類の寄生虫、多くの有毒細菌、そして、たちの悪い蠕虫《ぜんちゅう》類などによって侵されていたのだ。米国の医者たちは、肝移植リストに名前を登録するよう彼に勧めたらしい。

しかし、彼は次のように言う。

「私は、その代わりにアマゾンに戻りました。シャーマンたちは、あたかも長年の友人を迎えるかのように、私を歓迎してくれました。それに、母なる地球以上に、私のことを良く知るものがいるでしょうか？私が自分の身体を彼女に押し付けると、パチャママ（*Pachamama*）は私に優しく語りかけ、多くの子どもたちを彼女の許に連れ戻したことへの愛と感謝の気持ちを表してくれました。彼女は私に、新しい肝臓を贈ってくれていたのです。彼女は私に、私の生命を与えてくれていたのです」


私もその子どもの一人であり、過去何十年ものあのような旅に同行してくれた多くの日本人の人々も同じである。


このような「好転反応」を、偉大なるシャーマンが体験するというのは決して珍しいことではない。実のところ、彼のように、何百万人もの人々に「魂《ソウル》の回復」を伝授しているような人物にあっては、それは当然のことなのである。魂《ソウル》としての私たち一人ひとりの人生や体験は幾層にもなっており、いかに健康的な生活を送っていたとしても、私たちを魂《ソウル》の現実《リアリティ》に目覚めさせるための、避けることのできない体験というものがあるのである。アルベルトは、シャーマンの技術《テクニック》と西洋医学との両方を用いて自分自身を治癒させ、肝移植は必要にならなかった。

それでも、彼の健康が回復するまでには、その後一年以上を要した。彼の良き友人であるマーク・ハイマン（Mark Hyman）医師が、彼の治癒のための栄養プランの作成を手伝ってくれた。それは毎朝の青汁とスーパーフード、そして身体の自然治癒力を発動させ、肝臓と脳をデトックスするためのサプリメントなどであった。彼は、食生活を一八〇度変えたのだった。

現在、彼は完全に回復している。より正確に言うならば、それは回復以上の状態である、と彼は言う。

「私の精神《マインド》は、過去数十年来働いてきた以上の高いレベルで機能しています。また、脳は修復され、心《ハート》も修復されました。そして、移植しなくても、肝臓が新しくなったのです。自分自身の肝臓が、完全に再生したのです！」

第32章
ヴァーラーナシーの譫妄《せんもう》

神とは何か？　それは息の中の息である。
カビール

一九七一年五月　ベナレス

外の気温は、最低でも摂氏三五度はあるだろう。赤痢による譫妄を起こした私は、ふらつきながら、ガンジス河に浮かぶこのハウスボートの甲板へと上がって行った。一日わずか一ルピーで、インドで最も神聖な河の上で寝ることができるのだ。十八歳の私は、自分探し《ソウル・サーチング》の旅に出ていたのだった。

甲板に出て、強烈な太陽の光の下でよろめいた時、何かを踏んでしまったことに気づいた。それは、誰かが木床の上に刃を垂直に立てたまま置き忘れたナイフであった。右足の親指とその隣の指の間が深く切り込まれた。これの意味するところは、つまり、私にとって唯一の避暑法である冷たい河の水に浸かることが不可能になったということだった。何百万人もの人々が清めのためにやって来るこの開放下水の中に、傷口の開いた身体で入ることは、即刻の感染を意味していた。私はこの河の清浄さについて、巡礼者たちほどには信用していなかった。

巡礼者の中には、この古代都市での最後の沐浴の後、そのままここで生涯を閉じることが分かっている者もいた。もし、そうなったとしても、遠くに行く必要はなかった。なぜなら、ガート（河岸に設置された階段状の親水施設）には、常に沢山の薪が燃え盛っているからだ。ここで死者たちは燃やされ、その骨炭は、昼夜を問わず河に投げ入れられるのだった。

この河で泳ぐのは、焼け焦げた遺体の間を掻き分けて進むということであった。彼らも昨日までは生きていて、呼吸もし、今、私が見ているのと同じシュールな景色を眺めていたのだ。足の傷口に包帯をいい加減に巻くと、再び譫妄状態に入った私は、夕方になって涼しくなるまで、夢現《うつつ》のうちに過ごすことにした。ヴァーラーナシーの夕暮れ時、私は激しく心を揺さぶられながら、燃え盛る火を眺めていた。

極限状態と魂《ソウル》の啓示には、何か深い結び付きがあるように思う。泰平無事で安居楽業《あんきょらくぎょう》なこのご時世には、人々は魂《ソウル》の必要性をあまり感じないようだ。銀行口座には十分なお金があり、三食満足に食べられているというのに、どうして魂《ソウル》のような、目に見えぬ超自然的で非科学的な存在など要るのだろうか？

私は、意図的にそのような世界を出て、その代わりに、死がすぐ傍らにあるこの土地にやって来たのだ。ここでは死は、このハウスボートから河を渡った、文字通り、すぐそこにある。また、このボートのまわりにも浮かんでいる。ここの人々は、自分の魂《ソウル》であるアートマン（*atman*）の存在をまったく疑っていない。そして、自分が生きている間、どのように行動したかに応じて、何度でもこの世に生まれ変わると信じているのである。

この街の近くには、仏陀が初めて説法を行った場所もあり、私たちに仏教の基本的な教義である「無常（*anicca*）」を思い起こさせてくれる。諸行無常、つまり、この世のすべてのものは移り変わり、永久不変のものなどない、ということである。

人類史の大部分において、私たちが唯一持ち続けたものが魂《ソウル》についての信念であった。科学者なら、私たちが進化の過程で直面した極度の喪失や危険に立ち向かうために、魂《ソウル》という霊的《スピリチュアル》な存在を創り上げたのだと主張するだろう。また、神は人間が創ったのであって、その逆ではないと言い張るであろう。さらには、ここベナレスの河の水を飲むのは命取りだと言うに違いない。しかし、皆、飲んでいるのだ。毎日、この辺《あた》りのガートまでやって来て、まるで万能薬《エリクシール》を服用するかのようにこの水を飲むのである。彼らにとって、この場所は神聖であり、この水には悪いカルマを洗い流す強力な力があるのだ。脳がそのような信念をでっちあげるのだろうか？　仮にそうだとしても、脳の電気的、また化学的な信号は、どうやって黴《ばい》菌や感染の生物学を上書きするのか？

プラセボ効果については誰もが知っているが、信念によって物理的現実が変更される、その実際の仕組み《メカニズム》を、十分に説明できる者は誰一人としていない。どのようにして多重人格者は、一〇人かそれ以上の各人格に、それぞれ違った生理機能を持たせることができるのか？　ある人格は、死に至るほどの重篤なアレルギーを持っているにもかかわらず、他の人格ではまったく問題ないのだ。ビルは、イチゴを食べるとアナフィラキシーショックを起こすが、ジェーンは平気で、喜んで賞味する、といった具合である。同一の身体でありながら、これはどうしたことなのだろうか？

私には魂《ソウル》についてのなんの情報もなく、また、それを体験したこともなかったが、それが存在することはなんとなく感じており、放浪と貧困の暮らしによって、それに近づくことができることも知っていた。例えば、オールド・デリーで私の心《マインド》をわしづかみにした『*The Adventure of Consciousness*（意識の冒険）』の著者、シュリ・オーロビンド（Sri Aurobindo）などの、十八歳当時の私でさえ、すでにその教えについて少しは学んでいた偉大なる聖者たちは、皆、物乞いの人生を送っていた。また、この街には、常時、何千人もの修行者《サドゥー》たちが群がっていた。彼らの持つ三叉槍《トライデント》とその裸同然の身なりは、シヴァ神信仰の堅持と物質的安逸の放棄を宣言する誇り高き象徴《シンボル》であった。ここでは人々は皆、喜んで彼らに食べ物や宿を提供する。なぜなら、本来、私たちの全員がこの人生の中で一度はやってみるべきことを、彼らは現に実践しているからだった。裸足《はだし》に腰布姿の私も、また、当然のように支援を受けることができたのだが…

自分が、何処《いずこ》から来て何処へと帰るのかを知るためには、誰であれ、（少なくとも一度は！）ギリギリの崖っぷちで生活してみる必要があるのではないか。私の譫妄はますますひどくなっていた。私は、自分も間もなく、薪の上での最期を迎えることになるのではないかと恐れた…

それでも、私の目が覚めている時間、つまり、夕方、または早朝には、私は、この地の魔法に魅惑され、酔いしれた。身の安全が保証された西欧先進諸国から限りなく遠く離れたこの地に来てから、私は、自分の魂《ソウル》からの信号を、受信できるようになり始めていた。人生という地球上での巡礼の旅を、いかに歩むかということについてのこれらの信号は、初め、とても入り乱れていたが、しかし、そのうちの一つは、あまりにも頻繁に繰り返されたので、やがて、それ自体がマントラであるかのようになった。そのメッセージとは、次の通りのものであった。
「心配するな。最後には、すべてが上手くいくようになっているから！」

あれから数十年が経った今、私は、ヨンゲ・ミンギュル・リンポチェ（Yongey Mingyur Rimpoche）という名の、敬愛されるチベット人トゥルク（*Tulku* 師僧《スピリチュアル・マスター》）の『*In Love with the World*（世界を愛す）』という本を読んでいる。副題は「*A monk's Journey through the bardos of living and dying*（生と死のバルドを旅する僧）」となっている。この本には、ヴァーラーナシー（半世紀前に私がそこに行った時には、ベナレスと呼ばれていたが）に関する、とても重要な章が含まれていた。

チベット仏教の伝統を継承する、きわめて霊的《スピリチュアル》な家系に生まれた彼は、ごく年少の頃から、瞑想によって心《マインド》をコントロールする術《すべ》を訓練させられていた。それらをすべて捨てて旅に出た三十六歳の時までには、彼は世界中に瞑想センターを所有して運営しており、また、東西の信奉者たちからは、あたかもダライラマ法王のごとくに遇されていた。礼賛！　献身！　名声！

私はまた、インド時代の後には、チョギャム・トゥルンパ（Chogyam Trungpa）の著書も読んでいた。彼もチベット人であり、私の世代の精神世界《スピリチュアリティ》の探求者たちに多大なる影響を与えていた。彼は、人の心《マインド》に関する高度な知識を持っていたので、西欧世界において霊的《スピリチュアル》な名声を確立していた。彼はまた、

〝狂気の智慧（crazy wisdom）〟の教師としても有名であり、常時酒を飲み、多くの教え子たちと性的関係を持った。しかし、自我《エゴ》が、いかにして魂《ソウル》とのつながりを望む純粋な願いを奪い取ることができ、そして、たいていの場合、それをやってのけるか、ということに関する彼の古典的な教えは、真の師僧の講話を読むかのようであった。彼の著書である『*Cutting through Spiritual Materialism*（霊的唯物論《スピリチュアル・マテリアリズム》を切り抜ける）』は、霊的生活《スピリチュアル・ライフ》というものが、いかに危険であるかということについての私の理解に、後々まで影響を与えた。ちなみに、現在の精神世界分野における有名人たちの顔を思い浮かべ、彼らからすべてをはぎ取った上で、ここベナレスに放り込んだら、どうなるかを想像してみていただきたい。

ヨンゲ・ミンギュル・リンポチェは、ある晩、僧院から抜け出した。彼は、それまでの人生で一度もタクシーにも電車にも乗ったことがなく、また、従者や信者の随行なしで外出したこともなかった。彼の崇める霊的英雄《スピリチュアル・ヒーロー》たちの中にはミラレパもいた。ミラレパは、きわめて邪悪な妖術を使った人生を送っていたのだが、やがてそうした生活が、彼を何十年にもわたる苦行の旅へと向かわせることとなった。そして、その結果、彼は現実《リアリティ》に関する深遠なる理解を得るに至ったのであった。ミラレパは浮浪者であったが故に、ヨンゲもまた、八正道を実修するためのみずからの能力を正しく見定めるため、そして、無常なる世の中で真に仏陀として生きんがために、そうした行動を取ることになったのであった。

　一時は食中毒で死にかけるようなことも経験しながら、誠実な僧侶は、最終的に僧院に戻るまでに放浪者として、あるいは一介の苦行者《サドゥー》として四年半を過ごした。思い出していただきたいのだが、ダマヌールのリーダーであったファルコも、霊的《スピリチュアル》／環境的《エコロジカル》な社会を創造するという彼の事業が、その成功の絶頂にある時に、同様のことを実行したのであった。これらの例を見ても分かる通り、霊的《スピリチュアル》に進化するために自我《エゴ》を〝すっ飛ばす〟やり方には、長い伝統が存在しているのである。

まさにこの理由から、キリスト教の歴史の初期において、多くの渇望する魂《ソウル》たちは、自分たちの住む町や、当時、宗教を支配しようとし始めていた教会を出て、残りの人生を過ごすためにエジプトの砂漠に消えて行ったのであった。そして極度の貧困の中で暮らし、見せかけだけの宗教的儀式などは一切行わず、独居房に閉じこもって絶え間なく祈ったのだった。彼らは「砂漠の師父たち（Desert Fathers）」と呼ばれている。

彼らにとって、そのような生活は恵みであった。なぜなら、彼らは知っていたからだ。人類の魂《ソウル》を進歩させること、つまり、進化させるために磨きあげる企てとは、きわめて油断のならぬものであり、それには、身の安全を顧みず、未知なるものに対して日々孤独のうちに立ち向かう、真の勇気が必要なのである。

しかし、もちろん、魂《ソウル》にアクセスできる方法はそれだけではない。カビール（Kabir）は、一四世紀後半にヴァーラーナシーに生まれた偉大なる詩人だったが、彼も、霊的唯物論《スピリチュアル・マテリアリズム》については良く知っていた。そして、「サントよ、二つの道を私は見た」から始まる詩に、次の通り書いた。

「ヒンドゥー教徒とイスラム教徒は戒律が欲しいのではなく、美味しいものが食べたいだけだ。ヒンドゥー教徒は、エーカーダシーの斎戒を行う。〔訳註〕牛乳と菱の実の菓子を摂って穀物を断っても心の渇望を除かず、斎戒開けの食事に肉食をする。」（文中「ヒンドゥー教徒は、」以降は、『宗教詩ビージャク』〔橋本泰元訳、東洋文庫〕より部分的に引用）

〔訳註〕「エーカーダシー」は、太陰暦の毎月の黒・白半月の第一一日目のこと。ヒンドゥー教徒にとっての聖なる斎戒（ヴラタ *vrata*）を行う。

第33章
挑戦的な暗示《リマインダー》

冒険とは、それ自体が報酬なのです。しかし、そこには必ず危険を伴い、その展開にもネガティブな可能性とポジティブな可能性との両方がありますが、それらをコントロールすることはできません。

ジョーゼフ・キャンベル

二〇一五年　奈良県、明日香村

足場の不安定な、この急な山道を登るために設置されたロープを私は掴んだ。明日香という、日本の古代文化の中心地に、良く知られた石舞台《いしぶたい》や酒船石《さかふねいし》、あるいは亀石《かめいし》などと同じように存在しているにもかかわらず、今回の目的地は一般の観光地図には載っていない。私たちが目指している場所は、この坂をまだ数百メートル登った先にあり、なおかつ、この深い竹林の奥深くに隠れているため、この地点からはまったく見えない。

私は今、ルーク・ハンコックとともにいる。彼の父親によれば、ここは、アジアで最も重要な古代遺跡の一つであるということらしい。私はこれまで写真でしか見たことがなかったが、それでも、その時すぐに、これは日本文化を基盤とするものではなく、完全に異質なものであると感じた。実は今回、現地に到着した瞬間、私が直感的に感じたのは、これがきわめて遠い過去から存在する挑戦的な暗示《リマインダー》である、ということと、グラハム・ハンコックの、氷河期以前にこの惑星には文化が存在していたが、彗星の衝突によって滅びたという仮説は正しい、ということだった。

私は、そうした文化の痕跡を、ペルーとイギリスで見てきた。また、ボリビアやロシアにもそれらが存在することを知っていた。今では「巨石文化（Megalithic Sites）」として知られるこの文化の全体像を、私が点と点とを結んで作り上げているその中に、今回、日本も加わることになったのだった。

獣道《けものみち》から少しずつ平坦な道になるにつれて、この益田岩船《ますだのいわふね》という単純素朴な名称で呼ばれている八〇〇トン（諸説あり）もの石造物が徐々に視界に入ってきた。この角度からだと、巨石の背中側を見ていたのだったが、私には、まったくもってそれが異質なものに見えた。つまり、私がこれまで四〇年間、日本に住んで見てきたものとの関連性が、まったく感じられなかったのだ。

この、高さ四～五メートルはある、きわめて硬い花崗岩の上面には、四角形に掘削された複数の深い穴が開いているのであるが、そのことは、すぐさま私の想像力を駆り立てた。なぜなら、日本文化は四角《スクウエア》の文化ではなく、原則、すべてが、自然そのものである非対象に基づいているからだった。さらには、寺院であれ、要塞としての城であれ、日本の伝統的建物には、このように無粋《ぶすい》な角度をあからさまに見せているものなど皆無なのだ。これはあたかも、古い人工衛星から剥がれ落ちた部品が空から降ってきて、（ひょっとすると横向きに）この藪《やぶ》の中に着地したかのように見えた。

周囲の通路を歩いて、この、驚くほど場違いで、時間を超越した遺物の正面に回ると、滑らかで傷のない、なだらかな円弧を描いた石の表面がそこにあった。そして、その特徴は、そのまま物体の頂上部分へと続いていた。私はジャンプして、なんとかそれにつかまって上に登ろうとしたが、あまりにも滑らかだったので、あえなく滑り落ちてしまった。ルークが、かかとを持って押し上げてくれて、やっとの思いで頂上に辿り着いた私は、そこに見たもので確信した。この石は、私たちが自信あり気に歴史に記録しているものよりも遥かに遠い昔から、ここに存在しているに違いなかった。背面下部に設置されている表示板に書かれてあることなどは、てんで見当違いなのであった。これが八世紀、飛鳥時代の建造物だと！もちろん、そこに書かれていることは、考古学者や歴史学者たちによる徹底的な調査の結果、ここが、かつて日本で最も崇拝されていた地域《エリア》の一部であると結論づけられた、という事実に沿って書かれているだけなのであるが。

今度は私がルークを引っ張り上げて、私たちは二人して座りながら、目の前の、ほとんど真四角に見える深く切り取られた穴を見ていた。一つは半分雨水で満たされており、もう一つは完全に乾いているようだった。石の上面の長径は六〜七メートルあったが、二つの四角形の穴が並んで掘られている浅い溝の部分は、ほぼ真っすぐにその両端まで達していた。これは、何か明確な意図を持って削られたもののようだった。その時、ここに居合わせたのは、私たちの他には、まわりの竹林から飛来して来た大量の蚊たちだけであった。

背面の小さな表示板以外には、刻まれた文字や図形のようなものは何もなかった。この巨大な石造物が、いったいなんのためにここにあるのかについては、まったくのところ、ヒントとなるようなものが一切なかったのである。

ここが観光地図にすら載っていない理由は、この物体が完全に異質なものであるからだと思う。これにどんな説明を付けたところで嘘っぽくなってしまい、結局は、注目されなくなるだけだからである。例えば、有名な武将が、何千人もの人手を使ってこれを削らせた後、海抜二〇〇メートル前後の高さまで引きずり上げた、と言ったところで、あなたは信じるだろうか？　また、仮に、もしそうだとしても、その武将が、自分の存在を仄《ほの》めかす名前や印、理由などにまつわる一切の手がかりを残さない、などということがあり得るだろうか？　いや、これはそんなものではないのだ。この場所は真の神秘であり、その真相を探るのにも、本来、どこから始めたら良いのかも分からないのだが、私はこの場所を、永遠とも言える時の流れを耐え抜いた、世界各地に存在する巨石遺跡のネットワークの一部として見たのである。

洪水、火災、津波や地震等を引き起こした隕石の衝突も、頑丈な花崗岩には、ほとんど影響を与えなかった。私はペルーで、一人のハーバード大学の地質学者が、その風化パターンを見て、一〇万年前のものであると断定したマルカ・ワシの石造物を見たことがあったが、その時にも、これと同じような感覚があった。
また、後になって、ここから約一〇〇キロほど離れた兵庫県の生石《おうしこ》神社の裏手にある「石の宝殿《ほうでん》」で、別の巨大な石造物を見たのであるが、その時にも、それが信じられないほどの古代からの遺物であることが感じられた。この巨石という、揺るぎない堅固な現実《リアリティ》(stone-cold reality)は、日本や日本人とはまったく関係がないどころか、今の私たちの世界とは、一切のつながりがないものなのだ。私は、これを「古代人存在の証《あかし》」と呼んでいる。彼らは、私たちの想像の範囲を遥かに超えた知識や力を持っており、それらを用いて、当時、全世界に巨石文化を築いていたのだ。

奈良文化が、天皇や豪族たちの古墳を残した地域に、国際宇宙ステーションの一部が落下してきたと想像してみてほしい。そして、今から二〇〇〇年後に、探検家がそれらの遺物を見つけるのだが、その時には、巨大な、かつて光沢のあった金属の残骸はすでに摩耗し、すべてが錆びに覆われた状態になっている。また、宇宙ステーション落下の何年か後に、気候変動を原因とする世界的なメルトダウンが起きたとしよう。その結果、何世代にもわたってインターネットや本がない時代が続くことになる。そうなると、それらの時代の人たちは、この地域に存在する遺物の間に、なんらかの関係性があると想像《イメージ》するよりほかないのである。なぜなら、それらは今の明日香と同様、近くに隣り合わせて存在しているからだ。そして、それらを結び付けたいという学者たちの衝動によって、同じ人々が創ったと推定してしまうのである。これが、まさに現在、益田岩船について起こっていることなのだが、しかし、それらが同じ歴史的時代において創られたとするには無理がある。

一方、ハンコックを始めとする人たちが、私たちの注意を向けようとしている失われた文明による創造ということであれば、そこには可能性がある。私は、ギザの大ピラミッドの隣の五つ星の豪華なホテルに泊まったことがあるが、ピラミッドとホテルとの建造時期の間には数千年もの隔たりがある。にもかかわらず、同じ場所にあるというだけで、未来の私たちは、これらが同時期に、同じ意識によって建造されたものであると推定するのだろうか？　それは明らかに馬鹿げている。しかしながら、まさにこれが、今の歴史家たちが明日香について行ってきていることなのだ。これは、科学界に存在する深刻な偏見の現れである。

以前、私は、クスコから北に登ったところにある巨石で出来た壁の前に立ったことがある。石はユニークな方法で互いに組み合わされていて、そのうちのいくつかは一二角形であった。にもかかわらず、それらはまるでレゴのように、隣り合う石とぴったりと密着していたのだ。その場所の名はサクサイワマン(Sacsayhuaman)で、インカ帝国の要塞だと言われているが、インカとつながりがあるようにはまったく見えなかった。

また、マチュピチュの偉大なる城塞の一部は、積み重ねられた小さな石がインカスタイルを踏襲しているが、その近くのインティワタナ（Intihuatana 太陽を繋《つな》ぎ留《と》める場所）や他の建造物は、その洗練の度合とスタイルの規模においてまったく異なっていた。陶器の中に紛れた宇宙ステーションの破片を、後の時代の人たちが、陶器の一部であると見なしてしまったのだ。まったく関連性のないところにつながりを見つけたがるのが人間の常で、「分からない」とは言いたくないのだ。私たちの科学は、私たちにとって可能なこと、そして不可能なことから推定したことに基づいているのである。私たちは時に、盲人を導く盲人となってしまう。固定観念を超えて見ることができないのである。

益田岩船は、私たちの固定観念を覆すような場所なのであるが、それに気づくためには、私たちは、その存在の真実と向き合い、それについての情報が完全に欠落していることを正直に認めなくてはならない。私たちは、誰が何のためにそれを建てたのか、決して知ることはないであろう。しかし、そこが重要なのである。それによって、私たちは謙虚さを保つことができるのだ。


私は、この「遥か昔に失われてしまった時代の記念碑」に、あまりにも感銘を受けたので、その後も、何度も日本人グループを案内しながらここを訪れている。ある時は、降りしきる雨の中、私たち四〇人がこの構造物の上に座って、日本人の名手によるオーボエ・コンサートを開催したことがある。また、別の機会には、イギリス人の投資コンサルタントにして未来研究者である人物と私が一緒に上に座り、彼のキャリアについて、次の動きを検討したこともあった。彼の第一声は、「まるで墜落した宇宙船だ！」であった。

その後、ヒストリー・チャンネルの『古代の宇宙人（*Ancient Aliens*）』で取り上げられてからは、多くの日本人がその存在を改めて知ることとなり、以来、絶えることなく、元気溢れる訪問者たちが、ロープをつたって登って来るのが見られるようになった。中には、石の上に登る人もいるかもしれないが、そうすれば、体の下に、あの奇妙にして重厚な存在感を感じることができるに違いない。

誰が、いつ、どうやって、そして、何のために、ということについては、永遠に謎のままであろう。しかし、ハンコックは、この（紀元前一万一、五〇〇年以前の）失われた文化が、この惑星の至る所に神殿や礼拝儀式の場を建てたと推定している。先述のトルコのギョベクリ・テペ（Göbekli Tepe）の遺跡は、従来言われてきた私たちの農耕起源の年代が、完全に誤っていたことを明らかに示している。安定した食糧がなければ、今ではトルコと呼ばれている地域に住んでいた古代の人々が、明らかに、高度な文化と宗教的意識の中心地であったに違いない場所に、あのような素晴らしい石造物を建てられるわけがないのだ。

自分たちの推定している歴史が唯一正しいとする学者たちの独断的な態度は、私が生きているうちにも、すでに何度か痛烈な打撃を受けているようだが、この流れで、いずれ私たちの、深く謎に包まれた過去が判明してくれれば良いと思う。それは明らかに、石器時代の狩猟採集民族が、まずは農耕民族となり、やがて工場で働く人々になった、というような単純な進歩過程ではないのだ。遠い遠い昔、私たち人類は、今とは大きく異なる惑星を互いに分かち合い、世界を今よりも遥かに神秘的で宇宙的な方法で認識していたのである。こうした意味においては、私たちは実際、きわめて古い魂《ソウル》なのだ。

第34章 人類の自然淘汰

自分一流のでたらめを言うのは、人まねで一つ覚えの真理を語るより、ほとんどましなくらいです。〔訳註〕

ドストエフスキー

二〇〇五年　東京、六本木、テレビ朝日スタジオ

古代文明にまつわる年末特番を収録しているメインスタジオの外で、私は手巻きタバコを吸っていた。まもなくして、番組のホストであるビートたけしが、やはりタバコを吸いにやって来た。一緒に煙草を吸ってはいるものの、会話は少なかった。顔には過去の事故の痕跡が残っており、前屈みの姿勢とあいまって、もし、その筋の人間だと言われたとしても疑わなかったであろう。

彼らは、私のような下っ端とは話さないのだ。『戦場のメリークリスマス』では、日本人兵士を見事に

〔訳註〕『罪と罰』米山正夫訳、角川文庫より引用。

演じられましたね」と私が言うと、彼は私のコメントを無視したが、それは間違いなく、長期にわたり、超売れっ子として日本のテレビ界や映画界で活躍してきた中で、このような賛辞は嫌というほど聞いてきたからだろう。賛辞に対しては免疫が出来ていたのだ。これは明らかに知性の象徴であり、彼は間違いなく賢い人間である。

この特別番組は、とんでもないこと、オカルト的なこと、馬鹿げたこと、そして神秘的なことに関心のある人々が大勢存在しているのを知っている彼が、そんな視聴者をターゲットに企画したものであった。肯定派と否定派、双方の専門家を招いて、それぞれの事象について論争の真似事をさせるのだ。今回は、失われた文明や人類の遺伝子の不思議について信じている私たち右脳派変人チームが、東大出の左脳派専門家チームと対決するという構図で、相手方は合理性の権化、あるいは、既知と受容の標識のような面々であった。大抵の場合において、私たちは、こういう自信過剰な従来型思考の手合いに負けてしまうのである。所詮、ここは日本なのであり、洗練され、安定的に統治されたこの国の教育の中には、奔放な想像力を許容する余地などほとんどないのだ。が、それでも人は、不思議なものを渇望するものなのである…

私は、番組のメインゲストであるグラハム・ハンコックと、赤坂のレストランで落ち合った。楽しい会食にするために、お互いの配偶者も伴った。その時、たまたま近くのテーブルに、真の日本文化の広告塔的な存在がいた。それはテレビコマーシャルでもお馴染みの、捕鯨産業に関心を持ち、環境保全活動にも熱心なC・W・ニコルで、私たちに挨拶してきた。少し皮肉っぽく聞こえたのだが、「あんたのことは知ってるよ」と、彼は言った。テレビ業界に、ぶっとんだアイデアを持ち込む私の流儀を、彼は、あまり快く思っていなかったのかもしれない。何年か後には、お互いをより良く知るようになったが、私たちが再び会える前に、彼は他界してしまった。最後に彼が私に言った言葉は、明らかに、少し飲み過ぎたからだと思うが、「愛してるよ《アイ・ラブ・ユー》」であった。

ハンコックは、九〇年代中頃に、彼の傑作『神々の指紋』(『*Fingerprints of the Gods*』)を読んで以来、ずっと会いたいと思っていた人物であった。日本語版は三〇〇万部売れたという。だから、彼にはすでに全国放送への出演経験があり、たけしにも、彼を呼べば視聴率が稼げることが分かっていたのだ。

今回は運命のいたずらで、私もたまたま同じ番組に招待されていたので、私はグラハムに手紙を書き、収録前に会わないかと誘って、「日本の番組がどのように編集されるのか、アドバイスしましょう」と提案したのだった。私は、これまで他の番組に出演した経験から、知的過ぎる、あるいは難し過ぎる内容は、編集の時点でカットされることを知っていたのだ。面白い、風変わりな部分は、もちろん残される。要は、興味をそそり、笑いを引き起こし、そして深く入り込まないことだった。深刻になり過ぎると、チャンネルを替えられてしまうからだ。おかげで、この番組は、一五パーセントの最高視聴率を獲得したとして、歴史にその名を残すことになるのであった。

スタジオの正面には、著名な考古学者としてグラハムが日本人ゲスト六名を従えて入場し、通訳者の隣に座った。私は、確かな研究と論文発表によって評判の高い「学者」の隣に座った。彼が東京大学出身であると付け加えるのは、ほとんど蛇足とも言えるが、もちろん、東大出である。縦割り社会である日本において、そこは神が生まれるところなのだ。母校と聞けば、大抵の人は驚いて気が遠くなるに違いない。しかしながら、まさに彼らが、私たちの闘う相手方だったのだ。私の発言に対して、彼はぴしゃりと言い放ったものだ。「しかし、あなたは学者じゃないでしょう！」

私たちの目の前には、日本の国境ぎりぎりのところにある沖縄県与那国島の海底遺跡の超大型模型があった。同遺跡は、日本人ダイバーに発見されて以来、その壮大な規模と、きわめて古い人工の構造物であることから、世界中の研究者たちが訪れている。

ところが、その高名なる某日本人博士によれば、海水と砂による自然な侵食によって、この素晴らしい何百もの直角の角度と、巨大な階段と、そして亀の彫刻さえもが造られたというのである。スタジオの巨大模型（研究者は同遺跡をアクロポリスと呼んでいる）を見てみても、どこにも「自然」を連想させるものはない。にもかかわらず、自分の学術的範囲外にあるものの可能性をすべて否定したい彼の提示する入り組んだ論理の数々は、注目に値する。彼は確かに、この巨大な石造物を、いかなる時代においてであれ、人が造ったなどということはあり得ない、と自信を持って断言した。どうして造れるものかと。私たちはすでに、自分たちの歴史のことについてはすべて分かっているのだ、と。その間、ずっと海水レベルは一定であり、これが沈んだ文明だと推定する理由はどこにもないのだ、と。

しかし、熟練したダイバーでもあるハンコックは、さる裕福な日本人の企業経営者の支援を受けて、何度も与那国の不可解な石造物を探検しているし、同時に、世界中に存在する同様の地点を訪れてもいるのだ。彼は、発見した事実を、もう一つの記念碑的著作である『*Underworld*』としてまとめており、同書は当然ながら、日本語にも翻訳されている（『神々の世界』上・下巻、大地舜訳、小学館）。

九〇年代の終わりに巨大津波が南インドを襲った際、津波が押し寄せる前に激しく潮が引いたが、その時、地元民たちには、仏舎利塔《ストゥーパ》のてっぺんがはっきりと見えたということであった。海の波の下には、世界中の神話や伝説でよく聞く大洪水が、実際にあったことを示す、十分な証拠が沢山残っているのである。ただ、それを探してみるだけで良いのだが、しかし、インドには、もともと、趣味としてダイビングをしている人々が少ないし、それとやはり、どこを探すべきかを知っているということが必須条件なのである。

本書の前半の方で紹介したダーウィンのランダム変異の理論と同様に、自然侵食という考えにも、いくらかの信憑性はあるようにも思われる。しかしながら、より良く調べてみると、こんな風に自然に侵食された場所は、この地球上には他にないのだ。自然は直線を忌み嫌う。自然《ネイチャー》の中のどこかに、このような長方形や四角形が豊富に見られるところが存在するのだろうか？

かの親愛なる博士は、その厳正なる学問的立場から、馬鹿げた考えを否定すべく、全力を尽くして反論しようとしたわけだが、先述のランダム変異と同様、「十分に時間を与えさえすれば、自然《ネイチャー》は海底都市を造り上げる」という考えを裏付ける論理的方法や数式は存在しないのだ。

しかし、このことを説明するには時間もかかるし、努力と偏見のない心《マインド》が必要になる。日本のテレビ番組も、世界中のテレビ番組と同様、そんな時間は持ち合わせていない。だから、いつものように東大教授が、視聴者に対しては最も影響を及ぼしたのだと思う。しかし、ビートたけしがこの問題をテーマに採用したこと、そして、人々に他の可能性について考えさせたことに関しては賛辞を与えるべきである。最終的には、あなた自身が決めなくてはならないのだ。

私が個人的に結論づけたように、もし本当に与那国遺跡が、長きにわたって失われていた文明の痕跡であるとするならば、私たちは、自分自身のもっと奥深い部分を見つめ直し、そしておそらくは、そのかすかな残響に耳を傾けなくてはならないのだ。

誕生してから死ぬまでの間、そして次の世代に入ってからも持続しているものが一つだけある。それは私たちがDNΛと呼ぶ、タンパク質中にコード化されている遺伝情報である。情報には質量がなく、物理的属性もないので、その元をたどることはできないが、それでもなお、私たちの肉体の構造全体は、それにより、つまり、情報によってプログラムされているのである。

私たちは文字通り、源《ソース》の不明な情報によって造られているのだ。そして、その情報の継続は進化と称され、その進化の中のごく小さな一部分を、私たちは歴史と呼んでいるのである。そして、この小さな一部分である歴史とは、それが残した遺跡や遺物を、考古学者や歴史家たちがどう解釈し、説明するかに基づいたものなのである。しかし、もしも私たちが、意識的にその情報にアクセスできるとしたら、どうなるのだろうか?

あなたは、どのアメリカについて知っているのだろうか?　ワシントンやジェファーソンのアメリカ、自由の国、勇者の故郷だろうか？　それとも、戦士であり呪術師であったシッティング・ブルや、かつての一貫して持続可能な環境とともに生活していた幾千もの部族のアメリカだろうか？　あるいはまた、あなたは、どの日本を知っているのだろうか？　どのイギリスを知っているのか？　どうやって調べたら良いのだろうか？　ジョージ・ワシントンは、テロリストだった！　そう、英国王室にとって彼は、彼らの植民地に対する大いなる脅威だったのだ。

すべては、どのような見方で見るか、あるいは、誰の立場で見るかによるのである。ある見方の方が、他のそれよりも良い場合もあるのだ。科学は、ある種の物事を行うに当たっては非常に良い見方であるが、古代のこととなると、考古学者は、神話学者やフォークロア研究者、あるいは芸術家や詩人のような人たちと、もっと話し合うべきだと私は思う。人類の魂《ソウル》が、優秀になったりカオス的になったり、そしてまた、破壊的になったり勇敢になったりといった多様な変容を、どのようにして遂げてきたのかということについては、より包括的に理解する必要があるのだ。

ビートたけしのおかげで、グラハムと私は良い友人になることができた。今では二人とも、頑固で年取った、気難しいスコットランド人になってしまったが、依然として私たちの間には古い魂《ソウル》のつながりがあり、それは、その独自の言語で話すものなのである。

第35章
苦の彼方にある道

賢者のもとに巡礼することで、
分離の炎から逃れることができる。
ルーミー

二〇〇六年冬、四国

この数日間、今にも雨を降らせそうな暗い雲の下をずっと歩いてきた。

信奉者《ファン》たちに崇《あが》められる「精神世界《スピリチュアル》」の旗手的な存在で、また、著名な作家であり講演者でもある一人の人物に対して、かねてから批判的な立場を取っていた私が、自身のブログにそんな内容の記事を書いたところ、サーバーを所有する彼の友人によって削除されてしまった。しかし、すでに多くの人たちに閲覧されていたため、囂々《ごうごう》たる非難や、私の問題提起を回避しようとする投稿で、いまやブログは炎上状態であった。日本では、まだ珍しいことだ。インターネットでは、匿名のまま、正体を明かさずに書き込みができるから、その中のいくつかの内容には、ずいぶんと過激なものもあった。当時の私は、比較的世間に良く知られていたこともあって、肯定的なものにしろ否定的なものにしろ、人々の私の仕事に対する正直な感想の数々が表面に溢れ出し、インターネットの公海上を憚《はばか》ることなく自由に漂っていたのであった。一方、私の体の方は疲労困憊していた。八十八カ所を巡る四国遍路の三十九番まで、約三〇キロの距離を歩いてきたところだった。そして今、とうとう雨が降り始めた……

仏陀の四諦《したい》の一つ目は苦諦《くたい》である。つまり、この世は苦であるということだ。誰もこれに異論を唱える者はいない。一〇〇パーセント、完全に正しい事実だからだ。なぜなら、遅かれ早かれ、何か、あるいは何ものかによって、物理的、精神的、感情的な、あるいは、それらすべてを含んだ痛みや苦しみが与えられるからである。

そうなると魂《ソウル》は畏縮《いしゅく》し、どこにも逃げ場がなくなる。米国やイギリスや日本のような先進国に住んでいれば、ただちに精神科医やセラピストの予約を取るであろう。そして、もし、その彼、あるいは彼女が上手な治療者であれば、患者は勇気づけられ、苦痛を乗り越えることができるのだが、もし、そうでないと、酒に頼り、酩酊による慰めに身を委ねることになるであろう。それでも駄目なら、悪くすると、万策尽きて、みずから命を絶ってしまうことになるかもしれない。

人生とは、基本的に苦なのである。仏陀はそのことを、きわめて明快、かつ簡潔な表現で教えてくれた。そしてまた、その「苦」から抜け出す道をも示してくれたのである。そして、その結果として、何千何万という壮麗な寺院が、初期には主としてアジア一帯に、そして、いまや世界中に建てられているのである。私は、仏教哲学が大好きである。それが現実《リアリティ》を、実に的確に見定めているからだ。

キリスト教徒として洗礼を受けている私は、実を言うと、スペインのカミーノ巡礼をしたかったのだが、多忙で時間が取れなかったので、私の魂《ソウル》の巡礼は四国八十八カ所と決め、月に一回、平均三日間のペースで、一年をかけて行うことになった。計三六日間で一、二〇〇キロを歩き通す計画だ。五十代に入った私は、この辺で日常生活のルーティンを離れて、自分自身の人生を振り返ってみる必要があると感じたのだった。

この道は、私より前に、すでに何万人もの先達が歩いてきている。だから、この道を歩くと彼らの痛みを感じることができる。それは実際、彼らが、失望と落胆、離婚、破産や病の軌跡を残していってくれたかのようであった。そのうちの何人かは、間違いなく、法律や、おそらくは、やくざなどに追われながら、ひたすら、この島をぐるぐると歩き回っていたのであって、今もそうして歩いているのだ。時折、その筋の人を見かけることがあるが、彼らは必ず下を向いている。そして、とても速く歩き、挨拶をしない。また、巡礼中に亡くなった人も、その身体のエネルギーの一部を、この大地や山々、道路上、あるいは寺々の山門に残していっているのだと思う。

巡礼の良いところは、日常生活からの一種の逃避を正当化してくれることにある。ここではすべての寺が、その門戸を開いてくれるばかりか、サンスクリット語で書かれた美しい朱印を御朱印帳に押すという贈り物までしてくれるのだ。年配者は、タクシーやバスで参拝する。私の友人である村上は、タクシーで、これまでに一〇周以上も回っている。お遍路は、彼の魂《ソウル》を鎮《しず》めてくれるらしい。彼や他の多くの人々に、ある種の、いわば聖なる空間を与えてくれるのだ。苦しみの世界から離れた時間を与えてくれるのである。お遍路とは、実に素晴らしい発明だ。すべては、それを真言宗とともに創始した偉大なる聖人、弘法大師空海の恩恵なのである。

この当時の私は、まだ、『般若心経』を毎日唱える行を実践していなかったので、それぞれのお寺で、他のお遍路さんたちとは違い、「主の祈り」〔訳註〕を吟誦した。そして歩きながら、古代アラム語の「マラナサ(*Maranasa*)」を朗誦した。その意味は、「ああ、主よ、来てください」で、魂《ソウル》を祝福してもらうために神に乞い願う招請の口上である。

私は深い孤独感と苦痛に苛まれたが、しかし、それらがすべて私のものであるとは思えず、他の人々によって残された記憶であると直観したのだった。確かに、過去の霊《ゴースト》が、いまだにここを巡礼しているのだ。何度も、何度も、ちょうど、私たちが輪廻転生を続けるように。それ以外、考えられないではない

〔訳註〕キリスト教の最も代表的な祈祷文であり、イエス・キリスト自身が弟子たちに教えたと新約聖書に記された祈祷文で、キリスト教の、ほぼすべての教派で唱えられている。「天におられる私たちの父よ。み名が聖とされますように。み国が来ますように。み心が天に行われるとおり、地にも行われますように。私たちの日ごとの糧を今日もお与えください。私たちの罪をお許しください。私たちも人を許します。私たちを誘惑に陥らせず、悪からお救いください。アーメン」

か？

私の頑丈な杖が地面を叩き、足下に寺院へと導く石畳を感じた。

Our father, who art in Heaven（天にましますの我らの父よ）

私は伝統的な遍路の衣装を着ていなかったが、その代わりに小さな白い、温泉でもらった手ぬぐいで頭を覆っていた。私には仏教徒のふりはできなかったし、さも真面目そうに見せることもできなかった。私はただ、私の人生が私を連れて行った先にあった道に取り組み、その中で行ったことに向かい合うために歩いていたのだった。苦しんでいる時には、何も良いところは見つからないものだ。ただ一歩ずつ前に進み、できる限り、下を見るのではなく、見上げるように心がけるのだ。

寺で、一人の老人が私に挨拶した。とても見すぼらしい身なりだった。お遍路はこれが初めてではないと言うので、私は、何回ばかりしたことがあるのかと聞いてみた。

「七〇回以上になるな」

「なぜ、そんなに？」

「まだ修行が足りないからね…」

日によっては、何もかもが計画通りにはいかないこともある。地図を読み間違えて、違う方向に曲がってしまったり、坂を登り切ったところで道がなくなり、逆戻りを余儀なくさせられたりもする。人生と同じだ。前に進めなくなったら退却するしかない。時には、苦しみに対してでき得る最善のことが、その苦しみ自体に、少しでも苦痛を軽減できるような場所へと連れて行かせることである場合があるのだ。そうすれば、ひょっとしたら、一羽の鳥か一本の木、あるいは誰かその辺の人が、あの老人のように、あなたに良い一日をもたらしてくれるかもしれない。

考えてみてほしい。彼はお遍路をしながら、少なくとも、地球を二周するほどの距離を歩いているのだ。きっと、これが彼の人生そのものなのだろう。ひょっとしたら、今ではこれ以外、何もしていないのかもしれない。私たち皆が悟るべきことなのだが、私たちには、まだ人生の、ある領域における修練が足りないことを彼は悟ったのかもしれない。巡礼とはそんな風に、社会的地位を平等にしてくれる素晴らしいものなのだ。それは、人を謙虚にしてくれるのである。

若い男性が、猛スピードで私の横を通り過ぎた。自分よりゆっくり歩く人を追い越す時には私たち誰もがそうするように、もちろん、彼も私に挨拶をした。私は、彼に追いついて会話を始めた。

彼は若くハンサムで、とても健康そうに見えたので、私には、このような青年が人生の危機に立たされているとは思えなかった。

「親が二人ともガンを患っているんです」

こんな若い人が、両親のためにこういうことをするというそのことが、私の胸を打った。彼の誠実さは、私をちっぽけな人間に、そして愚か者に思わせた。私は、何のためにこうしているのだったか？　その答えは、きっと、この曲がりくねった道を歩き通し、残り四十九の寺を回ることで見つかるに違いない。いや、それでも、答えは見つからないのかもしれない。しかし、歩くことは魂《ソウル》を和らげるのだ。それは間違いない。

あの時の出来事は、これを書いている現在からは、かれこれ一五年も前の、私の過去の話となる。しかし、苦しみというものは、すべて、そういうところにあるのではないのだろうか？　つまり、それは常に、過去に起こったことについてのものなのだ。今、ここで起こっていることに関わるものではない。一五年という歳月とは、実のところ、いったい何なのだろうか？　それは長いのだろうか？　短いのだろうか？　答えはきっと、「なんでもないこと」なのである。存在しないのだ。通り過ぎて、死んでしまったものなのだ。葬られ、忘れられてしまったことなのだ。あなたが、「無」から引きずり出してこようと望まない限りは。

仏陀は私たちに、存在というものの四つの真実（四諦）に取り組むための方法を教えてくれた。道案内《ロードマップ》を残してくれたのだ。それは、とても良く出来ていて、参照して従うべき八つの明確な基準点（八正道）から成っている。やがて仏教は、その理解という木から多くの偉大なる枝を茂らせるのであるが、一番高い、その天辺《てっぺん》の教えは次の通りである。つまり、私たちの存在全体は、その絶対的本質《エッセンス》において、実のところ、あなたが今までに見た中で最も澄んだ空《そら》のように「空《くう》」なのである。

第36章

太陽の下に新しきものなし

過去は精神《メンタル》と知性《インテレクチュアル》による産物であり、
現在の知覚に背景状況を与えるためにある。
ベルナルド・カストラップ

二〇一九年　オランダ／日本間のズーム・ミーティング

「コンピューター科学者としてジュネーブのCERN《サーン》（欧州合同原子核研究機構）で働いていた頃から、AI《エーアイ》（人工知能）に大きな関心を抱くようになりました」と、短髪に白髪《しらが》混じりの髭の彼は、私に話してくれた。今回のインタビューに備え、私は、彼の本をかれこれ一カ月間かけて読んでいたのであるが、その結果、私は彼を、現代の最も刺激的な哲学者だと思うようになった。

彼の名前は、ベルナルド・カストラップ（Bernardo Kastrup）博士。「博士」の称号は二種類の博士号によるもので、一つはコンピューター工学、そして、もう一つは哲学である。物質世界と非物質世界について、難なく語ることのできる人がここにいる。私たちが、よく誤解されているような「魂《ソウル》を持つ身体」

なのではなく、いかにして「身体を持つ魂《ソウル》」なのであるかということを、彼ならきちんと説明することができるのではないかと直感したのだが、それは間違っていなかった。

彼の説明はこうだ。

「人工知能《アーティフィシャル・インテリジェンス》を使って、脳内で情報が流れるパターンを再現することができます。しかも、その再現は、ますます巧みになってきているということです。しかし、結局のところ、そこで再現できているのは微小なスイッチ群を開閉すること、それらをオンにするかオフにするか、ということだけなのです。つまり、コンピューターを動かしている二進言語と同じで、コンピューターも、人工知能と同様のことを行っているのです！　そこで疑問が生じます。なぜ、これらの動作すべてに『人間的な経験』が伴うのか？　なぜ、これら一連の情報処理とともに、情報処理をしている状態になっているという感覚が伴うのか？　しかし、ある時、この疑問自体が不合理なものであることに気づきました。つまり、どうすれば人工的に『意識する存在』を創れるのか、という問いは、そもそも、『意識』が、創り出すことのできるものであるという、虚偽の前提に基づいているということです。私は、『意識』を創ることはできないと思います。すべての創造は、『意識の領域』の中で起こることだと思うのです。『意識』とは、そもそもの初めから『在る』ものなのです」

これは、素晴らしいインタビューの、ほんの始まりだった。カストラップ博士は、物質主義的パラダイム全体を、ほぼ完璧に粉砕したのである。実は、彼の、初期の著書の中の一つのタイトルは、『なぜ物質主義は馬鹿げているのか（*Why Materialism is Baloney!*）』だったのだ。こういうことを口にする人は多いが、実際に確固たる哲学を確立し、それを『サイエンス』のような査読付きジャーナルに掲載する、ということになると、それはまったく別の話であり、きわめて困難な作業になるのである。なぜか？　それは、私たちの科学的パラダイム全体が、「固体物質からなる客観的な世界が、私たちのそれに対する知覚とは独立して永遠に存在している」という「真理」に、一〇〇パーセント立脚しているからだ。つまり、世界とは、あなたよりも遥かに〝リアル〟なものだ、と言うのである。あなたは幽霊なのかもしれないが、世界とは、実在する、本当に〝リアル〟なものだ、と言っているのである。

にもかかわらず、カストラップは、まさにその困難なことをやってのけた。彼は、まさに観念論的哲学と称される考えについての論文を書き、それによって博士号を取得したのである。これを、政治その他の分野における「理想主義」などと、決して混同してはならない。英語版のウィキペディアには、観念論についての正しい解説がある。それによれば、観念論とは、「現実《リアリティ》とは、人間の知覚や理解と区別できない、または、切り離すことができないものであり、また、それは、ある意味において心的に構築された、あるいは、認識《アイデアズ》と密接に結びついたものなのだ」と主張する考え方なのである。

簡単に言えば、現象宇宙全体が、実は心《マインド》の中にあるということである。それは意識《コンシャスネス》が造り上げたものなのだ。あるいは、それは、あなたのおかげでリアルなのである。正しくご理解いただけただろうか？　あなたの人生全体の意味を、その根底から揺るがすような、このきわめて過激な主張に対する、あなた自身の反応に注目してみてほしい……

今、あなたは座ってこの本を読んでいる。どこにいようと、いつでも、あなたは意識を働かせている。読みながら、あなた自身の考えは、この考えを拒否したり、それと闘ったりしているかもしれない。なぜなら、この世界は明らかに固体であり、現実《リアル》のように見えるからだ。もし、バスの前など歩いていれば、轢《ひ》かれて死んでしまう。酒を飲み過ぎれば二日酔いになるだろう。オランダに手紙を出せば、郵便配達員が届けてくれるに違いない。あなたの脳は、いかなる最強のスーパー・コンピューターよりも速い速度で即座にこの情報を照合し、過去の情報と比較して、現在の主流である「脳が意識《アウェアネス》を作る」という理論を疑い、意識《コンシャスネス》というものは実在するのかもしれない、と考えている。

一方、読みながらあなたは、一五年前に言われた、感じられた、または見た、関連のありそうな出来事を思い起こしている。と同時に、明日、あまり好きではない相手との打ち合わせの予定があるので嫌だなと思っている。実際、あなたは、時空や記憶や心配を旅しているのである。そして、これを読んでいるのと同時に、隣の部屋の様子を意識し、または、外の道路、飛行機の音などを感じ取っている。きっと、あなたは、こうしたことを当たり前のことだと思っているだろう。そして、もし、私たちの多くと同様、現代的な大学で学んだのであれば、あなたの世界観は科学的物質主義で固まっている。そのような物質主義は、あなたが魂《ソウル》であるという考えを、当然ながら無視するのである。もちろん、その通りだ！　それは、途方もなく馬鹿げた考えに違いない……

しかし、本当にそうなのか？　私は成人して以来、ほとんどの時間を脳や意識の研究分野における専門家と会ったり、また、彼らの研究について調べたりすることで費やしてきたが、これまでのところ、そのうちの誰一人として、脳が意識を創っているという証拠があるとは言ってはいない。それには、大変もっともな理由がある。つまり、証拠などないからだ！　それは脳が生み出した理論であり、仮説であり、概念なのである。もちろん、脳が受け取ったり発したりする電気的、あるいは化学的な信号によって、脳の活動と私たちの思考や感情とがきわめて密接に結び付いているということが明らかに示されており、いまやそれは周知の事実だ。もし、アルコールやマッシュルームやアヤワスカなどを摂取したりすれば、その人の知覚する現実《リアリティ》が変化《シフト》することも確かだ。しかし、もし、あなたの身体が、あるいは脳と身体《ブレイン・ボディ》（brain-body）が、と言った方が良いかもしれないが、それが創造されたものであって、意識、あるいは心《マインド》や意識《コンシャスネス》と呼ばれる（起源《ソース》不明の）知的エネルギーの無限の領域《フィールド》から放出されたものであったとしたらどうだろうか？　世界一難解で、訳の分からない聖典と言われる『般若心経』が、もし、本当のことを言っているのだとしたらどうなのだろうか？

色即是空《しきそくぜくう》　空即是色《くうそくぜしき》

魂《ソウル》そのものが、この「空《くう》」、あるいは意識《コンシャスネス》の産物であるとしたら、どうだろうか？　それが、きわめて高度に発達した非物質的な記憶媒体《メモリー・チップ》であって、私たちが物質世界において物質的な人生を送っているように見えている間に、私たちに深遠なる意味のある体験をさせてくれているのだとしたら？ 何百年にもわたって進化と破壊が繰り返される歴史の中で、私たちが体験できるすべての体験を魂《ソウル》が表しているのだとしたら？ それは例えば、あの『スーパー・ギャラクティック』の宇宙艦《スター・シップ》のように、いつでも、どこへでも行けて、どんな体験もできるのである。そして、この宇宙艦は、『スター・トレック』と同じように、これまでに沢山の艦長《キャプテン》を乗せてきたのだ。あなたは、単に、現在の艦長であるというだけなのだが、それでも、これが最初にして唯一の宇宙艦だと思っているのは、魂《ソウル》とのつながりが途絶えてしまったからだ。

このアナロジーにおいて、魂《ソウル》はすべての宇宙艦隊のことであって、現在より前に存在した、そして、これより後に現れる宇宙艦のすべてを含んでいるのである。そして、ついには量子テレポーテーションの時代となり、そうなると、私たちは思考するだけで、ワープの速度で移動できるようになるのだ…

カストラップは、その著書『*The Meaning of Absurdity*（馬鹿げた話の意味）』の中で、とても面白い話をしている。私自身、これまでの人生においてきわめて多くのUFOを目撃している（また、それに伴う典型的なテレパシーによる交信も体験している）ので、彼の話はとても興味深かった。それは、こうである。

米国に住む養鶏家が、自宅のキッチンの窓辺に立っていると、楕円形の宇宙船が、三本の「脚」を伸ばして家の庭に着陸するのが見えた。驚いて見ていると、そのうち、宇宙人《エイリアン》のような生物が、下降してきた梯子《はしご》から降り立ち、こちらに近づいて来た。その生物はポットか瓶《びん》のようなものを手に持っていて、彼に、水が欲しいというサインを送った。驚き、戸惑いながら、彼がその宇宙からの訪問者に水を与えると、宇宙人は宇宙船の中に戻って行った。しばらくすると、宇宙人が再び出て来て、彼に何かを渡した。それはパンケーキだった！　これを作るのに水が必要だったらしい。パンケーキを渡すと、宇宙船は飛び去り、草の上には宇宙船の重みで付いた跡が残っていた。

養鶏家は、事の次第をすべて書き留め、パンケーキは、分析のため、食品医薬品研究所に届けられた。数週間後、結果のデータが送られてきた。それによれば、地球上で作られたいかなるパンケーキともまったく変わりはなかったが、一つだけ大きな相違点があった。通常のパンケーキと違って、それには、ほんの少しの塩も含まれていなかったのである。

なんと馬鹿げた話だろうか！　だが、私自身、セスナ機のようなものがカナダの私の家の上空に停止しているのを見たことがあるのだ。それは静止していた。そして、コックピットが開くと、昔風の皮革製のヘルメットをかぶってゴーグルを装着した男が、こちらに向かって手を振り、下にいる私に何かを叫んだ。やがて、エンジンが再び始動して（まるで時間が止まったかのように、それまでずっと我が家の上空にいたのだが）、それは飛び去った。そして、そこにはもう一人の目撃者がいた。私の妻、ソニアである。

どちらの話も、もし私たちが、長い進化の末にようやく人類を創り出した物理的世界に住んでいるとするなら、物理的に理解不可能なものだ。そこに住む人間たちは、優れた頭脳を発達させているのだ。

しかし、ケルトの昔話に、こんな話がある。夜になると妖精たちがやって来る、と、いまだに信じている年配の人々は、夜、キッチンテーブルに食物を残しておくのだが、朝になると食物はなくなっている。だが、一つだけ例外があって、彼らは、塩を含んだ食物には一切手を付けないのであった。どうやら、宇宙人も妖精も、塩を好まないらしい…

第37章
ククルカンとウイルス

思い込みをしないこと。〔訳註1〕
ドン・ミゲル・ルイス

二〇二〇年三月二〇日　ユカタン州、チチェン・イッツァ

ユカタン半島の空を灼熱の太陽がゆっくりと横切ると、ピラミッドの側面を上から下に向かって影が次第に形成されていくのが見えた。この「石の暦《カレンダー》〔訳註2〕」は「エル・カスティージョ（*El Castillo*）」とも呼ば

〔訳註1〕Don Miguel Ruiz『*The Four Agreements*』（『四つの約束』松永太郎訳、星雲社）より引用。

〔訳註2〕チチェン・イッツァは、ユカタン半島のユカタン州にあるマヤ文明の遺跡であり、大きな九段の階層からなる。各面の中心には、上から下に九一段の急な階段が走っている。それによって、九段の階層が二分され、計一八の階層となり、これは、マヤ暦の一年（二〇日×一八カ月＋五日）を表す。また、各面中央にある九一段の階段は、四面すべてを足すと、合計三六四段となり、これにさらに最上階を加えると三六五段、つまり、一年と等しくなる。このことから「暦《カレンダー》のピラミッド」とも呼ばれている。

れ、その九つの階層が作る影は、八個の連なる縦長の三角形のように見えた。春分点が、久しぶりに例年より一日早い三月二〇日となった。この予期せぬ出来事によって、私たち日本人グループは、他にほとんど観光客がいない中で、天から地に向かってククルカン（*Kukulcan*）がこの遺跡に降臨する素晴らしい光景を目撃する、という恩恵を受けたのだった。また、コロナによる規制により、この日がチチェン・イッツァ（*Chichén Itzá*）最後の公開日となったのだった。

今回の私たちのメキシコ旅行は、その全行程が不確実さで満ちていた。メキシコ政府はすべての観光地を閉鎖するのだろうか？　道路を封鎖してのコロナ検査で誰かが陽性ということにならないだろうか？もし、そんなことになったとしたら、私たち全員が隔離され、それは旅の終わりを意味していた。体温がたったの一度上がるだけで、長期間かけて計画した旅がすべて台無しになるのだ！

次々と計画が変更されていったが、私たちの有能で素晴らしいＨＩＳの旅行スタッフは、常時、関係者に連絡を取り、的確な情報を得てくれた。実は、四日前には、今回の旅行の目玉であるチチェン・イッツァを私たちが訪れることができる可能性はきわめて低いと言われていたのだった。そのため私は、三〇名いるグループのために、何か別のアトラクションを計画しなければならないとも考えていたのだ。

すべては、何十年も前に、私が、マヤのエルダーであるフンバッツ・メン（Hunbatz Men）のもとを訪れたことから始まった。彼と、もう一人の男、ホゼ・アグエイアス（Jose Arguelles）が、一九九〇年代の初頭、マヤ暦に対する関心を世界的に高めたのだ。私は、すぐさま、このメゾアメリカ文化研究に興味を抱いた。オルメック、アズテック、トルテック文化と並んで、マヤ文化も、宇宙時間という概念を共有していた。それが、私を深く魅了したのだった。彼らは、時間というものは繰り返していて、太陽や銀河の活動と深く結びついた周期的な現象である、と信じていた。それの意味するところは、つまり、何千年という期間が過ぎれば、時間の一つの周期《サイクル》は終わり、必ず、破壊という結末によって新しい時間が始まる、ということであった。二〇一二年現象は、九〇年代における私の研究の中心的テーマであったが、それは、マヤ暦と密接につながり合っているように見えたのだった。当然ながら、それは多くの議論や懐疑主義、そして、「次の周期は良いものとなるだろう！」という希望をも喚起した。

二〇一二年から何年も経ってからNASAが発表したところによれば、二〇一二年の七月に、巨大な太陽フレアが、かろうじて地球を避けて通過したということであった。ゆっくりと自転する太陽フレアの発生が、ほんの数日でも早かったなら、言い方を変えれば、それを起こす太陽黒点のエリアが地球に向いていたとするならば、今はインターネットがなかったであろう。また、皆さんはこの本を手にすることもできなかったであろう。それだけ、大惨事寸前だったということである。NASAもそう言っていた。

マヤ人は明らかに、この事実について知っていた。彼らは、太陽に関する知識に長《た》けていたのだった。フンバツは、ホゼの創った、一年が七月に終わるという時間《タイム》システムには同意していなかった。これは、先住民の智慧を白色人種が再利用したらどうなるか、ということの典型的な例だった。ホゼは有名人となった。その一方で、謙虚なフンバツは、英語を勉強し、注意深く私たちに説明してくれた。例えば、マヤの太陽に関する知識と、太陽と金星との関係が、暦を考える上でいかに重要であるかということだった。二人とも、今はもう生きていない。私はその二人と会ったのだ。そして今でも、私たちは精神《スピリット》として、全員がここにいるのである。

出発した時、関西国際空港はメキシコシティへの直行便を出していた。私たちのフライトは、コロナ規制によって、日本からの最後の出発便となった。日本全国から集まった、ほとんど女性によって構成されているグループは、私たちの計画などおかまいなしのウイルスに世界が適応しようとしている中、前方に立ちはだかる困難にもかかわらず、全員が意気軒昂であった。

彼らは一般の人々だった。多くは家庭の主婦であり、他国の文化を、直接その古代の伝統とつながることで探求したいと意欲的に考えている人たちばかりであった。妻と私は、すでにこのような旅を四〇回以上も案内してきたが、率直に言って、私がこれまでに出会った日本人旅行者たちは、世界で最も優れた旅人である。彼らは、突然の変更に対しても柔軟であり、受容的である。また、間違いなく、状況に適応する能力がある。そして、見知らぬ者同士が集まってまだ数日であるにもかかわらず、団結したグループとして行動できるのだった。参加を一年近く前に決めた人たちは、彼らの親戚が、旅が危険であるとか、致死率の高いウイルスをもらってしまうかもしれないなどと言って、いくら断念させようとしても屈しなかったのだ。

企画者であり、案内人でもある私たちにとって、今回の旅は、「信頼すること」についての最高の訓練となった。この謎の中には、きっと隠れた意味があるのだ、ということを信じなくてはならなかった。なぜ、ウイルスが私たちの旅の真っ只中に生じたのか？　なぜ今なのか？　なぜ私たちなのか？

出発してから二日後には、私たちは、何百年もの間、マヤ文化の中心であったパレンケにある美しいチャンカー・ジャングル・ロッジにいた。先述の通り、ここは、かつて私が偉大なる民族植物学会議に出席するためにやって来た場所であった。科学者、化学者やシャーマンらが招待され、先住民族の植物や、その神聖な使われ方に関する知識を報告し合った。初めてテレンス・マッケナと出会ったのもここであった。ここに来るには、メキシコの花の都であり、間違いなく最も色彩豊かで生き生きとした都市であるメリダから、果てしなくジャングルが続く平坦な道を長時間走る必要があった。

すべての旅行者は各自の部屋に戻った。私は、翌日、地元のシャーマンにしてトルテック幻視者《ヴィジョナリー》(visionary)であるマリオ・ゴンザレス・マヨルガ(Mario Gonzales Majorga)氏を招いての初めての調査旅行と講義があるため、その通訳を務めなくてならず、そのことを考えていた。それには私のすべての注意を必要とするであろうことが分かっていた。まだ時差ぼけが残っていたので、私はログキャビンの外に出て、座って夜のジャングルの虫たちの声を聞きながら手巻きタバコを吸っていた。普段、観光客でごった返しているチャンカー・リゾート・ビレッジは、コロナの影響で、今回は、ほとんど人がいなかった。眠りに就こうとしていた時、隣の部屋からひどい音が聞こえてきた。咳の音だった。しかも、それはしつこく続いていた。すると、悪魔が私の心のスペースに侵入してささやいた。「彼女はコロナにかかったのだ！　だから、咳をしているのだ。もうダメだ！　もうおしまいだ！　すべての計画が台無しだ！」そして、妻までが咳をし始めた…

多くの旅を通して、私はストア哲学の教えである「ネガティブ思考に対する耐性」の重要性を学んだ。これまであまりにも多くの試練に立ち向かったことがあるので、私は、これらのワークショップは、本当は自分自身のためにあるのだと、よく冗談を言っていたものだ。

鍼灸師として働いていた頃、私はきわめて不都合な真理に辿り着いたのだった。つまり、治療家《ヒーラー》は、他人の健康問題を治療することで、実際には自分自身を癒しているのだ、という真理だった。それぞれのワークショップに、もしテーマが存在するとすれば、今回のそれは、「本当に信じることができているか?」であった。私は、これらの暗い思考に、次のような考えをもって立ち向かった。「私たちが、こんなに遠くまでやって来たのは目的があるからだ! 私たちは、いつもこういう旅行をやってのけた。何も怖がることはない! 一日一日を大切にすれば良いのだ! まだ存在していない問題を誇張するな!」このマントラで、私は深い眠りに就くことができたのだった。

翌朝はとても天気の良い、暑い日となった。チャンカーでの朝食は美味しかった。しかし、ちょうどマリオと彼の妻ロシオが中庭で講義を始めようとした時、医療部隊《チーム》が到着した。大丈夫だと思っていたちょうどその時に、二つ目のコロナ・アラームが鳴ったのだった。私たち全員が検温され、それに一時間を要した。私たちには予定があった。パレンケという考古学的神秘に連れて行ってくれるバスが待っていたのだ。そこは地球上の古代遺跡の中で私が一番好きな場所であり、また、「世界の臍《へそ》」とも呼ばれる、私にとっては第二の故郷のようなところなのであった。〔訳註〕しかし、もし一人でも体温が高い者がいたら、私たちの旅は終りだったのである。悪魔は再び戻って来て、私をそそのかしたのだった。

今日、チチェン・イッツァでは三月二〇日だった。私たちは、すでに一週間をかけて、古代の神秘と平和な感覚の素晴らしい場所《サイト》を探求しながら過ごしていた。また、ほとんど観光客がいなかったため、私たちグループは、一生に一度とも言うべき、まったく邪魔をされずに観光する機会が得られた。激しい暑さは、心を打つ美しさ、バランスと平穏が雑草生い茂るピラミッドの階段や、かつて雅やかに着飾った祭司が、太陽や金星に対して祭儀を行っていたであろうアーチに浸透した。

私たちは昨日知ったのであるが、今日が公開最終日であり、また、地球と太陽の動きの結果、通常より一日早い春分の日に当たるということであった。

私は、過去に何度も、三〇、〇〇〇人もの群集の中で、エル・カスティージョ・ピラミッドの側面を、影がゆっくりと降下しながらヘビの形を造る（唯一、春分の日と秋分の日だけ、天から地へと宇宙の叡智が降りて来ることを象徴している）のを眺めたことがあるが、今日は、全員がピラミッドのふもとに立つことができた。このきわめてユニークなククルカン、つまり、宇宙のヘビとの遭遇は、ウイルス性伝染病の

〔訳註〕クスコ（Cusco）とは、ケチュア語で「世界の臍《へそ》」という意味であるが、パレンケも、その歴史的、および霊《スピリチュアル》的な重要性において、しばしば「世界の臍」と呼ばれている。

おかげなのであるが、もう二度とこのようなことはないだろう。絶対に。

これは、私たちが心《マインド》によって激しい試練を受けている時、魂《ソウル》が最高の状態で働く、ということを示す典型的な例であった。つまり、私たちの思考によって、いとも容易《たやす》く信頼がひっくり返りそうになる時、あるいは、「世界」の現実は、個人の現実よりもずっと偉大である、と納得するような時である。

だが、果たして本当にそうなのだろうか？

第38章
心《マインド》の中のクロップ・サークル

この天と地のあいだにはな、ホレーシオ、
哲学などの思いもよらぬことがあるのだ。〔訳註〕
シェイクスピア

一九九六年　イギリス、エーヴベリー

エーヴベリー・ストーン・サークルの中にあるパブの前で、屋外の席に座っている。ここは、他の、もっと有名なストーンヘンジから車で一時間もかからないところにある、イギリスで最も古く、最も保存状態の良い古代遺跡の一つである。

私が今、座っている場所からは、向こうの丘の上に、真新しい「クロップ・サークル」が見えた。牧草地や農地を横切ってそこまで歩いて行った私は、その精巧な構造の中に入ると坐りこんだ。この模様は、

〔訳註〕『ハムレット』（小田島雄志訳、白水Uブックス）より引用。

麦の穂が倒されることで造られていた。ある層《レイヤー》は一つの方向に倒され、また別の層《レイヤー》は他の方向に倒されていた。三つ目の層《レイヤー》が存在する場合もあった。上空から見ると、完全な回転対称になった図形が見える。中に入って寝転がると、私は、たちまち眠ってしまった。クロップ・サークル内では、脳の左右両半球の電気活動が互いに調和することが、日本の研究者たちによって明らかにされている。つまり、今日では、クロップ・サークル内の領域が、人間の生理機能にポジティブな影響を与えることが、日本製の検査機器によって分かっている、ということだ。

ストーン・サークル現象そのものも、その建設から何千年も経っているにもかかわらず、クロップ・サークルと同様の効果をもたらすようである。実際のところ、ほとんどの聖なる場所には、私の経験から言えば同様のリラクゼーション効果、ないしは、睡眠や夢を誘発する効果があるようである。

また、どうやら人には、天候を含む環境を左右することのできる人工物や建造物、さらには、祭式や儀式等を創造することができるらしい。分かりやすい例を挙げれば、何千年も前から世界中の先住民族の間で行われている雨乞いの舞踊《ダンス》がそれである。中でも最も有名なのはホピ族のそれだが、そのテクニックには、肯定的《ポジティブ》な視覚化や、足元に雨の湿り気を明確に感じ取ろうとする行動などが含まれる場合もある。

世界で最も信頼され、また、書籍などにおいて最も言及されることの多いクロップ・サークル研究者であるコリン・アンドリューズが、ここでの私の案内人である。彼は、電気技師を生業としてこの近くに住んでいるので、時には、上空や農地に現れる不思議な光に歓迎されながら、これまでに何百ものクロップ・サークルを見たり、それについての話を聞いたりしたことがあるばかりでなく、クロップ・サークルを共同制作（co-created）したことさえもあるのである。

説明しよう。今では、もちろん、いくつかのクロップ・サークルは、文字通りの人工物であることが分かっている。私も、宇宙人がこれを作っているとは信じていないし、そう思ったこともない。しかし、その多くの中に入った経験から、人工的に造られたものと「それ以外」のもの、例えば、「DNAの二重螺旋」のような形をしたクロップ・サークルとの間には、違いがあることが分かっている。どう感じるかが違うのである。〔原註〕

やがてコリンは、クロップ・サークルは、どうも人の意識《コンシャスネス》と密接に結びついているようだと気づく。世界的な事象と関連したタイミング、その象徴的表現や数学的正確さ等は、すべて、集合意識の中で進行していることと、きわめて深く結びついているようなのである。ということは、つまり、私たちは、クロップ・サークルの活動と密接につながっている、というわけである。だが、どのようにして？

〔原註〕私が以前、七名の日本人参加者とともに「DNAの二重螺旋」形のクロップ・サークルを訪れた際、クロップ・サークルの中で「音」を体験した。それは、まるでセミの大群のように大きな音で、クロップ・サークル内を移動していた。しかも、私たちが実験的に発した音に対しては、反応さえしているようであった。コリン・アンドリューズも過去に似たような体験をしている。

まず、ここではっきりさせておきたいのだが、それをフィールドと呼ぼうが、量子真空《クァンタム・ヴァキューム》、一つ《ワン》の心《マインド》、意識《コンシャスネス》、精神《スピリット》、あるいはエネルギーの渦《ヴォルテックス》（vortex）などと呼ぼうが、皆、同じことについて語っているのである。なぜなら、ホリスティックな科学者であるデヴィッド・ボームが言うように、既知の宇宙と未知の宇宙とは、そのどこにも、また、いかなるレベルにおいても、まったく分離がないからである。

彼の有名な主張とは、私たちが通常、宇宙と見なしているものは「外在秩序（explicate order）」であり、私たちの目には見えない、すべての物質のゼロ・ポイント・フィールドである「内在秩序（implicate order）」とは、重なり合っていて分離することができない、というものである。『般若心経』では、このことを「空《くう》（pure emptiness）」という革命的な概念で表している。

ここエーヴベリーを中心として、世界中の菜種畑や麦畑にこのような形態を創り上げるのに、宇宙人は必要ないのである。私たちの心《マインド》や精神《スピリット》は、いつでも、どこでも、すべての物質《マター》と密接につながっているのだから、私たちがＵＦＯやクロップ・サークル、光球《オーブ》、宇宙人による誘拐《アブダクション》、気候変動や環境変化といった説明のつかない現象を通して、あるレベルにおいて自分たち自身にメッセージを送っているのだとしても、そこには何も不思議はなく、そのような考えを提示するだけの十分な理由があるのである。

古くから言われてきたことだが、古代の人々は、私たちと環境との間に深いつながりがあることを知っていたので、彼らは、人間の意識が地球と最も創造的に交流し、相互作用することのできる場所を、あえて選んできたのである。このような場所は、ポータル（入り口）と呼ばれることもあれば、聖なる祭儀の場所、あるいは単に聖なる土地《ホーリー・グラウンド》と呼ばれることもあるが、これまで私は何十年もかけて、こういった場所のパワーや神秘を実際に体験してきた。また、私自身、「セレモニー」と呼ばれる儀式を実験的に行い、その結果、天候の変化、ＵＦＯの出現を招き、また、メッセージが参加者の心《マインド》に入って来たり、瞬間的な眠気に襲われたり、深いリラクゼーションの状態（クロップ・サークル内で昼寝をした時には、最上級の温泉に入ってきたようだ、と言った日本人参加者もいた）や調和と平和の感覚が得られる、といったことが起こっている。

コリン・アンドリューズは、私たちの心《マインド》が物質《マター》と相互作用することで、いかにして穀物畑にこのような形が創られるのかということに関しては、いまや世界有数の研究者となっている。クロップ・サークルの二〇パーセントは、地上の作業員によって物理的に創られたものではなく、説明がつかないということであるが、彼の信じるところによれば、そして、私も今では確かにそう思うのだが、クロップ・サークルは地球外生命体によるものではない、ということである。私を含めたクロップ・サークルの研究仲間たちも皆驚いたのだが、彼によれば、八〇パーセントのクロップ・サークルは、きわめて才能ある「サークル・メーカーたち」によってデザインされ、制作されたものだという。それは、いわゆる社会工学プロジェクトの一環であり、説明のつかない現象に出くわした時、人はどのように反応するかを探るためのものので、イギリス政府の後援を受けていて、おそらくは資金援助もされているだろう、ということらしい。

コロンビア政府が、その国内の、想像を絶するほど悪化した環境の真っただ中に、独自のエデンの園

(Garden of Eden)の建設を決意した、という記事を読んだ。日々、暗殺や爆撃や殺人が繰り広げられているジャングルの中に入って行って建設するというのである。その地域は、巨富を生むコカイン・ビジネスの支配をねらって、敵対するギャング同士が戦い合う、まさに地上の地獄のような場所なのだが、ここに、ただ、ポジティブな想像力のみを用いて、エネルギーの壁、保護のドームをコミュニティの周囲に造成し、その結果、あたり一帯に住み着いて争っている獣のような人間たちに、攻撃されたり脅かされたりすることもなく幸せに暮らす、というのだ。

量子力学の発展のおかげで、私たちにわずかに理解され始めたばかりのあるレベルにおいて、心《マインド》が環境と相互作用する、ということを確信したコリンは、自分自身でクロップ・サークルが創れないかどうか、試してみることにした。

世界各地で行われた実験により、もう半世紀以上も前から、観測者効果が事実だということが明らかになっている。人の心《マインド》を実験の対象から切り離すことはできないのである。繰り返して言うなら、人の意識《コンシャスネス》を、私たちが客観的現実と呼んでいるものから切り離すことはできないのだ。彼は、家の近くの麦畑の中のどこかにケルト十字が見たいと、本気で強く願った。すると翌日、彼の家のすぐ隣の穀物畑に、完璧なその表象が現れたのである。

そんなわけで、そう、日本の神々は、実際に、蒙古《モンゴル》(元)の侵略者を撃退せんとして台風を起こし、シッティング・ブルは、合衆国軍の攻撃を打ち破ろうと天候を変えたのだ。また、七万人もの人々が、ポルトガルのファティマの空に太陽が踊るのを見たのである。すべては心《マインド》の中に存在するということを、魂《ソウル》を通して思い起こすことができるなら、こうしたことを受け入れるのは、それほど難しくないはずだ。難しいのは、このことを完全に受け入れ、日々の生活の中で実践することだ。それができれば、環境はあなたの最大の味方となり、最も親しい友、人生における最も愛すべき対象になってくれるだろう。リスが話しかけ、小鳥たちは集まって来て、あなたの言葉を聴こうとするだろう、あの聖フランチェスコのように。そして、十分な数の人々が、日常的にこうしたことを実践するようになれば、気候変動による危機は――それは、単なる私たちの心的《メンタル》な危機の反映だと、少なくとも私はそう思っているのだが――消滅するだろう。そうなれば、「ウィー・アー・ザ・ワールド（*We are the world*）」の歌詞は、きっと、一層深い意味合いを持つことになるだろう。

私たちの参加者の一人が、とても硬い竹で出来た古風な日本製の煙管《キセル》を持って来ていた。私たちは皆、その日訪れていたクロップ・サークルの中で横になった。私は、穀物の細胞レベルにおける変化に関する科学的データ（ちなみに、すべてがきわめて綿密に研究され、立証されたものである）や、「暗号化《エンコード》」されたメッセージの深遠なる数学的、および二進法的意味について説明することで疲れていた。

私の直感によれば、クロップ・サークルの主たる機能は癒しであった。その境界線に立ったり、中で坐ったりするのではなく、麦の中の地面の上に横になることで、完全につながってみたらどうかと思い、提案してみた。いつものように、進取の気性に富む日本人たちはすぐに同意し、皆で横になった。すると、五分もしないうちに、私たち全員が、ウィルトシャーの夏の暑い真昼間に、完全に眠り込んでしまったのだった！　起きた後には、皆、夢見心地の笑顔で、どんなに気持ちが良かったかと話し合った。
単なる「普通の」麦畑でも、そのようなことは起きるのだろうか？　その判断は読者の皆さんにお任せするが、実際にイギリスに行って、ご自分でお試しになることをお勧めしたい。クロップ・サークルは、まだまだ出現し続けているのだから。

私たちがそこを立ち去ろうとした時、弁護士である友人の日本人が、あの竹製の煙管《キセル》を取り出して煙草を吸おうとした。するとそこには、ここへ来た時に持っていた真っ直ぐな硬い竹製のそれはなく、代わりに、完全に曲げられてU字形になった煙管《キセル》があった。竹の表面には、ヒビも割れ目もなかった。それはまるで、実はゴム製であったものが、折り曲げられた後、カチカチに冷凍されたかのようであった。私たちは顔を見合わせ、そして微笑んだ…

第39章

スーフィーの魂《ソウル》たち

傷は、光があなたに入り込む場所である。
ルーミー

一九七一年　カンダハール

賑やかな市場の喧騒が、朦朧とした頭《マインド》の中に浸透し始めた。この安宿の籐《ラタン》のベッドの上で、私はもう何時間も、半分譫妄《せんもう》状態で寝転がっていた。そして、一五分おきに起き上がっては吐き、それからまた夢の世界に戻って行くのであった。もしこれが、このホテルの支配人であるムハンマドの約束した治療法であるとしたら、あのまま赤痢の症状を維持していた方が楽だったのかもしれない。そうすれば、異常なほど痩《や》せ衰えた十九歳の私の身体の、その反対側から吐き出すことができただろうからだ。私は、その一〇時間ほど前に、ムハンマドいわく、腸の中の余分な水分を、まるでスポンジのように完全に吸い取ってくれる、という、臭くてねばねばした黒いボール状のものを受け取っていたのであった。

「これを食べてみろ、きっと良くなるから」と、彼は言い、「ただし、変な夢をいっぱい見るけどな」と付け加えた。彼がくれたのは、生の阿片だった。その味は、恐ろしいほどツンとして、刺激的で酷《ひど》かった。しかし、良薬は口に苦し、と言うではないか…

かのシャーロック・ホームズは、ロンドンの阿片窟に出入りしていたというが、なかなかうなずける話だ。左脳的な進歩が時代の趨勢だった当時、そこは、そうした風潮を忌避する大勢の者たちの溜まり場となっていたのだろう。一方、右脳による夢は、まるで『千一夜物語』のように、一つの夢が、またその次の夢へと継ぎ目なくつながり、夢見る者の身体をずっとベッドに縛り付けておくのだ。

私は阿片を食したが、世界中の阿片窟で行われているように吸引したのではなかった。そしてそれは、良薬が皆そうであるように、果たすべき役割をしっかりと果たしていた。つまり、この場合、私の病める消化器官内に貯留して揺動している余分な水分を浄化してくれていたのだった。阿片は、体内の汚染された水を回収し、口から吐き出させるという作業を行っていたようだ。これこそ、まさにカタルシス療法であった。アフガニスタンに来て以来、多くのシャーマニックな儀式を体験してきていた私には、これが、望みうる限り最善の治療法であったことがよく分かったのであった。

次の日、十九歳の誕生日の翌日に、私は再び出発した。もう赤痢なんかこりごりだ！　ということで、今回が二度目であったインドの旅の後、私は、このアフガニスタンを経由して、また西に戻ることにしていたのだった。旅のおかげで、私は本当に魂《ソウル》がこの細い身体の中、あるいは、その周囲に存在していると感じ始めていた。魂《ソウル》が旅を先導し、身体は、ただそれに従っているだけなのであった。しかし、どこかの時点で立ち止まり、魂《ソウル》と話し合う必要が生じる。そして、往々にして、それは私たちが病気になった時に起きることなのだった。身体の調子が良い時には、魂《ソウル》のことなど考えない。そんな必要がないからだ。

ジャラール・ウッディーン・ムハンマド・ルーミーは、一三世紀にアフガニスタンに生まれた。当時は世界中で神秘主義的伝統に立脚した活動が盛んな頃で、偉大なる魂《ソウル》の哲学者たちも何人か生まれていたが、ルーミーもまた、その一人であった。彼は詩人でもあり、その、時代も宗教も、そして場所をも超越したメッセージの込められた作品は、会議室や寝室などにも飾られていたのであった。

「善いとか悪いとか　そんな観念を超えた場所がある　そこであなたと出会う〔訳註〕」

これは、ルーミーから私たちへの、詩的な招待状である。私たちの住む小さな世界の彼方へと脱出して、人類という偉大なる魂《ソウル》の一員となり、生老病死のこの世界を、ともに歩もうではないか、という誘いだ。

たった一人の人間との出会いが、人生を変えることもある。ルーミーにとって、それは遊行僧《ダーヴィッシュ》だったタブリーズのシャムスとの出会いであった。魂《ソウル》に関する彼の深遠なる理解は、ルーミーがそれまでに会

〔訳註〕『ルーミー　愛の詩《うた》』（あらかみさんぞう・重城通子訳、ナチュラルスピリット）より引用。

得し、教師として何百人もの弟子たちを抱えるまでになっていた杓子定規で想像力を欠くイスラム神学を、完全に圧倒した。シャムスは、ルーミーにとっての赤痢であり、彼が、概念を超え、知られるのを待っている全能なる魂《ソウル》の臨在に触れるために必要な存在だったのである。

ルーミーがシャムスと過ごしたのは、ほんの数年であったが、その成果は『マスナヴィー（*Mathnawi*）』という何巻にもわたる壮大な詩集として結実し、今では、あらゆる宗派・思想を問わず、世界中の企業内の会議や結婚式、その他の集まりなどの席上で朗読されている。そのメッセージには、すべての宗教的伝統の真髄が含まれているが、それでいて、何ものにも縛られていないが故に普遍的であり、また永遠なのである。ルーミーを広く世界に紹介したその男性自身も詩人であり、名をコールマン・バークス（Coleman Barks）という。

今、私は東京のレコーディング・スタジオにいて、録音ブースの中にはコールマンがいる。ヘッドフォンを着けた彼は、生と死、そして、その間を結ぶ道を巡《めぐ》る人生の旅についてのドキュメンタリー映画、『地球巡礼者《アースピルグリム》』の台本を見ながらナレーションを開始した。彼は六十代後半で恰幅が良く、白髪混じりの顎鬚《あごひげ》を貯え、笑みを湛《たた》えた眼差しの好人物であった。

収録後、私たちは、ともにホテルを出て近くの公園に向かい、そこで彼が出演する映画のエンディング部分を撮影した。彼は、アフガニスタンやイランその他の中東の国々の人々が、寒さの厳しい冬場に被《かぶ》るのと同じような毛皮の帽子を被《かぶ》っていた。ルーミーによって創設されたメヴレヴィー（*Mehvlevi*）という教団があるが、その信徒たちもまた、このような背高《せいたか》の帽子を被って、静かにぐるぐると回転しながら祈り、そして瞑想するのだった。回るダーヴィッシュと呼ばれるその姿は、身体の回転につれて白いローブが広がり、観る者にとってはこの上なく魅惑的である。彼らの一方の腕は天を指し、もう一方の腕は地球を指している。私たち人間は、ちょうどその真ん中にいるのである。

私はコールマンに、スーフィーの教えに登場する、民衆に愛される賢者、道化師にしてトリックスターであるナスレッディン・ホジャ（*Mulla Nasreddin, Nasreddin Hoca*）について話してくれるよう頼んだ。グルジェフは、中東全域で良く知られているこの民間伝承中の人物について、しばしば引用している。その教えとは、屋台の茶店や台所の流しなどにもその引用が掲げられているのをよく見かけるような、きわめて素朴で滑稽な小噺《こばなし》であり、人々が皆、本物であり、合理的で絶対的な真実であると思いこんでいる私たちの常識なるものが、実のところ、単に、私たちの心《マインド》によってでっちあげられたものでしかない、という思想に基づいているのだ。禅の公案と同様、ナスレッディンの他愛もない数々の物語は、私たちの左脳的な考えがいかに馬鹿げているかを明らかにしてくれる。人生について、少なくとも言えることは、それが巨大なミステリーに包まれた、大《おお》いなる逆説《パラドックス》であるということだ。コールマンは滑稽な物語を次々と披露し、私たちは爆笑した。時折は、笑い過ぎるくらいに笑った。ナスレッディンの小噺には、まったく馬鹿らしく見える中にも、深い知恵が含まれているのだ。

ある日、ナスレッディンが、ひどく不安げな様子で家の外にいた。どうしたのかと聞かれると、彼は答えた。「私の家の鍵が！　家の中に落としてしまって、どうしても見つからないんだ！」すると、親切な隣人が彼に言った。「じゃ、どうして家の外に出て、四つん這いになって探しているんだい？」
ナスレッディンはため息をつくと、まるで小さな子どもに説いて聞かせるように言った。「当たり前だろ？　家の中は、もう暗くて何も見えやしない。だから、外に出て探しているんだよ。ここの方が明るいじゃないか！」

カンダハールからはイランとの国境を越え、南に進んでペルセポリスへと向かった。ここには、かつての偉大なるペルシャ帝国の遺跡がある。地元のイスラム教徒の家族と一緒に、その家の床の上で食事をした。米飯やケバブ、オレンジや無発酵のパンなどを囲んで輪になって座り、皆で指を使って食べた。イスラム教徒の人たちの親切さは世界的にも有名だが、早い話、貧しい放浪の旅の若者であった私は、周囲の人々の好意に全面的に頼りきっていたのである。しかし、当時の私はベジタリアンだったので、ケバブには手を付けず、米飯とパンとオレンジに集中したのだった。

ルーミーと同じように、私も西へと旅を続けたのだが、彼の場合は、故国で戦争が起こっていたので、そうせざるを得なかったのだった。彼は、トルコにたどり着いてその旅を終えたのであったが、私はエルズルムの路上で、傷だらけの、恐るべき子どもたちと出会うことになる。
子どもたちは、わずか数ドルのお金と引き換えに、私に身体を売ったり、あるいは私の身体の上でみだらな行為をしてくれるからと、口々に持ちかけてきた。これらの路上の子ども《ストリート・チルドレン》たちは、十歳にもならぬうちからすでに老いており、その心は壊れていた。しかし、ユング心理学のジェイムズ・ヒルマン（James

Hillman）の研究からすれば、それ以上のことが見えてくるのかもしれない。彼がその著書『魂のコード（*The Soul's Code*）』（鏡リュウジ訳、朝日新聞出版）で主張するところによれば、私たちは皆、あらかじめ魂《ソウル》によって書かれ、創作された人生のシナリオを携えてこの世に生まれてきている、というのである。言い換えるなら、この世に転生してきて学ぶべきことは、経験という名の学校によって、すべて前もって準備されている、ということだ。過去にこの世で生きた偉人たちの多くは、そのような人間になるために、あらゆる艱難《かんなん》辛苦に堪え、個人的な苦悩を忍ばなくてはならなかった。

私たちが論理的に考え、きわめて慎重に将来の計画を立てたにもかかわらず、なぜ、人生のコースはしばしば変更されるのだろうか？　なぜ、エラ・フィッツジェラルド（Ella Fitzgerald）は、踊り子《ダンサー》ではなく、歌い手《シンガー》になったのだろうか？　子どもの時に舞台《ステージ》に立った瞬間、彼女はダンスの演技《ルーティン》を、歌のそれへと本能的に変えた。彼女は生まれながらの歌手だったのだ。

数十年の後、私は、友人や家族とともにイスタンブールに滞在していた。メヴレヴィーのダーヴィッシュたちが、静かに部屋の中に入って来ると円陣《サークル》を作った。彼らの腕は、胸《ハート》の前で組まれていた。そのうち、一人がゆっくりと円陣《サークル》から抜け出し、白いマントを広げながら、フルートの音楽に合わせて体をリズミカルに回転させ始めた。残りの一二人も、一人、また一人と彼の後に続いたが、その波打ちながら回転する裾が、他の者のマントやスカートの端に触れることは決してない。詩を超えたところで、ルーミーは気づいたに違いない。つまり、祈ることは動くことであり、そして、祈ることは生きることであって、祈りに、正しいとか間違っているとかはないのだ、と。

第40章
樹上での魂の時間《ソウル・タイム》

まさに「彼」が、あなたとなって進歩し、
旅をしているのだ。

イブン・アラビー

二〇二一年六月二三日　サーニッチ半島

いずれ窓となる予定の四角な空間の向こうに、ほぼ満月の青白い月が見える。夜の八時だというのに、木々の彼方で暮れてゆく太陽に照らされた空は、まだまだ明るい。私の坐禅小屋は、四本の立木に支えられて、地面から約三メートルのところに建築されている。広さは畳四畳分ぐらいである。風が強いと、揺れたり、きしんだりもする。つまり、「樹上の家《ツリーハウス》」ということで、日曜以外の毎日、私はここに通っているのだ。木製の階段を登り、頂上に着くと、頭を低くしながらプライベートの禅堂に入って行く。

先週、屋根と四方の壁を完成させた時に開けておいた小さな入り口から中に入る。分厚い坐布《ざふ》に結跏《けっか》趺坐《ふざ》で坐り、蝋燭《ろうそく》に火を灯し、お香《インセンス》に火を点ける。お香は、約四〇分で燃え尽きるので、瞑想用の時計代わりになっている。しかし、実のところ、時間は私の足が正確に告げてくれる。三〇分間もじっと坐っていれば、痛みが明確に感じられるようになるのだ。鋳物のおりんを鳴らす。これは、一九七四年に京都で禅を実修し始めた頃から、私とともにあるものである。

私の坐布の右手には、おおまかに作られた座卓がある。その前に正坐して、『般若心経』の写経を行うのが日課だ。二〇一四年から、平均して毎日二行ずつの写経を行っている。好い加減に切った板で出来た壁には古い写経済みの紙が貼ってあるので、私は『般若心経』の中の観音様の知恵に囲まれていることになる。写経が終わると、その日の学習書に向かう。それは聖書であったり、『般若心経』の解説本であったり、スーフィズムに関する文献であったりする。ここ数カ月間は、スーフィズムの天才、イブン・アラビー（Ibn Arabi）の、きわめて深遠にして難解な著書に取り組んでいる。イブン・アラビーについては、日本のあまり知られていない哲学者、井筒俊彦が紹介している。

私たちの魂《ソウル》には、国籍も宗教もなく、形もなければ哲学もない。ところが、逆説的なことに、それについて最も多くを語っているのが宗教であり哲学なのである。私は、自分の魂《ソウル》について、それは、聖なる世界とこちらの世界とを、特別な通路を通してつなぐものだと考えている。そして、その通路とは心《ハート》である。スーフィー主義者によれば、人の心《ハート》には「友」が住んでいて、その友はその人を、他のいかなる人間が愛するよりも愛しているのだという。なぜなら、その友とは神だからだ。しかし、そのように大変な友であるのだとすれば、見つけるのはきっと難しいに違いない。しかも、それが心《ハート》の中に住んでいると？　どうやって探せというのだ？

ザ・リッツ・カールトン大阪には講演用の部屋がいくつかあるが、この日、その中の一つに、とある有名な作家にして講演者である日本人が、私の「心《ハート》の神秘」についての講演を聴かせるために、彼の優秀な生徒や支持者たちを三〇名ばかり集めた。私は、ホワイトボードに、心臓の仕組みを物理的に示す詳細な絵を描いた。四つの心室と、そこから出入りしている血管、繊細な弁と、筋肉細胞に電気刺激を送ることですべてが機能するようにする「点火プラグ」を描いた。これを「洞房結節《どうぼうけっせつ》」と呼ぶ。ここまでは、不思議でもなんでもないが、不思議なのは、もしも他人の心臓を移植したりすると、そのことによって、あなたの記憶までもが影響を受ける可能性があるということである。

古代エジプト人は、心臓を「魂《ソウル》の在処《ありか》」と考えていたので、死体のミイラ化の後には、必ずそれを身体に戻した。そうすることで、死後の彷徨《さまよ》える魂《ソウル》は、いつ、どこに戻れば良いかが分かるようになるというのだ。だから、誰か他の人間の心臓を自分の身体に入れるということは、その亡くなった人間の魂《ソウル》が持っていた記憶や感情、そしてその味覚の傾向にさえも、つながりを持つことになる可能性があるのである。

ある、健康意識の高いベジタリアンの女性は、中年になってからハンバーガーを食べ始め、コーラを飲み始めたのだが、それは十代のアメリカ人の男性の心臓をもらってからのことであった。どうやら、心臓は、それ自体が固有の記憶システムを持っているらしい。最近の研究によると、そのような記憶に関係する心臓の細胞は、脳細胞と近似しているということだが、それは依然、謎のままである。魂《ソウル》そのものと同様、私たちは、この人生を生きる原動力である心臓《ハート》についても、その謎を解明することはできないのだろう。心臓は決して眠らず、いまわの際の最後の放電による筋収縮の時まで、決して、その鼓動を打つのを止めることはないのである。

魂《ソウル》は、私たちに霊的《スピリチュアル》な人生を提供してくれる。それはおそらく、より深いつながりを求める心《ハート》の奥底のうずき、という手法を用いているのだ。その心《ハート》のうずきは、真の持ち主を求めてのものだ。真の持ち主とは、身体ではない。それは魂《ソウル》ですらない。イブン・アラビーによれば、それは神御自身であり、神こそが心《ハート》の所有者であって、それを用いて、さらに謎を深く探るようにと、魂《ソウル》に霊感《インスピレーション》を与えているのである。この謎が、世界中のあらゆる場所において、いつの時代にも人の霊的《スピリチュアル》生活を駆り立てているのである。この謎を感じないようなら、明らかに、それは霊的《スピリチュアル》な病の兆候であると言わざるを得ない。

神が私たちに語りかける時の「静かな小さい声」は、しばしば「良心」と呼ばれるが、それを無視すれば、人生に死と絶望を招き寄せることになる。基本的に、ここ一〇〇年来の精神疾患の蔓延が魂《ソウル》の欠如によるものだということは、容易に想像できる。海上で嵐に遭遇した際、船を安全な方向に進めるには舵取りが必要だ。それが魂《ソウル》の役割なのである。人生の航路を変え、あなたの旅のために、そっと、しかし的確に情報を与えてくれるのだ。それなしには、遅かれ早かれ、あなたは絶望へと漂流して行くしかないのである。

昨日、私は、ストア哲学に強い関心を持ちつつそれを実践している精神科医をインタビューした。その医師、ドナルド・ロバートソン（Donald Robertson）博士は、スコットランド生まれだが、現在は、古代ギリシアの哲学者たちが語り合い、学問に勤《いそ》しんだ場所に住んでいる。ソクラテスもそこにいた。プラトンも、また、フェニキア人の商人であったゼノンもいた。

ゼノンは、彼の船がギリシア沿岸の沖で沈没したため、見知らぬ土地に無一文の身で上陸することとなった。何もすることがなく、知り合いもないまま、彼は広場の柱廊での哲学を学ぶ集まりに通い、その結果としてストア哲学を創始することになったのだった。

ストアという名称は、彼や彼の弟子、そして教師たちが集まっていたアテネの彩飾柱廊（ストア・ポイキレ）にちなんで付けられた。ロバートソンは私に、精神分析の分野においては、実際的で効果的な「認知行動療法」が、以前にも増して採用されるようになってきている、と教えてくれた。これは、ストア派の人々が、みずからに対して使用した一連の技法であり、より良い思考法を通して自己の信念を変えることで、私たちの行動が変わるというものである。よりバランスが取れ、恐怖心が減り、そして、より生産的になるのだという。

私たちは、話の焦点をマルクス・アウレリウスに絞った。というのは、当時の彼は、現代に置き換えてみれば、アメリカ合衆国の大統領のようなものだったからだ。彼の合衆国はローマ帝国と呼ばれ、彼はそれを、きわめて風変わりで深遠なる一連の価値観をもって統治したが、それらはすべて、ストア派の教師や哲学者たちから学んだものであった。

彼の人生は大きな困難の連続であり、その治世の間には、いわゆるアントニヌスの疫病（Antonine

Plague）が大流行して一四年も続いたが、おそらくは天然痘だったのではないかと言われる。そして、ついには彼自身もそれを患い、命を落としてしまうのであるが、彼の治世はローマ帝国にとって、その前後を通じて最善のものであった。

「フロイトは、きわめて多くの事柄に関して完全に間違っていました！　彼は、科学的な検証は一切行わず、また、詳細な記録も残していません。抑圧された願望が病を引き起こすという彼の学説が、いかなる証拠にも基づいていなかったことは明らかです。彼は、自分の心理療法で、何人かの患者を週に五日、五年間にわたって診療したのです！　今日、私たち療法士は『認知行動療法』の方向に向かっているので、したがって、ストア派に向かっていることになるのです！」

ヨーロッパやアメリカの精神的健康《メンタルヘルス》のモデルが大きく影響を受けたのは、なりゆき任せで理論を捏造し、もし、その結果が自分の「結果」と一致しなかった場合には言い訳をでっち上げるような男によって、であった。これがフロイト、つまり、精神分析の「大家《マスター》」の黒い部分であり、彼はまったく大家《マスター》などではなかったのだ。彼は魂《ソウル》については一言も触れず、その弟子であったカール・ユングの方が、問題の核心にかなり近づいていたのだった。

精神的健康《メンタルヘルス》は、そもそも、物理的な療法とは関係がないのだが、私たちはフロイトのような人間によって説得されやすいのだ。なぜなら私たちは、真の健康の源である魂《ソウル》そのものから、あまりにも切り離されてしまっているからだ。現代の心理学は、このように、より哲学的である一方、とても実践的な基礎に戻って来たということであり、それは魂《ソウル》のことに直接触れてはいないにしても、これまでのどの療法よりも正しい方向に向かっていると思われる。最も良い精神分析医は、あなた自身の魂《ソウル》なのである。なぜなら、あなたのことを（さまざまな形のあなたのことを）誰よりも良く知っているからだ。ロバートソン博士は、新しい種類《タイプ》の精神分析医の一人である。彼自身、ストア哲学と、その核《コア》の教えである正義、節制、勇気、知恵の四枢要徳を実践しているからだ。

私は、人類の魂《ソウル》が、その長きにわたる物質主義的な睡眠状態から、今ようやく目覚め始めている様を次のように見ている。

精神科医は、結局のところ、うつ病はプロザックやその他の類似の薬物によっては改善せず、薬剤師の処方する薬も、そのほとんどが効き目がないことを認めている。私たちは、古代ギリシアやローマの人々と同じ問題を抱えた時代に再び突入したのだ。実際のところ、フロイトは、その性に取り憑かれた理論によって、私たちの精神的健康《メンタルヘルス》に危害を及ぼしたのではなかろうか？　ロシアや日本のように、独自の強力な精神的《スピリチュアル》伝統を持つ国々は、「長椅子方式」とロバートソンの呼ぶような、精神分析医に頼る道をたどらなかったのである。

私は、脳の損傷が意識にどのような影響を及ぼすのか、そして、精神疾患の治療に用いられる薬剤について、もっと知りたいと思った。薬剤は、深刻なうつ病の治療に、実際、大いに役立っていると反論する向きもあるだろう。私は、病んだ魂《ソウル》を治療するために一番良い方法が知りたかったのだった。なぜなら、基本的に、魂《ソウル》はその感情を身体に刻々送っているのだが、その際、しばしば病を用いて、方向を見失った船を海岸に戻してくれるからである。

第41章

病める魂《ソウル》への鍼灸治療

脈は、過去・現在・未来を含めて、すべてを
教えてくれます。

御井《みい》　葆《しげる》

一九八〇年　大阪

クローブの強い香りの煙が、部屋一杯に立ち込めている。四十代半ばと思《おぼ》しい井村宏次は、自他ともに認めるヘビーなチェーン・スモーカーだ。新大阪駅の南側の、新旧のビルが迷路のように立ち並ぶ界隈の裏通りに、この小さな治療室は、ひっそりとたたずんでいる。火を点《つ》け直した「ガラム」という、インドネシアのクローブ入りタバコを口にくわえた彼は、患者の左右の手の平を上に向け、下を両親指で支えながら、左右それぞれ三本ずつの指を患者の手首に当てた。

「腎の虚だ！」と言って、彼は私に一二の脈を診《み》るよう促した。手首の表層で診る浮《ふ》脈が三つ。ゆっくり指を沈めて診る沈《ちん》脈が三つ。左右合わせて一二の脈ということになる。今、私は、東洋医学教育で言うと

ころのきわめて繊細な手法である伝統的脈診を学んでいる最中だ。

私は、吹田市にある明治東洋医学院専門学校の一年生だったのだが、同校のカリキュラムには完全に苛立ってしまっていた。病の伝統的診断法の基本そのものである「気」、「陰陽のバランス」、そして「五行論」について学ぶつもりでここに入学したのに、実際のカリキュラムはといえば、解剖学、生理学、神経学、衛生学、そして、二年後の国家試験に備えての、その他沢山の科目なのであった。

その少し前に、私は大阪医科大学（現在の大阪医科薬科大学）で、解剖された献体《カダヴァー》を観察する機会を得ていた。ホルムアルデヒドの臭いが凄まじかった。しかし、その献体をいくら観察しても、あるいは、その献体に限らず、どの献体を観察したとしても、『機械の中の幽霊（*The Ghost in the Machine*）』（アーサー・ケストラー著、日高敏隆訳、ちくま学芸文庫）、つまり、私たちの健康と病の真の主人《あるじ》を見つける上では、なんの役にも立たないのだ。そんなわけで私は、さらに深いところについて教えてくれる開業鍼灸師を探すことにしたのであった。

井村は天性の治療家《ヒーラー》であるばかりでなく、優れた研究者でもあり、また、超常現象や世界の伝統的医療に関する専門的文献の著者でもあった。

彼は、痩せこけた身体《からだ》つきで視力も弱かった。しかし、ものの見方は、まさに冷静沈着な科学者のそれであり、また、想像力は詩人のようであった。彼は私の師となり、私は彼にとって、当時ただ一人の「外国人」の弟子となったのだった。

週末になると、私は彼と一緒に小さな診療所や一般家庭を訪れた。そこで彼は、私が本当に必要としていた知識を分かち与えてくれた。鍼灸の技術は、実際の治療現場においてどのように役立つのか、また、治療を求めてやって来た患者の抱える問題を軽減するために、施術者として知っておくべきこととは何か、等々である。

右手の薬指で腎の脈を押さえた時、一種の空虚を感じた。腎経は、足の裏にある「湧泉（bubbling spring）」から始まり、足の内側を通って陰の部分、つまり、腎臓と副腎が体内に摂取された食物や水を尿に変換し、排出するため膀胱経へと運ぶという驚くべき業を黙々と行っている場所へとつながっている。腎は最も「陰」な臓腑《ぞうふ》であり、また、人間の全身的な生理学においては最も隠れた、そして最も重要な生命エネルギー（気）の源である。それが枯渇すると、現在私たちが「副腎疲労」と呼ぶところの状態になる。つまり、無気力、寒気、不安感、塩辛い食べ物が欲しくなる、といった症状が起きるのである。冬が最も辛い季節となる。なぜなら寒さが最大の敵だからである。

井村は、いくつかの特定のツボに鍼《はり》をきわめて軽く刺入してやると、活力が回復できるという。そして、鍼を刺すとどうなるのか、また、きわめて浅く刺した状態のままで二〇分置鍼《ちしん》したらどうなるかを、よく観察するよう私に求めた。それから、患者をうつ伏せに寝かせ、腰の腎兪穴《じんゆけつ》に刺した二本の鍼の上のモグサ（乾燥させたヨモギの葉）に火を点《つ》けた。

「もう一度診《み》てみ！」三〇分の治療の後、脈に幾分か実《じつ》が感じられるようになった。つまり、より弾力性のある拍動が、私の指先に感じられるようになったのだ。明らかに井村は、そうした変化を起こさせる何かを行ったのだ。脈というものは決して嘘をつかない。それ故、脈診は、四つの伝統的診断法の中で最も重要とされているのである。

だが、今日では、このような古めかしい知識に注目する人は少なくなった。一般の人々は、鍼灸は高齢者や腰痛、肩こりくらいにしか効き目がないと、白衣を着た医者たちによって思い込まされているのだ。脈診などは迷信とみなされている。まるで、私が学ぼうとしている魂《ソウル》は、もはや身体からもぎ取られ、肉の機械だけが残されたかのようである。


しかし、専門学校を卒業して間もなく、私は常時開業している次の師に就くことになった。

何百人という人たちが、今では「アメリカ村」と呼ばれる、大阪の中心地の一角の中にある彼の治療院に出入りしていた。今度の師は、脈診によって患者の過去や現在における病のパターンを見抜くだけでなく、将来、その患者がどのような病を患う可能性があるかということまでも見通してしまうのであった。

彼の治療院では伝統的な脈診を行っているのだが、おそらくは日本でもトップクラスの鍼灸師ではないかと思われ、薬や通常の医療に見切りをつけて来院している常連患者の他、遠方からも、有力政治家やロックスター、実業家などがやって来ては彼の診療を受けていた。彼の名は御井《みい》葆《しげる》と言い、その師は盲目だったという。

「神を信じますか?」と、弟子にしてもらえるかどうかの面談で聞かれた。私は、とても緊張していた。御井先生はオールバックの髪で、人を惹きつけるような存在感を持っていた。最近、密《ひそ》かに元首相の福田赳夫の邸を訪れていたともいわれ、また、大本教の、現在九十代の女性教主も診療したということだ。

仕事が始まる午前六時には、御井先生と他の六人のお弟子さんたちとともに神道のお祈りをする。午前七時には、治療院の玄関の自分の持ち場に立って患者さんを出迎え、彼らの靴をドア横の棚に片付けた。

「診察の中で最初にするべきことは、患者さんと実際に会う前から始まります。電話口の患者さんの声を聞き、力強いか弱いか、深いか浅いか、熱いか冷たいかを感じ取るのです。そして、来院された時には、『大きさ』を見ます。物理的な大きさを見るのではなく、エネルギーの場《フィールド》の大きさを見るのです。エネルギーの場《フィールド》が、ほとんどない人もいます。そのような患者は、治すのが一番難しい部類になります。次に、彼らの『色』を見ます。肌の色ではなく、その下にある白、黒、黄色、赤、あるいは緑がかった青、といった色のトーンを見るのです。その色によって、どの経絡が虚であるのかについての最初のヒントを得ます。肺なのか脾なのか、腎なのか肝なのか？　診察台に上がる時点までに、それらの情報すべてを、脈診、及び問診の結果と照らし合わせることができるようにするのです」

私は二カ国語を話すので、海外からの患者の場合には先生の診察を直接現場で見ることができた。まだ私が入門する前に、あのデヴィッド・ボウイが、ステージの大音響で損傷を受けた耳の治療のため訪れたそうだ。御井先生のタッチは、私がこれまでに見た中で最も軽いものであった。鍼も、皮膚の表面に辛うじて触れているかのように見えた。

「最小の刺激で最大の効果を上げるのですね！　どうやってそうするのですか？」

私は、彼の貴重な知識を盗み取ろうと、まるで亡者のようになっていた。しばらくして私は、熱さに慣れている高齢の患者たちに灸を据えることが許された。

ある日、ノーベル経済学賞を受賞した著名なアメリカ人経済学者のお孫さんが、ガールフレンドを連れて来院した。治療院には、カーテンで仕切られた小さな区画が八つあるのだが、そのうちの一つの中で、彼のガールフレンドも私の隣に立っていた。他の患者たちと隔てるものは白いカーテンだけだったが、他の弟子たちは、いつものように掃除をしたり、お灸を据えたり、折れ曲がった鍼をまっすぐに戻したりと忙しくしていたので、彼らですらも、私が見ていたものを見ることはできなかった。先生は、真の達人ならではの無造作な手付きで脈を診ていた。

「これを訳して！　彼は一五年前に、ひどい肝臓病を患っていた、と伝えて」

彼が答えた。

「そんなことありませんよ、先生。そんな記憶はありません」

「彼は間違っている、って伝えて。脈に出ているから。かなり深刻だったはずだ、と。もう一回聞いてみて」

するとそばに立っていたガールフレンドが、驚いた様子で口に手を当てると、一五年前に肝硬変を患ったのに、どうしてそんなことを忘れられるのか、と彼に言った。

「そうだった！　確かに、あれは肝臓の病気でした。先生、どうして分かったんですか？」

御井先生は笑いながら、ひどい英語で答えた。

「ミー、ノー、エブリシング（私には、なんでも分かるんですよ）」

昔は、医療とは予防のことだった。鍼灸師は、問題のあるところを見つけてアドバイスをしたのだが、もし、それでも病気になった場合には、鍼灸師が患者に代金を支払わなくてはならなかったのだ…

第42章

ティカル時間

かつて自分はマヤ人だったと確信している。
エハン・デラヴィ

一九九六年　グアテマラ、ティカル

もう少しで、「仮面の神殿（二号神殿）」の急な階段の最上段に到達だ。身体は汗でぐっしょり濡れている。

ここ、グアテマラの密生した熱帯雨林《ジャングル》の中には、ホエザルの、太くしゃがれた、うなるような声が鳴り響いている。グラン・プラザを挟んだ向かい側には、私がそれまでに見た他のマヤのピラミッドや神殿の多くと同じく、九層の基壇によって支えられた高さ四七メートルの「大いなるジャガーの神殿（一号神殿）」がある。

九は聖なる数字だ。エジプト人も同様に考えていたことから、そこには偶然以上の何かがあると思われ、また、その類似点は、両文明ともにヒエログリフを活用し、ピラミッドを造り、似通った建設手法や建設技術を用い、また、同じような宗教的儀式を行い、そして神の化身である男がリーダーになる、といったところにまで及んでいる。しかし、それぞれの時代は大きくかけ離れており、マヤ文明の最盛期は、古代エジプト文明よりもずっと後の、八世紀から九世紀頃であった。

私と妻が、六度目の新婚旅行先としてここを選んだ理由は、これらの古代遺跡が、私たちにとって故郷のように感じられたからだった。私たちは、心のどこかで覚えていたのだ。かつて人生が、成功、金、名声のような浅薄な概念によって支配されていなかった時代があったということを。ティカルは、マヤ文明の偉大なる中心地としてのその歴史を、今から約二千年前、エジプトがその全盛期を遥か昔に終えた頃、この熱帯雨林《ジャングル》の中の丘から始めたのであった。

ユカタン半島のキンタナ・ロー州にある小さな都市、チェトゥマルから私たちが乗る予定だった飛行機の搭乗が一時間遅れた。当然ながら、私たちは心配していた。その日の計画は、グアテマラのフローレス島への到着後、タクシーで一時間かけてティカルに行き、そこで数時間過ごしてから、午後遅くのフライトでここに戻って来るというものであった。そして、その翌日には日本に帰国するつもりだった。というわけで、今日が唯一の機会だったのである。

三日前、私たちはチチェン・イッツァで、フンバツ・メン長老によるマヤ祭式の結婚式を行った。だから今回は特別な新婚旅行なのであった。私たち夫婦は数年ごと、あるいは数十年ごとに、大抵は両人にとって重要な意味を持つ場所で結婚の誓いを更新している。私たちは、ティカルがパレンケにとってのライバル国家だったことを知っていたし、また、私がすぐに惹かれたのは、そこが広大な熱帯雨林《ジャングル》の奥地にあるということだっだ。しかし、メキシコの飛行機は問題だった…

妻のソニアは、ペルー製の布の上に、私たちが、日本人グループとともに訪れたインカやマヤ文明の遺跡から何年もかけて集めてきた品々を並べ、それをメサと呼ばれる祭壇にした。いずれの場所にも、私たちの心に深く響くものがあり、また、それらの文明同士には、そして古代エジプト文明などの、もっと時を隔てた他の文明との間にも、互いに密接なつながりがあるように感じられた。現代の歴史学界の中で、この自明とも思われる問題にまともに取り組もうとしているのはグラハム・ハンコックだけだ。他の学者たちは、これはすべて、単に純然たる偶然に過ぎないと、「うんざりするほど」繰り返し言い続けている。だが、本当にそうなのか？

私たちは、「大いなるジャガーの神殿」に向かって簡素な感謝の儀式を行うため、パレンケのラカンドン族の族長《チーフ》から買い入れたボウル一杯のコーパルの薫香《インセンス》を持参していた。その香煙は肌に心地良く、また、その香りは、まことに魅惑的であった。儀式を行っている傍を、時折、数人の観光客が、くらくらするような暑さの中を、コカコーラを飲みながら、あちこち写真を撮っていく。

そのうち突然、武装した警備員《ガード》が怒った様子で私たちのところにやって来ると、「ここで『儀式』を行うことは禁止されている！」と、スペイン語で叫んだ。私たちは、ただちに中止しなくてはならなかったが、二人とも、この種のことには慣れっこだった。

過去何百年もの間、もしかしたら何千年もの間、儀式以外のことを行ってこなかった場所で、今、私たちは、儀式を行うことができないのだ。もしも、ここから熱帯林がそっくり剥ぎ取られたとしたら、きっと、ここは未来の宇宙都市のように見えるに違いない。

マヤ人たちはここで、私たち現代人の意識《コンシャスネス》にとってはあまりにも異質なことをしていたので、果てしない熱帯雨林《ジャングル》地帯が延々と続くこの広大な土地に、これらの巨大な構造物がいったい何の目的で建てられたのか、私たちには想像もできないのだ。それに当局は、眠れる神を起こしたくないのだろう。それは、エジプトのカルナックで、私がその存在を感じたような神である。それは、私たちにできることを、そしておそらくは、私たちの魂《ソウル》とは、言語に絶するほど古いものなのだということさえも、私たちに思い起こさせてしまうかもしれない。私たちは、それらすべてとつながっているのだ。私たちは、心の奥底ではすべてを知っているのである。しかし、それは長年にわたって閉じられていた金庫のようなもので、強力に直観を働かせないことには、中からそうした知識を取り出すことができないのである。

暑さと熱帯雨林《ジャングル》の昆虫たち、そして、複雑に織り成された構造の聖壇と広場《プラザ》の中に並び立つ神殿の堂々たる存在感。それらすべてがあいまって、この場所を、地球上の他のどこよりも、私たちの真の故郷に近いものにしていた。心の奥深くから、懐かしさとあこがれとが湧き上がって来るのである。

この日は、不思議な変換《トランスフォーメーション》が次々と起こったのだが、その一つは、旅行中に私たちにとっての時間が変わるという不思議な出来事だった。

私たちは、フローレスに九〇分遅れて到着したはずだったのだが、時計を見ると、信じられないことに、時間帯《タイム・ゾーン》がチェトゥマルのそれよりも一時間前にずれていたのだ。まったく理解できないことだった。というのも、移動距離は短く、方角も、ほとんど北から南への飛行だったからだ。しかしながら、時間のずれは事実だったので、結果的に予定より少し遅れただけで済み、私たちはタクシーでティカルに向かった。その道中、長いドレッドヘアで完全に裸体の老婆が、道路の真ん中に木の枝を持って坐っているのを目撃した。それは異様な光景であった。

ここ、グアテマラのマヤ人たちは、主として混血のメスティーソからなっている当局から、いまだに激しい人種差別を受けていた。メスティーソたちは、この地を植民地化し、その過程で多くの文化を破壊した無慈悲なスペイン人たちから、様々な技術を学んだのだった。あの老婆は、ひょっとしたら、熱帯雨林《ジャングル》から這《は》い出してきたマヤの亡霊のような存在で、私たちに、ティカルの全盛期はとうの昔に終わり、見ることができるのはその廃墟だけだ、ということを思い起こさせるために現われたのかもしれない。

しかし、廃墟も、儀式によって蘇るのだ。私たちは、世界中をめぐる数々の冒険の途上で実験し、それが真実であることを確かめている。それは、その場所に、どのようにアプローチするかに掛かっているのだ。ここは、スペイン語に翻訳されているような考古学的な場所などではなく、その全体が異世界への微細《サトル》な入り口《ポータル》なのであり、それはマヤ人たちが不思議な神秘的方法を用いてアクセスしていた世界なのである。彼らが、実際にはどのように考え、本当は何を信じていたのか、そして、死や地下の冥界について、また、身体から離れた後の魂《ソウル》の変容について、なぜ、あれほど深く興味を持っていたのか、等々、私たちには、まだ、ほとんど何も分かっていないのだ。

観光客向けのレストランで、子どもたちが、アニメの『ドラゴンボール』のスペイン語版を観ている。この子らの先生たちは、地下の冥界や宇宙時間の周期、ジャガーの精霊《スピリット》や雨の神々などについては決して語らないだろう。彼らはきっと、毎度聞き飽きた、古くさい話を繰り返すだけだ。それは、どの植民地帝国もが、皆同じように、彼らが征服した、かつて長きにわたって存在した、美しく、高度で、芸術的な文化について、不快そうに語る物語だ。

彼らが征服した文化が、知識や洞察、美的感性や想像力の豊かさ、等々において、彼らよりもずっと優れていたとしたら、どうすれば自分たちの優位性を正当化できるのだろうか？　さえない、無機質な内装で、長期的価値のあるものは何もない、ほんの一世代しか持たないような造りの今のメキシコ政府のビルが将来「遺跡」となった時、私たちは、そこをまた訪れたいと思うだろうか？　宇宙的な意味合いをまったく欠いた、空に向けて突き上げた怒りの男根のような高層ビルの廃墟の階段を、登ろうと思うだろうか？　私たちは、古びたオフィスビルや駐車場やショッピングモールの前で、薫香《インセンス》に火を点けるだろうか？　私には、そんな光景は想像できない……

ティカルでの貴重な時間を使って、私たちは神殿や石碑《ステラ》、熱帯雨林《ジャングル》の端とピラミッドの階段等の間を歩き回った。出口には定期の観光バスが来ると思われたので、あまり目立たない神殿の、警備員《ガード》の小銃《ライフル》も見えないような場所で私たちの新婚の儀式を執り行ってから、急いでフローレスまで帰ることができるはずだった。残された貴重な時間を、ぎりぎりまで満喫したかったのだ。

しかし、出口まで行ってみると、車と呼べるものなど一台もなかった。乗用車もバスも、タクシーも。それらなしには私たちはメキシコに戻れず、メキシコシティ国際空港経由で日本に帰るのも不可能ということになる。またもや私たちは、このような儀式を伴う旅につきものの試練を与えられたのだ。それはあたかも、古代の神々が、「お前たちの世界はとても賢く整っていて、我々の方が原始的だ、と思っているのか？」とでも言っているかのようだった。

あわてて、あちこち聞き回った結果、近くの小さなカフェでタクシーの運転手を見つけ、大金と引き換えに、三〇分前に出発したフローレス行きのバスを追いかけてくれることになった。なぜか彼は、フローレスまで連れていくことを断固として拒否し（そうすれば、もっと大金を稼げたのに、である）、「バスを一刻も早く捕まえたいので、これはきわめて高速の追跡《チェイス》になる」と言った。

この奇妙な要求を受け入れるしか他に選択肢のない私たちは、急いで彼の古いトヨタに乗り込んだ。どういうわけか、私たちはマヤの夢時間モードに入り込んだのだった。このような言い方をする理由は、その後、この完全に錯乱した運転手が、フローレスに向かって、とんでもないスピードで猪突猛進したからである。きわめて危険な急旋回などは序の口で、彼は、行く手の道路上に現れた、あらゆるものを追い越した。牛車、ポンコツオートバイ、地元のオンボロバス。そして、二〇分もしないうちに目的のバスを追い越し、その前方を塞いで無理やり停車させた。こうして、無事バスに乗り込んだ私たちは、道中の大冒険を振り返って大笑いしたのであった。

マヤの夢時間は、私たちの誰もが、いつでも体験可能なものである。それは、私たちが持って生まれたものであって、心配や恐怖、不安や怒りよりも高い周波数で共振する能力なのである。私たちは、ただ後部座席に座り、あのジェットコースターのような運転を、互いに手をつなぎながら楽しんでいただけだった。すべてが力強く広大な、熱帯雨林地帯《ジャングル》の、心に染み入るような美しさに驚嘆の眼を見張りながら。

なぜ、メキシコとグアテマラとで時間が変わったのか、いまだに私には分からない。それは完全に不合理であり、不可能としか思えない。

しかし、ならば、ティカルそのものが、不合理で不可能な存在なのだ。なぜ、私たちは、存在しないと思っている次元に向かって祈るのか？　なぜ、完全な作り話とされている死後の魂《ソウル》の旅に関心を寄せるのか？　なんだかんだ言っても、結局のところ、私たちは肉体ではないのか？　それ以外のものだと考えるためには、どんな体験が必要になるのだろうか？

第43章
熱帯雨林《ジャングル》の天使

まず天使について気づきがなければ
天使は見ることはできない。〔訳註〕
ジェイムズ・ヒルマン

一九九六年　ペルー、クスコ、シルカ

今、ここは乾季なので、石畳の表通りは埃っぽい。ホテルに向かう横道に入ると、色彩豊かなポンチョを身にまとい、伝統的なインカの帽子を被《かぶ》った老女が現れた。ケチュア民族の女性だった。手に何かを持って、スペイン語でぶつぶつ言いながら近づいてきたので、それを売りたがっているのだと分かった。私は、ちょうど熱帯雨林《ジャングル》から戻ったばかりだったから、すこぶるすっきりとした、生き返ったような気分で、五感は冴え渡り、開放的な心理状態にあった。それで、私は彼女に、何を売りたいのか見せてくれと

〔訳註〕『魂のコード（*The Soul's Code*）』より引用（鏡リュウジ訳、河出書房新社）。

言ってみた。すると、彼女は巻物をほどきながら、これは大天使ガブリエルの貴重な肖像画だ、と言った。私の中に、驚きの混じった喜びの波紋が拡がった。結局は買わなかったのだが、私は密《ひそ》かに安堵していた。彼女は本物《リアル》だったのだ！

一時間後、私は照り付ける真昼の日差しから逃れようと、博物館に入って行った。ペルーはカトリックの国なので、当然ながら、いたるところに聖人や天使が描かれている。私は洗礼を受けたカトリック教徒だったが、四十代前半だったこの頃、天使にはなんの関心も知識も持ち合わせてはいなかった。地球外生命体との交信に強い関心を持っていた私は、その結果として、シリウスと、多くの世界的な宗教や秘密結社や錬金術の伝統等との秘義的《エソテリック》な結び付きについての長期にわたる研究を続けていた。私は、距離にして地球から八・二光年離れた、裸眼で見える星としては最も明るいこの星と自分との間には、きわめて密接なつながりがあると信じていたのだった。

私が教会に行くとしたら、その芸術的な美を鑑賞することだけが目的だったが、ここペルーの教会は、まさに色彩と芸術性と音響と香りとで輝いており、それは、もし私が信者であったら、そのようにあるべきだ、と思うであろうようなものであった。上を見上げると、一六世紀のスペイン貴族のような装いの、沢山の天使たちの絵画があった。もちろん、皆、羽を着けていた。そこには大天使ウリエルがおり、回廊の向こう側には大天使ミカエルが見えた。私は、とても大きな絵画の前で立ち止まり、近づいて良く眺めた。ほかの絵と違って、この絵には名前が書かれておらず、また、この天使は、とても女性的に見えた。この天使が男でないことは確かだった。片言のスペイン語で、守衛《ガード》に、この天使は誰なのかと聞くと、彼は、「大天使ガブリエルですよ」と答えた。私にとってこれは、今日、二回連続でこの名前を聞いたというだけでなく、前夜、熱帯雨林《ジャングル》の奥深くで体験したことが、きわめて明らかに確認された、ということを意味していた。私は、あのドン・イグナシオとの祭儀の間に、大天使ガブリエルと遭遇していたのだ。明確に、見事に、そして、まったく予想もしなかった風にして。たとえ、もし私がこの大天使のことを知っていたとしても、それが女性のようなものだとは想像すらしなかっただろう。しかし、それは明らかに女性だったのだ。

思考の神経科学については、今では、かつてないほどまでに理解されてきているとはいえ、私たちは皆、次々と明らかにされる新しい研究成果に驚かされ続けている。それはまるで、私たちがパンドラの箱を開けてしまったかのようである。当初、私たちは脳をコンピューターに例えていたが、そのアナロジーはたちまち大きく色褪せていった。たとえ、クレイ社のスーパーコンピューターと比べてみたとしても、脳にはかなわないのだ。オックスフォード大学のスーザン・グリーンフィールド〝男爵夫人〟によれば、脳が行っていることは、スーパーコンピューターよりも、遥かに複雑で洗練されているのである。

彼女がそう言うなら、きっとそれは確かなことなのだろう。彼女は、世界でも屈指の神経科学研究者の一人であり、とりわけ、アルツハイマー症における脳の働きに特別な関心を持っている。私たちの「個である」という感覚、つまり「自我《エゴ》」が、どこから得られるのかを理解するために、彼女は神経細胞集合《ニューロナル・アセンブリーズ》(neuronal assemblies) という名称を案出した。古い脳のモデルでは、脳内の特定の領域がそれぞれ別々の仕事をしていると考えられていたが、この集合体モデルによれば、そうではない。

カナダのマギル大学では、脳だけのためのウェブサイトを運営しているが、そこに掲載されているレポートによれば、「これらの集合体における神経細胞《ニューロン》は、必ずしも、すべてが物理的に互いの近くに存在しているわけではない。それらは、脳の様々な部分を越えて伝達することもできるのだ。さらには、一つの神経細胞《ニューロン》が、様々に異なる集合《アセンブリ》に属することもあり、そしてまた、いつ何時《なんどき》でも、新しい集合《アセンブリ》に採用されることもできるのだ。このように、神経細胞集合《ニューロナル・アセンブリーズ》とは安定的《ステイブル》ではなく動的《ダイナミック》なものであり、また、必ずしも局所的《ローカライズド》ではなく、それはしばしば分散しているのである」とある。自然《ネイチャー》が、それ自身の存続を種子や精子の過剰なまでの生産によって保証しようとするように、脳もまた、その最適効率を保証するために、複数のバックアップ体制を敷いているのだ。

赤ん坊は、いかなる時点で独自の「個」に目覚め、そしてなぜ、その時点まで、その意識はないのか？　ということについて、グリーンフィールドは不思議に思っている。その時、物質的な変化としては、脳の中でどのようなことが起きているのだろうか？　母親の体内で脳が発達している段階で「個」に目覚めているのか？　動物の脳はどうなのだろうか？　イルカやクジラの脳はどうなのか？　彼らの脳は、私たち人間のそれと似ているが、実のところ、私たちのそれよりも大きい。どうすれば、脳は、「あなた」という個別の感覚を得ることができるのだろうか？　神経伝達物質の中で動き回っている物理的な化学物質は、どうして悲しみや憂鬱や興奮の感情を引き起こすことができるのだろうか？　それらはどうやって、首尾良く「あなた」を創り上げているのだろうか？　これが、現代科学に投げかけられる究極の質問なのである。

彼女は現在、アルツハイマー病治療のための薬理学的アプローチの研究を行っている。私が彼女をインタビューした際、特に関心があったのは、「意識《コンシャスネス》」についての質問に対して彼女がどう答えるかということだった。彼女はきわめて正直に、現代科学は、脳が意識を創造するということについての確たる証拠をいまだ持ち合わせていない、と答えた。脳が意識を調節することは明白だし、また、明らかに脳の損傷は意識に影響を及ぼすが、だからと言って、脳が意識を生成するということにはならない。テレビがモーツァルトのオペラを放送できるからと言って、テレビがそのオペラを作曲し、指揮監督して作品を上演した、ということにならないのと同じである。

前述のベルナルド・カストラップ博士のような哲学者たちは、脳が自我《エゴ》を創造するという説に関しては、科学的根拠が一切存在しない、とすると同時に、私たちの人間としての体験は、すべて、意識によって直接生成されているのだ、と主張している。そして、物質的世界と見えているものは、あなたや私のような、物質的な脳を持つ物質的存在をも含んでいるが、その脳も、単なる外部の情報の受信機であると信じられるようになってきた。しかし、そうしたきわめて斬新な考え方もまた、脳神経科学界の研究グループによる諸々の新発見によって、急速に色褪せつつあるのである。

実際のところ、脳について、そして、それがどのようにして意識とつながっているかということについては、化学や、その他のいかなる生物学の分野によっても、簡単《シンプル》に説明することはできないのだ。私が量子もつれの時代と呼ぶ現代における、この反論しがたい事実を、私たちは認めなくてはならない。ひとたび二つの光子《フォトン》、あるいは電子《エレクトロン》が物理的に相互作用しあうと、それらが別々に、宇宙のどれだけ遠く離れた場所へと分かれて飛んで行ったとしても、常にその片方は、もう一方の動きを反映した動きを即時に取るのである。

量子物理学の登場は、素粒子の世界における、古典物理学に従わない魔法のような相互作用の観察結果からすれば、宇宙が、客観的な物質というよりも、むしろ心《マインド》により近いものであって、そのように振舞っているのだということを、完全に否定し難いものとしたのだ。素粒子の美しい軌跡は、人の脳神経ネットワークを思わせる。錬金術師《アルケミスト》たちは、それをシンプルに言い表した。〝上なる如く、下もまた然り〟と。

したがって、脳を研究すればするほど、私たちは難問の壁にぶち当たるのだが、それにもかかわらず、私たちは、中世以来の脳のモデルを教え、それについて講義しているのだ。

物質は、思考、感情、直観、ヴィジョン、記憶を生成しない。それらを創るのは心《マインド》だけだ。心《マインド》だけが知識に価値を賦与できるのである。そして、脳が適切な刺激、化学的、電気的、あるいは音響的、電磁的な刺激を受けると、そもそもそれらを創り上げたものに対しての扉が開かれるのである。

昨夜、私が飲んだ、樹皮や植物の混合物中の有機ＤＭＴは、その扉を開いてくれたようだ。この熱帯雨林《ジャングル》に住む原始人たちが、どの植物を、どんな割合で調合すれば、この効果が確実に得られるかを、どのようにして知ったのかは大きな謎である。

その効果とは、他の世界に入ることであるが、私は、そうした世界は、私たち自身の心《マインド》の中にあると考えている。それは、目に見える固体から成る客観的な世界とは分離されているが、しかし、その分離とは、一〇〇年前に、スコットランド生まれの人類学者、サー・ジェイムズ・ジョージ・フレーザーが、その示唆に富んだ著作、『金枝篇（*The Golden Bough*）』（邦訳、岩波文庫、他）の中で結論づけたように、きわめて薄い仕切りによるものなのである。


私は熱帯雨林《ジャングル》の地面に仰向けに横たわり、アヤワスカが私の知覚《パーセプション》を変容させ始めたのを感じているのだが、読者の皆さんは、きっと疑うことだろう。アヤワスカは物質である。松果体は小さく、現実に存在するもので、それは脳の中にある。意識の夢の中ではない。私の意識状態が変化したのは、まずい味の液体を飲んだからだ。それは実在の物質で、ドン・イグナシオがインフィエルノ、すなわち、地獄という意味の名を持つ村の中にある彼の小屋の近くで、何時間もかけて煎じてくれたものだ。もしもすべてが心《マインド》の中にあるというなら、「飲んだ」と思うだけで良いのではないか？

良い質問だ。私も、それを試したことがある。アヤワスカを飲んだと、想像することにしたのだ。そして一度成功した。だが、それで十分だ。科学においては、新たな理論を立てるためには、一度、その仮説を証明できれば良いのだ。あとは、実験を続けるだけだ。

渦巻く色彩の素早く動くエネルギーが、閉じた眼の中を圧倒的な速さで駆け抜ける未知の風景の渦の中へと私を引きずりこんだ。すると、声がした。明らかに女性のような声だ。愛そのものの意味を体現しているかのように、魅惑的な声だった。私は虜《とりこ》になった。私には「彼女」が見えなかったが、自分の周囲全体にその存在を感じた。かぐわしい、心を和らげる、安らかで完璧な存在が、すべての恐怖、すべての心配ごと、そして、あらゆる固定観念を消し去った。

「私の乗り物、私のメルカバに、一緒に乗りますか？　私と一緒に飛びますか？」

「乗ります！　乗ります！　あなたともっと長く一緒にいられるなら、なんでもします！　なんでも言ってください！　後生です！」

「では、その前に、二つお願いがあります」

次の言葉を待たず、私は即座にそれらを承知した。

「まず、平和を感じてください」

まさにその瞬間、比類なく深い平安の感覚を感じた。それは、「人間の理解をまったく超えた」平安だった。彼女は私に、何かを行うよう求めると同時に、それを行うのがいかに容易であるかを感じさせてくれていたのだ。

「第二に、すべてのものの中に、美を認めてください」

それが、この後数時間も続いた「心《マインド》の状態」としての、深遠なる平安と美しさの体験の始まりだった。それは、個人として現れた存在と私との交流の中で起こった。それは、ただただ驚くほかないような体験だった。というのも、大天使を、ここまで近くに感じられるなど、夢にも思っていなかったからであった。

クスコに戻った私には、まったく疑う余地がなかった。この大天使は、旧約と新約の両聖書の中でも最も多く登場する天使であるだけでなく、ムハンマドが洞窟の中にいた時、コーランの全内容を彼に伝えたのは彼女だったのだから…

第44章

エデンの園再び

私たちは「IF《イフ》（もし～できたら）」という言葉は決して使わないことにしました。「WHEN《ホエン》（～ができた時）」という言葉だけを使うことにしたのです。

サー・ティム・スミット

二〇一〇年　イギリス、コーンウォール

受付棟の前まで案内された日本人グループは、巨大なバイオドームを、初めてその外から観察した。左側にあるメイン・ドームには、何千もの代表的な熱帯雨林《ジャングル》の植物が繁茂しており、そして、右側のドーム内には地中海気候が再現されていて、ギリシアや南イタリア特有の、やはり何千もの植物が生い茂っていた。熱帯雨林ドームの中は蒸し暑く、天蓋のように覆っている樹木やその他の植物類の下を歩いていると、通路わきの情報パネルに、私たちが理解すべき、一つのきわめて重要なことを告げる言葉が掲示されていた。そこには、「人間には植物が必要である」とあった。

植物は、人間を必要としていない。私たちと、この惑星に何百万種と存在する植物たちとの関係を真に理解するためにと、二〇世紀の終りに計画されたのがエデン・プロジェクトであった。世界で初めての新素材によって造られた、これらの見事なバイオドームの中を実際に歩くことで、単なる情報のみによるよりも、遥かに深いレベルで学ぶことができるのである。

このバイオドームの細胞《セル》の、革命的とも言える六角の形状は石鹸の泡から発案されたもので、建設予定地であった陶土《クレイ》採掘跡地の不規則な地形にも適応可能な、その能力によって採用されたのだった。それぞれの細胞《ヒル》は三層のＥＴＦＥ《エチレンテトラフルオロエチレン〔訳注〕》から成っており、その中に空気を入れることでクッションとしての役目を果たしている。ＥＴＦＥ《エチレンテトラフルオロエチレン》は食品用のラップフィルムと似ていて、ガラスよりも軽いが、しかし、乗用車の重量に耐えうるほど丈夫で、また、中で育つ植物のために紫外線も通すのである。そのおかげで、私たちのような訪問者たちは、植物の多様性に満ちた美しさ、そして植物同士の交流、さらには、うまくいけば、植物と私たちとの対話さえも体験することができるのだ。この場所を立ち去る頃には、私たちは普通の植物に対しても、より慈悲深くなるだろう。光を物質へと直接変換し、何百種類もの自分を絶え間なく、常時、いたるところで育て、人類に食糧や原材料を供給するだけでなく、彼らを保護し、霊

〔訳註〕ETFE（Ethylene tetrafluoroethylene）フッ素樹脂の仲間の一つで、テトラフルオロエチレン（C2F4）とポリエチレン（C2H4）の共重合体。フッ素樹脂の強みである耐衝撃強度、耐摩耗性を保ちつつ、弱点である加工性の悪さをエチレンと掛け合わせることで解消し、高温状態で成形可能とした。透明度も高く、ガラス以上の採光率を持っていることから、ビニールハウスや温室、ドームスタジアムなどに使用されている。

感を与える。あなたに、そんなことができるだろうか？　それらはすべて、光合成によってなされているのだ。

二〇〇一年に一般公開されてから二〇年後、G7のレセプションのためエデン・プロジェクトを訪れたエリザベス女王は、諸国の首脳たちを前にして、イギリス首相のボリス・ジョンソンにこう訊ねたという。

「あなたがたは皆、楽しそうに振る舞うことになっているの？」

気候変動がホットな話題となっていた二〇二一年、イギリス南西部の、昔から最も貧困な地方であったコーンウォールは、首脳会議の開催地としては、異例ではあるが素晴らしい選択と思われた。気候問題を理解するためには、環境を理解すると同時に、私たちが環境に対して何をしているかを理解しなくてはならない。このきわめて大胆なプロジェクトは、公開以来、それまで不況にあえいでいたコーンウォールの経済に、二〇億ポンド以上もの収益をもたらした。それはすべて、型破りなオランダ人音楽家であり、元考古学者であるティム・スミット（Tim Smit）の資本主義的思考《マインド》から端を発したものであった。後に女王は彼にナイトの爵位を授けたので、いまや彼は「サー」と呼ばれる身分になった。

コーンウォールは、イギリス本土の端に位置するケルト文化圏の地域であり、いまだに独自の旗、独自の言語と習慣を持っており、分離派の人々は独立を認めるべきだと主張している。長い間、主たる産業は陶土と錫の採掘だったが、それは、この地方にこれらの天然資源が豊富に産出されたからであった。

しかしながら、どうも私たち人間は、自然というものを賢明に使用することができないらしく、錫は枯渇し、陶土も採れなくなった。その結果、経済は大打撃を受け、残されたのは、コーンウォールの牧歌的な村々と、切り立った海岸の岩壁の、眼を奪うように美しい景観に人々を惹きつけることができた観光業だけであった。また、テレビドラマのシリーズ『ポルダーク（*Poldark*）』の大成功によっても、さらに多くの観光客が、コーンウォールの手つかずの自然と野生の動植物を求めてやって来た。ここでは、いまだにゲール語が、筋金入りの国粋主義者たちによって話されているのだ。かつての陶土採掘現場では、日常的に、巨大な機械を用いて地面から陶土がえぐり出されていた。採掘の跡地に残された目を背《そむ》けたくなるような傷跡は、人間による略奪の後には醜さしか残らない、という事実を思い起こさせる。私たちの現在の世界には、今もなお、廃墟となった工場、破壊された森林、毒物に汚染された湖沼などの、自然に対しては略奪する以外にもっとましな接し方があるはずだ、と考えさせられるような、何百万もの場所があるのである。

サー・ティムがコーンウォールに来た時、彼は破産していて、これからどうすれば良いかも分からないような状況にあった。彼が音楽業界で成功していたのはわずかな期間で、あっという間にすべてを失ってしまったのだ。そんな彼が、なぜか、ヴィクトリア朝時代に建てられたままの、老朽化し、荒れ果てた建物へと、何かに導かれるようにして近づくと、その隣には、草木が伸び放題に生い茂った広大な庭園があったのである。

造園の経験などまったくなかった彼だったが、そこを綺麗に片付けると、枯れた植物や花を植え替え、遂には、かつての廃園を素晴らしい観光庭園へと変容させたのだった。ヘリガン・ガーデンというその名も、「ヘリガンの失われた庭園」と改称した。彼には経験上、ショービジネスにおいても、その他のいかなるビジネスにおいても、名前がきわめて重要であることが良く分かっていたのだ。

そのうち、目を周囲に向けてみると、使用されていない陶土採掘跡地があった。彼は、その、かつては取引で賑わった場所に、過疎と廃墟（economic greyness）を見たのであった。イエスの叔父という説もあるアリマタヤ（Arimathea）のヨセフも、錫貿易が盛んな頃、ここにやって来たと言われているが、いまやそこは、病んで死にかけているようにしか見えなかった。しかし、サー・ティムは考えた。

「ここをエデンの園にしたらどうだ？」

そして、彼はやってのけた。銀行家や産業界のトップ、そして、コンピューターによるデータに基づいて将来の収益を予測できるという人たちには、ことごとく反対されたにもかかわらず、彼は、今では世界で八番目の不思議と言われている場所を創り上げた。二〇一八年のインタビューで、彼は、次のように総括している。

「私たちは、素晴らしい構造物を創りましたが、これを一般に公開しようと決意したのは、人間は、どんな大事業でも、皆で協力すれば必ず成し遂げることができるのだという楽観主義を証明して見せたかったのと、人間が、いかに自然界に依存しているかということを、皆に気づいてもらいたかったからでした。いかにそれに依存しているかを理解しなければ、それを尊重しようとはしないし、また、私たちの存在というものが、実は、この複雑に入り組んだ、美しい生命の網《ウェブ》の一部であるということにも気づかないのです。この生命の網《ウェブ》においては、すべてのもの、あるいは、私たちの知る限りのすべてのものが、様々な仕方で互いに密接に関連しているのです。ですから、私たちの環境を無分別に傷つけることは、結局、私たち自身を傷つけることになるのです」

私は、彼が言ったことを自分に思い出させるために、何度か繰り返してエデン・プロジェクトを訪れた。その後、彼は、世界の他のいくつかの場所でも、各種のプロジェクトの建設に当たっている。地上の地獄、消耗し尽くされ、破壊され尽くした景観、大量の公害物質で汚染され、死に絶えた植物たち。これらはすべて、私たちの貪欲から生じたものである。先述のサティシュ・クマール（第20章）も、この土地の住民だ。彼は、世界的な環境問題について人々を教育するため、様々な方法で取り組んでいる、数少ないスピリチュアルな環境運動家《エコロジスト》の一人である。

私は今、バンクーバー島でこれを書いているが、昨日は、この地における史上最高の気温が観測され、また、ブリティッシュ・コロンビア州の多くの場所でも、摂氏四〇度台後半の、うだるような暑さに見舞われた。庭園を破壊すると、気候が変わるようだ…

しかし、サー・ティムは、スピリチュアル系の人物ではまったくない。彼は、すぐれて実践的な資本主義者である。つまり、本当に大きなアイデアを持って人が集まり、皆がやる気を起こせば、そこに奇跡が起きる、と信じているのである。彼は楽観主義者であり、みずからのやる気を維持するために、魂《ソウル》という概念を必要としないのだ。彼は、教育者を兼ねた商売人《マネー・メーカー》の、また、芸人《ショーマン》を兼ねた実業家の、優れた実例であり、エデン・プロジェクトは、私たちが宗教や政治的目的なしに、そして、特に重要なのは、悲観主義者なしに、いかにことを成し遂げることができるかを思い起こさせてくれるのである。知ってか知らずしてか、彼は「魂《ソウル》を創り上げた」のである。彼はエデンの園を造成し、そして、その創造者となったのだ。神は、男と女が平和と豊かさのうちに暮らせるようにと、この園を創った、という聖書の物語を、彼が、いくらかでも信じているとは、私には思えないのだが。

しかし、もしも魂《ソウル》が「時空の中を動く概念」であるとするならば、それをスピリチュアルな用語と考える必要はない。現代社会におけるミーム（meme）〔訳註〕のように、それには予知や伝達の能力があり、大きなヴィジョンの一部である何百もの細かな作業を行うべく、人々をその気にさせることができるのだ。

コーンウォールとイギリスは、ある一人の男が可能だと考えたことによって、非常に大きな影響を受けた。しかし、彼とアイデアを共有する人々がチームを結成することなしには、たとえ世界中の富を集めたとしても、このプロジェクトの成功は到底保証できなかったに違いない。エデン・プロジェクトは、魂《ソウル》を持っているのだ。それは、私たち皆が創造する中で、そして他人を助けることの中で得られる喜びであり、不可能に見えることを、笑いながら行う中で生まれる喜びである。

ティム・スミットのおかげで、エデン・プロジェクトを主要な業務として日常的に運営するために必要な物資が、ほとんどすべて地元で調達されるので、地元の住民が一番にエデンの恩恵を受けることになる。それは、地球の反対側に住む金持ちたちによって所有され、運営されているのではない。それは、無限の可能性を持った庭園であり、私たちが植物に支えられた人間であることを思い起こさせてくれる。私たちは、幸せに暮らすためにエデンの園に植えられたのだ。苦しむためではない。私たちは、植物の世話をするだけで良いのである…

〔訳註〕ミーム（meme）面白い画像や動画、言葉などがインターネット上で拡散されていく現象のこと。インターネット・ミームとも言う。日本を含む世界的に有名なミームとしては、宇宙の画像を背景に驚いている猫の画像をコラージュした「スペース・キャット（宇宙猫）」などがある。

第45章
魂《ソウル》が震える時

人類の感情の中で最も古く、最も強烈なのは恐怖であり、その中で最も古く、最も強烈なのは、未知のものに対する恐怖である。

H・P・ラヴクラフト

二〇一七年七月　アイスランド、ハーガヴァトン湖

岩の上に立った私は心を決めた。怒涛のように流れ落ちる滝へと向かう激流の向こう側に向かって、力一杯バックパックを放り投げると、幸い、それは無事に着地した。もう引き返すことはできない。

上方には、今しがた私が下ってきた頂上まで続く急な斜面があった。川の対岸へ渡れる道がないかと探しに行ったが、見つからなかったのだ。二時間前には、不安定な石の上を、滑ったり転んだりしながら岸辺まで降りてみたが、渡れるほど川幅の狭い場所はとうとう発見できなかった。

川向こうの少し離れたところに、小さな赤い小屋が見えた。それが、今夜の私の特別な宿になる予定

だった（特別というのは、ほとんどの夜はテントの中で寝ていたからだ）。この宿に泊まれるのは、アイスランド政府観光局と、オンライン予約のおかげだった。

もしも湖から滝となって流れ下っている急流に落ちれば、瞬時に河口まで流されて行ってしまうに違いない。氷点近い寒さの中で沢山着込んでいるから、すぐに泳ぎにくくなるだろうし、また、猛スピードで流される身体は、川底の石に翻弄され、ひどいダメージを受けるだろうとも思われた。

すると、激流の向こう岸に馴染みの顔が見えた。友人のグンナーで、私のドキュメンタリー映画『*Why On Earth*』の撮影のために来てくれていたのだ。彼はずっと首を横に振り続けて、十分な長さのロープがなく、また、たとえあったとしても、これほどまでの川幅を越えて投げることはできないと主張した。彼は、流れの水音に負けない大声で叫んだ。

「もう一度、上まで登って、渡れるところを探さないとダメだ！」

地図の上では、ここにはハーガヴァトン湖に隣接する川を渡って、くねくねと山道を登って行く砂利道があるように描かれていた。

グンナーが到着する二時間ばかり前、私は対岸に現われた三人のオーストラリア人と話をしていた。彼らは、極寒の川の流れと、その北側の低い部分が雪に覆われている美しい氷山を見にやって来たのだという。彼らが、地面の上に放り出された私のバックパックに注目したので、私は、そこまでの三メートルほどの距離を、逆巻く流れの上を飛び越えて渡るつもりなのだと説明した。こちら側の岩の方が、着地点の岩よりも一メートルほど高いので、私は大丈夫、行けると確信していた。全力で跳べば、一秒後にはしっかりと着地できるはずだ。しかし、念のため、向こう側で私を受け止めてくれる人がいれば、なお安心だと思った。万一、反対向きによろけて、激流の中に落っこちることのないように、である。
「誰か一人、着地した後、私の手を掴んでもらえませんか？」
　すると急に、三人とも心配そうな顔になり、そのようなことには関わりたくないと言った。そして、考え直すように、警察を呼ぶから助けてもらえばいい、と言うので、私は、「警察は呼ばないでください。もうすぐ、友だちがやって来てなんとかなるはずだし、携帯電話がつながったら、ロープを持って来るように頼むつもりですから。とにかく、どうもありがとう」と断った。

　彼らの心配する様子が、私を臆病にした。そして初めて、このジャンプの成功しない可能性が頭をよぎった。もし失敗すれば、間違いなく死ぬだろう。この急流には大きな岩石がゴロゴロしているから、私の頭蓋骨は卵のようにあっけなく割れ、さらには身体中の骨が何本も折れるだろう。また、そうした第一段階として想定される事態を奇蹟的に逃れたとしても、川を流されているうちに凍死してしまうに違いない。こうなったら、もうほかに手はない。ジャンプするか、ロープを待つかだ。私は妻の顔を思い浮かべた。今回は、もうこれが最後の大冒険だ、と言って家を出て来たのだったが、しかし、そういう意味で言ったわけではなかった。

　私の持ち前の情熱と自信は、こうして、自分の息子たちよりも若い三人の若者たちによって、突如、削《そ》がれてしまったのだった。このことは私たちに、「恐怖」についてのヒントを与えてくれる。おしゃべりは助けにならない。実際、危険について語って分析すればするほど、ますます自信は失われるのである。

私は、弘法大師・空海が、信仰の力だけを頼りに、断崖絶壁から谷底へ飛び降りたという逸話を思い浮かべた。その人間に、目的があるならば生き延びるだろうし、もし、なければ…


私はまた、以前、コスタリカのワークショップで、細長い橋から、眼下の狭い渓谷を蛇行する川に向かって飛び降りた、勇敢な何人もの日本人女性たちと男性二人のことを思い浮かべた。それは、「独立個人」となるための自発的な卒業セレモニーだったが、ほとんど全員がその実行を選択していた。その日、最初にジャンプした神戸から来た女性は、実行を決断する前に、私のお手本を見学していた。私は、両足首だけにバンジー・ジャンプ用のゴム・ロープを括《くく》りつけ、橋の上に立った。二五名の日本人たちは、それを私がジャンプの仕方を口頭で説明するだけのことと思って見つめていた。私は、まっすぐ立ち上がると、彼らに向かって言った。

「やり方はこうです…」

こう言うと、私は川の方に向き直り、ロープがピンと張り詰めるまで、ほとんど水平の姿勢で落下していった。

もしも三秒以上待つと、恐怖が私を後ろに引き戻し、橋から退却することになるだろう、ということを私は知っていた。何カ月か前に、そのジャンプの道具を使って、私は実際に体験を試みていたのだ。そして、恐怖に打ち勝ったことから来る陶酔感が、何日も続くことも知っていた。私は彼らに、もしこれを実行すれば、その後一週間は笑いながら過ごせるだろうと保証した。ほとんど全員が、跳ぶことを決めた。

最初の勇敢な女性が橋の床板から飛び降りる時、彼女は静かに言った。「神様！」

私は、ここ、ハーガヴァトン湖の岸の岩の上で、もうすでに時間を費やし過ぎていたのだが、その理由は分かっていた。柄にもなく、ただただ怖かったのだ。リスクが大き過ぎた。死は、いつだって愚か者をあの世に連れ去る機会をうかがっている。踏み切る際の、ほんのわずかな筋肉の収縮加減の誤り、あるいは、ほんの一瞬の躊躇によって、卵が割れ、あっという間に肉入りオムレツになってしまうのだ。

二時間後、グンナーが短いロープを持って到着した。彼は、湖岸と滝の縁《ふち》との間を登ったり下りたりしていた。初期のヴァイキングの開拓者たちが、流されるのを防ぐために、大きな丸石を抱えて川の中を歩いて渡った、と教えてくれたのはグンナーだった。滝の轟音に声がかき消されぬよう、お互いに叫びながら話し合った末、最終的に、彼は首を振りながら次のように言った。

「あそこを泳いで渡るしかない！」

彼は、滝から十分に離れていてまったく底流のなさそうな、直線距離にして数百メートルほどの湖の広がりを指差した。ここは大きな湖で、その先は幅三メートルほどの狭い岩間を経て川となっていた。湖底の水の流れは、滝に近づけば近づくほどその速度を増す、と、私の中の良識が告げていた。そのように推測される流れに捕まってしまえば、それはもう致命的だ。

私は湖の岸まで歩き、そこで上衣を脱いだ。グンナーは、この場面を撮影するつもりなので、このように提案したのだろう。私は、さらにもう少し先まで湖岸を歩いて、より幅が広く、泳ぐのに適した、滝から離れた場所を探した。

グンナーは、反対側の湖岸にロープを持って立っていた。もし、流れが速くて体が流されそうになった時には、それが役立つと思ってのことだろう。

氷のように冷たく、ガラスのように透明な水面は、いまや私のすぐ足もとにあった。冷たさに対する不安はまったくなかったが、唯一の心配は、水面下の吸い込むような巨大な流れによって、滝へと流されることだった。私が、日課として冷水のシャワーを一五年間続けてきたのは、このためだったのか！　おかげで私は、急激に身体が冷えることへの適応能力を獲得していたのだ。

私は飛び込んで、猛スピードで泳ぎ始めた。何も考えなかった。ひとたび決めた後に躊躇はなかった。足も攣《つ》らなかったし、滝に向かって流される気配もなかった。その結果、渡り始めてから二分ほど経った中間地点で、私は向こう岸まで行けることを確信したのだった。


小屋に着いて、火を起こし、服を乾かしながら窓の外を眺めていると、このあたりには珍しく、そこに一本の木が立っているのが見えた。丈は低かったが沢山の枝が着いていて、褐色のガレ場と、真夜中の太陽が照らす灰色の空とを背景に、ただ一本で屹立していた。私はひとまず、なんとか生き延びた。地図は便利だが、現実の道についての知識を授けることはできない。また、滝に直面して立ち往生するような貴重な体験も。生身の人間としての恐怖心に打ち勝ち、そして、そうした精神的《スピリチュアル》な力を信頼する、ということに対する魂《ソウル》の強いあこがれは、所詮、書物では伝えることができないのである。

未知のものへの恐れは、私たちの、魂《ソウル》に対する拒絶反応であるとも考えられるが、それは私たちの、すべての人間的な条件付けを克服しうる、最も偉大な力を持った部分を拒否することになる。未知のものに対する恐怖は、私たちの持つ、最も一般的な悩みの種であるが、それは、対処の仕方を学ぶことのできるものなのである。

ローマ皇帝マルクス・アウレリウスは、ストア派の偉大なる理想のすべてを日常生活において体現していた人物であったが、彼は、毎日のように自身の魂《ソウル》の震えに対処していた。それは祈ることではなく、霊的《スピリチュアル》な想像によってでもなく、ただ単に、心を澄ませ、自身の死について思いを致すことによってであった。彼を殺したい人間は山ほどいた。一四年間続いたアントニヌスの疫病も、きっと彼を狙っていたに違いない。なぜなら、最終的には、それが彼を殺したからである。しかし、彼は常に自分の死を意識し、日々、それに対してポジティブに対処していた。それを心に留めて考えこむのではなく、単なる時と場所だけの問題として、ありのままに受け入れることで、であった。このように、みずからの死を常に思うことを、「メメントモリ」と言う。あの孤独な木を窓から眺めている自分を上から見下ろしながら、私は魂《ソウル》の知恵に静かに微笑んでいた。あの夜、渡り終わってから、死とスレスレの状況を体験した私に深い安寧を与えてくれたのは、精神でも、感情でも、想像でもなく、それは私自身の魂《ソウル》からのメッセージであった。私の魂《ソウル》は、髪の毛の数と同様に、この地球上での美しい日々には限りがあるのだということを、あの鮮やかな手口で教えてくれたのだった。私の魂《ソウル》は、決して震えない。私が、その邪魔をしているだけなのだ…

第46章
暗い夜

この手合いときたら、われとわが心から逃れるためには
何でもやる。〔訳註〕

C・G・ユング

一九七三年　マラウイ共和国、チティパ

シンプルこの上ない造りのこの監房は、まさに檻そのものだ。私が立っているところからは、向こうの方で三人のアフリカ人警官たちが、テーブルを囲んでポーカーをしているのが見える。私は監房の扉の鉄格子を叩き、イギリス大使館から誰かを呼んで会わせてくれと要求した。そしてまた、食料も要求した。ここに連れて来られて丸一日が経つが、いまだに、なぜ、突然路上で逮捕され、この檻にぶち込まれたのかについては一切説明がなかったのだった。

〔訳註〕C・G・ユング『心理学と錬金術（*Psychologie und Alchemie*）』（池田紘一・鎌田道生訳、人文書院）より引用。

一日前、私は、タンザニアのムベヤから、ヒッチハイクでウサング動物保護区を通って南下していたのだが、途中、乗っていたジープのすぐ前に、いきなりキリンが走り出て来た。キリンは、急停車した車のヘッドライトに照らされながら、怯えたシカのように硬直したまま、しばらく身動きが取れなくなっていたが、そのうち、事態は急遽、劇的な展開を見せたのだった。

こちらから見て、キリンの左側に続いている未舗装の道路の脇には、高さ一メートルほどのフェンスが設置されており、右側には広大な平原が開けていた。ヘッドライトの光の中、彼は突然、優雅なギャロップでフェンスを跳び越えようとした。すると、その長い脚が引っ掛かり、彼はフェンスの向こう側の地面に崩れ落ちた。しかし次の瞬間、私たちが見たのは、彼がすぐさま起き上がり、瞬く間に夜の闇の中へと走り去る姿であった。人間という恐怖から逃れて、遥か遠いところへと。

私たちは、自分自身が投射したヘッドライトの光の中に捕らわれていながら、それに気づかぬまま、ずっと過ごしているのだ。私たちは今、「魂《ソウル》を否定する時代」（以前よりはかなり霊《スピリチュアル》的になってきている、などと誇大宣伝されてはいるが）に生きているので、魂《ソウル》、、、として生きている人が少なくなってきているようだ。私たちは、「自分の身体《からだ》」という見えざる牢獄の中に囚われていながら、それをよしとしているのだ。その中では、永遠不滅の魂《ソウル》の多大なる支援なしでも細々と生きることはできる。魂《ソウル》とは、神秘に満ちた不可視の存在であり、私たちの物質主義的パラダイムが提供し得るどんな媒介変数《パラメータ》の組み合わせを用いようとも、それを把握したり、体系化したりすることはできないのである。

このことについては、かの十字架の聖ヨハネが、彼自身、暗い修道院の小部屋に幽閉された折に執筆した霊的《スピリチュアル》な古典的名著『暗夜（*The Dark Night of the Soul*）』（山口女子カルメル会訳、ドン・ボスコ社）にちなんで、今では、しばしば「魂《ソウル》の暗い夜」（The dark night of the soul）と呼ばれているようだ。

しかしながら、今では流行語のように使われているこの言葉は、私には単なる「危機」か「抑うつ」、あるいは、自分自身についての何か非常に難しい問いを投げかけたくなるような、ある種の失敗に関するもののように思える。しかし、魂《ソウル》には「暗夜」などないのである。人間の自我《エゴ》が魂《ソウル》を否定することで、暗く感じられるだけなのだ。なぜなら、魂《ソウル》とは、光そのものだからである。ただし、その光は、私たち人間の肉眼では決して見ることができないのだ。

一九七三年の当時、ネルソン・マンデラ（Nelson Mandela）は監獄に収監されていたが、彼の魂《ソウル》を牢に入れることはできなかった。彼は、魂《ソウル》としての自分を決して忘れなかったに違いないと私は思う。したがって、そうした意味で、彼は決して収監されていなかったということになる。彼は、アパルトヘイトのないアフリカのために二七年間戦い続け、その後、ついに南アフリカ初の黒人大統領となるのであった。それが、当時、カイロからケープタウンへとアフリカ大陸を南下する縦断の旅で、私が次に向かっている国だった。私は二十歳で、ほとんどお金を持たず、沢山の本と一冊の日記帳でその半分が占められた小さなリュックを背負っていた。ピンク色のベルボトム・パンツとTシャツという姿で、それが私の逮捕された理由だったのだ。

「魂《ソウル》の暗い夜」には、他にも多くの意味がある。マラウイ共和国は、一九世紀半ばに一人のスコットランド人、デイヴィッド・リヴィングストン（David Livingstone）がそこに道を開いて以来、スコットランド人のカルヴァン主義者たちによって大きく影響を受けた。この後、間もなく私は、ここから南に行ったところにある町の、リヴィングストンの名前が冠された博物館で、彼の折れた上腕骨を見ることになるのだった。彼はライオンに襲われ、激しく体をいたぶられているうちに、左の上腕骨を九カ所もかじられてしまったのだった。リヴィングストン自身が後に証言したところによると、おそらく、それを美味しいおやつにしようとしたらしいあの巨大な動物が、彼の左腕にかぶりつき、食いちぎらんばかりに彼を振り回している間に気を失った、とのことである。

多くのキリスト教の宗派には「地獄と天罰」と呼ばれる暗い影の部分があるが、スコットランドにおいてはそれが特に顕著で、道徳的規範を逸脱してしまった不幸な信者には地獄や天罰が待っているという教義が、かなり強調して説かれていた。リヴィングストンは、アフリカ人を奴隷制度から解放すべく奔走したのであり、その英雄的な努力については賞賛されるべきであるが、しかし、彼の広めたキリスト教の教義自体には、道徳や救済、そして死後の世界についての、根深い、誤った概念が多く含まれていたのである。実のところ、イエス・キリストは、地獄について一言も触れていない。これについては、過去二〇年間、私は、いささか熱意を持ってこの宗教の教えを真剣に実践してきたので確信がある。魂《ソウル》は、いまだかつて地獄に堕ちたり天国に昇ったりしたことはないのである。魂《ソウル》は、そのような陳腐な考えを超越しているのだ。

しかし、そういった概念は、人々を自分たちの宗教に改宗させたい時にはきわめて有用だ。リヴィングストンのような人たちがアフリカで福音を説くことによって、奴隷制度の廃止が促進されたという、そのような利点を考慮すれば、地獄と天罰という概念は、きわめて暴力的だった大陸を変革するための、良いきっかけとしての役割を果たしたとも言えるだろう。

それでも、近年ルワンダで起こっていることを見れば、その暴力性は明らかであって、敵対する部族が会戦し、互いに山刀《マシェット》で相手の身体を躊躇なく無残に切り裂いている。「暗黒の大陸」と言われるには、それなりの理由があるのだ。今日のアフリカは、かつてとはまったく異なった状況であるとはいえ、地方に行けば依然として部族同士の対立が繰り広げられている。ライオンとは違い、山刀を振り回す殺し屋たちが、他部族の村々を襲って強姦し、略奪する様は、人というものが、いかにたやすく狂気に陥ることができるかを物語っている。

魂《ソウル》という概念は、地獄や天罰を思い描くような精神《マインド》に大打撃を与えるのだ。魂《ソウル》は、そのような子どもじみた想像とは永遠に無縁なのである。

私は、ここから出られないかもしれない、と思った。誰も、私がここにいることを知らない。他の監房は、すべてアフリカ人で満杯だ。

翌日、私は豆と米をもらった。警察は威圧的ではなく、(同じように警察で一夜を過ごした) ナイロビのように、敵対する部族が収容された時、すぐさまボコボコに殴ったりはしなかった。私がなぜ収監されたかを知っていたので、彼らはただニコニコしていた。私は、ピンク色のベルボトム・パンツをはいていたから逮捕されたのだ！
知らなかったのだが、私が連行された場所は、マラウイ共和国のヘスティングズ・バンダ大統領を迎える予定になっていた場所だったのだ。ウィキペディアを読めば、彼がきわめて抑圧的な政権の独裁者であることが分かる。端的に言えば、マラウイがイギリスから独立した後、権力が暴走したということである。彼は間違いなくヒッピーが嫌いで、このような格好をしている私は、紛れもないヒッピーだった。したがって彼は、「よろしくない」人間たちを街頭から一掃するよう指示し、そして、彼に忠実で献身的な国民だけが、その姿を見ることができるようにしたのだ。私は単に、居てはいけない場所に、まずい時間に居ただけだったのだ。

リヴィングストンという、私と同郷のキリスト教徒が、知らず識《し》らずのうちに狂信的な独裁者のための場を作ってしまっていたのであった。間違いなく、彼はカルヴィン派の地獄の説教の影響を受けている。そして、本来は国民に奉仕する身であったものが、人権を蹂躙し、彼の政策に反対する何千もの国民に拷問を課す存在と化したのだった。

四日目になって、二人の警察官が、私を監房の外の、彼らのランドローバーまで案内した。私を、ザンビアとの国境まで送ってくれるというのだ。それは、私が南アフリカに行くために通過しなければならない次の国であった。未舗装の道路はでこぼこしていたが、ともかくも、私はなんのお咎めもなく、あの監房から出ることができたのだ。大統領が当地を去った後、地元民及び外国人の、すべての私たち望まれざる者たちは解放されたのだった。したがって私は、すこぶる嬉しい気持ちで、国境までの道中を、ずっと警察官たちと愛想良くしゃべりながらドライブして行った。すると次に、とても奇妙なことが起こった。それは、あまりにも馬鹿馬鹿しく、また、縄張り根性的でもあり、私には一種の象徴的出来事のように思えた。つまり、いかに、国境や政治や組織というものが、おかしなものであるか、ということだった。

　マラウイ共和国とザンビアの間には、二〇〇メートルの中間地帯《ノー・マンズ・ランド》（所有者のいない土地）があった。ザンビアの税関官吏は、私がなぜ隣国マラウイから追い出されたのかを知りたがり、一方、マラウイ当局側は、私を追い出すことができてほっとしていた。ザンビアは、私の入国を拒否した。「彼らが入国させておきたくないのであれば、我々もお前を入国させたくない」と。

　私はマラウイをすでに出ていて、ザンビアまで歩いて来たのだが、今は、たった一人で誰も所有しない地帯（ノー・マンズ・ランド）にいるという、きわめておかしな立場にいた。私は震え出した。笑いを堪《こら》えきれなくなり、まもなく、狂王《マッド・キング》のように、大声で笑い狂いながら立っていた。警官たちはすでに帰路に就き、ザンビアの税関官吏たちも建物に戻ってドアを閉め切った。もちろん、いずれ、どちらかが私を受け入れるしかないことは分かっていた。どこかのヒッピーが中間地帯《ノー・マンズ・ランド》で飢えのため死んだ、という国際ニュースが、決して報じられることのないのは明らかだ。

　大柄な黒人の係員がついに折れ、私のパスポートにスタンプを押してくれたので、私はリヴィングストンに向かうことができた。そこで、食料を買う資金を稼ぐため、いくつかの店を回ってフランス語の聖書を売り払った。

私は、持参の毛布でヴィクトリア滝《フォールズ》の隣に簡易テントを張った。現地の言葉で、ここは「雷鳴を轟かす煙」と呼ばれているのだが、その通り、音は凄まじかった。私は、この原始的なシェルターの中で寝転がった。ここのような温かい場所では、これで十分で、ボツワナとカラハリ砂漠に向かう予定だった私は、そこでのさらなる冒険を夢見ていたのだった。私たちの祖先が、この場所から来ていることは間違いないと思われる。人の魂《ソウル》の全歴史は、叢林地の居住民であるブッシュマンのサン人と深くつながっていて、私たちの遺伝子の青写真は彼らから来ているらしい。したがって、私たちは皆、狩猟採集民の子孫なのである。〔訳註〕彼らは、自分たちが魂《ソウル》であることを知っていた。「魂《ソウル》」という言い方はしなかったが、知っていたのだ。私たちは、それを忘れてしまった…

〔訳註〕近年の遺伝子解析では、サン人が人類の祖先と目されている。サバンナで生活するサン人は「地球最古の人類」とも呼ばれ、移動する狩猟採集民族として二〇世紀には数多くの生態人類学者の観察対象となった。

第47章

孤独における魂《ソウル》

本当に孤独になった時、あなたは神とともにある。

トマス・マートン

一九七一年　スロヴェニア、リュブリャナ

線路の隣のコンクリートのホームには、私一人が横になれるくらいの幅しかない。トンネルの外には、みぞれ混じりの冷たい雨が降っている。今日は、ずっとヒッチハイクをして過ごしたのだが、このユーゴスラヴィアという名の社会主義国家では、停まってくれる車はきわめて少なかった。ここへはイタリア経由でやって来たのだが、資本主義国の人間の方が、異邦人に対して、より心が広いようだった。

私は十八歳で、ロンドンを出発した後、ベルギー、ドイツ、オーストリア、そして数日前にはイタリアと、長い孤独な旅を続けてきていた。寝袋一つと雨風を凌げる場所さえあれば、どこであろうと私は眠ることができた。

なぜ、私はこの旅を独りで決行することにしたのだろうか？　なぜ、あえて運命に身を任せ、約一カ月

後のカトマンズ到着を目指して、ギリシア、トルコ、イラン、アフガニスタンとパキスタンを経由する旅を始めたのだろうか？　何が私を駆り立てているのか？　こんなことをしなくても、大学に通うとか、でなければ、家で家族と過ごしていても良かったし、あるいはまた、テレビでモンティ・パイソンを観ながら、居酒屋《パブ》で友だちと一杯やった後、ふらつく足で家路をたどることだってできたはずだった。定職に就き、お金を稼いで、幸福で安楽な人生への道を開くべきなのではないのか？

列車が、一時間おきにやって来ては私の全身を揺らす。しかし、それでも、外で寝るよりはよほどましだ。濡れないし、一人だけでいられる。何よりも、とにかく自由だ。これは私が、自分の信仰を試すために支払った代償だった。しかし、それは何に対する信仰だったのか？　私にはまだ、神とか霊《スピリチュアル》的な生活についてはなんの考えもなく、そして、いかなる救世主や聖者に対する信仰も持っていなかった。私は純然たるヒッピーだったのだ。私は、何にも増して、個人の完全なる自由を信じていた。私は、親の心配など気にもしなかった。友人たちの、途中で病気になったらどうする、とか、スリに遭うぞ、とかいった忠告も、さらには、もっとひどい目に遭うかもしれないという警告も無視した。中央アジアの男たちは、髭が生え始めたばかりの若くて華奢な男子を好む、と言われ、お金も持たずにアジアを横断しようとする理由は何なのか、と問われた。私としては、「そうしたいから」と言うしかなかった。そして今、その実践の真っ最中で、震えながらそれを証明しているのだった。

最後に食物を口にしたのは昨日だった。私は自分を元気づけるために、これから通過する予定の都市の名前を声に出して言ってみた。ベルグラード、テッサロニキ、イスタンブール、アンカラ、マシュハド、テヘラン、ヘラート、カンダハール、カブール、ラホール、ラーワルピンディー、チャンディーガル、ニューデリー、ヴァーラーナシー、そしてラクナウ。ラクナウ（Lucknow）、「今、幸運がやって来る」…なんて素晴らしい名前だろう。それこそが、私のいつも期待していたことだった。とにかく、なんとしてもヒマラヤ山脈まで辿り着くのだ。

半世紀が経った今、振り返ってみれば、何が私の旅を導いていたのかが分かる。それは第六章で見てきた通り、未来の私だったのだ。しかし、その未来の私そのものは、私の魂《ソウル》のごく一部でしかない。魂《ソウル》とは、膨大な時の流れと空間を包括したものであり、そして、おそらくは、いくつもの転生の連続でもあるのだ。

確かか？と問われて証明することはできないが、しかし今、私は強くそう思うのだ。でなければ、どうしてイギリスからネパールまで、計画もなく、資金もなしで行けるのか。頭がおかしいと思われるかもしれないし、ひょっとしたら、本当にそうだったのかもしれないが、私には一点の疑いもなく、必ず行けると信じていた。それでも、道中にはひどく孤独を感じる夜が少なからずあり、まさにこの日も、そんな中のひとつになりつつあった。そんな夜には、抑えがたい疑念が次々と頭をよぎり、こんなことをしていて本当に意味があるのだろうかと、ただただ思い悩むのであった。

私たちは皆、この地球上での短い時間内に、それぞれ、どんな経験をして過ごすかを決めた上で生まれて来ている。そして、その人生の少なくとも三分の一は、果てのない夢の中の世界を旅して過ごし、また、そのほとんどは、仕事をしたり家族を養ったりすることで費やす。また、少なくとも人生に一度くらいは、絶望に打ちひしがれ、世界に対して怒りをぶちまけることがあるのではないかと思う。しかし、そんな中で、突然気づくのだ、人生はそんなに長くないということに。どれだけ長生きを望もうと、いずれ、自分にも死が訪れるのだと。

そのような人生の中で、冒険へと呼びかける声は、決して消えることなく、常にそこに存在している。なぜなら、冒険とは魂《ソウル》の別名《コードネーム》だからであり、魂《ソウル》は常に、あなたとともに、今ここにあるからだ。それは、あなたの限界を拡大し、望みを深化させ、そして、肉体の寿命を延ばす道へと誘っているのである。つまり、決して後悔しない人生を送るようにと激励しているのである。なぜか、私はこのことに、とても若い時分から気づいていた。実は、三歳の時からだった。その頃、私は心の中で、ある種の決意をしたのだ。両親は私の本当の保護者ではなく、一時的な子守なのだから、彼らのもとを離れられるようになり次第、そうするのだ、と。

私は、ドストエフスキーを読み、ヘンリー・ミラーを読み、ジャン＝ポール・サルトルを読んだ。そして、この旅の当時は、ラーマクリシュナと、シルディ・サイ・ババのようなインドの神秘家の本を読んでいた。それらは心《マインド》や魂《ソウル》について語りかけていて、私は強く心を捕らえられた。人類は、まだ幼虫のような段階だったのだ。私たちは、輝くように美しい蝶に変容する前に、まず、さなぎになるよう運命づけられているのである。「神」と呼ばれる普遍的《ユニヴァーサル》な精神《スピリット》があり、私たちに、他からは得ることのできないほど深い幸福を贈ってくれるのであった。

昔、もし私がヨーロッパのこの地域に住んでいたとしたら、その頃、すでに要塞化されていた修道院で修行中の新入り修道士だっただろうと思う。あの時代においては、魂の進化以上に重要なことはなく、そして、その進化とは、神性に対する、そして、光と自由に対する渇望であった。今回の旅は、それらのまったく不完全な反映でしかなかったが、それでも、それは少なくとも、何かリアルで意味あるものの反映ではあったのだ。

セックスやドラッグは、一時的な快楽を与えるかもしれないが、それらには「カムダウン（come down）」と呼ばれる禁断症状が付きまとう。いくら与えられても、決して満足はできないのだ。こうしたことに気づくのは、早ければ早いほど良いと私は思った。私も、他の人々が彼ら自身で証明してきたように、自分自身でそれを証明しなければならなかったのだ。それが、旅における人生のエッセンスなのである。

だいぶ後になって分かったことなのだが、「孤独」とは、それ自体、私たちが体験できる中で最も純粋な真の犠牲なのである。私たちが、快適さ、自分たちの考え方が承認されること、気晴らしや娯楽などを犠牲にするのは、いったい何のためなのか？

かつての時代においては、孤独の重要性が知られていた。その時代の人々は、それによって、私たちが自我《セルフ》と呼ぶ偽りの表層、「自分《ミー》（ME）」という部分が引き剥がされることを知っていたのだ。「孤独」が難しいのは、それが嘘をつかないからである。それは、何かのふりをした姿や派手な見せかけなどをすべて超えたところにある、私たちの本当の姿を見せてくれるのである。誰かが、あなたのために手を叩いてくれたり、背中を撫でてくれたり、キスをしてくれたり、あるいは、誰かのエネルギーによって惑わされたり、といったことがなくなれば、そこには本当のあなただけが残され、他に頼らず、自前で一切を賄《まかな》っている、あなたそのものになるのである。孤独とは、魂《ソウル》の呼びかける声なのであり、魂《ソウル》は孤独を愛しているのだ。実際、今となって振り返ってみれば、これこそが人生の基本的な真実なのである。

人は、常に独りである、というのが現実なのだ。自分自身の思考や感情、夢や絶望とともに独りなのである。夜中に目覚めてみれば、あなたの隣には恋人や配偶者がいるかもしれないが、彼らもすでに別の次元にいるのであり、実のところ、最初からずっとそうだったのだ。

毎朝、あなたは、最初の思考とともに独りで目覚め、しかる後に、愛犬を撫で、子どもを抱擁《ハグ》し、鏡に映った自分の姿を眺めたりする。あなたは、多くの人々や場所の中を通り過ぎる人生を歩むかもしれないが、最後は独りで死ぬのだ。たとえその時、孫や友人たちに囲まれていたとしても。あなたが行こうとしているところに、彼らが付いて来ることはできない。この旅は、独りで実行しなくてはならないのだ。それが、地球上における人生の、究極にして明らかな真実なのである。

トマス・マートン（Thomas Merton）は、五十代に入ってからの私の霊的兄弟《スピリチュアル・ブラザー》であった。なぜなら彼は、孤独こそが、内面生活の最も重要な要素であるということを、真に理解していたからだった。それは、孤独感《ロンリネス》ではなく孤立でもない、純然たる孤独なのである。彼は、二七年間、修道院で暮らしていた。所属していたゲッセマネ修道院は、彼のような霊的《スピリチュアル》探究者や、修道士や助修士《ブラザー》らで溢れていた。しかし、彼は常に究極の孤独を求めていた。それは、自身の真の姿に、より近づきたいと思ったからであり、そして、やがては、彼の霊《スピリチュアル》的な宿命である、キリストとともにある状態に近づきたいと願っていたからだった。

彼は、私たちが、遅かれ早かれ直面せざるを得ない内的苦悩について、常に書き続けていた。それは、彼が「偽りの自分《セルフ》」と呼ぶところのもの、すなわち、自我《エゴ》からの解放であり、その自我《エゴ》は、堕落した世界(Fallen World)における果てしないおしゃべりの中で、永久に気を散らしながら生きていたいと思っているのである。その世界の中では、自分が聞きたいこと、欲すること、支配したいことの谺《エコー》しか聞こえてこない。それらはすべて、私たちが忘れがちで、否定し、埋もれさせてしまいがちな、最も重要な衝動の否認である、と彼は考えた。それは魂《ソウル》の衝動であり、魂《ソウル》は、身体が私たちに見せている小さな世界から自由に飛び立ち、私たちの故郷であって、実際には私たちがそこからひと時も離れたことのない、光と永遠の愛に満ちた海の中へと深く沈潜したがっているのである。

四十代後半の頃、彼は俗世からの大きな誘惑を受けることになった。背中の手術を受けた後、若く美しい看護師が病室で彼の世話をしたのだ。自由な魂《ソウル》であった彼は自問した。厳粛な誓いを立てた身とはいえ、なぜ女性を愛してはならないのだろうか、と。彼はその日記に、この女性が修道士としての彼の心にもたらした深遠なる喜びと苦悩について記し、やがて、この親密な関係は、彼を堕落させてしまいかねないことを悟ったのだった。

彼らは性的な関係は持たなかったが、貞潔を守りながらも、互いに最大限親密な仲となっていた。しかし、やがて彼は、大修道院長にも修道士たちにも知られていたその関係を絶ったのだった。

後に、彼はインドやタイを訪れたが、そのことによって彼は、すべての宗教や哲学を包括する普遍的な霊的言語《スピリチュアル・ランゲージ》に、より近づくこととなった。そのあたりについて彼は、ダライ・ラマや、他の霊的《スピリチュアル》な指導者との対話の中で明らかにしている。

彼は、孤独とは、大いなる恵みであることを知っていた。そしてまた、その代償として、すべてが要求されることも知っていたのであった。

第48章
UFOの魂《ソウル》たち

未確認飛行物体（UFO）とは、それらの精神的《サイキック》、象徴的《シンボリック》現実《リアリティ》から切り離しては理解することのできない物質化現象である。

ジャック・ヴァレー博士

一九九一年五月一三日　カナダ、ブリティッシュコロンビア州、ヴィクトリア

私の人生が変わった日。あなたは、こういう表現を耳にしたことがあるだろうか？　私たちの人生には、このような日が本当にあるのだろうか。それとも、常にそうした変化が生じているにもかかわらず、ただ、それに気づかないだけなのか？

もちろん、差し迫った恐怖や、死への直面といった究極の経験をする人もいる。例えば、生存さえも危うくするような巨大な経済破綻、戦争や大惨事、等々だが、しかし、あなたは、実際にそのような目に遭った人たちと、何人会ったことがあるだろうか？　友だちや知り合いや家族の一員が、時と場所とを特

定して、「すべてはあの日から始まった！」と言うのを聞いたことがあるだろうか？

しかし、今から三〇年ほど前のこの日、私の目の前で、きわめて奇怪なことが起こったのだった。それはまったく予期せぬ、そして、まったく理解不能なことだったので、この体験は永遠に、私の魂《ソウル》の奥深くに刻み込まれることだろうと思う。

私がこれから公開する話が、いかにファンタジーのように、つまり幻想によるものであるかのように聞こえようとも、私は、これが事実であったということを確信を持って断言できる。というのも、他にも目撃者がいるからだ。それはまず私の家族であり、また、後になってわが家を訪れた友人や親戚も、同様に目撃しているのである。

それは間違いなく、私が引き起こした現象ではあったが、しかし、私はその動きを制御《コントロール》することはできなかった。また、それから八年後の一九九九年に、私とそれとの関係が完結するまでは、それが何を象徴していたのかも、まったく分かっていなかったのだった。

当時、私は毎週のように、時には、いく日も続けて、自宅から小さな森に隣接する学校の校庭まで散歩したものだった。それは夜遅い時間であることが多く、大抵はグレースという名の飼い犬も一緒だった。細い道を通って雑木林まで来ると、いつも興奮と喜びの感覚が湧き上がってきたが、その感覚は今でも生々しい記憶となって残っている。それはあたかも、そこが聖なる場所であって、天井のない教会、あるいは、空中の神殿に、他の世界からの訪問者たちが礼拝にやって来ているかのような雰囲気であった。そして、この現象をきっかけに、その後の私のキャリアのすべて、すなわち、著述家、講演家、古代遺跡を訪れての考古学研究、意識研究、脳に関する研究、太陽物理、哲学、宗教、精神分析、DNA生物学、宇宙論と神話学、シャーマニズム、民間説話と量子力学、等々に関する探求が始まったのだった。

この場所の夜空に、輝く光が現れたことで、私は自分の名前をジョン・クレイグからエハン・デラヴィに変え、すべての紙媒体に記載されたIDも変更した。その結果、変化の衝撃波が、私の家族、職場、そして社会的なつながりの中に伝播したのである。

だから、私としては、この夜の体験が、ほとんどすべてを変えたと言っても過言ではないと信じている。実に興味深いことに、すべての発端となったその夜の一週間前、私は死にかけていたのであった……

たとえ私たちが魂《ソウル》の存在をいまだ認めないとしても、いかにそれが細かろうと、魂《ソウル》とのつながりを保つことができたなら、あるいは、心の奥底で、魂《ソウル》とより親密になりたいと真に願うならば、ある一連の出来事や一つの大規模な出来事が、そのつながりを強化する可能性は、かなり高いのではないかと思われる。そうすれば、私たちはまた違った軌道に乗って、魂《ソウル》との、健全で創造性に満ちた関係を築くことができるだろう。それは映画で、なんらかの悲劇的な事情で長年生き別れになっていた息子や娘が、両親やその他の家族、あるいは友人たちと再会するようなものだ。魂《ソウル》は決して諦めない。なぜなら、もちろん、本書の読者なら、もうすでに良くご存じのように、魂《ソウル》とは私たち自身であるからだ。私は、これが、まさにその通りであるということを学ぶために、「魂《ソウル》の学校」に八年間通わなくてはならなかったのだ。

それで、私はここで何を言おうとしているのか？

私は、すっかり意気消沈して雑木林の中へと歩いて行った。それまで営んでいた日本人相手の不動産投資コンサルタント業は、日本経済のバブル崩壊とともに破綻していた。

絶好調だった過去二年間に、私はカナダで数百万ドル分もの不動産を販売した。おかげで、大邸宅に住み、車も二台所有して、仕事で必要な時にはファーストクラスで日本に飛んだ。ヴィクトリア―ヴァンクーヴァー間をヘリコプターで移動して、そこから東京行きの国際線に搭乗したのだが、そうやって太平洋を、もう何十回も横断していた。

私は、ヴァンクーヴァーのパンパシフィックホテルのキャプテンズ・クラブ（Captain's Club）の特別会員になっていたので、日本人の顧客にはそこにご宿泊いただき、また、特に日本人男性は、ダウンタウンのナイトクラブにお連れしてもてなした。車には移動電話が備え付けられ、また、海の向こうにアメリカの山々の素晴らしい眺めが見渡せるオリンピック・ビュー・ゴルフクラブの会員権も持っていた。私は毎日のように、人間の可能性や成功に関するセミナーのビデオで勉強した。三揃えのスーツを着用し、レイバンのサングラスを掛けていた。

ダウンタウンには私の日本人秘書の駐在するオフィスがあり、そこでは昼夜を分かたず、日本全国の個人顧客や企業宛に、不動産関係の資料をファックスで送信していた。私は黒塗りのＢＭＷに乗り、この島で一番高価で豪華な邸宅、「ザ・イーグルズ・ネスト（The Eagles's Nest）」に住んでいた。この家具調度品付きの豪華絢爛たるアンティークの中に、私はもう一つオフィスを持っていて、ここを数百万ドルで購入した日本人オーナーのために管理していた。オーナーがここにやって来ることはまったくなかったので、私は、ほとんどの時間をここで次の販売計画を立てて過ごした。コンドミニアム付きのゴルフコース会員権を売ったり、さらには、不動産取引事業の一環でスキー場なども販売し、ベンチャー起業家としてテレビに出演したこともあった。

しかし、弁護士や不動産業者、市長と市職員、日本の広告代理店等との協力のもと、何カ月もかけて準備したこの開発事業は、契約締結寸前に、一夜にしてすべてご破算となった。銀行の破綻とともに、日本では何もかもがほとんど停止状態に陥っていた。ファックスも沈黙したままだった。ＢＭＷも売り払った。そこから後は、坂道を転げ落ちるように、どんどん状況が悪化した。私は、人生で初めての深刻な実存的危機に陥った。経済的な重圧と精神的ショックが、日に日にその効き目を増していった。私は三十九歳だった。

この種の体験は、シャーマン社会では、よく知られたものだった。それは通常、病や死への直面という形でやって来る。もし、シャーマンとなるべき人がこれを生き延びれば、彼は新しい悟りを得て、彼の属する地域社会を癒したり、異界からメッセージを持ち帰ったりすることができた。そのような衝撃的体験なしに、シャーマンやヒーラー、あるいはメッセージの伝え手になれる者はほとんどいない。なぜなら、それらの体験は、人を別の現実《リアリティ》へと飛翔させるための爆発的な力となるからだ。入場料を支払わずして、そのような力を利用することはできない。それはカオスであり、当惑と錯乱は付き物なのだ。

現代の魂《ソウル》たちは、このような代価を支払いたがらない。なぜなら、もちろん、科学によれば、そのような別の世界が存在することはありえず、したがって、それは存在しないのである。しかし、シェイクスピアがいみじくも言ったように、彼らの異議は、おおげさに過ぎる（protesteth too much）のだ。魂《ソウル》には、詐欺師《トリックスター》になることも宇宙人《エイリアン》になることも、現れては消えるように見せかけることも容易にできる。そして、現代において魂《ソウル》が選んだ、左脳思考型の物質主義的心《マインド》を動揺させるのに最も効果的な形がＵＦＯだったのだ。

この神秘的な夜に、私の頭上、約一千メートル上空に飛来したのは、まさにそれだった。それは美しい、動く星のように自然な光を放っていた。私とリズムを完璧に合わせて移動し、私が足を速めると、それも動きを速めた。私は驚嘆し、唖然として見上げていた。我が家の犬も見上げていた。それをずっと目で捉えながら家に戻ると、私は家族全員を外に呼んで確認させた。全員がそれを見た。それは木の上方に移動した。代わるがわる双眼鏡を覗きながら、私たちは三〇分間それを眺め続けた。それは回転し、大きくなったり縮んだりしながら虹色の光を放出した。そして、突然消えた。

それは、私が天に向かって仕事上の不運について怒りをぶちまけ、事態が好転するという何かサインをくれ、でなければ…と叫んだ直後に現れたのだった。私が心《マインド》の中で創り上げたのだ、と言われるかもしれない。それとも、心《マインド》が私の体験を創り上げたのか？

それほどの混乱、興奮、畏怖の念と衝撃を、それら空中の光（しかも、私以外の人間も見ることのできる光）は、その後八年間、私に与え続けたのである。私は、これらの〝訪問者〟と、ほぼ毎晩のように〝遭遇した〟のであった。謎々が与えられ、私はいまだにそれを解こうとしている。どこまでが確固たる現実の世界で、どこからがもう一つの束の間の世界なのか？

このことについて確認しようと、私は、まず、ＵＦＯ会議に参加してみた。しかし、他の誰も、このような体験をしたことがなかった。このＵＦＯは、私以上に私のことを知っているかのようであった。そのタイミングもあったが、それによって引き起こされたと思われる数々の共時性《シンクロニシティ》によって、私はさらに深く研究するようになり、その結果として、先述のような数々の分野について学ぶようになり、また、本書に書いたような体験をするようになったのだった。この本は、実はＵＦＯに関するものだと言っても過言ではないのかもしれないが、それはやめておこう……

私は、宇宙人を始めとして、ユングの元型、妖精、未来人、と次々に調べてみたが、最終的にはなんの成果もなく振り出しに戻った。そして、その正体についての答えは一向に見つからなかったのだが、最後の夜になって、ようやくそれが明らかになったのだった。

私はパンドラの箱の蓋を閉じて、ヴィクトリアを離れることにした。その夜は、あの『未知との遭遇』で、小型宇宙船が母船のまわりを飛び交っていたシーンを彷彿とさせた。彼らは私の頼みに応えて、「さよなら」を伝えに来ていたのだ。

「あなたたちは、誰なのですか？」

それが私の、最初で最後の、彼らに対する、明確に言葉にした質問だった。私は、答えを待った。

「まだ分からないのか、エハン？　我々は、お前の魂《ソウル》じゃないか！」

第49章

母なる地球《パチャママ》の魂《ソウル》

ひとたび、母なる地球の徳と才知と美とに気づくと、
私たちの中に何かが生まれる。
そう、ある種のつながり、愛が生まれるのだ。

ティク・ナット・ハン

二〇〇八年　ペルー、シナカラ氷河

私のカメラマンであるイスラエル人のアムノンは、背が高いので、この小さなテントの半分は彼が占有する形となっている。私は、ありったけの服を着込み、腰にはカイロを貼り付けて寝袋に潜り込んでいた。摂氏マイナス一〇度は間違いないと思われる外気の中、ケチュア族の巡礼者たちは、皆、靴も履かず、ポンチョだけを羽織って眠っていた。

真夜中、用を足すため、苦労しながら寝袋から這い出て外に出ると、ビニールシートを敷いて眠っている女性が見えた。月明かりに照らされた彼女の足先は、裸足であるのがはっきりと見て取れた。ペルー・

アンデス山脈の標高五、〇〇〇メートルのこのあたりには、このようにして、およそ五万人もの人々が集まって来て、氷河の麓のあちらこちらで待機している。彼らは皆、コイヨリッティと呼ばれる雪と星の大巡礼祭を祝うために来たのだ。それは、母なる地球《パチャママ》を中心とした先住民の信仰と、一六世紀にスペイン人によって征服されて以来、主要宗教となったカトリックの伝統との、驚くべき混合《ミックス》なのである。

六時間かけてここまで登って来る途中、私たちは、人々のまとった色とりどりのポンチョと同様の美しい織物で包まれた一四本の巨大な十字架とすれ違った。それらは、キリストの受難と復活を象徴する「ステーションズ・オブ・ザ・クロス」〔訳註〕を表していた。

各十字架の前で立ち止まって祈る巡礼者たちは、この旅の古《いにしえ》からの目的が、ここから遥か遠くの谷の下方にある彼らの村に育つ作物に命の水を恵んでくれる氷河への感謝であることを決して忘れてはいない。ペルー中の村々から派遣された代表者らからなる巡礼者たちは、四日目の明け方のクライマックスに至るまで、三日三晩、音楽と踊り、そして祈りを通して、この土地を祝福するのである。

その四日目に当たる今日、私は、まだ夜が明ける前から、凍える身体を引きずりながらテントの外に出なくてはならなかった。

私たちは、彼らが聖なる惑星としているプレアデスを賛美する様子を撮影するため、特別に選ばれた男たちによって祭りの最初に設置された十字架が立ち並ぶ雪の上を歩いていた。男たちには、ツルツルで滑りやすい氷と岩の上を、実物大の十字架を担いで運ぶ役目があるのだが、巡礼者たちは、彼らの、ほとんど寝ずに行うそうした重労働という犠牲が、彼らの村に幸運をもたらすのだと信じていた。かつては十字架の周りの氷を村々に持ち帰ったらしいが、今ではもうそんなことはしない。気候変動によって地球《パチャママ》は脅威に晒され、氷河は急速に消え始めていた。こうした事態が進めば、彼らの農業や未来にとっては破滅的なことになる。皆、真面目で、喜びに溢れた人々なのだが……

おそらく、ここにいる外国人は私たちだけだったのではないか。私の二番目のカメラマンになる、イギリスでドキュメンタリー映画を撮影しているジェフと、映像編集者のルーク。さらに、この近くに住む友人で、シャーマンでもあるカナダ人のパウロが加わって、小さなチームが結成されたのだった。

そして、二日前には、パウロがワシューマ・サボテンの儀式を執《と》り行って、私たちをこの骨の折れる旅に備えてくれた。私は、五週間前に日本でアキレス腱を切ったばかりで、まだ太い木の杖に頼っていたのだが、皆と一緒に、パウロの処方によるサンペドロ・サボテンを煮詰めてエッセンスを抽出した薬を飲んだ後には、すっかり良くなってしまった。

儀式を行う場所として、パウロは、高地の砂漠にあるインカの神殿の遺跡を選んだのだが、そこは、不思議な入口がいくつもある崖に囲まれていた。それぞれの入口は小部屋へとつながっていて、そこには伝統的なインカ式の葬り方である、両腕で膝を抱えて坐った姿勢の遺骨が安置されていた。私たちは、ここに清めの儀式のために集まり、シナカラ渓谷の氷河に向かって登山するケチュア族の巡礼団との合流に備

〔訳註〕Stations of the Cross ピラトの家からゴルゴタの丘における磔までの、イエスにまつわる逸話を表す、連続した一四の絵、または彫刻の前で唱える一四の祈りからなる礼拝。

え、身体と魂《ソウル》を浄化した。強いアルカリ性のジュースは、祈りながら何時間も煎じることで作られたもので、私たちにとって可能な限り最良の調合薬となっており、素晴らしい性質を備えていた。アヤワスカとは違い、このワシューマは、儀式の参加者にヴィジョンを授けるのではなく、彼らを、母なる地球《パチャママ》自身の脈打つ心臓《ハート》の奥深くへと運んでくれるのであった。自然《ネイチャー》を外の世界として見るのではなく、その生きて呼吸する器官の一つとなって、母なる地球そのものである永遠の命、死と復活の歌に共鳴するのである。

私たちは、この乾き切った、半ば砂漠のような高原の、眼がくらむように眩しい太陽の光を避けられる木陰を求めて、一本の木の下に集まった。パウロは、リュックからワシューマの入った瓶《ボトル》を取り出すと、皆の輪の中央に座った。

アムノンとジェフは、この植物を体験したことがなかった。ルークとパウロと私は、以前ペルーで、クランデロス（curanderos）と呼ばれる様々なシャーマンたちとともに体験したことがあった。だから私には、これからの一二時間は、きわめて強烈なものとなるであろうことが分かっていた。この強いアルカリ性の調合薬が私の静脈を通過することなしには決して達しえないレベルにまで、感覚が研ぎ澄まされるのだ。

この濃厚で粘性のある、とても苦い飲み物を、口の中に留めておくのはきわめて困難であることが分かっていたので、私はいつもの通り、素早く飲み込んだ。驚いたことに、ジェフは、もう二杯目を飲んでいたが、それは一〇分も経たないうちに体内で効力を発揮し始めるので、彼にとって今日は、決して忘れることのできない一日になるに違いない。

通常の意識から、ワシューマによる変性意識へと深遠なる移行《シフト》が行われると、私は立ち上がり、そしてすぐに、周囲を取り巻く山々の存在と、手に持ったガラガラ（rattle）に気づいた。私は、山々の存在を明確に感じた。あまりにも明確に感じたので、山々に対して、それらが、ただそこに存在して、私たちをその真ん中にいさせてくれることへの感謝の歌を歌うことが、完全に自然なことのように思われた。おそらく、私たちよりもずっと感受性豊かだった祖先たちは、毎日のように、このような気持ちになっていたに違いない。私たちはそれを、植物の力を借りなければ思い出せないのだ。

七つの山への挨拶を済ませた私は、最も重要な存在を忘れていたことに気づいた。雲一つない空を見上げると、自分たちが、いかに太陽の世話になっているか、ということを全身で感じた。ケチュア語で太陽のことであるインティは、私たちの世界を生かすために必要な、すべての光を授けてくれるのだ。「父なる太陽」とは、もはや単なる概念ではなかった。身体中のすべての細胞の中に、あらんかぎりの感謝の気持ちを込めて、私は平伏した。儀式が始まっていた…

十字架が飾られた氷河の麓に、すべての巡礼者たちが集まって来るにつれて、静かなる興奮が感じられてきた。これまでずっと鳴り響いていたトランペット、チューバ、フルートや、その他様々な種類の楽器の音と、それに混じっていた人声が、突如として消えた。夜明けの空に、太陽が少しずつ昇り始めていた。最初の陽光がその表面に差した時、これらの十字架は、ただ唯一の魂《ソウル》の目的のためにこの三日三晩集中してきた五〇、〇〇〇人の人々のエネルギーによって清められるのだ。もしも巡礼が成功して、星や雪の大いなる恩恵が得られ、創造主とその復活の寵愛を受けることができれば、翌年には豊作となり、健康と繁栄がもたらされるであろう。

ペルーの人々は、もう何千年もこれを続けて来ているが、いまや、その重要性は、かつてなかったほど増して来ているのではないかと思われる。私は今、ペルーの熱帯雨林地帯《ジャングル》から来た男性グループの隣に立っているのだが、彼らは、巨大な羽で飾られた風変りな装身具を頭に被《かぶ》っている。私はコカの葉を差し出して、彼らを撮影させてもらえないかと頼んでみた。私たちは、侵入者と見なされかねなかったのだ。彼らは恭《うやうや》しく受け入れてくれ、私たちは一緒にコカの葉を噛んだ。この葉は、健康とスタミナを増大させることで有名で、また、高山病にも効果があった。みずからを造ったものを滅ぼす「フランケンシュタイン」と化してしまったコカインとは違う。コカインもコカの葉を用いて造られるが、化学変化が加えられた結果、危険な麻薬になってしまったのだ。この地の人々は今でも、口の中の歯茎の間に含んだコカの葉の塊を何回噛んだかで、おおよその歩行距離を測っているのであった。

振り向くと、いまや太陽の光は、色とりどりに飾られた十字架の上に差し掛かっていた。静寂の中、夜明けの光に輝く名状しがたいほど美しい波紋が、山全体に、そして先住民の人々の間に波となって広がるのが、はっきりと感じられた。それは金銭では買えず、国として真似することもできないし、科学によって他の何かに還元することのできるようなものでもない。私はそれを恩寵《グレイス》と呼ぶ。それは、魂《ソウル》のエネルギーが人の心《ハート》の中で濃縮され、犠牲と浄化によって精製されたものである。私は心打たれ、喜びの涙を流した。そして、私たちが、その思考《マインド》と心《ハート》、身体と夢とを、愛の錬金術の坩堝《るつぼ》に注ぎ込んだ時、どんなことができるのかということを、生まれて初めて確信したのだった。

母なる地球《パチャママ》には、キリストのような救世主は必要なかった。しかし、私たち人間には必要だった。ペルーの人々は、彼らの古代の伝統を異国の宗教とうまく合体させ、見事な結果を得ている。どこまでがもともとの信仰で、どこからが異国の宗教か分からないのだ。まるで、己《おのれ》の尻尾を食べる錬金術の蛇、ウロボロスのようである。アルファとオメガには、始まりと終りの場所が必要だが、その場所こそがこの世界なのであって、私たちの唯一無二の住処《すみか》であり、今の、そして永遠の住まいである地球なのである。

私たちは、自分たちの人生において、私たちが持っているもの、また、これまで得られたものすべてを与えてくれた、この聖なる存在のことをすっかり忘れてしまっている。これは、私たち人類がこれまでに犯した中で最も大きな罪である。私たちは、みずからの惑星上で戦争を行うことで、その環境と、宇宙からは薄くて青い輪郭のように見えている中で育まれているすべての生命に対して害を与えるだけでなく、私たち自身を、絶滅へと一歩ずつ近づけているのだ。

偉大なるシアトル酋長（首長）〔訳註〕は、次のような、きわめて賢明な言葉を残している。

「最後の木が死に、最後の川が汚染され、最後の魚が捕らえられてから、初めて、私たちは気づくのだ。お金は食べられないということに」

しかし、人類が、このペルーの人々のような行動を続ける限りは、私たちにもまだ希望が残されているのかもしれない。それは、人間の理解を超えた恩寵《グレース》、という希望である。

〔訳註〕シアトル酋長（首長）（一七八〇～八六頃―一八六六）ドゥワーミッシュ族の母親とスコーミッシュ族の父親の間に生まれ、アメリカ先住民族中の主要な指導者として、白人入植者らの要求を認める立場を取った。ワシントン州のシアトル市の名称は彼に由来している。

第50章
宇宙の魂《ソウル》

死とは、私たちの人生のシーズンを区切る一時休止であり、
それ以外の何ものでもない。

クリストファー・ベイシュ

もし、あなたが、二〇年間に及ぶケンタウルス座アルファ星（アルファケンタウリ）の探索ミッションから帰還した宇宙飛行士をインタビューできたとしたらどうだろうか？　彼は、人類がいまだ足を踏み入れたことのない場所に行ってきたのである。

そして、この大事業を独りでやり遂げたばかりではなく、ここが最も重要な点なのだが、正式の学問的訓練を受けた、厳密な論理的思考を重んじる知識人として、その間に目撃し、体験した驚くべき出来事を詳細に記録したのだ。彼の話を確証できる者はいないが、しかし、その日誌《ジャーナル》には日付と時間が明確に記録され、そして何よりも重要なことには、このような別世界の冒険が、身体《ボディ》、心《マインド》と魂《ソウル》にどのような効果をもたらしたかについて、詳細に報告しているのである。

あなたなら、彼に何を聞くだろうか？　あなたの、文字通り地に足のついた日常生活とはまったくかけ

離れた異質な体験を理解するためには、いったいどのような心構えが必要なのだろうか？　あなたの一番聞きたいことは？　もしも彼の言うことが、あなたのものの見方にまったく反するものであったとしても、あなたは彼を信じられるだろうか？

ズームの画面上に、ハンサムで若々しい容貌の七十歳近い男性が現れた。彼の名は、クリス・ベイシュ（Christopher Bache）博士。アメリカ合衆国、オハイオ州立ヤングスタウン大学の、宗教哲学研究学科の名誉教授だ。私は、彼の新著である『天からのダイヤモンド――ＬＳＤと宇宙の心《マインド》（*LSD and the Mind of the Universe*）』（ジュン・エンジェル訳、ナチュラルスピリット）を読み終えたばかりだ。

本書の第1章は、もう一人の偉大なる魂《ソウル》探究の開拓者であるジョン・Ｃ・リリー博士の話から始めたが、最終章としては、彼のそれよりもさらに詳しい、このような、アルファケンタウリならぬ内なる宇宙への旅で、いったい、私たちは〝どこ〟へ行くのかについての話で締めくくりたいと思う。

ベイシュ博士はまた、仏教の瞑想法も本格的に実修しており、チベット仏教の宇宙論や禅についても精通している。そのような素養が、博士に、人間の意識の深層と、その不可視の光景の案内《ナビゲーション》を試みた様々な宗教や哲学の世界についての、学術的、そして経験的な、並外れた理解を可能とさせたのであった。

二一世紀に入った今、私たちは、リリーやベイシュのような人たちのことを内宇宙飛行士《サイコノート》と呼ぶようになった。宇宙飛行士《アストロノート》たちとは違い、彼らは心《マインド》を通して魂《ソウル》を旅するのだが、それは、私たちの誰もがアクセス可能な領域なのである。

内なる宇宙と外なる宇宙を理解するために、読者の皆さんには、ユーチューブ上の秀逸な短編動画、『*Powers of Ten*』をご覧になることをぜひお勧めしたい。

この動画は、カップルが、シカゴの湖畔でレジャーシートを広げてピクニックをしている場面から始まる。カメラは、一〇秒ごとに一〇倍ずつズームアウトするので、見ている側にとっては、視界が一〇倍ずつ広がることになる。次のコマでは、視界が一〇メートル四方から一〇〇メートル四方に広がり、その次には一キロメートル四方まで広がるので、シカゴのダウンタウンの一部が見え始める。一〇の七乗メートル四方になると、地球全体が見える。一〇の二四乗メートルになると、天の川銀河からは遠く離れ、地球から一億光年の彼方にいる。この動画は、さらに遠く離れたところに巨大な銀河団が発見される以前に作られたものであるが、それでも、一〇倍ずつに拡大していくと、どうなっていくのかが、十分に理解できると思う。

動画は次に、Uターンして再び地球に戻る。そして、この後半では、コマごとに一〇倍ずつ小さくなっていくのである。一〇のマイナス一乗では、ピクニックをしている男性の手の皮膚がクローズアップされる。一〇のマイナス四乗ではコラーゲン細胞が見える。一〇のマイナス五乗では赤血球にたどり着く。一〇のマイナス七乗では、地球上のすべての物理的生命の源であるDNAの二重螺旋構造が見える。一〇のマイナス九乗になると量子の領域に達し、炭素の原子核は量子運動で揺らぎ始める。動画はそれを超えて一〇のマイナス一四乗まで進んでいくが、それを超えたところについては、新たに発見された銀河宇宙についてと同様、そこで何が起きているのかは、いまだ知られていないのである。

この動画は、ナシーム・ハラメイン氏による物理的世界におけるフラクタル構造、つまり、サイズの数学に関する科学論文が発表される以前に制作されたものであるが、広く世に受け入れられることとなったその趣旨は、人間は、外なる宇宙と内なる宇宙のちょうど中間地点にいる、というものである。つまり、私たちの身体の中には、広大なる宇宙とまったくそっくりの、広大な内的宇宙があるというのだ。

原子は太陽系の複製であり、電子が中性子や陽子のまわりを惑星のように公転しているのである。私たちは、二つのフラクタル・スケールのちょうど中間にいて、私たちの内側にも外側にも、同じだけの広大さがあるのだ。しかし、どちらの方向に行っても、最終的には何もない空間にたどり着くのである。この〝上なる如く、下もまた然り〟という概念を覚えておくことは、とても有益だ。大宇宙《マクロコスモス》と小宇宙《ミクロコスモス》は、両方とも、文字通り、私たちの身体の物理的デザインの中に組み込まれているのだ。超銀河団《スーパー・ギャラクティック・クラスター》と小さな神経集合体とは、その規模《スケール》が違うだけなのである。

内宇宙飛行士《サイコノート》による内なる旅と、宇宙飛行士《アストロノート》による外部の旅との違いは、完全に個人的な変容体験の有無にある。内なる旅は、自分自身の核《コア》となる現実《リアリティ》の概念を変えるのに対し、外部の旅では、単に場面が変わるだけで、自分自身は動かず、変化もしないのである。私たちは今、ほとんど何もかもが外部の旅だけの時代に住んでいる。インターネットが、私たちの注意を移り変わる景色だけに固定して、それを最も内なる人間とも言うべき魂《ソウル》へと転じさせないのである。

ベイシュ博士は私に、彼が二〇年をかけて秘密裏に自宅で私的に行った実験について語ってくれた。その間、彼は高用量（五〇〇ミリグラム）のＬＳＤによるセッションを計七三回行ったのだが、その際、人の魂《ソウル》に内在する広大な風景の中で目の当たりにし、体験したことの多くを記憶していた。彼の著書は、そうした素晴らしい、そしてまた恐ろしい体験についてのすべてを網羅していて、その中には体が受けた物理的苦痛も含まれている。それは、宇宙飛行士が、離陸時の恐ろしい重力や、帰還時に宇宙船が地球の大気圏内に突入する際の灼熱に耐えなければならないのと同じで、博士も多くの肉体的苦痛を味わったのだった。〝上なる如く、下もまた然り〟なのだ。

しかし、そんなひどい苦しみを味わいながらも、彼がこれらの旅の中で気づき始めたことは、自分が、時間そのものよりも古い、超知的で慈愛に溢れた存在によって教育されているということだった。この存在が、彼を深い深いところへと連れていくにつれて、彼は光を体験し始めた。それは多層からなる光で、さらに偉大で、より強力な霊的光へと導くものであり、その蒼ざめた電磁的反映である物理的な光と混同されるべきものではなかった。彼は外部の眼で見ていたのではなく、内なる松果体の眼で、内なる次元への入り口であるものによって見ていたのだった。この存在は、やがて、宇宙の心《マインド》であったことが判明する。私はそれを、宇宙の魂《ソウル》と呼びたい。なぜなら、それによって表された深遠なる愛、しかも、きわめて厳しく冷静な愛は、決して心《マインド》のみからは発しえないからだ。したがって、端的に言えば、ベイシュ博士は、私たちが想像しうる限り最も高いレベルの魂《ソウル》による教育を受け、そして、心《マインド》を完全に後にして先へ進んだのである。そこから彼は、すべての魂《ソウル》の創造者の、大いなる神秘の領域へと足を踏み入れたのであった。

彼は、私たちが女神（deity）や神（God）といった名前で呼ぶような、地球上の宗教的伝統にまつわるいかなる存在をも体験しなかった。このことは彼に、内宇宙飛行士《サイコノート》としての絶大な自由と清廉潔白とをもたらした。なぜなら、彼の体験は、決して宗教的偏見によって色づけられたり、あるいは描写されたりしたものではなかった、ということになるからである。

輪廻転生についての本格的な研究者として、すでにベイシュ博士には、魂《ソウル》が長期的な教育と冒険のために様々な身体の中に入るという問題に関するいくつかの著書がある。歴史上において記録され、公開されているその種の体験の中でも、私が、ためらうことなく、確信を持って次のような本書最後のメッセージを述べることができるのは、ほかならぬ彼の体験によってなのである。

私自身の体験や他の内宇宙飛行士《サイコノート》の体験、遠い昔からの僧侶や神秘家、哲学者たちのおかげで、私は、人の魂《ソウル》についての最終的な考えに到達することができ、それについては本書全体を通して暗示してきた。魂《ソウル》は創られるが、そのいずれも死ぬことはないと思われる。壮大な宇宙の大洋を想像してみてほしい。その中に最初の生命が誕生し、それは進化して、宇宙の魂《ソウル》のための、未来のフラクタルな乗り物を創るのだ。それ自体が、人知を超えた知的創造物なのである。魂《ソウル》とは、あなたと私を異なったものにするエッセンスであり、私たちに自分たちの独自性の感覚を与えるもので、私が「独立個人」、あるいは「独立した魂《ソウル》」と呼ぶものである。魂《ソウル》は永遠であり、内的宇宙と外的宇宙とをつなぐきわめて重要な連絡路なのである。鍵の掛かった扉の向こう側への旅を許す、マスター鍵《キー》の持ち主なのである。

鍵の掛かった扉の別名は、オカルト（occult）である。その意味は、隠されていて明らかではないということだ。本書の冒頭で引用したように、魂《ソウル》の原石は、磨かなければ、それが存在することすらも思い出せないのだ。そして、クリス・ベイシュが発見したように、その深層まで潜行して行って、はっきりさせるためには、浄化のプロセスで苦しまなければならない。しかし、本当に仕切っているのは自我《エゴ》ではないことに気づいたならば、魂《ソウル》の受ける報酬は、自我《エゴ》の死の恐怖を大きく上回る。ベイシュは、それを数え切れないほど経験した。それ故に彼は、この章の冒頭の引用のように、確信を持って述べることができたのだ。

魂《ソウル》は決して死なない。死ぬのは肉体だけである。これについては、どんな合理的な疑いも挟む余地はない。ここまで本書を読み進めてくれた読者の皆さんには、きっと同意していただけるだろう。

その最後のヴィジョンで、ベイシュ博士は、未来の人間《フューチャー・ヒューマン》には何が可能となるかを垣間見た。それは他の魂《ソウル》たち、そして母なる魂《ソウル》、すなわち、宇宙の魂《ソウル》とのつながりに私たちが気づいた時に可能となるのだ。すべての存在は、魂《ソウル》を磨くために激しい変容を甘受しなくてはならないが、その結果、私たちは否応なく、自分たちがいったい何ものであるのかを思い出し始めるのだ。

私たちの未来は、実際、私たちが、望遠鏡を自分たちの方に向け直して覗くことに掛かっているといっても良いのであり、私たちよりも以前に存在した種は絶滅したという事実を、厳粛に直視する必要があるのだ。私たちが、ベイシュ博士のこの本を読むことができ、そのメッセージを聞くことができたからには、願わくば、外の世界から内なる世界へとシフトを開始し、そして、新たなレベルの宇宙的バランスを獲得したいものである。

母なる魂《ソウル》の無限の創造物の一員として、神聖にしてユニークな、不完全ながら永遠でもある私たち一人ひとりは、まさに圧倒的なレベルの冒険を引き受けることによって私たちの魂《ソウル》を光輝かせ、それをまったく異なった形の創造に用いる必要があるのだ。そして、その創造によって、魂《ソウル》の旅の次なる局面が開始するのである。

エピローグ
今日の地球上で

もしも神と死後の世界を、私は信じ、あなたは信じないとしたら、神がいなかった場合には、死んだ時、二人とも負けたことになる。しかしながら、もし神がいたとしたら、あなたは負けるが、私はすべてを得るのである。

ブレーズ・パスカル

私は、これまでの人生の大部分において、毎日のように日記をつけてきた。これは、魂《ソウル》とのつながりを保つ一方法であり、私たちが「自分自身」と呼んでいる、みずからのより深い部分と、さらに堅固なきずなを結ぶためのものなのである。

例えば、一週間先のことを日記に書く場合には、ページの一番上に、「この地球上での今週」と手書きで書く。それにより、今、自分がどこにいるのか、そして、いつの時間にいるのかという感覚が即座に得られるのである。そしてまた、こうすることで、魂《ソウル》が今、因果の法則に支配されたきわめて現実的《リアル》な世界の中で人間としての体験をしている、という概念遊びもできるのだ。しかしながら、魂《ソウル》は決してこの地球という場所に限られるものではなく、また、今週という時間に限られてもいないということは、鋭敏な読者の皆さんには、もうお分かりのことと思う。

言葉は、私たちの現実《リアリティ》の体験に甚大な効果をもたらす。それ故に、それを最も効果的に使うことで、多くの報酬が得られる可能性もあるのだ。例えば、私は、ある実験をしたことがあり、それは日記をすべてBE動詞を使わずに書くというもので、それを二～三年間続けたのだった。これは、E - プライム（イングリッシュ・プライム）言語と言われるもので、被験者は、いつもとまったく違う方法で書くことを余儀なくさせられる。

「彼は悪い人だ（He is a bad person.)」「彼は善い人だ（He is a good person.)」と書く代わりに、「私は、彼がしょっちゅう悪い態度を取っているように感じる（I feel like he behaves badly a lot.)」「私には、彼が善い人のように思える（He seems like a good person to me.)」と書くのである。そうすることで、書き手である被験者に、自分の体験を完全に主体的な現象として説明する責任を負わせるのだ。

シェイクスピアが、きわめて賢明にも言ったように、「そもそも客観的な善悪などない。主観が善悪を作るんだ。」（『ハムレット』松岡和子訳、ちくま文庫）ということなのだ。したがって、事実上、善い体験や悪い体験などというものは存在しないのであって、私たちの知覚が、そのいずれかを認知しているだけなのだ。そして、そのいずれになるかは、私たちの選択する言葉によって確定されるのである。

本書の終章を手書きで書くために、私が日記帳を持って椅子に腰を下ろすと、尋常ならざる、そして微細《サトル》な移行《シフト》が起きた。読み続けるうちに、あなたもそれに気づくかもしれない。

　あなたはもう、今読み終えた五〇のエッセイの中で、私が現在形を多く用いていることに気づいていると思う。そのようにした理由は、できればあなたに、私と一緒にその場にいるような感覚を味わってほしいと思ったからである。私たちの記憶がどのように働いているかは、大いなる神秘に包まれた問題であり、科学界でも、まだ誰も正確には説明できていないのが現状だ。私が、ある記憶を呼び起こすとすぐ、私は心《マインド》の中で実際にその場にいる。つまり、心《マインド》の中が、その体験が起きる場所なのである。それは、私たちが利用することのできる最も基本的な形態のタイム・トラベルであり、そしてもちろん、実際、いつも利用しているのである。記憶とは、単に、人の魂《ソウル》が学ぶために用いる、きわめて実用的な装置《デヴァイス》に過ぎないのかもしれない。


　三次元的な空間に時間というマトリックスの次元を加えた、アインシュタインの言うところの「時空連続体」の中に、こうして、見たところ、ぴったりと嵌め込まれているということは、転生してきた存在にのみ与えられる、きわめて大きな試練であり、そしてまた機会なのかもしれない。「見たところ」と言うのは、私の体験や研究の結果からすると、意識《コンシャスネス》は、地球を遥かに超えた彼方にまで達していると思われるからである。私たちは、魂《ソウル》という非物理的な存在によって創られ、計画され、監督されている仮想現実《ヴァーチャル・リアリティ》の幻想《イリュージョン》の中に、非常に巧みに嵌め込まれているのかもしれないのだ。

　もし、あなたも、これらのエッセイをお読みいただいた結果、このように考え始めているのだとすれば、私はとても嬉しく思う。

だから、私は日記に次の通り書いたのだった。今、あらためて原稿をパソコンで打ち込み直しているが、文章にはなんら手を加えずそのままである。シフトがどの時点で起こったのか、あなたは気づくことができるだろうか……

私は、足場の上に窓に向かって立ち、窓ガラスに映る自分の姿を見ている。と同時に、そこから、息子と一緒に建てているこの家の中を覗いている。雲一つない青空からは太陽の光が差し、その同じ窓に当たって反射している。

時間の中を覗いてみたが、魂《ソウル》としての私は、それに縛られているのだろうか？　この日の地球上で、私は柳の木の美しさを眺め、そして甘い空気を感じた。今日、私は自分が、きわめて短期の滞在を予定した、死に向かいつつある旅行者として、ここに来ていることを思い起こした。私は、自分がとても古くからの存在で、ここで生き、そして、やがてここから去るために、何度もこの世界に戻って来ていることを思い出した。私そのものが、これまでのすべての冒険、そして、これから行うであろう冒険についての深遠なる理解を有しているところの大いなる神秘なのである。

私は、あなたのすべての夢、苦悩、そして喜びの中にいる。私はあなたの、真に唯一の魂《ソウル》だ。そして、あなたの魂《ソウル》である私とは、いったい何なのか？　私は、聖なる創造であり、愛と完全さの結実である。天使、大天使、唯一の光の力強き精霊たちは、私の存在のそもそもの初めから私とともにいた。魂《ソウル》とは、天と地との間に架かる橋であり、その具現化である磁気の波動は、地球全体に遍《あまね》くその振動を及ぼすことで、私たちに天を想い起こさせ、神について沈思黙考させるのである。

私はあなたの魂《ソウル》であり、最初《アルファ》から最後《オメガ》にいたるまでの、あなたのすべての冒険の流れを知っている。私は、地球上における、あなたのすべての体験に関する暗黙の計画を持っている。私は、目には見えず、追跡不能で、存在証明もできないばかりか、この忘れられ易い日常の中でも、最も忘れ去られている存在である。私は、あなたの世界では、心に描くことの不可能な存在なのである。

それでもなお、私は現実《リアル》の存在であり、いつもそこにいて、世界を見るための明かりを提供している。世界はあなたの夢であり、私は、あなたとそれを共有しているのだ。

やがて、すべての魂《ソウル》は、吸い込まれる息のように天に戻って来る。そして、どの魂《ソウル》も、地球に戻るかどうかを自分で決めるのだ。私はとても古いが、私は永遠である。私はあなたの魂《ソウル》だ。どうか、私に気づいてほしい！


二〇二一年八月二日、ノース・サーニッチにて

邦訳参考文献

・ジェイムズ・ヒルマン『魂のコード』鏡リュウジ訳、河出書房新社
・ジョン・C・リリー『バイオコンピューターとLSD』菅靖彦訳、リブロポート
・マイケル・J・ベーエ『ダーウィンのブラックボックス――生命像への新しい挑戦』長野敬・野村尚子訳、青土社
・イマヌエル・ヴェリコフスキー『衝突する宇宙』鈴木敬信訳、法政大学出版局
・ウォレス・ソーンヒル、デヴィッド・タルボット『電気的宇宙論』小沢元彦訳、徳間書店
・トーマス・クーン『科学革命の構造』中山茂訳、みすず書房
・グラハム・ハンコック『人類前史』全二巻、大地舜・榊原美奈子訳、双葉社
・――――『神々の指紋』全二巻、大地舜訳、角川文庫
・――――『神の刻印』全二巻、田中真知訳、凱風社
・――――『神々の世界』全二巻、大地舜訳、小学館
・ラム・ダス『ビー・ヒア・ナウ』吉福伸逸・上野圭一・プラブッダ訳、平川出版社
・ローラ・コニヴァー―『地球処方箋』愛知ソニア訳、ナチュラルスピリット
・E・M・シューマッハー『スモール・イズ・ビューティフル』小島慶三・酒井懋訳、講談社
・G・I・グルジェフ『注目すべき人々との出会い』星川淳訳、メルクマール

・ウェイド・デイヴィス『蛇と虹――ゾンビの謎に挑む』田中昌太郎訳、草思社
・ヘレン・シャックマン『奇跡のコース』全二巻、大内博訳、ナチュラルスピリット
・ウィリアム・ジョンストン『愛と英知の道――すべての人のための霊性神学』九里彰監修、岡島禮子・三好洋子・渡辺愛子訳、サンパウロ
・リック・ストラスマン『DMT――精神《スピリット》の分子』東川恭子訳、ナチュラルスピリット
・ドン・ミゲル・ルイス『四つの約束』松永太郎訳、星雲社
・ジェラール・ウッディーン・ムハンマド・ルーミー『ルーミー　愛の詩《うた》』あらかみさんぞう・重城通子訳、ナチュラルスピリット
・アーサー・ケストラー『機械の中の幽霊』日高敏隆訳、ちくま学芸文庫
・ジェイムズ・ジョージ・フレーザー『金枝篇』岩波文庫、他
・C・G・ユング『心理学と錬金術』池田紘一・鎌田道生訳、人文書院
・ファン・デ・ラ・クルス『暗夜――十字架の聖ヨハネ』山口女子カルメル会訳、ドンボスコ社
・ウィリアム・シェイクスピア『ハムレット』ちくま文庫、他
・クリストファー・M・ベイシュ『天からのダイヤモンド――LSDと宇宙の心《マインド》』ジュン・エンジェル訳、ナチュラルスピリット

訳者あとがき

世の中には、一緒にいて元気をもらえる人と、逆に、こちらの元気を吸い取られてしまうような人がいるものだが、本書の著者、エハン・デラヴィは、まぎれもなく前者であり、彼に会うと、いつも、気がつけば私自身のエネルギーがフル充電状態になっているのだ。

それは、一つには、彼のエネルギーが途轍もなく強力であるため、側にいるだけでその影響を受けてしまうからだと思うが、しかし、もう一つは、彼の生き方そのものに感化されるからではないかと思う。

エハンさんは、物心のついた頃から今日まで、ずっと自身の魂《ソウル》に忠実に生きて来ている。ヨガでは、個人の魂《アートマン》＝宇宙の魂《ブラフマン》であるが、自身の魂《ソウル》に忠実に生きることは、すなわち、この世のすべてである宇宙の魂《ソウル》（宇宙意識）と、常時つながった状態で生きていることを意味する。つまり、彼の人生には、常に宇宙からの壮大なエネルギーが流れ込んで来ている、ということだ。だから、たとえ一秒でも彼と人生をともにすれば、少なくともその瞬間は、こちらにもそのエネルギーが流れ込んで来ているのだ。

「自身の魂《ソウル》に忠実に生きる」のは、実は誰にでもできることなのだが、言うは易く、行うは難《かた》し、決して簡単ではない。というのも、そのためには、何よりもまず、魂《ソウル》の存在を肯定しなくてはならないからだ。この科学万能、ＡＩ全盛の時代にあって、実体のない、したがって、物理的には証明できない魂《ソウル》なるものの存在を肯定することは、そう容易ではない。

だが、そこが本書の凄いところで、きわめて興味深い五〇の物語を、ただ楽しみながら読み続けるだけで、気がついたら自分の魂《ソウル》と再会できているのだ。読者はきっと、本書を読み終えた時点で、自身の魂《ソウル》と対面し、互いに意気投合しているに違いない。そして、そこから本来の、そして本当の、その人の人生が始まる。それは、自身の魂《ソウル》との「同行二人」の人生である。

ということで、あなたも、本書を読むことにより、間接的にエハンさんから元気をもらえるのだ。しかも、その元気は、生涯にわたってずっと持続するのである。

本書の五〇の物語は、言うまでもなく、すべてが実話である。事実は小説より奇なり、とは良く言ったもので、どのエピソードも、いかなる冒険小説よりも稀有な展開だ。著者は、魂《ソウル》に導かれるままに世界中を旅してきたのだが、弱冠二十二歳までに訪れたその国の数は、なんと八〇を超えたということである。本書に登場するのは、そのうちの約二〇カ国だが、彼の場合、どこへ行っても、それは、ただの物見遊山にとどまらなかった。そこには出会いがあり、気づきがあり、失敗も逮捕も(⁉)ありで、時には、どの国にも属さない「ノー・マンズ・ランド」にも滞在した。

そして、そのいたるところに、本書の最大の特徴である(と訳者の私は思うのだが)「学び」があるのだ。ただ普通に生活しているだけではなかなか知り得ない情報が、文字通り満載なのである。例えば、あなたは、電気的宇宙論、インテリジェント・デザイン、逆因果、などという言葉を聞いたことがあっただろうか？　ダマヌール、エデン・プロジェクト、アースシップはどうだろう？　失われつつある先住民族文化のことを、危機感を持って考えてみたことは？　ＵＦＯやミステリー・サークルの正体を、あなたは知っているだろうか？

また、本書に登場する、著者と縁を結んだ人々は、いずれもまさに錚々《そうそう》たる顔ぶれなので、そんなことにも注目しながら、さすらいのスコッツマン、エハン・デラヴィの案内で、彼とともに、この、スリリングにして痛快きわまる、出会いと学びの自分探しの旅をお楽しみいただきたい。そして、その際には、著者も言っていたように、ぜひ、シートベルトをしっかりと締めるのを忘れずに！　道は、結構荒れているかもしれないので…

最後に、本書の翻訳にあたってご支援を賜った方々に、この場をお借りして深甚なる感謝の意を述べさせていただきたい。

まず、著者であるエハンさんには、前回、『天からのダイヤモンド』の原著をご紹介いただいて、私の翻訳家としての道を切り開いてくださったばかりか、今回はご自身の自伝とも言える大切な著作の訳者として大抜擢いただき、心から感謝申し上げたい。彼は、まさに私のメンターである。同じく私のメンターである奥様の愛知ソニアさんとともに、翻訳家の大先輩としても、いつも様々なアドバイスをいただき、お二人には決して足を向けて寝られない。

また、北アメリカ先住民に関する章については、私が尊敬してやまない北山耕平さんの数々の著訳書、特に『インディアン魂――レイム・ディアー』（全二巻、河出文庫）を参考にさせていただいた。さらに氏には、ミタクエ・オヤシンの訳文「私とつながるすべてのものたちよ」の引用をご快諾くださったことについても、心よりお礼申し上げたい。

第41章の翻訳にあたっては、思いがけず御井葆先生の奥様と電話でお話しさせていただき、当時の貴重な思い出話などを伺うことができて大変感激している。また、私の会社員時代の友人であり、現在鍼灸師として活躍している大坂敏弘さんには、鍼灸に関する内容のチェックやアドバイスをいただいた。エネルギーに関する内容については、米国シリコンバレーに拠点を置くクリーンエネルギー研究所代表の阪口幸雄さんに大変お世話になった。そして、編集者の髙取隆喜さんには、やはり、いくら感謝してもしきれない。処女作であった前回に引き続き、またまた今回も私の「翻訳という名の再創作」の文章修行におつき合いいただいたが、前回と比べて少しは成長できているだろうか？　ぜひそうあってほしいと思う。

この「あとがき」を終えるにあたって、まだまだ駆け出しの翻訳者である私を、再度信頼してご採用くださったナチュラルスピリット社の今井社長には、ただただ感謝の気持ちしかない。そして同社のスタッフの皆様にも、心から感謝の意を表したい。また、今回も素敵なブックデザインに仕上げていただいたDTP担当の小粥桂さん、装幀のbookwall五藤友紀さんにも、心よりお礼申し上げる。

そして最後に、いつも心の支えとなってくれている家族、天国で見守り、応援し続けてくれているであろう父と、現在、最も身近にいて、どんな時も私を肯定的に受け入れてくれる同居中の母にも、感謝を捧げておきたい。

二〇二四年　二月

ジュン・エンジェル

■著者プロフィール

エハン・デラヴィ（Echan Deravy）

1952年、スコットランド生まれの意識研究家、講演家、著述家、世界冒険家、ジャーナリスト、インタビュー番組制作者兼司会者、映画制作者、リモート・ヴューイング指導者、コーポレート・アドバイザー。

主な著作には『地球巡礼者（アースピルグリム）』（川瀬勝訳、ランダムハウス講談社)、『太陽の暗号』（愛知ソニア訳、三五館）など。また、妻である愛知ソニアと共訳の『パワーか、フォースか』（デヴィッド・R・ホーキンズ著、ナチュラルスピリット）ほか訳書多数。現在、カナダ在住。echan.jp

■訳者プロフィール

ジュン・エンジェル

ジュン・エンジェル・ヨガ代表。ヨガ療法士、ヨガ指導者、翻訳家、通訳者。大学卒業後、大手電気機器メーカーに入社し、海外営業業務、米国法人におけるマーケティング業務、商品企画業務などを経験した後、出産と育児を機に2011年に早期退職するまで計21年間勤務。シンガポールにてヨガ講師の資格を取得し、帰国後、2018年にヨガの師の許可を得てヨガスクールを開校。ヨガ指導者を育成する「ヨガ指導者認定講座」の他、翻訳サービスを提供。エハン・デラヴィのインタビュー番組『リアル・ローヴァー』の字幕スーパー等を担当。訳書に『天からのダイヤモンド――ＬＳＤと宇宙の心《マインド》』（ナチュラルスピリット）がある。

魂の千一夜

●

2024年4月25日　初版発行

著者／エハン・デラヴィ
訳者／ジュン・エンジェル

装幀／ bookwall
編集／髙取隆喜
DTP ／小粥 桂

発行者／今井博揮
発行所／株式会社 ナチュラルスピリット
〒101-0051 東京都千代田区神田神保町3-2 高橋ビル2階
TEL 03-6450-5938　FAX 03-6450-5978
info@naturalspirit.co.jp
https://www.naturalspirit.co.jp/

印刷所／シナノ印刷株式会社

ISBN978-4-86451-472-9 C0010

●新しい時代の意識をひらく、ナチュラルスピリットの本（★…電子書籍もございます）

パワーか、フォースか　改訂版★
デヴィッド・R・ホーキンズ 著
エハン・デラヴィ
愛知ソニア 訳
覚醒（悟り）体験をしている著者が、意識のエネルギーレベルを1～1000のスケールに分けたマップを作成し記述した画期的な書！　定価 本体二六〇〇円＋税

地球処方箋★
大地につながるアーシングで心身ともに癒され健康になる！
ローラ・コニヴァー 著
愛知ソニア 訳
エハン・デラヴィ 序文
基本的なアーシングの方法に加え、四季ごとに楽しんで実践できる様々なアーシングの方法をわかりやすく紹介！　定価 本体二一〇〇円＋税

天からのダイヤモンド★
LSDと宇宙の心《マインド》
クリストファー・M・ベイシュ 著
ジュン・エンジェル 訳
禁断の果実（LSD）は人間を内的宇宙のどこまで連れて行くのか？　大学教授による73回の「セッション」から生まれた内宇宙探訪記。　定価 本体三七〇〇円＋税

DMT ―精神の分子―★
臨死と神秘体験の生物学についての革命的な研究
リック・ストラスマン 著
東川恭子 訳
臨死体験、神秘体験、宇宙人との遭遇などにDMT（N・N-ジメチルトリプタミン）が大きく関わっていることを明らかにした画期的な書！　定価 本体二九八〇円＋税

シャーマン・ヒーラー・賢者
南米のエネルギー・メディスンが教える自分と他人を癒す方法
アルベルト・ヴィロルド 著
カミムラ マリコ 訳
アマゾンとアンデス山脈のシャーマンの元で修行したアメリカ人が明かす、シャーマニズムの真髄とヒーリングの実践法。　定価 本体二五〇〇円＋税

ワン・スピリット・メディスン★
最新科学も実証！　古えの叡智に学ぶ究極の健康法
アルベルト・ヴィロルド 著
エリコ・ロウ 訳
古代の癒しのシステムで、健康になり「グレート・スピリット」につながり、万物との一体感の中で生きる！　腸を修復し、脳を活性化する食事法などを紹介。　定価 本体二四〇〇円＋税

ルーミー 愛の詩《うた》★
コールマン・バークス 英訳・解説
マイケル・グリーン 絵
あらかみ さんぞう、重城通子 訳
イスラムの神秘派スーフィーのマスター、ルーミー。世界中で愛読されているルーミーの詩が斬新なイラストとともに日本語訳に！　定価 本体三〇〇〇円＋税

お近くの書店、インターネット書店、および小社でお求めになれます。